Overview of the Films Presented by
China Movie Channel in 2013

电影频道出品电影
纵览 2013

王人殷 主　编
谭　政 副主编

文化藝術出版社
Culture and Art Publishing House

编辑委员会

曹 寅／贾 琪／陆红实／董瑞峰

母铁军／康 健／王人殷／谭 政／徐 辉

林丽宁／刘晓理／骆 欣／贾照强

主编
王人殷

副主编
谭 政

剧照集萃

Overview of the Films Presented by
China Movie Channel in 2013

《猎杀中山狼》

《一九三六兰州兵变》

《孔二皮进城记》

《战将周希汉》

《龙凤村儿女》

《甘南情歌》

《清淤》

《胡巧英告状》

剧照集萃
Overview of the Films Presented by
China Movie Channel in 2013

《我叫阿里木》

《盲区》

《父亲的旅程》

《再见，瓦尔特》

《古城会》

《宗师卜六》

《逆袭》

《炮兵司令朱瑞》

剧照集萃

Overview of the Films Presented by China Movie Channel in 2013

《近距离击杀》

《卒迹》

《红财神》

《大明劫》

《我们是冠军》

《少年闵子骞》

《炫目鸡尾酒》

《我的姥姥我的妈》

剧照集萃

Overview of the Films Presented by China Movie Channel in 2013

《照片中的谋杀案》

《秀水河子歼灭战》

《铁枪金喉》

《没羽箭张清》

第13届
电影频道电影
百合奖
颁奖典礼

2013年
电影频道电影
工作会

目 录
Overview of the Films Presented by
China Movie Channel in 2013

目录

综合视点

2013年电影频道电影工作会上的讲话	阎晓明	3
2012年电影频道出品电影概况	董瑞峰	9
2012年电影频道电影创作述评	李国民	18
用叙事智慧凸现艺术多元竞胜新气象		
——观第13届电影频道电影百合奖获奖作品札记	黄式宪	28
"百合"花开又一春		
——第13届电影频道电影百合奖点评	王人殷	34
拓展电影空间,优化电影生态		
——评电影频道的电影创作和生产	饶曙光	39
2013年电影频道出品电影综评	赵小青	45
电影频道影片类型策略漫议		
——以《红财神》等5部影片为例	马明凯	61

创作艺苑

小人物笑了,社会就笑了	方军亮/崔龙伟	71
顺势而行,真实为美	高力强/王子男	82
《龙凤村儿女》剧本创作谈	郝国忱	94
乡村孔子	张挺	99
用"笨"办法演实在戏	陈创/王婧	102

《我们是冠军》导演创作谈 丁宁 109
写在梦想的翅膀上 金琛 114
关于《父亲的旅程》，我的旅程 毛小睿 118
《古城会》导演阐述 沈好放 122
《成成烽火之骑兵第一师》摄影阐述 袁烁 125
戏里戏外，如花绽放
　　——《甘南情歌》主演德姬访谈 鲁洋 130
《甘南情歌》摄影阐述 高鹏 136
《甘南情歌》音乐创作札记 小哲 139
我演胡巧英 沈傲君 143
演"姥姥"有感 李文玲 149
我演阿里木 安尼瓦尔·阿不拉伊提 153
我演马恒昌 王鑫 158
用感恩之心创作感动之旋 赵小也 164
我的醉翁之意 雷其柖 169
做既懂艺术又懂管理的制片人 谢晓东/戴德刚 172
电影频道出品电影成就了我的梦 韩颢 180

评析广角

寻求宏大题材的个性化表达
　　——《一九三六兰州兵变》观感 杨柳青 189
《炮兵司令朱瑞》：历史人物的艺术再现 柳宏宇 194
在重复与变化间的艺术节奏感
　　——评《红财神》 柳迪善 200
性别意识建构下的战争片
　　——评《战将周希汉》与《女将军李贞浴血
　　浏阳河》 许珍 207
《近距离击杀》的叙事解析 李雅琪 213

略谈《猎杀中山狼》的编剧艺术	左亚男	220
言传身教 堪为楷模		
——评《马恒昌的名言》	张智华 李叶子	227
《卒迹》：一颗小卒子拱出的一盘好棋	郭璐	234
以法清淤	崔龙伟	240
心中有律令，身边有暖流		
——浅议《盲区》	冯锦芳	247
影片角色的观众认同感	王子男	252
小人物的大事业		
——评《我叫阿里木》	檀秋文	258
好人好事让人温暖又快乐	曹雨晨	265
《审判》的剧作特点分析	吴昊	271
正义从何来	杨柳	276
《何二狗的名单》：被遗忘很久的题材	秦淇妹	282
《父亲的旅程》评析	王梓 陈琪	287
《我的姥姥我的妈》的轻类型探索	李瑾	294
《共青城》：重建辉煌的拓荒之城	边婧	300
《厨子程天喜》的艺术特色	赵大玮	304
《少年闵子骞》之叙事分析	邵吟筠	310
《幸福对对碰》：爱情轻喜剧的假定性书写	席可欣	320
一个人的"宗师"	王伟	323
《炫目鸡尾酒》评析	林锦羲	331
评《没羽箭张清》的新式改编	李昕婕	337
《我们是冠军》：儿童电影的一抹亮色	董然	344
侦探影片的类型化探索		
——评《火线追凶2之致命线人》、《火线追凶2之乱世残局》	张晋辉 赫铁龙	351

中国西部片的再起
　　——析《弹无虚发之天国宝藏》　　　　　　　　李建强　李　娟　359

附录

2013年电影频道出品电影片目（92部）	369
电影频道出品电影2013年获奖作品概览	371
电影频道出品电影2013年首播收视率	392
编后附言	397

电影频道出品电影
纵览2013

综合视点

2013年电影频道电影工作会上的讲话

阎晓明　电影频道节目中心主任

我代表电影频道节目中心对这次会议作一个简单的小结：

第一，中心出品电影的艺术质量在不断提高。2012年是电影频道出品电影正式纳入电影局电影管理体系的第一年。在这一年里，我们按照压缩数量、提高质量、多出精品的总体发展战略，创作上取得了好成绩。全年完成电影92部，其中优秀作品27部，优秀率29％，现实题材和革命历史题材影片占全年产量的65％，这是几个基本数字。在2012年为了向党的十八大献礼，我们精心组织拍摄了《国徽》、《红星闪耀》、《火影雄兵》等8部影片，在十八大召开前后进行展播并获得好评。值得一提的是《国徽》，这部影片创造了三个"第一"，它是电影频道拍摄的第一部3D电影，也是中国本土团队真正实拍完成的第一部3D电影，同时还是主旋律题材第一部3D电影。它创造了那么多第一，但是它的投资非常低，以至于《变形金刚》导演迈克尔·贝看了影片的片花后对影片的投资难以置信。所以这部电影的探索对于电影频道今后3D影片的拍摄具有开创意义。

第二，电影创作大力实施精品战略，不断提升质量。电影频道作为播出电影的专业频道，在整个电影窗口期中，处在最后或者说整个电影产业链的最下游阶段。大家都知道，电影窗口期首先是电影院放映，其次是音像发行、网络、付费电视，最后才是开路电视。电影频道处于电影产业链最末端，因此观众被提前分流。刚刚董主任讲到收视率的问题，全世界的电视收视率都在下降，连 CNN 都下降了百分之二十几。收视率下降，最大的竞争来自于视频网站，很多影片在视频网站点播起来更方便。因此，对于电影频道来讲，原创节目成为我们一个非常重要的发展战略，也是我们保持收视率的重要保证。在电影频道原创节目里，可以分成多种类型，比如栏目、专题等，但作为专业电影频道，原创节目的重点肯定是电影。所以，中心自主出品的电影是我们原创节目的龙头，在电影频道的发展战略中始终处于举足轻重的地位。

在这种情况下，我们出品的电影就要牢固树立以人民为中心的创作导向，继续实施压缩数量、提高质量、多出精品的发展战略。具体步骤：

1. 每年要拍出几部塑造品牌的口碑较好的影片，比如像去年的《万箭穿心》这样的影片，大家看完以后都说好，要有这样的代表性作品。

《万箭穿心》

2. 我们每年上百部电影整体上为提升电影频道收视率作出贡献。这也是一个基本的要求，没有收视率，就没有了市场。

3. 要能够拍出在影院获得高票房的影片。刚刚喇局长也提出要求，电影频道出品的电影纳入电影局的管理体系，要逐步融入中国电影产业。而真正融入中国电影产业的标志就是推出既有好口碑，又有高票房的影片。这是一个很高的目标。能够在电影市场上获得高票房，绝不是我们说一说就能实现的，需要在座的同志做出艰苦的努力。

电影频道作为播出平台和创作单位，加大投入是今后的必然趋势，这在去年的工作会上我曾作过分析和论证。但从当前来看，对于每年上百部电影，总体还是要用较低的成本争取拍出较高质量的影片，这应该是电影频道出品电影的创作理念和追求目标。

这里首先要澄清所谓低成本不是绝对低成本，而是和当前一些大制作相比，相对的低成本概念。比如，电影频道现在拍摄的电影，平均成本与两年前相比较已经提高了一倍。但是这个费用指的仅仅是前期拍摄费用。要计算一个电影的成本，还应该包括我们前期剧本扶持的费用，后期制作费用，还有电影频道各种管理费用等，都是由我们承担的，这些都应当计入影片投资，这就不是前期拍摄那个资金量了。

另外，不是只有大成本和大制作才能拍出高质量的电影，有时候大制作只是对请大明星和拍大场面有用，大制作拍出烂片也是屡见不鲜。

总的来说，我们的理念还是用比较低的成本争取拍出比较高的质量。国际上也有这种趋势。例如目前韩国电影以中低成本影片为主导，降低制作风险。2006 年之前，韩国电影奉行大片战略，电影平均制作费一度达到 41.6 亿韩元。但是韩国人口少，市场规模极为有限，大制作投资回报难以把握。大投资使品牌维系费用庞大，明星、导演、制作人压力很大，一旦失败就会毁了好不容易建立起来的市场信任和产业基础。在经历 2006 年前后的产业泡沫后，韩国电影开始寻求新的突破，降低制作成本，开发轻量级多重类型的题材，起用一人多能的新人导演，从制片到创作，再次令韩国电影起死回生。2011 年韩国电影平均制作费回落至 22.7 亿韩元,相比 41.6 亿韩元,降了将近一半。但市场占有率回升至 52%,成功开创了以中低成本电影为主,面向各年龄观众层的产业局面。此外,现实题材的影片越来越多,电影制作水准较高,观影氛围浓厚,使得韩国电影主流观众群体发生了可喜的变化,从此影院不再专属 20 岁左右的青少年观众,30—40 岁男性观影群体开始形成。观众层的变化,更激发了影片题材内容的多样化,韩国电影从而稳步进入成熟期。

韩国的经验非常有启发意义,好多东西值得我们借鉴。第一,它的制片成本由大成本收缩成中低成本;第二,从题材上是现实主义回归。我们这两年电影市场也有这种趋势,现在很多大片观众不爱看,历史题材、大明星、大制作往往不理想,出人意料的黑马恰恰是现实题材、中小成本的电影;第三,观众构成的变化。据统计,当下中国电影院观众平均年龄 21—22 岁,而韩国是 30—40 岁的中年观众,而且男性观众开始进影院,这是非常可喜的变化,说明电影的吸引力开始增强。

我们现在低成本电影获得高票房,以前是个例,一年也就出一部《疯狂的石头》或《失恋 33 天》,投资三五百万,获得了很高的票房。现在是一批电影集中涌现,成了一种趋势,《泰囧》、《北京遇上西雅图》、《致我们终将逝去的青春》等投资都不太大,最后票房至少 5 亿元以上,这给我们很大的启发。中低成本拍出高票房、高质量的电影,应该是完全可以实现的目标。

所以,决定影片质量的根本要素应该是故事、是人物、是情感,决不是只靠制作和场面,甚至不一定是明星。前段时间有一个对观众的市场调查,把一部电影分成很多要素,包括导演、演员、故事等,最后选择故事作为看电影最重要因素的比例占到 50%,导演占 9%,明星占 10%。现在是大数据时代,这个数据就是观众的需求。观众看电影最关心的是故事,故事是什么?故事是和人物分不开的,故事一定通过人物呈现。而人物最主要的是情感,这些因素是非常关键的。所以,我们一再强调如何选择题材,从什么角度表现题材,题材要新,角度要巧,开掘要深。如果别人拍什么,你也拍什么,别人怎么表现,你也怎么表现,别人到达什么层次,你也到达什么层次,那么这个作品肯定是没什么指望的。有些人拿个剧本，认为还不错，是电影频道已经播放过的片子的水准，但到了我们立项的时候就没有通过，因为这个题材、这个故事、这个角度别人已经拍过了，照猫画虎还有什么必要？所以，一定要出新。

大家都在说，《北京遇上西雅图》是一个很老套的爱情故事，为什么获得了这么高的票房？其实看点就是表现女主人公到美国生孩子这个故事，她怎么通过美国海关，怎么找月子中心，怎么收费，怎么体检，直到把孩子生下来，用这个线索作为结构来套一个屡见不鲜的爱情故事，吸引了很多人。

电影频道出品的影片《万箭穿心》也很有新意。过去经常看到有的影片表现时代、生活或者是社会把一个人逼得走投无路的悲剧。《万箭穿心》走的却不是这个路子，它讲的是性格决定命运，不是社会决定了她的悲剧。

再比如《神勇投弹手》。最近媒体都在批评抗日神剧，比如扔手榴弹，天上飞过来一架飞机，用手榴弹就能把飞机炸掉，比高射炮还厉害，这就属于抗日神剧。而我们的《神勇投弹手》完全来自于生活。这个战士身材魁梧，体壮如牛，从小扔石头，练就出投弹又狠又准的绝技。他在生活中虽然显得迟钝，但是他的绝活在关键时刻起到决定性的作用，全连把手榴弹集中到他那儿，发挥了他的特长，投手榴弹炸鬼子。这是最平常的场景，完全没有戏说的成分。这部影片成了去年电影频道的收视率冠军。

第三，电影频道的管理已经形成一套制度和程序，现在关于合作拍片问题有几点还要再给予强调。

为了使电影频道出品电影更好地融入中国电影产业，除了频道自身加大投入以外，我们希望更多地和社会各界联合起来拍摄电影。频道出品的电影，有两个前提：一是必须经过电影频道立项；二是电影频道是第一出品方。如果做不到这两条，对电影频道来讲就是另外的合作模式，即频道以预购的方式进入。这里请大家明确一下第一出品方这个概念，第一出品方是电影频道对一部影片投资多少的前提。

另外，我们和一些制片单位合作拍摄电影时大家还应注意以下问题：

其一，在上报剧本时，不要给电影频道一个倒计时，恨不得今天送剧本，明天就立项。这是不合适的，这不是效率问题，这是管理程序的问题。电影频道每年收到好几百个剧本，都要经过三审的过程，工作量之大可想而知。所以审片事宜还需按程序来，否则管理就没了章法。

其二，关于合作拍片，通常情况下，双方投资分割权益，电影频道拿电视和网络的权利，合作方拿影院和音像权利。现在的问题是，有的合作方拿了影院权利后迟迟不发行上映，造成频道不能按合同规定的时间播出。频道投了很多钱，费了很大的精力，片子拍完了却不能播，这就会出现下面的问题：一是影响了电影频道节目供应链。频道每年要拍上百部电影，满足观众文化需求，电影频道也有自身收视率的要求，结果这些片子都压在库房里，播不出去。二是电影频道作为事业单位，也是有税收的，拿钱去拍电影，这些电影只有播出了才能计入成本。如果不播出的话，要交税。所以合作拍片，无论合作方有多少，各方利益要兼顾。影片完成后，争取在影院取得好的票房，也能在电影频道取得高收视率，大家实现双赢。

最后，我代表电影频道希望今天参加会议的各方代表，怀着对中国电影无限热爱的情怀，共同努力，真诚合作，为2013年完成好党和国家交给我们的各项任务努力拼搏，争取更大的成绩。

2012年电影频道出品电影概况

董瑞峰　电影频道电影创作部主任

2013年1月28日，国家广电总局党组正式批复：电影频道电视电影部更名为电影创作部，这意味着我们大家共同的电影事业已不仅仅是制作电视电影，这也为将来制作院线电影留出了巨大的空间。从最早的"电视电影"到"数字电影"，再到现在的"电影"，我们"百合奖"的名称也发生了变化。这个名称变化背后反映的是整个中国电影业的大发展大繁荣，电影频道出品电影也是不断地融入到整个中国电影业，这是一个非常可喜可贺的事情。

2012年电影频道出品电影创作生产情况

2012年电影创作部在电影频道节目中心领导班子带领下继续坚持现实主义创作方向，坚持"三性统一"和"三贴近"的创作原则，认真执行电影频道出品电影创作管理程序和各项规章制度，尊重电影艺术规律，严格把握好导向和质量关。2012年全年共完成电影作品92部，经电影频道电影审片组综合评级，其中4.75分及4.75分以上作品27部，优秀率达到29％。超额实现了中心年初下达的年产不低于90部、优秀作品率不低于25％的创作管理目标。

这里说明两点：一是我们年产量，从以前100多部压缩到去年90部的目标,最后完成92部,我们整体的思路和目标是开始压缩规模,加大单片投资,要提高质量。二是优秀率以前是按照4.5分来计算,2012年是以4.75分来计算。

在2012年创作的92部作品中,现实和革命历史题材电影共60部,占全年总产量的65%,具体题材比例如下:

1. 现实题材作品42部,占全年总产量的46%;
2. 革命历史题材作品18部,占全年总产量的19%;
3. 古装年代题材作品32部,占全年总产量的35%。

和往年相比,革命历史题材作品所占比例略有下降。主要原因可能是收视压力带来的,我们要抓一些有收视的古装年代题材,但是我们还是应当以革命历史题材和现实题材为主,在题材选择和分布上应当注意这样的比例。

2012年,为了向党的十八大献礼,我们精心组织拍摄了电影频道第一部3D电影《国徽》,这也是中国第一部由本土团队、本土技术力量和本土资金拍摄的全实拍主旋律3D电影;以及纪念邓小平同志诞

《国徽》

辰108周年的电影《红星闪耀》,这也是2012年8月23日纪念邓小平同志诞辰108周年播出的唯一一部专门制作的故事影片;此外比较突出的还有反映当代消防官兵的《火影雄兵》、反映新时期改革开放的《大碗茶》、表现基层公安英模的《有事找王江》、反映守岛士兵生活的《做只海鸥也挺好》、反映党的基层干部的《一乡之长》、反映新疆建设兵团的《整编岁月》等,并在十八大召开前后挑选其中部分影片展映,取得了比较好的效果。

对于系列电影的创作,我们的目标很明确,就是要提高收视率,因此在题材的选择上,我们第一位就是要考虑收视预期。2012年我们一如既往,继续打造了一批具有较强收视竞争力的作品。我们继续组织拍摄了《成成烽火》系列后5部,以及《共和国名将》系列、《水浒人物》系列、《火线追凶2》系列、《弹无虚发》系列、《父子神探》系列、《古代名医》系列等。

2012年电影频道出品电影收视情况

2012年根据整体收视统计,电影频道对晚间黄金时段进行了重大调整,晚间黄金时段以前是19:35分准时开始,现在我们调整出两个播放国产影片的黄金时段,第一黄金时段是在晚上19:00准时开始,第二黄金时段是在21点左右开始。电影频道每天播放11部电影,其中9部是国产片,2部是外国片。

2012年CCTV-6全年共播出中外影片4169部次,播出国片3425部次。其中全年共播出电影频道出品电影827部次,占国片播出总量的24%。2012年黄金时段共播出国片546部次,其中播出电影频道出品电影124部次,占黄金时段国片播出总量的22%,平均收视率为1.13%。关于收视率这个问题,由于新媒体的冲击,现在全世界电视收视率都呈现出下降的趋势,有统计数据表明,从20世纪90年代初期到现在,全球的电视收视率可能下降了近1/3,从国外比较有名的电视台如BBC、CNN,到我们国内的电视台,都呈现出收视下降趋势。现在我们收视率达到1%,可能就相当于几年前的2%,收视竞争压力非常大。所以,电影频道出品的电影就相当于很多省级卫视独播剧的概念,要为电影频道的整体收视作出自己应有的贡献。为什么讲这么多数据？以往大家拍完影片交给频道审查修改入库以后这项工作就算完成了，似乎收视率跟创作者没有太多关系，现在看来大家肩上的任务还是很重的。

2012年首播新国片260部，其中首播电影频道出品电影70部，占全年首播新国片总量的27%。黄金时段首播新国片140部，其中首播电影频道出品电影49部，占黄金时段首播新国片总量的35%。黄金时段进入频道当周前10名的电影频道出品电影有86部次，占黄金时段播出电影频道出品电影总量的75%，黄金时段进入央视当周前30名的电影频道出品电影有37部次，占黄金时段播出电影频道出品电影总量的32%；黄金时段收视率1.0%以上的电影频道出品电影共73部次，占黄金时段播出电影频道出品电影总量的59%；黄金时段收视率2.0%以上的电影频道出品电影共4部次，占黄金时段播出电影频道出品电影总量的3.2%；黄金时段播出的电影频道出品电影进入频道前10名的89部次，占该时段电影频道出品电影播出总量的72%；黄金时段电影频道出品电影进入央视前30名的38部次，占该时段电影频道出品电影播出总量的31%。

电影频道出品电影为频道的收视率作出了重要贡献。2012年电影频道出品电影年度收视冠军《神勇投弹手》收视率达到2.29%。这部影片特别值得我们去研究。它屡次播，屡次收视率过2%，现在收视率过2%的概念相当于以前的4%或者5%，非常不容易。为什么这么一个抗战题材的影片，它能创造这么高的收视率？我们要分析观众为什么对这部影片情有独钟。它是一个主旋律电影，又给我们创造了极高的收视率，因此是一个非常有价值的电影，而且我们投资不高，是很小的投资。很多时候，我们100多万元投资片子的收视率要超过那些几千万、上亿投资片子的收视率，原因是什么？因为那些大投资电影很多已经在院线放映过了，视频网站上也已经播过了，它的价值已经被开发很多了，如果再在电视上播出，就不会有很多人看。而我们自制、独播的电影频道出品电影，在别的地方是看不到的，有它独特的角度和美学，别看是小投资，却创造了大价值，这是我们的独家资源和核心竞争力，也是大家所从事的事业最吸引人的地方，也是电影频道出品电影的独特价值所在。

《神勇投弹手》

2012年电影频道出品电影获奖情况

2012年,我们在各大电影奖项的评选和参展中也取得了较好的成绩。

1. 第12届全国精神文明建设"五个一工程"奖

影片《信义兄弟》、《惊沙》获全国精神文明建设"五个一工程"奖。

2. 第12届电影频道电影百合奖

影片《旋风司令韩先楚》、《信义兄弟》、《骆驼客》、《百年情书》、《成成烽火》获一等奖。

影片《父亲的草原母亲的河》、《抵抗!抵抗!》、《盛糖乐队》、《糖豆八部》、《双人床条约》获二等奖。

影片《足球小子飞毛腿》获优秀儿童片奖。

影片《孔庆德生死护送卡尔逊》获评委会奖。

邢原平(《信义兄弟》),郎云、沂生、刘慧东(《成成烽火》)获优秀编剧奖。

高峰(《骆驼客》)、金舸(《百年情书》)获优秀导演奖。

谭凯（《旋风司令韩先楚》）、李雪健（《百年情书》）获优秀男演员奖。

蒋梦婕（《百年情书》）、夏花（《盛糖乐队》）获优秀女演员奖。

3. 第19届北京大学生电影节

影片《骆驼客》获最佳电视电影奖。

高峰（《骆驼客》）获最佳电视电影导演奖。

夏花（《盛糖乐队》）获最佳电视电影女演员奖。

苗驰（《糖豆八部》）获最佳电视电影男演员奖。

4. 第15届上海国际电影节电影频道传媒大奖

陈旭竹（《骆驼客》）获最佳新人女演员奖。

拜海提·牙合甫（《骆驼客》）获最佳摄影奖。

5. 第3届"中国影协杯"电影剧本大赛

影片《成成烽火》、《信义兄弟》获第3届"中国影协杯"优秀电影剧本奖。

6. 第11届公安部"金盾文化工程"奖

影片《一线缉毒》、《守望者》、《沉默的荣誉》获"金盾文化工程"奖。

7. 第8届北京青少年公益电影节

影片《小小代校长》获青少年最喜爱的影片奖。

8. 第1届巫山"神女杯"艺术电影周

影片《守望者》、《惊沙》获优秀故事片奖。

影片《惊沙》获优秀美术奖。

9. 国家广电总局迎接党的十八大国产重点影片推介活动

影片《一乡之长》、《大碗茶》入选26部重点推介影片。

10. 第25届东京国际电影节

影片《万箭穿心》入围主竞赛单元最佳影片。

颜丙燕获得主竞赛单元最佳女主角提名。

11. 第36届加拿大蒙特利尔国际电影节

影片《危城之恋》入围世界聚焦单元。

12. 第13届朝鲜平壤国际电影节

影片《血源》入围主竞赛单元。

影片《成成烽火》入围展映单元。

13. 第 26 届法国 FIPA 国际电视节

影片《太阳开花》、《危城之恋》入围展映单元。

另外，电影频道出品电影在 2012 年 4 月第二届北京国际电影节、2012 年 6 月台湾第二届"两岸电视电影展映暨论坛"、2012 年 10 月美国洛杉矶中美电影节上进行了多次展映，获得了电影界同仁的高度评价。

从"电视电影"到"院线电影"的思考

前不久，盛大文学投资 10 亿元成立了一个"编剧孵化公司"，签了很多编剧，购买了很多作家的作品版权，从前期垄断了剧本资源。这对于我们每个制片公司来说都敲响了警钟，大家一定要把剧本放在一个特别高的位置。

目前，在电影创作领域，大家在剧本投入方面还是相对较少，而好剧本恰恰是一部电影成功最关键的前提，如果没有这个一剧之本，后面的一切都无从谈起，没有这个"一"，后面的"零"都不算数。所以大家一是要加大对剧本的投资；二是要重视对于年轻编剧人才的挖掘和培养。不是像往常一样，他写一个故事，然后我们看看行不行。我们需要一个市场倒推机制，应根据我们频道的收视需求，有针对性地去选择题材，去选择合适的编剧。根据电视市场、院线市场的需求，观众想看什么，倒过来去选择题材，然后去写剧本，这样才符合现在的创作规律和频道需求。

大家一定要在剧本的策划上投入更多的精力，要在剧本的扶持上投入更多的精力。好的小说会提供非常好的文学基础。一部文学作品可能里面没有很多可用的故事情节，但也许里面的一句话启发了编剧，它就有价值，电影可能就找到很好的文学基础。我们在审片过程中也看到，很多在小说基础上改编的电影，它的剧作就比较扎实。当然原创电影也有好的，但好的小说会提供一个相对成熟的基础。在这个基础上再进行二度创作，相对容易一些。

在我们每年 90 部的创作任务中，可能 90% 还是为电视播出来制作电影，但是也要尝试琢磨一些院线电影。大家可能已经感觉到，目前整个中国院线电影市场非常繁荣,但也受到很多外国大片的冲击,在这样的背景下,既然我们电影频道出品电影已经是中国电影的有机组成部分,这就意味着我们也要自觉承担这份责任,为中国国产电影票房贡献自己一份力量。

我们要在保证电视收视的情况下,大胆尝试院线电影。如果我们每年90部电影中能有几部在票房上取得成功,就会提高整个国产电影在全年电影票房中的比例。特别是中国电影的银幕数也越来越多,以前一个片子票房过亿好像是很难的事,现在已不是很遥远。

最近一个例子,赵薇导演的《致我们终将逝去的青春》,在五一档期短短五天时间票房过了3亿元,这不是什么大制作电影,就是一个中等规模投资的电影,其实跟我们以前做的很多电影气质上很相似,属于文艺片,只是把文艺片变得有商业属性,有话题性。如果换了一个导演来做,可能就是默默无闻,因为是赵薇来导,因为整个电影营销非常精准,估计这个票房还要往上走。

再比如说薛晓路导演的《北京遇上西雅图》,这部电影投资也不大,这跟我们以前拍的电影气质很相似,预计也会有不错的票房。对于院线电影的目标,我们稍微跳一跳是够得着的,希望这次会议以后,大家开始去思索,去探索转型,不是全部都转,有能力、有资源的一部分人可以先转起来。一开始不能跟上的还是继续拍以前为电视播出服务的电影,最终可能大家会走到一起。因为现在中国电影银幕数是1万多块,而美国有4万多块银幕,当中国银幕数达到4万块的时候,这个电影市场的蛋糕是多大?我相信中国电影票房肯定会不断增长、高速增长。如果我们不在这里面占有一席之地,就会被永远排除在外。

培养新人,还是我们一个很重要的任务,只有不断让有才华的年轻电影人进入到我们创作队伍来,我们这个事业才能做得更大。我们应该寻求一些对策,包括加大主动策划组稿的力度,大胆起用新人等机制。

电影频道出品电影的创作人员、艺术家们常年在低成本的环境里运作,积累了非常丰富的经验。在北京国际电影节上我跟国外一些电影同行会有交流,当问起我们每部电影投资多少时,我告诉他们大概是20万欧元、20万美元，他们都不敢相信，但我们就是用低成本拍成了，特别是当他们看到《万箭穿心》这样的片子后，他们很震惊。包括前段时间迈克尔·贝到北京来，我陪他的团队看了我们的3D电影《国徽》，他们非常惊讶于我们的投资成本。我们的团队、制片人、导演常年在低成本环境里面运作，所以给点阳光，他就灿烂，这也是我们进军院线电影的独特优势。

当然，我们现在也要清醒地认识到，做院线电影虽然是很好的事情，但我们也要考虑这毕竟是一个高风险的事情，大家"心要热，头要冷，脚要稳"。不能光看到人家高收入、高票房，同时也要看到那些票房惨败、血本无归的例子。我们的目标是以小博大，在可控范围内争取票房积少成多，上不封顶，这是我们接下来努力的目标。

这里需要特别强调一下"联合出品"的概念，大家在以往的思路上都希望频道独家投资，但现在社会上实际有很多资金，他们只是找不到合适的项目，大家要主动出击，不能坐在家里等着电影频道一家投资，这是很被动的。因此，大家要想办法主动从社会上找一些资金，包括将来的合拍，国外的资本都要考虑，这样共同把蛋糕做大，我们的事业才会越做越好、越做越强。

2012年电影频道电影创作述评

李国民

  2012年电影频道共摄制完成92部影片。其中入围电影频道电影百合奖的有17部。下面，我就这17部入围影片，谈点个人观感。

  电影频道本年度口碑最好的影片是《万箭穿心》，媒体上评论很多，基本都是正面，还被选中入围了东京国际电影节和北京国际电影节的主竞赛单元。颜丙燕不止一次在不同场合获得了最佳女演员奖。性学专家李银河女士甚至说："这是自曹禺《雷雨》之后最好的一部电影。"原小说作者方方也对电影的改编十分满意，称"其精彩程度出乎我的意料"，"颜丙燕把李宝莉演活了！"当然，我们可以不同意她们的评价，但我们不能不思考她们的观点。为什么李银河会泪流满面发出那样的慨叹："原来一直觉得中国电影还没到可以看的程度，这部影片竟使我改变了看法！"

  就我个人的感悟来说，我认为影片《万箭穿心》除了它的现实主义品格和写实主义风格之外，最重要的就是它直截了当地、尖锐深刻地提出了李宝莉之惑，发出了李宝莉之问。李宝莉自始至终都没有弄明白，为什么她盼星星盼月亮，终于盼到有了属于自己的房子，丈夫马学武却在分到房子的当天晚上突然提出跟她离婚？李宝莉自始至终都没有弄明白，为什

综合视点

她大半辈子含辛茹苦，不舍日夜，一心想把儿子抚养成人，可儿子在考上大学以后就把她从家里撵出来，不认她这个妈？以至于李宝莉不得不发出这样的哀叹："我真傻，真的，我巴心巴肝地为别人，到头来却没落下一点好。"走投无路之际，李宝莉碰到了建建，李宝莉实际上是被建建奸污了。而当李宝莉想真心对待建建时，反被建建说成是人肉买卖。最后无家可归，她竟又投入了建建的怀抱。这一切究竟是为了什么？不仅李宝莉没有想明白，我们真的想明白没有，也应该画上问号。在影片中，丈夫、儿子和婆婆是想明白了，原因就是李宝莉告发丈夫马学武与别的女人通奸，并被抓了个"现形"，致使马学武自杀身亡。但我们能认同这个理由吗？要知道李银河是从女性权利的角度来评价这部作品的，作者也是把李宝莉当作一个坚强的女性来写的："纵使万箭穿心，也要挺住！"显然她们并不一定同意丈夫、儿子、婆婆的看法，那么我们呢？性格决定命运，命运不拒抗争。到底怎么评价李宝莉的性格和命运，也许这一时还很难找出一个共同的答案，但没有答案可能就是答案，这也正是影片的高明与深刻之处。

电影频道本年度收视率最高的影片是《神勇投弹手》，首播收视率达到2.29%，就是说当天晚上全国大约有2500万观众同时观看这部影片，相当于国产大片在影院观影人次总数的3—5倍。要知道《神勇投弹手》不是一部主打收视率的商业影片、娱乐影片，甚至也不是典型的类型片，而是一部不折不扣的所谓的主旋律影片。那么，这部所谓的主旋律影片为什么能够打破一般主旋律的传统宿命，取得如此高的收视率呢？我觉得最主要的原因有两点：一是"战争加传奇加喜剧"的形式，一是"傻子"英雄的塑造。"战争加传奇加喜剧"从来讨好，冯小宁的《举起手来》在频道创造8%的收视高点就是最好的证明，这次又再试不爽。但我认为影片《神勇投弹手》的最主要艺术成就还是对傻子这个英雄形象的塑造，这是创作的难点，也是取胜的关键。在傻与不傻之间，分寸感的把握必须恰到好处。写不到位，没有特点，写过分了，失去真实。影片通过主人公与战友、与首长、与其引路人甚至与敌人之间关系的真实描写，生动地演绎了傻与不傻的辩证法，塑造了"傻子"英雄的独特形象。我们常说，聪明反被聪明误，就是说聪明人聪明过头了，反而会办一些傻事；我们也说，傻人有傻福，就是说傻气一点的人有时反而会办出很漂亮的事来，正如影片的陈傻子一样，也许"傻"正是他成为英雄的重要因素之一。这样看来，《神勇投弹手》还包含和展现了一些生活经验和哲学道理，对现实生活不无启示。有人说，当今社会"狗"性过剩，"狼"性不足，我认同；同样，我认为当今社会"奸"气过重，"傻"气缺乏，你认可吗？

电影频道本年度分量最重的影片是《穿过忧伤的花季》，它直面当下，直面现实，直面当下现实中农村实际存在的生存危机，把留守儿童、留守老人的无助、无奈又无怨、无悔的生活，真实、尖锐地呈现在观众面前，让人感到一种沉重、一种凝重和一种庄重。据统计，全国有四千多万留守儿童，和大约数量相等的留守老人。他们在最需要父母抚爱的时候，父母却不在身边；他们在最需要儿女看护的时候，儿女却不在眼前。这一老一小，相依为命，过着孤苦伶仃的生活。这种严酷的社会现实，这种严重的社会问题，不仅政治家应该关注，文艺家也应该关注，为孩子们呐喊，为老人们发声，展现作家、艺术家特有的人道使命和悲悯情怀。

影片所营造的孤独感非常强烈。陆奶奶终日与芦花鸡为伴，芦花鸡丢了，她的魂也丢了，芦花鸡死了，她的命也没了；向爷爷与骡子、毛驴为伍，终日和它们一起耕耘、劳作，寂寞时就和这些哑巴牲口说话唠嗑；星儿最幸运，她有奶奶陪伴，还有小狗为友，但最后小狗死了，奶奶死了，她也不得不离开农村，离开自己的家与学校。影片结束时，星儿告别了自己的房子，但奶奶没了，狗也没了；星儿告别了陆奶奶的房子，陆奶奶没了，但烟熏火燎的痕迹还在；星儿告别了向爷爷的房子，向爷爷还在，但我们并没有看到他的身影，不经意间，这种孤独感不动声色便显露无遗。

影片的可贵之处还在于它没有沉湎于这种忧伤之中，而是努力穿越忧伤寻找光明。创作者从励志的角度呈现这段在某种意义上说也是中国改革不得不经历的必然过程，不仅增强了影片的正能量，也赋予了影片应有的历史感。影片把男女主人公定位于两棵风雨飘摇的小草，没有大树依靠却互相扶植，共同成长，是非常精准的。

电影频道本年度最接地气的影片是《有事找王江》，它是一部英模片，取材于真人真事，故事发生在农村，主角写的是警察。但这绝对是一位与众多警察不一样的警察,一位最不像警察的警察,一位放在农民堆里挑不出来的警察。我记得我小时候,家里老人常常用警察来了吓唬我,我也真的很害怕。但这位男性警察王江,却像个邻居大妈一样,一副热心肠,专管那些别人不愿意管、管不了也管不好的事,并形成了习惯,以至于村民在房山头上写着"有事找王江"。但这可不仅仅是一句口号,而是一种承诺,大家有事找王江,王江办事为大家。天长日久,积劳成疾,王江死了,为民办事累死了,为民操心操死了。然而那面墙还在,那句口号还在,原原本本,真真实实,没有任何修饰、美化,但它在农民心中却十分神圣,甚至连贴个小广告老乡们都不让。谁也不能拆掉人们心中的丰碑,谁也不能玷污人们心中的英雄!当影片在这里结束时,留给观众的是一种怎样的震撼!

影片的风格也和这个警察一样,普普通通,老老实实,那种原生状态,那种粗糙质感,仿佛这不是一部电影,而是一片生活。李易祥的表演也出神入化,浑然天成,让你觉得他不是演员,他就是王江,也许熟悉王江的会认为他比王江还王江。

电影频道本年度选材最特别、视角最独到的影片是《天津闲人》,

《天津闲人》

创作者把天津的市井无赖作为主要描写对象，却要表达一个抗日锄奸的爱国主义主题，这本身不仅需要胆量，而且需要智慧。苏鸿达与俞秋娘都是一些边缘人物，但经过创作者的巧妙运作，最终竟置身于时代的旋涡，并不得不做出严肃的政治选择。苏鸿达和俞秋娘也是一些变态人物，但唯独没变的是他（她）们内心深处的民族大义和民族尊严。创作者正是在这种嬉闹的荒诞之中，传达出了悲剧的崇高，还有主人公身上那一点点还没有完全泯灭的些许柔情。创作者用老照片再现天津的历史风貌，用说书人讲述故事的来龙去脉，也是一种聪明的选择。

电影频道本年度最具重大革命历史题材品相和品质的影片是《国徽》。国歌、国旗、国徽是国家的基本象征，是国家的Logo，代表着国家和人民。国歌、国旗已经有了影片来表现，现在电影频道又拍了一部《国徽》，无疑填补了一项题材上的重要空白。影片又是用纯粹的3D技术拍摄的，这在电影频道无疑也算是一个大胆的尝试。电影《国徽》以国徽的设计和铸造为两条主要线索，既相对独立，又交叉进行，叙述的逻辑是清楚的。通过对国徽设计和铸造具体描写，影片宣讲了国徽的意涵，普及了国徽的知识，表现了广大人民群众对国家的热爱，是一部弘扬爱国主义精神的好影片。我个人认为，电影《国徽》的最独特、最闪光之点，就是它在一定程度上展现了从领导人到普通群众，从设计大师到铸造工人，各个阶级、各个阶层对国徽的想象，从而表达了整个中华民族对新中国诞生的发自内心的期盼，使一个严肃的政治题材，具有鲜活的艺术气息，实在难能可贵。

同样是重大革命历史题材的影片还有《红星闪耀》，它是写邓小平因路线之争被贬办《红星报》的故事，毛泽东、周恩来与王稼祥、博古等我党当时的重要领导人物悉数出场，时间节点又在5次反围剿、遵义会议前后，展现重要人物、重大事件，当然显得特别重大。影片的优点就是主线清晰，叙事流畅，贯穿感、节奏感都很好。影片拍得也比较严肃、认真，场面很宏大，气势很磅礴，把当年革命战争年代那种典型环境营造出来了。对于投资较少的数字电影来说，这也是难能可贵的。

《延安电影团》是为纪念毛主席《在延安文艺座谈会上的讲话》

发表70周年而作，也是第一部写中国革命电影发端的开拓之作，其意义不言自明。《延安电影团》成功之处就在于它非常真实地再现了1942年前后延安革命文艺工作的客观面貌，是对《讲话》诞生的历史环境的准确诠释，也是对《讲话》传达的精神内涵的形象解读。那个时候的文艺工作和文艺工作者就是那个样子，不管你今天如何重新审看，如何重新评价，但它和他们的历史地位、历史作用是抹杀不了的，《在延安文艺座谈会上的讲话》所阐发的基本思想——"文艺为人民服务"将永放光芒。

《成成烽火》是一组系列电影，一共拍了10部。2012年是将多部剪成一部参评，突出事件的完整性，强调历史的纵深感；今年是将其中的一部单独拿出来参评，截取一个横断面，彰显其饱满度。今年的这部参评影片《成成烽火之绝杀》，最大特点就是创作者汲取类型片的经验，用以包括一部战争片，重力在渲染"绝杀"上下功夫，场面极其震撼，情节异常紧张，在弘扬革命英雄主义精神的同时，增加了影片的可看性。与此同时，又注意刻画人物形象，使主人公在成功地实现了由学生向战士的转变之后，又成功地实现了由战士向英雄的重大转变。

军人的无上崇高最终就在于他们的视死如归。我们常说，生命没有等价物，但在军人看来保家卫国比生命更重要。在和平时期，每天都面临生死考验的兵种首先就是消防兵。因此，用电影向消防兵致敬，是艺术家的良知。《火影雄兵》通过原本温情脉脉的爱情故事展现消防官兵一不怕苦、二不怕死的革命精神，立意和构思是非常巧妙的。在这里，创作者自觉不自觉地运用了英雄片加爱情片的模式，打的还是英雄美人牌，但屡试不爽，收获了较高的收视率，达到了1.73%。这当然与影片惊险的救火场面和揪心的情感纠葛有直接关系，坚毅与温情，革命英雄主义和革命乐观主义是照亮这部影片的两座灯塔。

大碗茶和小岗村一样，这一大一小都是中国改革开放的标志性事件。正是这些起于青萍之末的小震颤，才最终酿成了改变中国命运的大风暴。与电影《十八个手印》成功地描写了农村改革的发轫一样，电影《大碗茶》也成功地描写了城市改革的缘起，是人们温习改革开放的好教材。前事不忘,后事之师,温故才能知新。回顾当初的改革之难,今天看起来可能是一场笑话,但改革确实就这么走过来的。如果说这是一出笑话,那么这出笑话的版权也是属于我们自己。我们应该深刻反思,并从中汲取进行新的改革的决心、勇气、智慧和力量。目前我国的改革已进入攻坚阶段,回头看看过来的路,从最基本的意义上说也会避免我们半途而废、前功尽弃,这正是我们看中《大碗茶》的地方。从艺术上说,《大碗茶》生活气息很浓,时代气息很浓,北京味很浓,人情味很浓,主人公李盛奇这个人物形象地树立起来了,让我们再一次看到了时代怎么逼迫一个人,怎样推动一个人从平民成为英雄。李盛奇就是一位将永载史册的平民英雄,为他立一部传,同为邓小平立一部传一样,都很值得。

《深呼吸》写的是一个心理治疗和心灵救赎的故事,是一部比较深刻的影片。它的深刻性主要体现在主人公狱警穆春红身上的彻底的人道主义精神和真诚的人道主义情怀。在穆春红看来,犯人也是人,不管他曾经是杀人凶手,还是混世魔王,当他一旦自觉或被迫终止犯罪之后,就应当给予他一个正常人的待遇。与他沟通,同他交流,唤醒他的人性,拯救他的灵魂。正是在这种专业操守和伟大母爱的指引下,穆春红通过艰苦耐心的心理治疗,终于化解了犯罪分子与司法机关、与亲生父亲、与受害者也是前恋人、与后妈之间的阻隔、怨艾,完成了自身的心灵救赎。故事巧妙地把所有主要人物都编织到一个重组家庭里来,给故事的发展、情节的推进提供一个紧密交错的空间和强烈撞击的动力,同时也在这个过程中扩大、深化了穆春红的人道主义情怀,她以同样的宽广和挚爱超越了她和她的后夫、后夫的女儿以及自己女儿之间的障碍,使大家都能和谐地共处在一个屋檐下,过着有情、有爱、有原则也有尊严的生活。归根到底,影片的最终成就还是塑造了一个高墙里面好警察的形象,让我们切实地感受到了监狱里边的人道主义光辉,岳红的表演也可圈可点。

《反角度美丽》选取生活的角度确实比较巧妙、比较智慧,也确实给影片增加了一丝美好、一抹靓丽。影片通过唐晓菲这个漂在城市的乡下女孩,无意间被星探发现,终于成为一名水银灯下、T型台上的清纯脚模,从而告诉那些失意的人们,要经常换个角度看自己,发

《深呼吸》

现自己的美丽,塑造美丽的自己,唤醒自信,发掘潜能,实现自我确认。在任何时候、任何情况下都不能被动地让命运选择自己,而要主动地让自己选择命运,实现属于自己的人生目标和人生价值。仅仅是这种创意和主旨,我觉得就值得充分肯定。

《太阳花开》是写一位痴迷的音乐信徒与一名天才的音乐少年的故事,表现了在那个疯狂年代一种文化对人的戕害和另一种文化对人的抚慰。"文革"的背景,救赎的主题,这是一个看到开头便知道结尾的故事,仿佛让人觉得一览无余,乏善可陈,但是它所弥漫的那种意境,环绕的那种气氛,散发的那种味道,包括对于农村底层干部、群众在故事中的生存状态和行为方式的描摹还是深深地打动了我。就像一支哀婉的安魂曲,抚慰了那些绝望的心灵,让其产生"生"的希望和"进"的动力,也使我们在观看时时不时地发出声声叹息,产生丝丝战栗。愚昧和迷信是一对孪生兄弟,但真诚和真实会帮你擦亮眼睛,校正准星,帮你找到真相和自尊。正是那个把音符当成密电码的人,以深厚的爱恋拯救了那个把音乐当成圣经的人。人生常常处在十字路口而茫然不知所措。正如影片中驹儿所叫喊的:"人啊人,俺这儿只有两盏灯,一盏照亮天堂口,一盏照到地狱门。"你究竟会走向哪里，只有上帝知道。这是生命的困境，也是人性的窘途。正如影片中盲人歌手所唱道的："谁说那个桃花红，谁说那个杏花白，瞎瞎这辈子啊，我可没看出来。山路开花漫天天长，太阳开花啥模样，这辈子费思量。"但不管瞎瞎看没看出来，想不想得到，桃花依然是红的、杏花依然是白的，太阳依然是光明的、温暖的，只要是晴天。

在本次电影频道电影百合奖入围的17部影片当中，儿童题材的一共有5部——《穿过忧伤的花季》、《三角地》、《延安往事》、《孙子从美国来》和《骡子的10000米》，其中前两部又是从儿童小说改编的。5部影片都很优秀。但是，比较起来，相对而言，我个人认为还是《骡子的10000米》更像儿童片，更具有儿童片的特质。影片写的是一个极富爱心的教师帮助一个酷爱长跑的学生的成长故事，故事讲得很单纯、很顺畅、很真实、很感人，特别是对骡子性格的描写，质朴而自然，饱满而含蓄。骡子的年龄虽小，却像泥土一样踏实而坚韧，非常有生活感，也非常有艺术感。细节的捕捉与运用是本片的一大特色。骡子开头追小汽车、讨洗车钱的情景；骡子从深圳回来，没赶上公交车，自己从深圳跑回来的情景；骡子在老师房前跑来跑去，用脚步声向老师承认错误的情景；所有这些看似无心，却是有意，把骡子酷爱长跑的个性形象地呈现在我们眼前，既突出了人物的特色，也彰显了生活的质感，让人感到特别亲切。这部影片融合了励志、竞技、阳光、爱心，尊重孩子的兴趣，解放孩子的天性，给每个孩子以更好选择的机会，真正把孩子当成第一主人公，这对儿童片来说都是十分重要的。

《孙子从美国来》的成功在很大程度上得益于演员的表演。罗京民的表演很有亲和力、感染力，一出场，两句话，三五个表情就把观众抓住了，你想不往下看都不行；丁佳明配合得也不错，像个美国孩子，很调皮，很有个性，也很招人喜欢。整个影片掐头去尾，基本就是爷孙两人的对手戏，一老一小，一中一外，博得满堂彩，十分不容易。整个电影通过一些鸡毛蒜皮的身边小事、琐事，写出祖孙两人的冲突，写出了祖孙二人从陌生到熟悉、从排斥到吸引、从冤家到朋友的发展过程，揭示了在人性、人情基础上，人类的理解与沟通、凝聚与融合，具有普世价值，作为东西方文化符号出现在影片里的玩具蜘蛛侠和皮影孙悟空是完全可以共生共荣、和谐相处的。

《三角地》是一部儿童片，也是一部合拍片。它把著名儿童文学作家曹文轩的作品搬到台湾地区去拍摄，这本身就是一种大胆的尝试，而且取得了成功。影片拍得非常沉稳、非常纯净，充满着正宗、浓厚的台湾味道，让你沉醉，让你痴迷，完全忘记了这个故事原本来自祖国大陆。故事写的是一个问题家庭，主角是一帮问题孩子，但作家、艺术家们却没有带着偏见去看待他们，而是以平等、尊重、热情、拥抱的姿态去赏识他们，理解他们的困苦，发掘他们的未来，引领他们在精神的废墟上重拾生活的信心，寻找人间的美好，表现了作家、艺术家的博大胸襟和慈爱心怀，让人似乎感觉到了一种高屋建瓴、俯瞰人生、包容万物、普度众生的宗教观照，具有某种形而上的意蕴。相对于一般的作品，《三角地》确实要高出一筹；特别是在儿童文学作品中，这更加难得。

电影频道出品电影
纵览2013

用叙事智慧凸现艺术多元竞胜新气象
——观第13届电影频道电影百合奖获奖作品札记

黄式宪

恰值5月鲜花盛开之季,在第13届电影频道电影百合奖的颁奖典礼上,出现频率最高的两个关键词是:"改变与拓展"。最令人鼓舞的改变,显然是百合奖自身的被再命名。CCTV-6电影频道自2001年创设电视电影百合奖为起点,2006年易名为数字电影,到2012年,所有数字电影皆被纳入电影局故事片管理和统计的范畴,再到今年1月,原电视电影部获准正式更名为:电影创作部。从1999年3月推出第一部电视电影《岁岁平安》始,截止到2012年年底,电影频道自制电影产量总和已达1519部。这十多年来,它从无到有、不懈不怠地坚持拓展与奋进,终于迎来了百合电影品牌在产业意义上的升级,电影频道不只是发现和培育新人的一片"绿洲",与此同时,更成了国家级电影产业的重要基地之一,令人不胜欣喜。

作为国家级电影产业的一个重镇,它需要自觉承担起时代赋予的文化使命,与时俱进,开拓创新。特别在2012这个非同凡响的年份,因"中美电影新政"的实施而出现了文化的震荡和新的变局。面对好莱坞以3D营造豪华视觉盛宴的大片和诸多"重口味"类型片掀起的泛娱乐化风潮,电影频道自主出品的电影,俨然独立寒秋、急流勇进,靠的是什么?——靠的是对生活葆有着独具慧眼的发现，靠的是用叙事智慧摆脱了浮躁、乏味而刻板的窠臼而自出机杼、独见情采，以弘扬现实主义精神而引领着创作的主流趋势，将百合电影品牌有力地融入了中国电影产业自励自强的时代主潮。

巡视 2012 年度电影频道自主出品的电影共 92 部，其中现实和革命历史题材电影共 60 部，占全年产量的 65％。倘若与前几届电影百合奖相比较，本届百合奖作品给我们带来了深感振奋的一种新气象，那就是：一些中青年艺术家的创作，在坚守时代主流文化品格的前提下，将真挚的情怀与叙事智慧交互融合，由此而拓展出一派多元竞胜、繁花争荣的新气象。透过本届百合奖一些出类拔萃之作来看，它们无不紧扣着时代的脉搏，努力捕捉现实的焦点，尤其注重叙事智慧的提升，清晰而集中地呈现出如下三个鲜明的艺术特色：

特色之一，以虔敬之心面对历史，为革命历史题材的开掘及其诗意的重构带来了新的人物、新的故事，让主旋律作品被一股真切的情感暖流所烘托而焕然生辉。

试看影片《国徽》、《红星闪耀》、《延安电影团》和《成成烽火之绝杀》等作品，或抒发着炽热的共和国情结，或描绘了老一辈革命家可贵的人生足迹，或呈现出抗日圣战中青春的传奇。特别是《国徽》，作为一部向党的十八大献礼之作，这是电影频道第一次采用 3D 精心制作的影片，编导者以充沛的创作激情，将镜头对准了当年亲自参与设计国徽的众多知识精英们，如著名建筑学家梁思成、林徽因，工艺美术大师张仃，雕塑家高庄等人；与此同时，更生动地描绘出一幅以焦百顺和顾仲鸣为代表的为铸造国徽而日夜奋战在第一线的工人阶级的英雄群像，那一幕幕为浇铸国徽而铁水钢花飞溅的火热场景，油然焕发出我们年轻共和国诞生之初的历史诗情。而《红星闪耀》则以土地革命第五次反围剿时期红军斗争处在最困难境地的史实为背景，透过散文诗式的笔触，生动地描绘了青年邓小平在担任《红星报》主编期间敢于激扬文字而"反潮流"的一个个感人的故事。而《延安电影团》则以质朴而深情的笔调，着力刻画了吴印咸、袁牧之、徐肖冰及其战友们，毅然放弃了 30 年代摩登的上海，奔赴延安，追求光明，自觉地投身于延安及其革命根据地，展开抗日爱国斗争，他们的青春在大时代的熔炉中淬火而格外瑰丽，为人民电影事业写下了辉煌的一页。再来看《成成烽火之绝杀》，该片以传奇式的浓墨重彩，着力塑造了一个投笔从戎的学生兵刘振和的艺术形象。在 1942 年日寇对共产党根据地发动残酷"大扫荡"的背景上，他带领一支骑兵小分队与日军龟田中佐斗智斗勇，以少胜多，以弱克强，一举粉碎了日军所谓"篦梳式清剿"而大获全胜。该片将这场敌我较量写得何等惊心动魄而出奇制胜，昭示了一种革命英雄主义的史诗气派。

　　《大碗茶》则属于写改革开放初兴时期的一段民间佳话，它以老北京丰沛的京风京韵和民俗风情见胜，描述街道干部李盛奇当年在前门大栅栏带领着一帮刚从上山下乡返城的知青，由卖二分钱一碗的大碗茶起家，逐渐办成了一个如今已誉满京城的《老舍茶馆》。他不只为知青们谋取了生计，也点燃了他们心中的理想之光。该片叙事的创意和智慧，旨在将历史纪实与传奇笔墨相杂糅，将当年艰苦创业的吉光片羽一一串连起来，生动地展现了一轴庄谐并俱、生机盎然的时代画卷。

　　特色之二，重启电影与文学结缘的路径，以炽热的情怀关注现实，敢于触碰现实的热点话题，为银幕塑造了众多鲜活而富有现实深度的人物形象。

　　例如《万箭穿心》、《穿过忧伤的花季》、《三角地》以及《天津闲人》等影片都是以原著小说作为蓝本，这几部影片在文学改编上做出的探索既是十分可喜的，也是颇具启示意味的。《万箭穿心》是根据武汉女作家方方的同名小说改编的，年轻导演王竞准确地把握了原著那种新写实的独特底层视角，以质朴的纪实镜像刻画出武汉作为水陆码头的地域风情，将镜头直接切入汉正街那狭窄、拥挤、熙来攘往而活力十足的市井空间，而女主人公李宝莉的性格和命运，恰恰就是在这一片市井空间里生长起来的。影片侧重写了她个人的家庭变故，以她在伦理亲情上的挣扎与撕裂而形成了一股内在的戏剧性张力。在丈夫马学武因偷情曝光而投江自尽后，她毅然挑起了家庭重担，扛"扁担"卖苦力、含辛茹苦、无怨无悔，坚持与命运抗争；10 年后，儿子小宝考上了大学，当她举杯庆幸苦日子要熬出头了之际，孰料这个儿子非但不认李宝莉为母亲，反而咬定她当年"报警"是杀父之元凶，居然绝情地将她轰出了家门。至此,她的人生几近陷于绝境,她的内心也由不肯认命而归于宿命。该片以如此浓得化不开的悲剧笔墨,将这样一个天性好强、命运多舛的悲剧女性形象,刻画得活灵活现、入木三分,为市场经济年代留下了一幅难得的市井风俗画。再看《穿过忧伤的花季》,得益于作家王巨成的同名小说,是文学家用自己的慧眼对生活做出的第一度的发现。该片以写实与诗意相交融的镜像,一层层推进着叙事,触及当下农村许多青壮劳力纷纷进城务工,而正处于"花季"的留守少男少女的教育与成长以及空巢老人的孤独与无助等社会焦虑问题,在该片的艺术形象结构里,则深深渗透着艺术家主体性的忧患情思。《三角地》的叙述则别开新局,体现了海峡两岸文学家和电影人一次富于艺术创意的合作。原著小说本是内地作家曹文轩的作品,却由台湾老一辈著名导演陈坤厚将这个故事移植到台湾苗栗县的乡土背景上,可谓"迁想妙得",赋予这个青少年成长的故事以清新的台湾风土特色以及在亲情伦理纠葛中一层层深化的人文气息。这里既有父母亲不堪生存的压力,曾经潦倒一时而失去家长的尊

《三角地》

严；与此同时，作为长子的阿男，则迫于家境乃一度辍学，靠打工来照料四个小弟妹。此后，一家两代人在亲情的回应与相互的扶持下，一步步走出了生活的阴影，曾经脏乱差的家园悄悄地变得和谐了，三角地也重归往昔的美丽，令生活显现出一缕缕温馨的诗意。

而由郑大圣执导的《天津闲人》，则颇为与众不同，它并非写现实的故事，而是运用了荒诞性的手法曲笔入史，使情节波澜迭起，悲剧喜做、妙趣天成。它以天津著名作家林希的同名历史小说为蓝本，再现了1937年抗日战争前夜天津卫一段灰色的历史。主创者带着一种悲天悯人的情怀，俨然俯视着在此种灰色历史里一众社会底层的芸芸众生，其叙述杂糅着丰盈的天津卫本土活力，写尽了市井百态、世态炎凉。故事由海河边一具浮尸为引子，紧跟着招来了靠招摇撞骗混日子的"末等闲人"苏鸿达、"放鹰"（假婚骗钱）的风尘女子俞秋娘以及小报记者严而信为捞钱而将"浮尸"事件越闹越大，孰料怎么"闹"也终未能跳出侯四六爷这位勾结日本鬼子的大汉奸和混世魔王的手掌心；而卑贱如草芥般的"闲人"苏鸿达，则因民族大义唤醒了良知，他的死，竟隐隐地凸现出几分历史的悲凉和沧桑。这部《天津闲人》的诞生，令人不无欣喜地发现，我们年轻的主创者依托着电影频道这一"平台"，其创作思维获得了一种拓展，相应地，其艺术想象之自由度也有了新的提升。

特色之三，近年来，CCTV－6致力于艺术多样性和类型片的开拓，促成电影在风格、样式以及类型模态上的多元荟萃，让银幕凸现出八面来风的多彩生活信息，也给观众带来不同的审美愉悦或娱乐休闲。

事实上，类型片说到底是对观众欣赏惯性和心理定式的适应，比的是讲故事的智慧，是对类型程式能否做出卓见成效的超越和创新。百合奖电影在类型片创作上迭有新品佳作问世，如《我是植物人》，巧借心理情节剧的元素，呈现出都市白领女性深陷"假药门"，在物欲与精神之间产生撕裂，从而引起人们的警醒和反思，还有《糖豆八部》、《盛糖乐队》、《闪婚总动员》等寓庄于谐的都市轻喜剧，也曾蔚为时盛。2012年的《反角度美丽》、《有事找王江》、《深呼吸》、《神勇投弹手》、《孙子从美国来》和《骡子的10000米》等作品，无不在类

综合视点
Overview of the Films Presented by
China Movie Channel in 2013

型的创新上迈出了可喜的步履。如《反角度美丽》以时尚元素来烘托T型台上的时装模特"秀",并暗寓着青春励志的成长主题。再来看《有事找王江》和《深呼吸》,前者将镜头对准了坚守在东北偏远山乡一个普通基层民警王江,其叙事就如同一帧帧农村生活的素描,家长里短、大事小情,大到刑事案件,小到邻里纠纷,他都事必躬亲,守护了一方平安,不幸他因积劳成疾而辞世。作为公安系统一个真实的英模原型,王江虽然走了,而村子里那一面土墙上,依然留存着他亲手书写的粗糙的五个大字:"有事找王江"——不但标示着他对乡亲们的承诺和心迹,俨然也是乡亲们缅怀、爱戴他的一块丰碑。在他生命的里程里,虽并无任何显赫的丰功伟绩,却焕发着由衷而发的亲民爱民、鞠躬尽瘁的人性美。而《深呼吸》的叙事看似平淡、素静,其实却在人物的心理层面作出了深度的开掘,该片着力塑造了在监狱里从事心理治疗的女警官穆春红的形象,她以博大而亲切的人道主义情怀和循循善诱的引导,终于拨开了笼罩在一个年轻服刑罪犯心头的层层乌云,完成了一次艰难的心理救赎。作为一部抗日战争题材的《神勇投弹手》,却另辟蹊径,在叙事的大关节上,不强调写具体战役或战略决战的胜负,而是运用将战争中的个体予以传奇化的技法,落笔写一个富有传奇性的傻大个子的新兵,其智力不高,初入伍时不会使用枪支,也不懂向左向右转,行军时还常常掉队。但随后他所禀赋的奇特生理功能被发现,其臂力非凡,投掷手榴弹既准又远,为连队屡立战功而令日本鬼子闻风丧胆。到了最艰苦的决战时刻,他身负重伤竟拉响手榴弹与鬼子同归于尽。《孙子从美国来》是一出熔东西方文化于一炉的家庭伦理轻喜剧,老杨头原为皮影戏班的老艺人,在遭遇从美国归来的洋孙子布鲁克斯时竟然手足失措,爷孙俩语言不通、习俗迥异,闹得喜趣层出、不亦乐乎,最令人叫绝的是结局,爷孙俩手里各持一个皮影孙悟空与皮影蜘蛛侠,居然演绎了一出亲情和谐的喜剧。至于《骡子的10000米》,作为一部儿童片,以朴实而近乎纪录片的镜像,描写了一个西部贫困山乡的少年罗子航,酷爱长跑,不离不弃,励志向上,并由此改变了自身的命运,而年轻艺术家那份融会于叙事里的爱心与情怀,或许是更值得我们珍惜的。

"百合"花开又一春
——第13届电影频道电影百合奖点评

王人殷

电影频道自20世纪90年代末,在国内率先制作适合电视播出的电影,直到2012年出品了上千部影片。2012年电影频道出品的电影正式纳入中国电影生产的大格局当中,其中部分影片不仅在电视上播出,还进入院线,成为大银幕的一员。一年一度的"百合奖"集中展现了电影频道出品的电影的思想、艺术、制作水平。在年产700多部的国产影片中成为触人眼目的亮点。

第13届"百合奖"的14部获奖影片,突出显示了创作者拥抱生活直面现实的热情,尊重历史的敬畏态度和对艺术表达的探索精神。自觉地传播着主流价值观,以开放的、多元的思维传承着民族文化精神。

创意为主导开拓题材

革命历史题材影片是中国电影独有的类型,然而,往往因为满足于题材的优势,致使影片拘泥于陈旧、一般化的表述,题材重复、雷同屡有出现。相似的题材唯有找到别致新颖的切入角度,深入开掘,方可能构成不一般的故事情节,翻出思想新意。

继2011年拍摄的《成成烽火》系列,再拍摄的《成成烽火之绝杀》(一等奖、男演员奖)以敌强我弱的大青山战斗为主体，结构了营长刘振河带领战士们用智慧和顽强拼搏的精神突出重围战胜日寇的惨烈故事。影片初具大片的格局气度，情节饱满，人物鲜明。在战争类型片与英雄类型片的有机结合中，完成了主旋律影片的传奇性表达，彰显出中国人民不可战胜的英雄气概和爱国豪情。

《红星闪耀》（评委会特别奖）的独特处是从1934年第5次围剿时期，邓小平的第一次磨难切入，围绕着邓小平在逆境中坚持主编《红星报》，书写了这段鲜为人知的经历。其中邓小平看望毛泽东并约请毛泽东撰稿的情节更有揭秘性。这个独特的立意再现出中共历史上两条路线的斗争，具有深刻的认识价值。另一部获评委会奖的《延安电影团》以袁牧之、吴印咸创建中共的第一个电影机构——延安电影团为主线，通过吴印咸的视角，串连起白求恩大夫、延安文艺座谈会、南泥湾开荒等情节，将影像资料与演员扮演相组接，比较真实地记录了延安革命根据地的战斗生活。其意义在于第一次用影像描绘了中国革命电影的起步和发展。

获得二等奖和编剧奖的《孙子从美国来》，以美国小孩布鲁克斯

《孙子从美国来》

和没有血亲关系的中国农村爷爷间发生的一桩桩让人啼笑皆非的趣事,展开两种生活习惯、两种文化的冲突。题材切入点葆有文化意味。蜘蛛侠、孙悟空、皮影戏诸多巧妙的细节饶有风趣地活画出一老一小从互不相让到彼此沟通,以至难分难舍的情感。使这个类似于儿童片的题材延伸出外来现代文化与中国古老文化的碰撞和融会。

贴近社会现实提升思想深意

密切关注当下中国社会变革的大潮,传递普通百姓的诉求,彰显时代精神,始终是电影频道组织创作的主旨。2012年自主出品的92部影片中现实题材占据28%,成为重要的代表性品牌。

对现实生活敏锐思考的《穿过忧伤的花季》(一等奖)受到评委们的一致肯定。创作者面对1亿农民进城打工,5000万留守少儿、老人的空巢境况,以严峻的现实主义精神、悲悯的人文情怀和艺术家的责任感,通过陆星儿等4个农村初中学生在亲情缺失下的迷茫、焦虑和3个老人的无助、孤独构成生动的故事。呈现出中国农村的现实面貌,真实地书写出中国经济腾飞过程中所付出的不可避免的代价。虽为社会问题剧,但不概念化,不说教,在朴素的情感交织和细节描写中,显现出个体生命在社会变革中的命运遭遇。冷峻、惆怅、悲情、期盼汇集出足以令人震撼的思想含义。

获得二等奖的《大碗茶》以赫赫有名的北京"老舍茶馆"创始人尹盛喜的事迹为原型,在真人真事的基础上,把大变革时代放在艺术思维框架里审视重现。围绕着主人公李盛奇带领返城知青以二分钱大碗茶创业,一步步发展成"老舍茶馆"的艰难过程,结构成富有张力的情节主线。影片抓住中国从计划经济向市场经济转型的种种矛盾和阻力,用平民百姓的视角追溯、复现30年前的记忆。李盛奇从为知青谋生计到自觉放弃旱涝保收的公职,体现出他转变观念的精神境界。影片再现了改革之艰难、改革之迫切,体现了老百姓渴望改革的社会发展趋势。《大碗茶》里见精神,可谓微言大义。

各类描写警察或监狱生活的影片形形色色,《深呼吸》(二等奖、女演员奖)别具特色。以监狱心理医生穆春红为中心结构成一个再婚家庭中夫妻、父子、母女之间发生的复杂的故事。然而,影片不以情节取胜，从在狱中不服法的继子切入，沿着穆春红为他进行心理治疗，展开既为人妻又为继母的一个心理医生的内心搏击。岳红的表演内敛含蓄、细腻深沉，展现出女主人公对重病丈夫的爱，以及对继子的救赎。影片在触及现代人情感的同时传达出人道主义精神的光华。

关注人，塑造鲜活的艺术形象

血肉丰满，富有时代感和思想深意的人物形象是电影作品的灵魂。当把镜头对准人的时候，才真正打开了艺术之门。

方方同名小说改编的《万箭穿心》（一等奖，女演员奖），讲述了一个发生在武汉汉正街上的市井女人的故事。颜丙燕饰演的女主人公李宝莉缺少文化，性格泼辣，丈夫是个懦弱的知识分子。尽管李宝莉努力维护家庭，但是丈夫却出轨、自杀，家庭破碎。李宝莉在困境中挑起生活重担，她能吃苦、爱家人，却无法逆转自己的命运，反遭婆婆和儿子的敌视。颜丙燕深入领会到李宝莉痛苦、无奈、茫然又顽强的内心，把握住真实与塑造间的分寸，将李宝莉性格和命运的复杂性生动地展现出来。这个充满生命气息的悲剧性人物，引发我们思考如何对待婚姻、家庭，进而感悟人生的复杂。

《有事找王江》（二等奖、男演员奖）以英模人物为原型，创作者擅长采用平实、朴素的生活化策略叙事，营造出鲜活的东北农村生活面貌。农村基层民警王江终年扎根农村，为乡亲们抓猪、找牛、砌墙到劝架，调解纠纷，村里的大事小情他全放在心上，如同家长似的管辖着如十个澳门大的地区。村民们亲切地喊他"三哥"。扮演王江的李易祥一举一动、一抬眼一张口，浑身透着东北农村的泥土气息，他操着地道的东北口音，话语中透着风趣和乐观，绘声绘色地把这个一心为民的农村片警刻画得活灵活现。王江去世后，村里仍然保留着一面"有事找王江"的墙，它既是王江的座右铭又是乡亲们对他的思念和敬重。

收视率高达2.29%的《神勇投弹手》（二等奖，导演奖）在抗日题材影片中以新颖独特的人物令人耳目一新。农民陈大傻子只为挣到20块大洋娶心爱的媳妇而主动参加八路军。他因过人的臂力而有投弹精准的绝招，导演在炮火纷飞的抗日战地一步步生动地描画出傻子成长为英雄的传奇过程。影片对这个传奇的故事和特殊的人物命运构成的审美把握极为准确,颇具吸引力。

获得儿童片奖的《骡子的10000米》,在单纯的情节中,刻画了一个有奔跑才能的农村儿童形象,他那淳朴、诚实的品性有力地凸显了儿童励志精神。

提倡创新,培育多种类型

电影频道自主创作的电影,在主流叙事中又兼顾艺术性与收视率,包容艺术的多样性和创作者的个性表达。

《国徽》(一等奖,导演奖)是部思想分量很重的影片。通过设计、铸造中华人民共和国国徽的全过程,浓墨重彩地传达出上自国家领导,下至工人群众,以及知识分子、艺术家各阶层对新中国的热爱,对国家未来的激情想象。这部投资1500万元,全部由国内团队制作拍出的主旋律3D影片,不仅具有历史价值和揭秘意义,更显示了导演与创作团队的开拓意识、奋进精神和艺术、技术能力。是一次主旋律影片向高科技挑战的成功范例。

《三角地》(评委会特别奖)将内地作家曹文轩的原著移植成为发生在台湾苗栗人的家庭故事。台湾资深导演陈坤厚运用散文式的少年阿男第一人称叙事,把问题家庭中孩子们的励志、成长和父母的失职描画得真切又富乡土气息。用台湾的人文风情传达出原著的情感,是电影频道第一次跨地域的电影改编。影片用浓浓的文学气息和台湾风光,打开了内地与台湾地域文化的沟通、融合之路。

导演郑大圣选取林希的同名小说拍摄的《天津闲人》(一等奖),在浓郁的天津市井文化环境中选择一个影视作品中少见的混混苏鸿达作为主人公,描写了他行骗混日子到唤起内心的正义的人生经历,折射出1937年日军侵华战争前夕天津社会的动荡和人心百态。导演运用荒诞、嘲讽的叙事风格解读历史,其不一般的构思和表现技巧体现出鲜明的创作个性。内中的世俗情调和民间色彩对拓展影片题材颇有启发。

十多年来,电影频道已然形成成熟的创作、制作模式和管理运行机制,希望在向院线电影进军的同时,牢牢保持开放的现实主义创作精神,实现新突破,攀登新高峰。

综合视点

Overview of the Films Presented by
China Movie Channel in 2013　电影频道

拓展电影空间，优化电影生态
——评电影频道的电影创作和生产

饶曙光

对于中国电影来说，2012年是一个"坎儿"、一个新的发展的分水岭。对于电影频道的电影创作和生产来说，同样也具有分水岭和分界线的意义。

众所周知，电影频道的电影创作和生产有自身的品牌定位、审美定位，有一贯的艺术追求和坚持，并且形成了自身的特色、优势和影响力。从整体上看，电影频道的电影创作和生产体现了对电影品质、电影内涵、电影文化的坚守，塑造了自身良好的形象，成为了中国电影一道靓丽的风景线。现实题材、重大革命历史题材以及主旋律题材是电影频道电影创作和生产的重中之重，可以说是"三驾马车"。从今年"百合奖"获奖作品看，电影频道电影创作和生产在坚持和坚守之外也注重题材、类型及风格的多样性、多元化，其创作和生产在整体上坚持精品原则的前提下，更加注重艺术的独特表现和呈现，品牌影响力、播出效果及美誉度都有所提升。总之，电影频道的电影创作和生产在保持电视电影原有艺术特色、艺术品质和品牌的同时，又尝试向大银幕进军，体现了对社会、人生及历史独特的观察、思考和表达，形成了国产电影总体格局中不可缺少的组成部分，拓展了电影空间，优化了电影生态。

现实主义深化与人文内涵、人文情怀

如果说主流院线的类型电影创作和生产为了赢得更大的观众群体和更好的市场回报而过度追求娱乐化并且采取了奇观化叙事策略、景观策略的话,电影频道的电影创作和生产则更倾向于恪守原生态现实主义的原则,注重现实主义的深化及现代化转化。《万箭穿心》通过一个女人的不幸遭遇,一个女人的艰难抗争,一个女人的性格悲剧和无奈结局凸显了现实人生的真实、复杂和艰辛,富有强烈的思想穿透力和情感冲击力。影片在叙事上遵循对人物性格内在逻辑和行为的透视和审视,同时也注重对整个社会气氛、地域环境(武汉汉正街)的营造。《大碗茶》以李胜奇真人真事为切入点写改革大潮初期人们的生存处境及其变化,凸显了改革不仅是一个大时代的必然,更是大时代中众多普通人的心理诉求,让观众看到改革是人们内心的一种抑制不住的渴望。影片构思很巧妙,通过普通人的生存变化体现了时代精神和改革精神,避免了同类题材惯常的空洞化、口号化和定型化。《深呼吸》成功塑造了心理治疗师穆春红的艺术形象,聚焦人物的心理变化、情感变化,偏重于心理分析、心理救赎,题材及其类型开拓上有新的突破。影片不走情节路线而走现实主义路线,传递了法律的尊严、人心的公正,折射出法制意义上一种新的文明状态及进步。《穿过忧伤的花季》从留守少女的视角表现了青少年由于亲情缺失在成长中陷入一种迷茫与艰难,遭到了花季岁月中不该有的孤独、无助和无奈,具有强烈的人文悲情。影片结构单纯,人物关系简约,忧伤情绪中灌注了一种向上、向善的精神力量。

对现实主义题材,尤其是现实主义精神的电影,我们必须有更大的宽容度和包容度。否则,真正的现实主义精神及深度就有可能因为缺乏宽容度和包容度而流失、丧失,最终只剩下现实主义题材的躯壳。

主旋律的转向与观众接受

由于众所周知的原因,重大革命历史题材是电影频道电影创作和生产的一道独特的风景线。《神勇投弹手》富有强烈的传奇性色彩,主人公陈傻子的艺术形象很独特也很典型化,活脱脱一个革命战争年代的"许三多"。影片把陈傻子似傻非傻的状态及其行为表现得惟妙惟肖，极有分寸感，把他和战友、和整个部队的关系富有质感地表现了出来，充满泥土气息、战争气息。《成成烽火》是一个系列的英雄片、传奇片，《成成烽火之绝杀》不拘泥于机械的史实而更多地遵循战争类型片的逻辑，表现了我军指战员在陷入围剿乃至绝境中依然神勇和智慧，让观众在观影中获得了一种特殊的释放和快感。《延安电影团》展现我们党建立电影队伍开创时期的各种难以想象的艰难，凸显了独特的"电影记忆"，无论是对于电影还是电影创作都有一种不可替代的价值。

《国徽》以国徽设计和国徽铸造为两条叙事线索，描写各个阶层，从老元帅朱德到大知识分子梁思成、林徽因以及普通工人等对国徽的想象（其实是对新中国的想象），写出了各个阶层对新中国的感情，尤其是成为国家主人以后发自内心的激情。影片的重心从一开始的老元帅朱德，大知识分子梁思成、林徽因等人过渡到最基层的工人阶级，某种程度上写出了共和国的群众基础及其最本质意义上的合法性。影片是电影频道投入较大的资金拍摄、完全由本土人才团队制作出来的第一部 3D 电影，并且是真正 3D 电影拍摄，不是 2D 转 3D，体现了电影频道的创举和勇气。

众所周知，很多英模人物本来在生活中的事迹很感人，但一上银幕、荧屏就很难在艺术上打动人、感染人。《有事找王江》打破了英模人物塑造上的概念化、空洞化，用日常小事、生活质感、人物质感描写英模人物的生存状态和内心情感，造成了一种"陌生化"效果，完成了从生活到艺术的审美转换。事实上，英模人物电影创作和生产如果能够有效完成从生活到艺术的审美转换，是可以打动和感染包括年轻观众群体在内的当下观众。《做只海鸥也挺好》作为一部当代军旅题材的电影，把艰苦的海岛生活表现得富有情趣，年轻军人的形象真实可信，新颖阳光。影片青春气息、励志精神、阳刚志气以及浪漫幽默都赋予了影片非同一般的气质，在题材、类型上都有所突破和拓展。可以说，一些优秀的主旋律电影努力寻找艺术的独特表达，寻找与观众的情感、心理对接，强化、提升了其应有的艺术魅力，不断成为主流价值与市场接受双重意义上的主流电影。

《有事找王江》

多品种、多样化、多类型及其类型拓展

《天津闲人》在艺术定位和艺术风格的探索追求上都体现了导演非常规的艺术思维和思考。影片以苏鸿达这个"天津闲人"跌宕的命运起伏折射了国恨家仇的历史背景下那个时代、那个社会的动荡与世态人心,给观众传递了多种情绪,让观众在笑的同时也夹带着一种悲凉、悲愤的感觉。影片用说书的形式展开叙事,在结构上非常有新意;多种风格杂糅在一起,产生了别具一格的幽默、荒诞效果。影片在创意和想象力方面都达到了一个新的高度,无论是类型叙事还是类型拓展都开辟了新的空间。台湾老导演陈坤厚的《三角地》改编自大陆著名儿童文学作家曹文轩的小说,一方面把原著中的文学气息、意蕴表现得很充分;另一方面把故事背景放到了台湾,使得影片具有独特的台湾乡土电影的味道。纯粹从题材的角度看,《火影雄兵》或许算是一个英模人物的电影。但是,影片却用了类型电影的方法进行了很好的包装,通过两对恋人在平凡的消防岗位上的命运起伏,穿插表现他们的爱情故事,烘托出主人公的非同凡响、青春激情和阳刚气息。《反角度美丽》反映的是并不为人知的女脚模的故事,写出了北漂青年的奋斗与自强、青春与成长,以轻喜剧风格呈现了现代都市的

时尚与时髦。

《骡子的10000米》作为一部励志的儿童电影，故事单纯，性格鲜明，塑造了一个像泥土一样朴实、像泥土一样坚实的农村孩子形象。影片没有过多地设计更多的情节、更多的人物关系去表现农村儿童的生活，而是把重点放在他跑步过程中的自我成长、自我心理的锤炼、自我人格的完善，注重的还是人性层面的挖掘和表达。影片单纯的气质更加符合儿童片，也更加贴近体育电影。《孙子从美国来》写一个美国孩子来到中国农村，与一个中国老爷子发生了一段奇特的故事，凸显了两种文化的奇妙对话及其产生的奇妙效果。

2012年，随着电影频道的电影创作和生产被纳入整体的电影规划和轨道，电影频道也不可避免更加重视类型电影的创作和生产。《刺夜》根据徐锡麟事迹改编，本身就具有传奇性；影片把故事性、武打、枪战结合起来，并且融入了徽派文化的气息。《远东一九三二（下）风云马迭尔》表现了在九一八事变以后，以1932年国联远东调查团事件为线索，情节具有传奇性，是一种惊险惊悚样式动作片的尝试。

《刺夜》

不容否认，当下主流院线的市场建设出现了一些结构性的矛盾和问题，主流院线的观众群体，尤其是年轻观众群体，存在着盲目、非理性消费以及过分追求娱乐化、感官刺激等不健康的倾向。那么，电影频道的电影创作和生产在适应观众的欣赏趣味和消费倾向的基础上，更应该注重引领观众的欣赏趣味和消费倾向，使之趋于不断理性、健康，从接受和消费层面促进电影朝着更加良性、更加优化的方向发展，不仅更多释放艺术创作上思想层面的正能量，也更多释放艺术欣赏、艺术接受层面的正能量。

不容否认，主流院线市场观众的接受方式与在电视上看电影有很大的差异，电影频道自身播出的收视率与主流院线市场的票房也不可同日而语。电影频道的电影创作和生产如何在不断巩固和提高收视率的基础上不断开拓和占领主流院线市场，将会是电影频道的电影创作和生产今后较长一个时期面临的主要矛盾和任务！电影频道的电影创作和生产既要避免陷入个人化偏执表达而忽视观众欣赏和消费的封闭之路，也要竭力避免落入一切向钱看、完全陷入商业诉求的"邪路"。我们应当坚持对当下生活的思考，坚持对深刻人性的思考，坚持对历史的审视和追问，坚持对艺术自身的不懈追求和探索。只有这样，才能在工业化、市场化、国际化、高科技化的背景下找到、找准自己的立足点和发展空间，并且对整体的电影创作和生产起到一种示范意义和引领意义！

2013年电影频道出品电影综评

赵小青

2012年1月1日,电影频道出品电影从管理体制和管理机制上归为中国电影故事片管理体系,"电视电影"改称"电影"。2013年1月28日,电影频道"电视电影部"更名为"电影创作部"。业界把电影频道生产的电影约定俗成为"电影频道出品"以示区别。属性调整后的2013年,继续实行2012年开始的控制产量、提高质量的制片方针。全年总产92部,与去年持平,其中现实题材47部,占总比51.2%(比2012年的46.7%有所提高);革命历史题材16部,占总比约17.3%;其他29部,占总比约31.5%。战争片、惊险片、古装武打、民国传奇依然是该年主要类型,2013年与往年相比现实喜剧比较少。

该年人物传记片占较大比例,19个古今人物成为艺术形象;娱乐类型片创作力度又有加大,数量质量都有提高;现实题材作品,以正剧为主,多部触及社会热点焦点;此外在院线"大片"的生产上,选材和风格样式上有较强的探索性。

人物传记片

2013年人物传记片集结出现,成为年度创作的一大特色。2013年有19个实有其人的古今人物被搬上银幕，占年度总产的26%。这19位人物中，有周希汉、朱瑞、姚喆、杨思禄、丁秋生、王宗槐、解方、王政柱、李贞（女将军）9位共和国名将（《战将周希汉》、《炮兵司令朱瑞》、《姚喆游击大青山》、《杨思禄血战后官地》、《好政委丁秋生》、《王宗槐战地情缘》、《一九三六兰州兵变》、《金身将军王政柱》、《女将军李贞浴血浏阳河》），明末将领孙传庭，名医吴又可（《大明劫》），孔门弟子闵损（字子骞）（《少年闵子骞》），民国摔跤大师卜六（《宗师卜六》）；现当代人物有开国劳模马恒昌（《马恒昌的名言》），"感动中国人物"阿里木、王万青（《我叫阿里木》、《甘南情歌》），"西北拆弹王"陈林（《拆弹英雄》），乒乓球教练王庆广（《我们是冠军》），赤峰市著名痕迹侦察员马玉林（《神眼之金面具》），西辛庄村支书李连成（《卒迹》）。

《甘南情歌》

这批人物传记片可谓大时空多行业跨越，纵穿古今，覆盖城乡，有明代的骁将、名医，有大长民族志气的民国武师，有硝烟战火中的军人，有和平年代与死神打交道的拆弹军人，有当家作主的工人，有扎根边疆的大夫，有立志弭平城乡差距的乡村干部，有献身乒乓事业的教练，有被封为"草根慈善家"的少数民族个体户。同时也是多类型风格的大聚集。古今军事片、谍战片、惊险片、探案片、爱情片、体育片、儿童片等都有涉及。中有佳作可圈可点，许多形象颇具艺术审美价值，富有新意。

《大明劫》（编剧：谢晓东、周荣扬，导演：王竞，主演：冯远征、戴立忍）讲述的是明朝末年孙传庭将军和名医吴又可的故事。1642年距明朝灭亡还有两年。李自成包围开封，此时大明国力已消耗殆尽，加之官僚腐败，军备废弛，瘟疫蔓延。重被起用的孙将军打压豪强、积蓄粮草、修缮器械、整顿军队，他还发现瘟疫发病之原理，传播之途径，防范之措施。都是卫国建国之良才。但大厦倾倒之时，小小骁将名医，纵有千般抱负、万般技能也不挡颓势。大势已去，无力回天。这是两个令人慨叹的悲剧角色，诸多情节令人深思，人物塑造颇具深意。演员冯远征、戴立忍很好地诠释了这两个人物在那特殊年代里的压抑和无奈。宣传语说得好："两岸影帝互飙演技，再现明朝灾难史诗。"

《宗师卜六》（编剧：朱可欣、张子明，导演：周伟，主演：吴樾、徐熙颜）取材自解放军八一体工大队原总教官卜恩富在20世纪30年代的一段经历。卜恩富是民国时期一位传奇人物，曾在南京举行的国术比赛中获中量级拳击冠军，是有史以来第一位战胜世界冠军的中国人，人称"拳王"，并被奉为集中国式摔跤、拳击、击剑、国际跤、大成拳为一身的近代杰出武学搏击大师。与所有涉及外国人的古装民国"擂台"动作片一样，《宗师卜六》也是一部表现中国人志气，弘扬爱国精神，展示中华武功绝学的作品。片中的卜六，毫不奴颜婢膝，他革新技艺，武功超群，无论面对阴谋还是武力，从不畏惧。其武打动作设计精心，选择了中华北式撂跤，给人以视觉新感受。卜六不畏东西洋人，一身硬骨头的形象，不但大增当时国人颜面，对今日之中华崛起也有激励力量。

周希汉将军，1913年生于湖北麻城，1928年参加中国工农红军，其能征善战、战绩卓著，被誉为红军一员"战将"。他经战一百余次，未饮一弹一片，是战争中的奇迹。共和国名将片《战将周希汉》（编剧：张明媛、安家驹，导演：安澜，主演：邵兵、侯勇），通过"抗命救驾羊儿岭"和"险道护送知识分子和无弹炮队到延安"以及"战地情缘"等故事，展示周希汉的智勇果敢，用兵如神和铁血柔情，塑造了一个特殊年代里可敬、可佩、可爱的军人形象。影片选用邵兵、侯勇分别扮演周希汉和陈赓，演员的出色表演是该片最大的亮点。

共和国名将片《一九三六兰州兵变》（编剧：肖莫庸，导演：高力强，主演：张津赫），表现的是原中国人民解放军后勤学院副院长解方的一段经历。解方原名解如川，字沛然，1930年毕业于日本陆军士官学校，后参加东北军，官至师参谋长，他1936年4月秘密加入中国共产党。影片描写的是"西安事变"时（后），卧底于兰州五十一军的解沛然以智慧胆略团结力量，力挽狂澜，控制兰州驻军局面，有力配合"西安事变"态势发展的故事。这是一部充分发挥想象力的作品，全类型包装，将卧底、谍战、枪战、惊险、战事等元素有机地融为一体，人物特以"脸谱化"处理，通过智勇、忠诚、奸诈、残忍等人物的对立冲突以及险象环生的结构，塑造了一个类型化的英雄形象，呈现了一部以观赏性为主要诉求的与之前同系列类型模式大相径庭的"名将片"。

《我叫阿里木》（编剧：崔民，导演：方军亮，主演：安尼瓦尔·阿布拉伊提）取材于2010年"感动中国人物"阿里木的事迹。维吾尔族青年阿里木当兵复员后，来到贵州一个小城以卖羊肉串为生，他善良、乐观、爱助人，以微薄的收入常年资助贫困生读书。影片忠于原人物事迹和生活原貌，用朴素的语言，将这位被誉为"草根慈善家"的阿里木化为温暖感人的银幕阿里木。影片最大的亮点是主演的选择和主人公的语言。当兵时的阿里木，眼睛黑亮、牙齿雪白、身条细长、单纯快乐；中年的阿里木，浓眉大眼身材高壮、善良温和、乐观实在、话语质朴。"我做的事又不难，我能做的每个人也都能做。"其人、其行、其言，确有净化人心的力量。

《卒迹》（编剧：杨海波，导演：鲁坚，主演：范雷）的创作激情来自河南省濮阳县庆祖镇西辛庄党支部书记李连成要建全国第一个村级市的报道。这是在时间跨度上有60年的一个故事，从李二卒（李连成的艺术形象）出生写到21世纪，背景是中国农村60年变迁的画卷。他本是一个因为穷没读过一天书的不起眼的小卒子，因穷思变，不但改变了自己的命运，也改变了村民的观念，改变了一方水土的命运。一个穷得连媳妇都娶不来的村庄，变成了人间天堂。影片最后，李二卒想再往前迈一步——建中国第一个村级市。影片没有公式化地去表现一个带着大家奔前程的好支书形象，而是拿他的性格和人品做文章，以卒子做比喻，描写他一步一拱的艰辛踏实有效的人生。理想在天边，起步在脚下。这是一个不认命、不虚浮，只要想到就去实现的实干家，影片风格平实舒缓，亦如主人公踏踏实实的行事为人。这个艺术形象在当下喧嚣浮躁、好高骛远的社会颇具启迪意义，更有静心、定心的力量。

《我们是冠军》（编剧：丁宁，导演：金舸、丁宁，主演：杨海超）的故事发生在 20 世纪 70 年代，是一部以励志拼搏为主题的儿童体育片。故事中教练王建国的原型为河北正定国家乒乓球训练基地主任、中国乒协正定国际培训中心主任王庆广，其他小运动员也真有其人。自 1992 年起至 2008 年奥运会，在河北正定乒乓球训练基地训练过的运动员，夺得世界冠军 48 次，奥运金牌 14 枚，以及其他各项世界冠军 71 次。邓亚萍、孔令辉、刘国梁等十多位国手从这儿走出去。正定基地被誉为培养世界冠军的摇篮。影片以教练王建国为叙事者，塑造了一个群像，通过这支业余球队诞生过程的描写，记录了"世界冠军摇篮"最初的发展过程。影片从影像风格、景地环境到演员外形，非常质朴，但外朴内亮，形成了鲜明的条件艰苦、精神坚强的基调。影片紧扣不服输、不放弃、敢拼抢、不言败的"我们是冠军"的体育精神写人叙事阐释主题，艺术感染力充沛，给人以振奋激励。

《甘南情歌》（编剧：李本深、肖莫庸，导演：高力强，主演：李槐龙、德姬）是 2013 年电影频道出品里最美丽动人的故事。景色、音乐、人物，都高度符合电影艺术的美。故事取材于 2011 年"感动中国人物"、甘南藏区汉族大夫王万青的事迹。但导演没有按惯常英模片模式讲述好人好事，而是用一个爱情加爱业的故事，从人物、人性、情感、情理、人品出发，从对美的追求和表达出发，让我们看到一个真实动人的爱情故事和一个为寻找"香巴拉"而融入草原的"曼巴"（藏语"医生"）。这位"感动中国人物"，作为艺术形象也深深地感动了我们。人物塑造是这部作品的最大成功，展现一个被草原深深需要、被妻儿深深爱着的"成功"男人。什么是成功的人生,什么人能成为社会楷模——万鹏的人生让我们知道,安居乐业的人生才是值得羡慕和向往的人生。这是影片人物塑造对我们当下社会最好的启示。

《少年闵子骞》(编剧:李以省,导演:杨真,主演:李昊翰)的故事来自大家熟悉的"鞭打芦花"。闵子骞为孔子七十二贤之一,他少小丧母,其父再娶,继母虐待他。寒冬,继母给自己两儿做的棉衣里装的是棉花,给闵子骞做的棉衣里装的是芦花。冬天外出驾车时其父发现了这件事,很生气,决定休了妻子。但闵子骞以德报怨,尽力劝说,双膝跪地以情动父:"母在,一子单,母去,三子寒。留下高堂母,全家得团圆……"继母深受感动,遂对三个儿子一般看待。后人作诗称赞:"闵氏有贤郎,何曾怨后娘;车前留母在,三子免风霜。"影片严格遵照原故事的情节发展顺序演绎而来,也严格忠实原故事"以德报怨"、"爱人"、"忠恕"的题旨。"爱人"和"忠恕"是儒家思想的核心,闵子骞将此化为了具体言行,在封建时代是社会的一面镜子,在今天依然有其积极的社会意义,尤其在"爱人"、"孝道"、"宽恕"等传统美德如此淡薄的今天。少年闵子骞这一艺术形象的诞生,对当下的社会有很及时的示范意义。

这批人物传记片,以艺术的方式与十八大报告倡导的富强、民主、文明、和谐、自由、平等、公正、法治、敬业、诚信、友善等社会主义核心价值观相对应,充分发挥了"电影频道出品"电影与社会政治、经济、文化生活进程及时、合拍的优势。这种创作思路,无论对丰富频道创作的题材还是展现国家级电视机构的社会责任,都是智慧的选择。

人物传记片与一般故事片不同,在情节结构上受人物事迹本身的制约,即必须根据真人真事描绘典型环境,塑造典型人物。但其虽强调真实,又须有所取舍、突出重点,在真实材料的基础上加以想象、推理、假设,并作合情理的润饰渲染。传记片以真切生动的细节刻画人物,让观众通过银幕看到一个真实、可信、感人的艺术形象,起到独特的教育作用。从今年这批人物片看,其中的佳作的确遵循了该类型创作的美学原则,其不但是2013年电影频道出品电影的特点,也是该年创作的亮点,尤其是一组现实生活人物片,不仅在思想价值方面有所贡献,在艺术性、观赏性上也颇有建树。

现实题材创作——关注当下

现实题材作品中,除了上述圈点的改编自真实人物的作品外,一批颇具现实性的故事也值得评点。关注生活、表现生活、讴歌批评生活、影响生活,是中国电影现实题材创作的优良传统,也是"电影频道出品"的重要任务和创作特色。院线大片里的许多故事不是一般人能遇到的,甚至不是地球人能遇到的,而小成本制作的由电视台播出的电影里发生的故事,则是我们每天经历的,它就是我们的生活。2013年,官员腐败、生产安全、食品安全、交通安全、年轻人生存理念、大学生就业、农村代课教师清退政策、职场竞争等现象,被一一搬上荧屏,很有现实针对性和启教意义。

数据显示,目前中国机动车保有量约2亿辆,全国机动车驾驶人员超2亿人,中国已经进入"汽车时代",但中国还是一个没形成"汽车文化"的国度,交通事故和由此引发的各种社会问题,包括社会道德、媒体操守和作为驾驶员本身的素质问题等,都值得认真讨论。2013年电影频道有两部作品直面这一现象。《审判》(编剧:陶家璇,导演:潘镜丞,主演:唐夏娃、赵麒)以一起酒驾致行人死亡事故为引子,将媒体、公众、受害方等在利益及非理性驱动下的行为给予了揭示批判。比如网站为了争点击率而进行的"炒作"式报道;记者因私情而不顾客观事实;民众因仇富心理不加甄别地将肇事者定位为富家子弟而大兴发泄;受害方遗属因报复小三而不愿原谅肇事者,等等,如同连环炮,带出许多社会话题,有一定深度和现实批判意义。但作品由于费过多笔墨揭示人性的弱点和民众的盲从性,以及用充分的笔墨描写媒体(以女记者为化身)良知的复苏,以及肇事方的生活困境,而缺少足够的篇幅认真谴责醉驾这一严重的"罪恶",这是作品的硬伤。相比之下,《盲区》(编剧:黄广生,导演:方军亮,主演:翟小兴、王建福)的导向就很清晰正确。这是一个因开"斗气车"引发的事故致残故事。表面说的是驾驶员视域的盲区,实则探讨的是人心的盲区。影片塑造了公交车司机和富二代两个人物,因开斗气车，富二代车祸致残，按交规公交司机无责，但他深知这是因为双方情绪失控惹的祸，从而陷入深深的良心谴责中，人虽自由，心在囚笼。富二代永远失去右腿，人生陷入绝境。最后两人相遇，公交司机帮助富二代重新驾驭车辆（实则是正视问题，重拾信心，驾驭自己的人生）后，也实现了自我救赎。这是一个带有理想色彩和一定教化意味的故事，它把人际关系和社会背景做了简单化处理，专注探讨人"犯错"后如何面对"错误"。努力弥补错误，接受教训重新做人是该片明确的回答。同时，更借机宣传了驾驶员情绪失控的严重后果，合格驾驶员的起码底线等"汽车文化"。影片叙述流畅，表演生动，主题清晰，颇具警示和引导意义。

《清淤》（编剧：郎眉存、铁建晓、肖莫庸，导演：方军亮，主演：李威、翟小兴）通过一乡村法官排除障碍，顶着压力坚持办案，终于让一起矿难致死案水落石出的故事，揭露了不法业主的丑恶，鞭挞了堕落官僚，歌颂了执法工作者，维护了法律尊严。这是一部很具当下意义的作品，影片里发生的故事不时上演，让人们看到太多的社会丑恶。片中杨法官这一形象，表达了社会对司法界的期待和呼唤。这是一部以探案片类型做包装的具有现实批判色彩的作品。其情节结构和人物关系搭建使影片有很强的戏剧性，矛盾冲突也很激烈，剧情一波三折，引人入胜。在思想性、艺术性和观赏性上实现了较好的统一。

《胡巧英告状》（编剧：刘洋、宫凯波，导演：宋国锋，主演：沈傲君）涉及的是有关食品卫生——地沟油问题。讲一位普通的农村寡妇，为给蒙冤者伸冤也为给自己正名，为"图个心里干净"，不顾一切踏上坎坷的取证告状之路，最后善恶有报。该作品是个老套的告状模式，无论形式还是内容、主题都无太大新意，而且对地沟油除了说它脏，到底对人的健康造成什么样的危害几乎没表现，这让告状者的行为意义不足，一定程度上影响到观众从内心对她的支持。但影片将地沟油这一现实问题搬上银幕加以表现，体现了艺术的社会责任感，沈傲君的表演，对影片有很大的增色作用。

《龙凤村儿女》（编剧：郝国忱、田德忠，导演：高力强，主演：谢紫彬、李瑞超）讲的是回乡大学生创业的故事。影片对当今大学生毕业等于失业的现象进行了呈现，也尝试为这些年轻人指一条路。主题很明确：大学毕业是一个新起点，面对实际，脚踏实地，摒弃世俗，美好的生活要靠自己创造，农村是个广阔的地方，在那里大有可为。

《孔二皮进城记》（编剧：张挺，导演：王加宾，主演：陈创）讲的是农村代课教师在新政策下遭清退的故事。代课教师，指没有事业编制的临时教师。他们是中国特定历史阶段一个特殊的群体，无法享受正式在编教师的待遇，默默为教育事业作奉献，充满艰辛。如今，部分代课教师经考试合格被转正，但大部分则被清退，过着无业的艰苦生活。这绝不是个轻松的话题，但影片以轻松的口吻表述，起到了正、悲剧实现不了的效果。作品剧作很扎实，把政策和农村代课教师的生存状况都吃得很透。可以说这是一部政策宣教片，同时也是一部关于"清退代课老师"这一现实问题的探讨片。影片的立场和分寸把握得很得体，既没有站在政策立场理直气壮、铁面无私地宣讲，也没站在"受难者"的立场对其歌颂同情抱屈。不合格代课老师遭清退无疑是有利于农村教育发展的，而被清退老师的心情和生活状况无疑也是痛苦的。影片给予了清退政策充分认同，给予被清退教师以充分理解和尊重。影片以轻喜剧的方式表达，影片中的孔二皮，略通文墨，

《孔二皮进城记》

崇拜孔子，热爱教师职业，以为会讲《论语》等就能当老师。因自小残疾，在复杂心态驱使下更加要强、要面子，性格直接，喜怒于色。最后，为了他热爱的教师职业，又一次踏进教师补习班大门。孔二皮这一形象，非但毫无自轻自哀令人同情之气，反而令人喜爱尊重有加。他的故事很有现实意义，而孔二皮也为银幕教师队伍添了艺术新形象。

家庭伦理加旅途片《父亲的旅程》（编剧：王思涵，导演：毛小睿，主演：蔡鸿翔）是一部很有人生况味的作品。影片通过一位退休老警察和他三个儿女一个小偷的故事，参透了人生真相，那是一种苦乐参半，温馨凄凉顺逆相交的滋味。电影传递这么一个理念：人生如同旅途，一段接着一段，生命结束，走向的是另一段旅途。人生无论遭遇酸甜苦乐都是旅途中的一个瞬间，都会过去。这种表达，令人释然。

《我的姥姥我的妈》（编剧：张明媛、孙斯彧，导演：潘镜丞，主演：岳红、李文玲、刘梦珂）是2013年难得一见的都市家庭伦理喜剧片。影片以轻松温馨明快的格调，探讨了三代人生活理念的差异，探讨了活着的意义，歌颂了亲情和生命。其中姥姥这个角色令人耳目一新，她追求新事物，时尚前卫，理解年轻人，善良豁达，积极乐观。孙女、妈妈、姥姥，不但代表三个年龄段的人，还代表了社会的三类人，一类无拘无束今天不想明天事，一类焦虑不满自寻烦恼，一类知天命顺势而为认真快乐地活在当下。姥姥就是后一种，这一理想化的角色，应该对当下社会有一种正面的示范效果。

类型电影比例又有增长

在越来越激烈的市场竞争中，节目的市场竞争力关乎到一个电视平台的存亡。在叙事类节目中，类型片能控制观众手中的遥控器已长期被电视收视数据所证实。自制自播的"电影频道出品"最大的优势就是根据市场需求打造产品。近几年，"电影频道出品"作品的类型化程度越来越高，数量比例逐年加大。2013年，92部作品中，专施各种类型包装的有六十多部，占总比近70%。这应该是频道自1999年出品电影（2012年前为电视电影）以来比例最高的年度。

60多部类型片中，系列片有26部，其中"名将"系列9部，"水浒"系列8部①（总导演：刘信义），《火线追凶2》系列5部，《弹无虚发》系列3部，《成成烽火》系列1部，占年度总产的32%。该年系列都是之前系列的延续，没有新产品开发。从数量看，总量低于2012年的29部，就质量而言，也与去年略同。

2013年"名将"系列在类型的包装上有了突破性的表现。以往的"名将"基本是通过一次战役表现一位将领的智勇和性格。初期，观众对这类的故事还喜闻乐见，但当这个系列做到三十多部时，雷同、概念、模式化等问题让观众出现审美疲劳。为打破旧有框架，把这个已深入人心的品牌做出新意，"名将"系列在2013年有了大胆的改进。在之前该系列"大事不虚，小事不拘"的创作原则下，又有了更大胆的"不拘、夸张、想象"。比如《金身将军王政柱》（编剧：吴滨、李保罗，导演：安澜，主演：刘雨涛），完全做成了一部惊险"山路片"，王政柱不但装了满脑子重要文件，身上还带有黄金，在前往延安的山林中，前有堵截，后有追兵，队伍中还有日本间谍，险象环生，步步都是危机。《一九三六兰州兵变》更把谍战、卧底、惊险等做到极致。"水浒"系列延续了之前的制作水准，此外在人物塑造上力求出新。总体看来，其虽保持了以往制作精良、场面壮观等优良传统，但在武戏设计和人物塑造方面，缺乏亮眼之处，《没羽箭张清》（编剧：李海洋，导演：刘信义，主演：宋珉宇、郭军）算是2013年的佳作，但与之前的《杨雄与石秀》、《菜园子张青》等相比，还是略逊一筹。《火线追凶2》系列是之前《火线追凶》大为成功后的跟进，与"钟汉良版"相比，这次的"吕良伟版"保持了之前的制作水准，类型元素也运用充分：帅男美女、爱情、枪战、探案，等等，但从故事和人物塑造角度而言，大不如从前。《弹无虚发》系列去年完成2部，今年有3部入库。这个系列无论从制作到创作，都达到较高水平，大漠黄沙中革命党人的故事，卧底、爱情、枪战、信念、理想等

---

① 《轰天雷凌振》、《混世魔王樊瑞》、《没羽箭张清》、《丧门神鲍旭》、《神算子蒋敬》、《险道神郁保四》、《大刀关胜》、《一枝花与铁臂膊》。

元素熔于一炉。主题明确，故事生动出奇，人物塑造丰满。大漠特殊的环境被有效运用，成为视觉造型和特殊故事呈现的特殊背景。

总而言之，2013年的系列片与2012年质量相比，整体持平，个别不尽如人意之作，问题还是出在剧本层面。

除了系列类型片，一批类型单片更为打眼。红色暗战片《红财神》（编剧：柳桦，导演：方军亮，主演：田小洁）构思巧妙，讲述了一个八路军供销主任掩盖身份在敌占区做买卖，为根据地解决经济供给的故事；《猎杀中山狼》（编剧：肖莫庸，导演：李彦廷，主演：侯岩松）描写了一支精壮部队护送地下党的故事，虽然故事老套，但类型到位，人物刻画生动，过程曲折，仍然具有可观赏性和娱乐性，引人入胜；《神偷特工》（编剧：吴怀杰，导演：张馨，主演：侯剑）是一个小偷的故事，他被动中成为抗日勇士，又在国共对立时站在良知的立场上帮助了共产党。这是一部带有谐趣色彩的惊险类特工片，轻松、流畅、颇具观赏性；《午夜幽灵车》（编剧：程晓丽，导演：张昶，主演：邓刚、高曙光）是一部民国都市探案片，神探、扑朔迷离的案情、贪婪者、蜕变的警员、精良的制作、年代还原、生动的表演、慢慢浮出水面的真相等，有机地构成了这部作品的极高可视性；《照片中的谋杀案》（编剧：韩颢、袁源，导演：李威）是一部现代刑侦片。失踪少女、经验丰富的老刑警、年轻有为的新队长、拐卖妇女并贩毒的团伙、江边打斗等，丰富的警匪片元素支持了其观赏价值。在这批作品中，一号正面人物塑造有个共同特点——反英雄化，比如酒鬼神探、小偷特工、"无赖"连长、奸诈脸谱的供销社主任等，这种人性化描写，不但易于亲近观众，也是一种叙事策略，这些平凡的甚至有毛病的人，最后的不凡之举最能起到意料之外情理之中的戏剧效果。

今年的类型创作，不但数量多，类型多样，好片的比例也有明显提高，除了上面特别提到的，还有喜剧、爱情、青春、体育等类型，它们共同构成了2013年电影频道出品类型片阵型。在频道节目播出中，它们不但添加了新意，也为频道收视率作出了贡献，像"名将"、"水浒"、"弹无虚发"、"火线追凶"等系列和《神偷特工》、《猎杀中山狼》、《宗师卜六》等影片在黄金时段播出，收视人群都在1000万以上。

"电影频道"的院线"大片"

这里的"大片"是相对一般"电影频道出品"而言的,也可以叫"院线实验电影"。自 2012 年"电影频道出品"电影纳入整个民族电影体系后,电影频道开始加大规模制作投放市场的电影。但还处在实验试探阶段,诸多经验都在积累中。

自 2012 年起,为打造院线电影,"电影频道出品"每年都有四五部为非常规投资,资金超 500 万元(一般情况下频道电影投资在 100 多万元,遇年代片、古装片、战争片等,视情况有所浮动),通常以合资方式运作。2012 年与外方合作的院线电影有《万箭穿心》、《刺夜》、《国徽》、《天津闲人》、《危城之恋》等。这批试水之作,虽票房收益不好,但却在艺术价值和美誉度上打了大胜仗,社会影响力和业界口碑甚好。《万箭穿心》、《天津闲人》、《危城之恋》等入选豆瓣网"2012 年不能忽视的十部好片"之列。尤其是《万箭穿心》,被誉为"2012 年华语片佳作",是 2012 年最脍炙人口的国产电影之一。业界反响强烈,并获得诸多奖项,主演颜丙燕更由于成功扮演李宝莉一角,几乎收齐了国内各大电影节女演员头奖。

《危城之恋》

2013年,"大片"继续,它们是《大明劫》、《古城会》、《逆袭》、《落经山》、《近距离击杀》。

《大明劫》由电影频道节目中心、江苏众道影业、中央新闻纪录电影制片厂(集团)联合出品。《落经山》是一部由电影频道节目中心出品(编导:冯小宁,主演:李正、刘小微)的洞穴抗战片。风景秀丽、与世隔绝的山村,突然来了日本兵,为了得到山中庙宇的一部经书,鲜血染红了这个美丽的地方,最终侵略者也葬身神秘洞穴。影片延续了冯小宁的一贯风格,将中国壮丽的自然美景和血腥残酷相对立。《古城会》为电影频道节目中心出品(编剧:苏磊、祝昭晖、关小红,导演:沈好放,主演:杨钧丞、金柯、张笛),讲述的是辛亥革命前夜,在奉天的革命党为武昌起义制作炸弹的故事。按类型,可归为谍战片。《逆袭》为电影频道节目中心、浩安(北京)影视文化传媒有限公司、华夏电影发行有限责任公司联合出品(编剧:许伊萌,导演:安战军,主演:张立昕、韩鹏翼、王凯、刘晓晔),这是一部反映当下娱乐圈年轻人职场生活的都市青春片。该片力求呈现都市的质感,影像绚丽,人物造型时尚。什么叫成功,在竞争激烈物欲横流的世界里,如何选择、挣扎、生存、发展,是年轻人面临的课题,也是该片表达的主题。《近距离击杀》为电影频道节目中心、北京十月天文化传媒有限公司联合出品(编剧:孙小杭、章迪沙,导演:孙铁,主演:董勇、巫刚、张煊赫),故事从解放初期调查将军马德瑞死亡真相展开。这是一部战争悬疑片,20世纪50年代新中国的温暖色彩和艰难困苦的战时惨境交替进行,故事具有强烈的时代反思性。

与2012年的"大片"相比,今年的"大片"都属类型片。除了《逆袭》、《落经山》,其他都在类型的基础上力图创新。

作为一部古装历史片,《大明劫》一反常规历史片的戏剧式结构,更接近"散文性"。导演在阐述中说:"影片以真实的历史背景和人物为原型,情节经过几次考证,尊重历史,没有胡编乱造。因此追求真实是影片创作的原则之一。表演风格自然可信,并排斥我们常见的电视剧、戏剧戏曲化的动作和表演,尽可能让人信服。演员的选择应侧重实力派,能够准确地阐释复杂的人物情感……在视觉造型上,我们不会单纯地追求唯美，追求新、奇、特，不去营造违背历史真实的视觉奇观，而是向真实靠拢。画面风格力求传达一种沉重、凝滞，以表现一种年代感和末世的气氛。"这是一种很大胆的反常规的构想，势必降低观赏性。最终的完成片，完全是导演在阐述中表达的实现。《古城会》也追求创新，它与《大明劫》相反，力求将一部历史剧拍成一部有充足商业元素的娱乐片。悬疑、悬念、婚外情、美女、硬汉、智勇较量、兵戈厮杀、生死予夺等视觉元素和内在构造都具备。导演说，这部作品最大的核心是悬念——人物悬念、情节悬念、故事悬念，是一部谍战片类型。从完成片看，这些问题都有实现，但一切又都浮于表面。尤其人物塑造单薄化、脸谱化，故事也显得稀薄，好在制作很精良，画面考究，主题也阐释得清楚：为颠覆大清，革命党人提着脑袋干革命。《近距离击杀》是一部很有新意的战争悬疑片。一位共产党的高级干部，令日寇闻风丧胆的抗日将军，其死因居然是自杀！随着历史还原，真相大白，首长高大的身影耸立在我们面前。英雄自绝，古今有之，最著名的当属"项羽自刎乌江"，还有狼牙山五壮士、八女投江。但表现共产党将领在兵临绝境时选择自杀这应该是新中国电影第一部。在唯一一条悬崖生路出现时，为了不成为战士的累赘，给他们生的机会，身负重伤寸步难行的首长自行了断了生命。这是非常大胆的选材，令人震撼！影片采用倒叙、插叙结构，由于重在调查过程的展现和有关什么是真正的英雄的反思，影片语气沉重悲壮，是一部很有思想厚度但观赏性不足的作品。

这批"大片"的导演都是中国业界知名或著名人物，《大明劫》的导演王竞，之前拍摄过《无形杀》、《我是植物人》、《万箭穿心》，部部有分量；《古城会》的导演沈好放，之前拍摄过电视连续剧《贫嘴张大民的幸福生活》、《任长霞》，是电视剧界的一线导演；《逆袭》的导演安战军，之前拍摄过作品《美丽的家》、《定军山》、《惊沙》，是影界资深导演；《落经山》的导演冯小宁，大家更为熟悉，之前拍摄过作品《红河谷》、《黄河绝恋》、《紫日》，等等。频道请他们挑梁以进军院线，是正确的选择，事实证明他们的专业素质高过许多没做过较大投资的导演。但市场需求原因复杂，许多因素都在制约着前进的脚步。从这批院线片市场效果不佳我们多少能发现一些问题，一部电影的素质是综合的：观众喜欢的演员、精彩的故事、类型化包装……另外就是宣传推广，绝不能只占一项。"电影频道出品"的"大片"，在这几个方面离主流市场还有一定距离。

结　语

在控制数量、提高质量的制片方针下，2013年优秀片顺利完成既定占比任务，以观赏性为诉求的作品大多实现目标，数部作品在思想性、艺术性、观赏性三方面做到很好的统一，令人欣喜。经统计，2013年创作主力依然是长期与电影频道合作的厂家机构，像八一电影制片厂、长春电影制片厂、山西电影制片厂、北京时代电影有限公司等，完成作品各在5部以上；打造佳品的主创力量也是在频道摸爬滚打多年的人，像方军亮、高力强、潘镜丞、周伟和自2010年前后出道的李彦廷，每人年度创作均在5部左右。从此可得出两个结论，人才是保证作品质量的核心力量；频道电影创作人才依然告急。这和整个中国电影业现状一样，创作队伍远远不足。要想保证作品的数量和质量，必须要有一大批成熟的创作队伍，尤其是专业的制作公司，优秀的编剧和导演。

综合视点

Overview of the Films Presented by China Movie Channel in 2013

电影频道影片类型策略漫议
——以《红财神》等5部影片为例

马明凯

2012年1月1日,根据国家广电总局的部署,"电视电影"被划归到中国电影故事片的管理体系,按照这一政策语境,已不再区分电视电影和影院电影,所以电视电影作为一个名词退出了历史舞台。两年过去了,政策变更的确给电影频道节目中心出品影片(以下简称"频道影片")带来诸多改变,比如播放渠道的拓展,投资规模的扩大等。但此前十多年的创作积累并非一夕可以改变,就现状而言,与传统影院电影相比,它仍保有诸多的独特性。特别是凭借电影频道的渠道优势,在同中国广大观众长期的交流互动中,在类型创作方面积累了诸多经验。本文以2013年出品的5部以收视率为诉求的影片(《红财神》、《猎杀中山狼》、《神偷特工》、《照片中的谋杀案》、《午夜幽灵车》)为例,通过文本分析,试图探究它们受欢迎的原因,进而管中窥豹,揭示整个频道影片共有的类型创作特点。

中国电影对于类型的讨论由来已久,自20世纪90年代电影市场化改革以来,尤其是在参照了以好莱坞为代表的产业制作经验之后,类型理念进入中国电影的创作视野。但问题在于,一方面,认识到了类型创作的重要意义;另一方面,囿于产业运作经验以及

《午夜幽灵车》

截然不同的文化语境,直到今天类型经验仍未能同中国本土电影实现完美嫁接,以至于当下每逢电影市场出现大的波动,类型总能成为一个核心话题。这也是尴尬之处——虽然业内言必称类型,但截至目前,能够取得广泛共识的,具有纯正中国特色的类型电影仍旧只有武侠片。因此,类型培育对国产电影可持续发展的重要性不言而喻,在此语境下,频道影片进行的类型探索显得越发可贵。以5部示例影片为例,综合而言,频道影片的类型探索主要体现在类型意识、情节设置、人物建构、主题表达4个层面。

明确的类型意识和观众意识

类型片常见的一个定义是:按照不同类型的规定制作出来的影片,具体特征可以总结为三个方面:公式化的情节、定型化的人物以及图解式的视觉形象。虽然这一定义是对经典好莱坞时期影片的经验总结,而且好莱坞自身也经历了数轮类型反叛和重新确立的过程,但它仍旧可以概括当下类型创作的特征。"公式化"、"定型化"、"图解式"这三个限定词暗指的其实是一个共同问题——高度的可识别性,这是类型创作的核心要求。通俗而言,"可识别性"是指电影可以给观众以明确的类型导向,让观众迅速感知这是一部何种特征的影片,而后得以产生观影期待，并最终沉迷在电影制造的"白日梦"中，对"白日梦"的意犹未尽也构成再次观影的动力。所以"可识别性"不仅可以做到快速吸引观众，也是类型电影通过复制和更新得以长久发展的内在原因。

一部影片包含声音和画面、时间和空间、故事情节等多个维度的复杂信息，但面对一部类型电影，观众通过几个关键词便可迅速概括影片的整体风貌。这种对于影片的直觉感知和快速提炼源于"可识别性"，所以一部好莱坞大片最初往往只是一个或几个关键词，而后通过多个流程使得影片逐渐丰富，但不论如何创作，影片的核心宗旨仍旧是最初的那几个关键词，这便保证了最终成片不论场面如何宏大，情节如何复杂，都不会给观众的理解形成困扰。但就国产影片的创作现状而言，这种看似简单的类型技巧在实操中却很难把握，究其原因往往由于巨大的投资、复杂的工序或者"艺术野心"等因素使得创作不堪重负，而偏离类型轨道。

反观频道出品影片，却往往具有明确的类型意识。因为投资少，为了规避风险，创作者通常会进行精心的前期准备，其中一项便是对影片类型的前期确定，使得类型基因较早地注入影片，进而成为影片走向的主导因素；此外，小投资虽然使制作精良度受限，但这也很好地排除了某些芜杂资金对于创作的干预，类型意识可以得到较好贯穿。所以相较于影院电影，频道影片虽然在大明星、大场面以及特效方面稍显不足，但立足本土的类型探索意识，仍旧使影片呈现出不逊于影院电影的艺术风貌。比如5部示例影片的影片类型均可清晰辨认：《红财神》、《猎杀中山狼》、《神偷特工》均主打战争和谍战，区别只在于具体故事和影片风格，其中《红财神》融合了年代和商战，《神偷特工》主打喜剧，而《猎杀中山狼》则是更为纯粹的战争惊险片，此外《照片中的谋杀案》是标准的现代探案剧，而《午夜幽灵车》则为民国探案剧。从电影接受的角度分析，这种标签式的类型特征，可以迅速唤起受众既有的观影经验，而后将其留在电视机前。

而从接受层面分析，频道影片的类型探索还体现在明确的观众意识上。频道影片主要播放渠道是电影频道，观众群体自然为电视观众。鉴于此，某些影片的创作学习了电视剧的故事模式、人物形象乃至影像风格,比如《猎杀中山狼》的主人公缑奎,他的性格特征几乎是电影版的李云龙;《照片中的谋杀案》的故事模式和节奏同刑侦题材电视剧也十分类似;《红财神》和《午夜幽灵车》中对于民国时期年代氛围的还原也仿照了电视剧的表现方法。相似的方法满足相同的观众群体,这大概是创作者借鉴的初衷。然而,这种"模仿式"的创作也许会面临缺乏创新的指责,但我们应当看到,在类型创作语境中,重复和更新本就是题中之义,所以只要不是呆板抄袭,并且做到有所创新,那么这种尝试就应当鼓励。

高密度的情节设置

频道影片的类型观念在具体电影中的最突出表现便是:高密度的情节设置。这一特征同样贯穿在5部示例影片中,一方面他们都具有密集的情节点和矛盾冲突,另一方面则表现在影片对于悬念制造的倚重,影片在结束之前,一直处于未完成的状态,不到最后,观众无法完整洞悉整个故事,这颇有几分希区柯克所言"炸弹理论"的味道。

频道影片之所以一致表现出对情节的强调,或许有以下两方面的原因。首先,投资限制使得这类影片无法在视听或者明星效应方面做得更多,创作者不得不转移重点,而着力对故事和人物进行雕琢,或者考虑到,即使摄制出震撼的视听场面,在电视荧屏上也无法充分释放魅力;其次,从播放媒介和接受环境分析,同影院的闭合空间相比,电视荧屏和家庭观看方式构成的是一种开放空间,这种空间的开放,一方面在自主性上"解放"了观众,但随时也有可能造成观众流失,针对此现象,高强度的情节以及悬念制造成为创作者对抗开放空间不确定性的武器,力求通过激发好奇心最大限度地留住观众。

从5部示例影片的具体表现而言,这种对于情节的强调首先体现在电影对于开场段落的重视上。比如,《神偷特工》的开篇是一场豪宅盗窃,在引出"神偷"包来顺的同时也将罗家湾19号以及祖母绿进行了展示,就这样,片头不到三分钟的时间便将关键人物、关键地点以及关键细节进行了充分表现,进而成功勾起观众的好奇心;又如《照片中的谋杀案》以一场绑架开场;而《猎杀中山狼》以对地下党同志的最后一秒钟营救开场,这些开场的作用,同《神偷特工》基本类似，肩负着展示电影关键信息和勾起观众好奇心的任务，可见频道影片对于片头的重视并非偶然，这是对投资、媒介和观众进行综合考量之后的选择，其看似简单的表象下蕴含严密的叙事策略。其次，影片在叙事节奏上也进行了严格的控制，平缓和高峰段落错落有致，紧张和舒缓情节合理搭配，以《红财神》为例，影片主要讲述我方卧底毛承章潜伏凤城支援后方的故事，如何打入敌内以及如何化解敌人质疑成为影片看点，针对于此，影片出现了三个精彩段落：酒楼一场如何取得胡万全信任；首次被抓，枪毙边缘如何虎口脱险；牢房一场，人质面前如何化险为夷。这三个段落紧扣"潜伏"这个关键词展开，在强化故事类型的同时，也构成本片情节的三个高峰，在数量上高于一般影片，可谓悬念丛生，高潮迭起。此外，就故事节奏而言，频道影片通常比电视剧稍快，而比影院电影稍慢，这种折中的剪辑节奏既让观众获得了影院叙事的紧张感，也照顾到家庭观影舒缓节奏的习惯。

个性鲜明的人物形象

除了对于情节性的强调外，频道影片还注重塑造"定型化的人物"。这并非说其他影片没有人物或者缺乏特色，而是强调在类型观念的影响下，这些影片中的人物塑造有规可循，每部影片的人物性格虽然各有不同，但都保持在一定的类型常规之内，具有人物立场的坚定性、人物塑造的脸谱化等共同特点。对5部示例影片综合分析可发现，"少而精"是其人物塑造的主要策略：因为强情节要求，虽然出场人物众多，但核心人物只有一到两个，主要故事线索和矛盾冲突也都集中在个别人物身上。5部影片中，除了《照片中的谋杀案》是王智博和何子岳双主角对抗结构外，其他4部影片基本采用"一主多辅"的方式，《红财神》和《神偷特工》在这一点上表现突出，前者基本围绕"红财神"毛承章孤身闯入敌后，精心潜伏展开，而后者，正如片名《神偷特工》，主要描写了"神偷"包来顺，从神偷到军统特务再到共产党特工的蜕变。以上影片中"少而精"的人物设置，在将主要人物写活的同时，也减少了观众对于影片的把握难度，进而更容易与故事产生共鸣。

其次，这些主人公性格虽然立体，但是核心性格却十分明确，并不造成游移，由此，观众便可清晰而迅速地把握人物性格和故事主线，这便是上文类型观念中强调的"可识别性"。比如在《猎杀中山狼》中的一个段落：当缑奎将9名地下党员护送至侯马县时，发现大部队已经撤走，按照指示要重新在灵丘会合，但此时缑奎却表现出"耍赖"式的不情愿，表示自己任务已结束，考虑到此前他对这种"非前线任务"表现出的轻视，此时观众会产生他真要"撂挑子不干"的怀疑，但在孙梦和李勇两个"刺头"做了服从安排的表态之后，缑奎迅速转变态度，下令买油买盐准备赶路。此时，快要游移出叙事主线的观众被迅速拉回来，缑奎还是那个负责任的缑奎，这次只不过用一种耍赖的方式，逼迫两个刺头的表态，以便为后面行程减少阻力，这种"拖一拖"的人物行为在增加故事看点的同时，也把缑奎狡黠聪明、"鬼"的一面展现出来。

《猎杀中山狼》

此外，这种"少而精"的人物塑造方法还有以下两个作用。首先，人物性格为影片叙事提供动力。比如《照片中的谋杀案》主要讲述了寻找失踪少女刘美含，并最终抓捕一个人口贩卖团伙的故事，但影片的看点却来自空降警校优等生王智博和老练警官何子岳之间的矛盾，他们二人在知识背景、年龄、性格等方面都形成截然的对比：一文一武；一静一动；一个科班出身，一个实践历练；一个科技刑侦，一个靠经验办案——这种种差异构成影片后续诸多精彩段落的原始动力。其次，出彩的人物自身往往构成影片的重要看点，比如《神偷特工》中搞笑而又身手不凡的包来顺，《猎杀中山狼》里不拘小节却又心思缜密的缑奎，《红财神》中孤身潜伏、随机应变的毛承章以及《午夜幽灵车》中的"酒鬼神探"万洪，对这些人物的成功塑造为影片增色不少，并且成为了影片的核心看点。人物塑造的作用正如有些导演所言：许多年后观众可能记不住一部电影的情节，但仍旧会记得其中的人物。

民族化的主题表达

任何影片均有主题，但对于类型电影而言，其主题表达也有规可循，比如西部片往往展示正义战胜邪恶，歌舞片常常宣扬梦想的美丽诱人。一般而言，主题的确立代表一部影片的最终完成，而就中国电影的类型探索而言，主题却常被忽略，因为常规观念认为主题无非是"真善美"之类的宏大词汇，简单明了的似乎不用特别注意，因而不将其作为创作重点。其结果是，影片要么陷入作者狭窄的个体经验无法广泛传播，要么造成主题的模糊游移而无法产生观众认同，个别情况甚至会有违背基本价值伦理的影片出现。

频道影片则很好地规避了以上问题，并在主题的民族化方面做出卓有成效的探索：其影片主题往往结合中国本土历史文化，传达中国人民切肤的历史观、审美观和价值观。比如示例的5部影片中，有3部以近代抗日和国共内战为背景，这一题材和故事是中国独有的，也只有地道的中国人才能了解抗日和内战意味着什么，其中切肤的历史记忆、先天的民族立场以及复杂的民族情感，也只有中国本土电影才能进行贴切而精彩的展现。比如《红财神》的结尾，王昌平凭借贿赂终于高升，离开之际，面对凤城说"这座城，凤城，都是共匪，都在为共党做事"。于是影片借敌人之口，一方面表现出国民党腐败的病入膏肓、不可救药；另一方面也暗示了共产党已经取得广大人民最根本的支持，即使查出一个毛承章，还有满城的毛承章，这种对国共内战形势的理解和对历史正义观的表达，十分契合中国人民对于历史的情感和认知。此外，《照片中的谋杀案》里展现的正义对于邪恶的胜利，也是传统伦理"邪不压正"的现代表达，而《午夜幽灵车》中因对财色的贪婪而产生兄弟相残，放在当下也有警示意义。所以看似简单的主题背后，往往蕴含了朴素的民族情感和历史积淀，而类型经验的本土话也应当如此，只有站在民族立场上的借鉴才能取得真正突破。

从以上四个方面的讨论可以看出，频道影片在类型创作上的确做出了卓有成效的探索，并已积累了诸多成熟经验，在中国电影产业迅速发展和不断调整的当下，这种探索具有与时俱进的意义，尤其在两类渠道影片逐渐融合的大背景下，频道电影的类型探索对影院电影乃至整个中国电影的发展都将提供有益启示。

电影频道出品电影
纵览2013

创作艺苑

小人物笑了，社会就笑了

受访：方军亮　导演
采访：崔龙伟

初次约访方军亮导演我怀着忐忑的心情，担心冷言冷语或是碰壁拒绝，但是电话接通讲明目的后，方导毫不推辞就答应了。至于时间，方导笑着回答"明天就算了，大元宵的"，这句话一下将我内心的不安打破，将臆想中难以接近的艺术家拉到了富有人情味的现实。在约定好的时间、地点与方导如约而见，意外的是同时露面的还有方导四五岁的小儿子。在交谈中，可以看到他的眼神中有对电影的坚定追求，也可以看到慈父的温柔，方导坦言："别人都说，我在片场只要看到小孩儿，眼神立马多了温柔与怜爱。"

与方导的交谈过程中，记忆犹新的就是"小人物笑了，这个社会就笑了"这句话。从方导的影片中，我们不难看出他对这一理念的坚持与实践，小人物的刻画成为创作的主题，而在这一主题的坚持下，影片不断深化，走进人物的内心、走向社会的现实、走入文化的解读。而这一切正是一位富有人情味的艺术家应该实现的使命。

崔：自从2012年起，在管理体制和机制上把电视电影归为中国电影故事片的管理体系，这一变化对您的创作有什么影响呢?

方:应该没什么太大的影响吧,这个制度的改变也是希望电视电影能够在创作上更上一个台阶,数字电影能够和电影结合,我认为这是它的初衷。但是我在做数字电影的时候一直也是以常规电影的要求来要求自己的,所以这种变化对于我的创作来说影响不是特别大。

崔:您今年拍的6部电影,我基本上都观看过了,而且您以前的片子我基本也看过,您2010年拍的《有车好好开》,我觉得就是表现邻里之间纠纷,然后再到相互理解的过程。2013年拍的《盲区》,也主要是和车有关系,其中您选择了一个普通的公交车司机和一个富二代之间从不理解到相互融合、相互理解的过程,那么从邻里到两个完全不同的社会阶层的这个变化,您是否想处理一个更宏观、更大的社会问题呢?您是怎样的初衷呢?

方:我这些年创作的都是频道电影,它的资金有限,所以它的目光和视角大多数聚焦在小人物身上,因此我的大多数题材也都是讲小人物的生活。讲小人物的故事既简单又复杂。人们常说,画鬼容易画人难,因为鬼是看不见的,你怎么画他都可以,而人就在你身边。

其实我们也在想怎么能把这种小人物写好,我这两年的经验就是写小人物就得贴近小人物,就得写真事,就得用特别真诚的角度去看他,观众们才可能有共鸣,否则观众肯定会骂你,这就是我一直坚持的创作原则。所以当我拿到这个本子的时候改了很多。刚开始不完全是这样的,但是这个剧本的基础对我来说很重要,因为我们中国社会进入2000年后的十几年变化巨大——贫富悬殊问题还有其他一些问题,这也是我们每一个人都会遇到的问题,所以拿到这样一个题材后我觉得挺好,这样能够让我说说对这些事的看法。面对贫富悬殊的问题,无论是富有还是贫穷都会出现心理的失衡,从这个意义上讲,他们其实都是善良的人,没有什么本质的善恶之分,都是老百姓,那么大家怎么相处?这是一个老生常谈但是也很重要的问题。都是老百姓,但是阶层不一样、社会地位不一样、事业也不一样,得到的和失去的东西也不一样,因此很多影片都体现了我这个思想——就是人要和为贵,也就是说大家第一要满足自己,第二要有一个求和之心。而且我的其中一个片子中的演员也说过这种台词,就是和为贵,世界上所有的东西都是和为贵。这个故事也是跟着这种思路走的。当然这个故事里也有很现实的一些社会现状问题，包括汽车驾驶的问题、红灯黄灯的问题。

崔：说到红绿灯，去年开始号称有史以来最严交规，您是否有意切合这个主题来讲？

方：红灯黄灯这个事情是一个巧合，我们拿到这个本子的时候，这事还没出来，当我们准备拍的时候，社会上开始讨论了。我们就特别痛苦，不知道这是好事还是坏事，别到时候让人家觉得这是公安局交通宣传片。而且一些评委老师也都是艺术家出身，他们很反感这种应景之作。所以我们当时很小心这件事，不想把这个片子和应景的东西挂钩，但它确实是一个热点，即便不出这个法规，生活中也会碰到很多这样的事。我自己也开车，很多人现在都开车，都会碰到这样的事，是让还是不让。其实就是斗气，我自己也斗过气。

崔：现实当中怎样的经历和想法使得您述说这样一个由斗气而引发的事故？

方：有时候也不是成心。我跟人家斗气，有时候是因为别人先不好，然后我就斗他，但是后来再想想，人家可能是无意的，因为两个人坐在不同的车里，你不知道他的世界，所以就这样写了这么一个故事。既然出事，那怎么解决这个事，这是一个很重要的问题，所以后半节就用了很大的篇幅去写这两个人怎么能把这个事解决了，直到最后回归自我。其实这里面也有一些很凑巧的情节，在我的作品中没有回避因果善恶这种思想。比如片中那个小孩最后拿出水果刀，他说如果不是因为这个车祸我可能就杀了人了。虽然通过这件事他断了一条腿，但是他没有杀人也没有坐牢。当这个公交车司机在他面前号啕大哭的时候，他心灵受到震撼，反思自己、回归自我，这何尝不是一种幸运。

崔：在影片的前部分里这个富二代是一个内心非常封闭的人，不喜欢与人打交道，即使他腿断进行恢复的时候，他也拒接那些护工的护理。慢慢地通过这个大哥，感动也好，感谢也好，富二代慢慢地敞开了自己的心扉，走上了安上假腿再去练车的道路，正视自己出现的问题，重新面对人生的信心。

方：其实，我写这个故事，对这个故事的人物的塑造我是有用心的,特别是这个富二代,你别看富二代有很多钱,他也有很多别人看不到的东西,其实他并不幸福。我就认识好几个这样的富家子,他们的特点跟我表现的这个人物一模一样——神经质、脆弱,他一生下来就富有,他们特别渴望被别人承认。

崔: 说到富二代,大家都会打上一个绰号,因此纨绔子弟成为人们对他们的印象。您为什么选择富二代这个角色呢?

方: 剧本的原创不是我,这是编剧的想法,而不是我的想法。我只是接受并认可了这之间的人物关系,我认为这也是符合这个剧本的初衷的,总是要拉开人物的身份。从戏剧创作角度上来说,他们两个人的身份越不近似越好,越远越好,所以这种设置是正常的。富二代也确实是我们这个时代比较典型的话题,在老百姓生活中也是常见的,算是一个典型形象吧。

崔: 看到您拍的《清淤》,就想起《秋菊打官司》。这两部作品中都含有情和法,但是在《秋菊打官司》里更多的是情和法纠缠不清的关系。而在您这部影片中却更多地歌颂了法的权威性。您是怎么想的呢?

方: 我还从没拿《清淤》和《秋菊打官司》进行过比较,其实这两部片子的本质是不一样的,因为秋菊不懂法,秋菊是个农民,因此里面有很多很诙谐的东西,那些诙谐的产生都源自于秋菊她完全不懂法。但是她又依赖法,她又想让法给她个说法,那她用不懂法的态度去追求法律,必然会产生很多误会、很多冲突和很多莫名其妙的东西。我们这个片子跟《秋菊打官司》是有很大的不同的,我们讲的是一个法嘛,他(杨法官)懂法。

崔: 您塑造这样一个基层法官又遇到怎样的问题?

方: 在创作的过程中,我们也很为难。法官这个角色从古到今都是不好写的,他们遵循"民不举官不究"的原则。法官不像警察,警察必须惩恶扬善,而法官没有破案的职责。假如是杀了人了,法官去破案,这叫越职,所以法官不承担这个责任。但是法官会碰到这个问题,他管不管这个问题,这是一个人性和官职地位的冲突。举个例子,片中受害者的老婆跑来求法官,法律顾问就说,求他他应该给派出所打个电话,他不应该自己去。但是我们想塑造的是一个农村法官,农村不像城市有完整的国家体系和细致分工。因此,在农村如果一个法官不够热心的话,他可能有很多问题解决不了;如果都按照正常的法律程序走,那这一切都发生不了;如果就在法庭上敲一下槌子,那这个法官的形象就没有了。其实在中国的基层,法官是深入到人民当中的,这是一个很正常的现状,所以我们塑造这样一个农村法官形象的时候,赋予他很多人性的东西。第一,他守法,他知道自己应该做什么不应该做什么;第二,他是一个善良的人,他在做着一个正直的人该做的事情。其实法在农村代表着公平和正义,所以在基层的农村,老百姓就很信任他。总而言之,我们在写这个人物的时候,就写了一个农村的善良的人,他首先是个人,然后他才是法官;他遵循职业操守的同时,也履行着一个公民的职责和义务。

崔: 在您的《铁枪金喉》中,有一个明显的对比,就是一个公营的县戏剧团和私营的杨家班,您是想在这种对比中表达出自己对传统文化的隐忧吗?

《铁枪金喉》

方：一个民族彻底丢掉自己的传统，我觉得她就没魂了。在生活中很多朋友都说我是一个混蛋的封建主义者，经常会把三从四德这些东西挂在嘴边。我觉得传统是很重要的，中华文明五千年，至少有两三千年的文明史，在这种文明史中，家庭关系、社会关系、人和人之间的情感都靠着传统的道德思想在联系，放眼世界文明史，中国是维系得比较好的。所以这个戏也是一样，讲了两个剧团，没什么对错，我在影片最后也没有讲出谁更正确，因为这个东西很难说。

对于传统文化而言，国家的保护对于传承无疑是很重要的，但是民间的发展也是很重要的。这部影片是在东莞拍的，其实东莞是一个发展得很好的城市，当地对于粤剧的保护真的很好，每个镇都有规模很大的民间粤剧团，比国家的专业团还漂亮。因为民间富起来以后，民间在托举这种文化。片子的结尾，两个老头任何恩怨都没有了，最后留在心里的是自己的那份追求，就是想告诉观众别因为社会的一些世俗而把自己的追求忘了，自己过去的文化应该保护起来。

崔：您拍的《我叫阿里木》是一部主旋律电影，取材也是央视的感动中国人物之一，但是您在这部现实主义的影片中，采用了喜剧的手法，比如他回忆的时候音乐的曲调，还有主角的说话谈吐都有一些喜剧的手法，您为什么要这样处理呢？

方：一个严肃的题材用一种轻喜剧的方式表现在电影中很常见，很多大师都这么做的，所以我只是学习了大师们的一种很常见的创作手段而已。要说我为什么要采取这种手段，跟我阐述的人物有关系。因为我们的男主角是一个维吾尔族的青年，维吾尔族是一个幽默的民族——他们能歌善舞，充满幽默感，他们即便在很苦的时候也喜欢开玩笑、逗乐，这是他们民族的特点。我对新疆还是很熟悉的，我觉得表现这样一个民族，如果不表现出他的幽默感，那就不够全面。除此之外，阿里木本人我也见过，也跟他聊过。他本人就是这样一个充满幽默感的人，整天开口就乐、笑眯眯的，在他最困难的时候也是笑眯眯的，他觉得这个世界是没有什么解决不了的事情。同时，阿里木是一个特别有爱心的人，就像片子里那样，他觉得别人对我好，为什么我不对别人好呢，他就是这么特别简单的一个想法。所以这样一个人物特点，和这样的一个故事，用幽默风趣的风格去表现，我觉得可能更容易让观众接受一些。

崔：您的第一部谍战片《红财神》讲的是根据地粮食安全问题，也没有什么大的炮火冲击的表现，我觉得非常有意思。第一次拍谍战片，对您最大的挑战是什么呢？

方：挑战就是觉得拍不过别人。我看了很多很好的谍战片，发现中国这两年拍的几部谍战片真的不错，而且都是大演员、大制作，所以接到这个本子的时候觉得挺怵的，无论是从演员的质量上还是从投资规模上，根本无法与人家相比。后来我也想尝试一下，反正大家都知道我们不如人家，那就拍。值得庆幸的是，我们还是找了一个很好的演员——田小洁，是非常好的演员，虽然没有像孙红雷等演员那么出名，但是从表演上跟他们是一样的。其实开始拍的时候我跟别人讨论，这个人善良吗？这个人放到现在就是一个大蛀虫啊！后来我觉得没什么不好，仔细想想，哪个政权不都想把社会搞好了，让老百姓也满意。那片中国民党为什么丢掉了政权，其实我觉得这个故事更应该关注这个角度。片中的这一群人都没有守住自己的底线，一个一个都被对方击倒了。因此，这部片子其实没有跳出传统，也是很常规的影片。观众看了还是比较认可的，这点我还是很欣慰的，最光荣的还是那几个演员，他们很努力。

崔：您认为拍谍战片对您最大的吸引力是什么？

方：像谍战片啊，鬼片啊，这种戏剧性特别强的片子对导演都是有挑战的。如果你能真的调动观众，你会有一种成就感。

崔：您觉得在这部影片中您的得和失是什么呢？

方：失就太多了。关于得，这部片子我们也尝试了一把去调动观众心理，去制造紧张和令观众认真观察的氛围，去营造一种银幕心态，在这方面我们做了很多努力——通过画面、演员的表演、音乐等各种手段去调动观众的心理，我觉得应该是及格了吧。如果要说失，就是还是不够细，一些氛围还可以做得再好一些，包括有些场面，如果能再舒展一些，可能会更好。我举个简单的例子吧，最近一部很火的片子，票房上亿的《富春山居图》。我是进电影院看的，带着我家人看的。看完以后我跟我老婆说，武打很好，画面拍得很漂亮，演员不错，就是没导演。我老婆说怎么没导演，人家片子都出来了。我说那是剪辑接起来的——摄影、演员、编剧还有武打都很好,副导演也很好,找的演员一个比一个漂亮,就是没看见导演。

崔: 可是没导演就没魂了啊。

方: 没魂不妨碍它赚了一亿多啊。为什么说这部片子呢?电影是一门综合艺术,缺了谁都不行,但也缺了谁都行,所以我们频道出品的电影的问题就在这,我们必然不可能有《富春山居图》的班底,但是我们能跟《富春山居图》拼的,就是我们导演的一些想法、镜头的运用、演员调度,我们能跟他们比较的只有这些,但是这些必然有它的局限性。

崔: 您有没有想过拍一些像这种高成本或者是专门为院线拍摄的电影呢?

方: 当然有这种想法,但这要有机会,不是谁都能碰上的。我们这个时代,导演的创作能力并不是第一位的,还要有其他方面的能力——公关能力、筹资融资能力,等等。然后还要有机会,还要把握好机会。每个人都希望能够干一件大事,不想当元帅的士兵不是好士兵嘛,俗到透顶的话,对于导演也是,不想拍一个千万以上电影的导演也不是好导演,所以肯定是有这种想法。

崔: 刚才您谈到演员,我在看您的影片的导演自述的时候,上面写明您和翟小兴是多年的挚友,对他的表演非常放心。您是如何选择演员?有什么标准?

方: 这个就比较复杂了,不是一句话两句话能说清楚的,因为在这个社会,像我们这样的导演不可能跟每一个演员合作,更不可能跟每一个好演员合作,所以有些导演会一味地盯着自己熟悉的演员,因为他觉得有把握——无论是在感情上,还是生活上,他觉得更容易控制一些。这样其实不错,也是一种创作方法,但我可能不是这样。我现在选演员的主要方式,还是首先拿到剧本,然后根据这个剧本去想应该哪个演员去演。会凭我个人的直觉,去为剧本上文字塑造的形象对号入座一个合适的演员,虽然我可能没跟他合作过,但至少我看过他的片子,或者说我知道他是什么形象。这是我的第一选择方式,第二才是我熟悉的。比方说我没和田小洁合作,但是我看了《红财神》的剧本,我认为这就是田小洁的,那么我可能不会找翟小兴,翟小兴虽然是我哥们儿，但我认为他这个形象跟这个人物不合适。第三，就是找大腕。因为很认真地说，能混成大腕，表演上一定有他自己的特点，彻底不会演戏的人是成不了大腕的。表演上有特点，那么观众喜欢他，这种亲和也是一种优势，所以选大腕是一种求保险的办法。

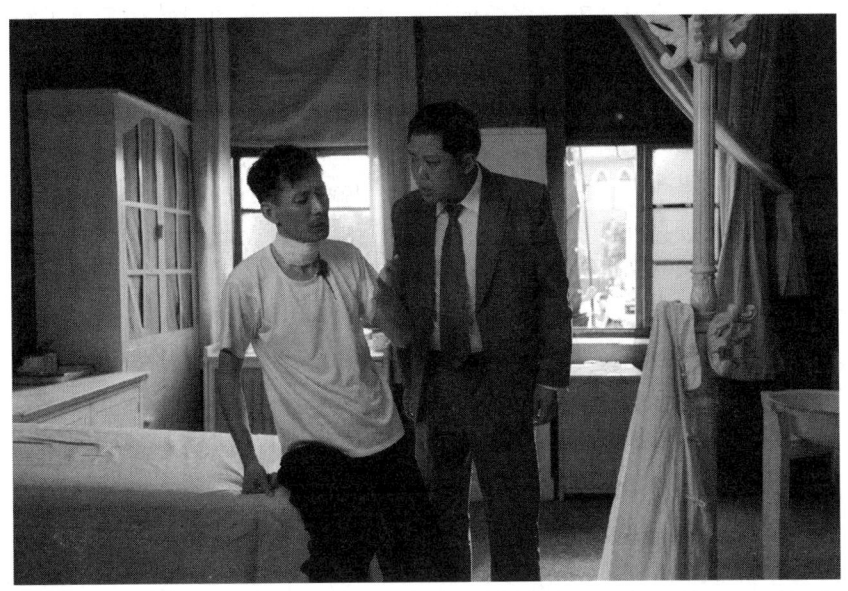

《红财神》

崔：刚刚您也提及您的镜头对准小人物，表现了许多小人物生存的无奈，比如程天喜、张大志、唐梅子、阿里木等，在这些小人物的无奈中您想表达或表现什么呢？试图传达怎样的价值与意义给观众呢？

方：塑造这些小人物其实也是影片的必然需要，不可能都是大人物。其次对一个导演来说，认认真真地塑造小人物，就是为了让大家不要忘了这些小人物。生活中大多数都是小人物，当小人物笑了的时候，这个社会就笑了。

崔：您是北师大毕业的，而且现在身居导演一职，一般就认为导演是精英文化的代表，那么这种身份的认定是否会影响您对小人物的真实刻画？

方：我常跟孩子说，人要多读书。我从小其实不是特别爱读书，我的人生有很多乱七八糟的事情，但是很感谢我的父母在我很小的时候逼我，他们用棍子棒子逼着我读这些书，这些东西都是我现在不可替代的财富。我觉得当你多读了书后，你有机会比别人干更多你想干的事，作为一个导演有更多的创作机会吧。我觉得也没什么精英不精英，就是多读一点书很重要。对于一个年轻人来说，你将来就比别人有更多的机会去阐述你的思想，去实现你的梦想。

崔：在现在这种审片制度下，难免发生体制与您的想法产生冲突的时候，或者扭曲了您心目中小人物的生存状态，您是怎么看待和处理的呢？

方：中国现实的政治生态环境，大家都很清楚。要惩恶扬善、宣扬美好，也不会要求宣扬暴力。我们也会碰到问题，就是怎么去说善恶的事情，政府也是希望你去说，但是它的要求可能更表面一点，不愿意去讨论这个问题是怎么产生，有时候也不愿意去讨论这个问题怎么解决，它希望你自觉。面对这样的现状，年轻的时候是很悲愤的，但是现在也认识到，你得承认中国的现实。你不承认现实你就什么也做不成，你只能在这个现实的环境下做你应该做的事情。所以遇到这种情况，只能多理解、多交流、多去讨论，找一个可以突破的地方。中国人的这种传统，就是儒家思想的中庸之道，找一个平衡点。

崔：因为您拍了像《清洳》、《我叫阿里木》这种主旋律的影片，但是有些主旋律影片可能出现价值引导的不接地气，观众看完会认为太"假大空"了，您认为这个问题应该怎么解决怎么处理呢？或者是说怎么能让主旋律电影更接地气，更让观众认可呢？

方：我拍这种题材的片子是非常享受的，我拍这类题材其实和政治没关系。我觉得《我叫阿里木》、《清洳》这样的故事放在外国也没有什么问题。而且这种题材我不可回避，总有制片人找上门来，我也不可能彻底拒绝掉这些问题，我得谈，我也得生活，也得赚钱，但是我不希望它成为一个愚蠢的宣传片、光叫喊。我希望观众也能看看，在无形当中他不喜欢可以扔掉，他能认可便思考思考，所以我做这种题材是很小心些的。我们中国的编剧界在创作主旋律题材的时候，往往会出现不接地气的东西——空洞地说教、无聊地宣传和完全不接地气的口号。我在创作的时候是很小心这些的,在我拿到这个剧本的时候,我会尽量地剔除刚才所说的问题,尽量找回每一个人物作为人的状态。像《清淤》里的法官,我没让他喊一个口号;《我叫阿里木》从头到尾也没出现一个光荣榜。阿里木这个故事,在原剧本当中他的战友是他的排长,是一个干部。后来我就说这毫无意义,干部教育士兵那是美国大片里的,我觉得在中国这种状态下没有意义,所以我把这个排长改成了他的战友。我用这两个人对家乡的热爱来构成他们开始的矛盾和最终他们和好的原因,他们和好不是为了保卫祖国,是因为爱自己的家乡。

顺势而行，真实为美

受访：高力强　导演
采访：王子男

高力强导演给电影频道拍电影不算早，2005年开始，那时还被称作电视电影。第一部是改编自全国劳动模范许振超事迹的《金牌工人》，虽然高力强对大家还是个新鲜的名字，但人们记住了他影片画面的辽阔和起承转合的流畅以及影片所弘扬的中国工人阶级的责任、志气和智慧。第二年他又带着《扎喜的长征》出现，这也是根据真人故事改编的，讲述一位藏族青年当红军的故事，这部影片的影像更给人留下深刻的印象——非常像电影。之后的《天籁》、《大爱如天》、《督察队长》、《神勇投弹手》、《龙凤村儿女》、《火影雄兵》……风格不拘，类型多样，一部比一部生动、精美，耐人寻味和好看，《神勇投弹手》甚至连续两年获得频道出品电影收视冠军，他也越来越忙，作品一年比一年多，2013年他一气拍了四五部作品，其中的《甘南情歌》改编自"感动中国人物"王万青的真实故事，但却没有丝毫英模片的造作、刻意、概念，该电影从人物、从情感、从情理出发，从电影艺术对美的追求和表达出发。这位"感动中国人物"，作为艺术形象也深深地感动了我们。

接触电影

王： 我在网上看到有关您的介绍，说您是山东艺术学院毕业的。您是从那时候就开始接触电影了吗？

高： 那倒也不是，1972年我报考了当时的"五七艺校"，也就是现在的山东艺术学院，学了音乐。毕业以后拉了大概七八年小提琴，后来自学了摄影，正赶上山东电视台拍摄电视剧《武松》，我就进组了。

王： 当时您是做的摄影吗？

高： 当时在《武松》剧组，干的事情很多，我拿着照相机，负责拍摄剧照，还要做场记，还要做宣传，包括把剧照配上文字做成"小人书"。正因为这个契机，后来我又学了摄像，在剧组干了几年摄像工作。

王： 您后来怎么走上导演的道路呢？

高： 都说在拍摄现场爱说话、爱管"闲事"的摄像以后十有八九要改导演，当时我当摄像的时候，总喜欢自己琢磨，还喜欢向导演提建议。80年代初的时候，中国的电视剧还处于草创阶段，没现在这么发达，不少电视剧导演都是从话剧导演转行过来的，大家对影视也不熟，那个时候，锻炼了一大批像我这样的年轻人。正因为当时能一部一部戏跟着锻炼，时间长了，自己也摸索出来了一些拍摄的手法。1991年，我在北京电影学院上了一个高级导演进修班，当时在学习的时候，条件不像现在这么好，没有那么多影片可以看到。如果谁能弄到一盘清晰的外国名片，那简直如获至宝。进修班毕业之后我就回山东做导演了。刚开始的时候主要还是拍电视剧，没什么机会拍电影，当导演后有时还兼摄影，这样更能把控整部片子。

我的工作单位是山东电视剧制作中心，2005年的时候，青岛港有一个叫许振超的工人，初中生，没什么文凭，刻苦自学，自己的活干得非常好，他带领徒弟们操作塔吊装卸集装箱打破了世界纪录，被誉为金牌工人。我们根据他的先进事迹拍了一部数字电影。这部《金牌工人》获得了当年百合奖二等奖，之后，我就陆续为电影频道拍摄数字电影了。

关于导演的工作

王：您拍摄数字电影的周期大约多长呢？

高：数字电影根据题材不同，拍摄周期也不一样，一般是20天之内，战争题材和年代戏略长，现代都市题材、农村片十一二天就能完成。现在一部电影的创作是两头长，就是创作剧本和后期制作时间长。有的剧本要打磨几年的时间，后期剪辑、音乐、特技等也得两三个月。

王：《甘南情歌》的拍摄周期有多长呢？

高：《甘南情歌》拍摄时遇到了一些意外，虽然我们是在7月甘南所谓最好的"拍摄黄金时节"进行拍摄，但去年雨水特别多，七八月份的甘南草原最容易下雨，在二十多天的拍摄中，大约有十五天都在下雨。但也正因为下雨，在等待的过程中给了我较多思考的时间，使影片的走向产生一些变化，为创作添色不少，如果导演的工作都是照本宣科的话，那导演的二度创作就大打折扣，那这个行当就人人都可以了。

王：您认为导演的工作主要是什么呢？

高：导演的工作，其实就是把文字翻译成影像，就是一种视觉思维。一个故事，你得想如何用画面把它体现出来，这个过程，其实就是一个思考的过程。一个导演思考得越多，对剧本越熟悉，拍摄的过程就越顺畅。包括如果导演想要修改剧本，也得建立在熟悉剧本的基础上。当你对剧本有更深入的了解时，你才可能发现更好的诠释方式。

王：您是怎么改剧本的呢？例如，《甘南情歌》的剧本，改动有多大？

高：是有一些改动，因为这是一个英模事迹改编的故事，最初的剧本，主要以歌颂和宣传为主，不理想，后来把剧本改成以爱情线为主，避免了单纯宣传的说教，让大家在欢愉的心情中体会那些精神。因为电影的本质还是一种欣赏和娱乐，对先进人物的宣传歌颂在新闻和专题片中已有充分体现，电影再重复这些就没人看了。原先剧本的结尾是记者在万鹏家的一段采访，让他说说这么多年扎根西北的感受,我从心里就很排斥,现在改为万鹏在杭州说服姐姐后义无反顾地回到甘南草原,当儿子桑巴远远地看到爸爸归来,喊着:"爸爸回来啦!"天地间两个方向,万鹏没命地奔向妻子和儿子,德姬含泪迎向丈夫,画面定格在一家相互拥抱幸福欢聚的时刻,这是永远的相爱相聚,看似简单的处理,但符合电影的视听语言,胜过千言万语。还有一个例子,在这部戏中,男主角吹的口琴,起先并没有在剧本里出现,而是演员来剧组随身带的,当然是有备而来。在影片开始不久,我给演员李槐龙加了一场躺在床上吹口琴的戏,吹的是《抬头望见北斗星》,虽然仅仅是一两个乐句,而且被冲进来的德姬打断了,但能把观众带回到那个年代,而且这个桥段不能只用一次,否则没有延展性。在后面男女主角结婚时,口琴也有出场的机会,吹的是《在那遥远的地方》。当这首动人的旋律从温馨的帐篷里传出时,我们所感悟的不仅仅是画面所提供的具象了——有的时候演员表演已经完成,我们会使用空镜头,或者一些小道具,使情感再度延伸,口琴在这里就起到了这个作用。

王:导演的主要工作,除了翻译和修改剧本,您认为还体现在什么方面呢?

高:电影并不是一个人的艺术,不像画家画张画一个人就能完成,电影是集体创作的产物,除了导演以外,摄影、美术、道具、灯光、录音等每个部门都不能出问题,在拍摄中出现任何问题都会影响拍摄,影片质量也会大打折扣。所以,协调和全局控制也是导演的工作之一。另外,倾听其他人的意见也很重要,有时候演员、摄影,甚至一个场务,都会提出很好的建议。比如,在《甘南情歌》中,万鹏和德姬卓尕结婚那场戏,剧本中情敌杰布并没有出现,饰演杰布的藏族演员普巴太认为按照习俗他应该来,但来参加心上人和情敌结婚怎么表现呢?普巴的想法我觉得很妙,他自己安排了一场戏:杰布策马赶来,他远远看着婚礼热闹的场面,心如刀绞。最终,他从怀里掏出哈达抛向天空,打马离去。把这段戏的情绪很好地表达出来,效果非常好。还有,在剧本里,有很多女主角卓尕哭泣、和男主角搂搂抱抱之类的戏,演员德姬跟我说,这种戏她没法演,太假了,在藏族,女孩子不是有点小事就哭,我采纳了她的意见。后来我们对两个人亲热的处理，就控制在靠一靠、搂搂肩这个程度。所以说一部电影是集体的智慧。

当导演爱好一定要广泛，不能只关注电影。除了音乐，我平时还喜欢体育，每天早晨我都会去游泳，每天将近2000米，已经坚持许多年了。

王：真是不容易！您在片场也锻炼吗？

高：在片场，我主要还是保持体力，一般到了能睡觉的时候，我都抓紧时间睡觉。平时的话，体育比赛我也很喜欢看，在看比赛的时候，我就会把比赛中的动作和电影的动作戏联系起来。动作戏一样，还得真实。

对好电影的定义

王：国内有您比较欣赏的导演吗？

高：主要还是要看作品，名气大的导演拍得不一定都好，刚出道的导演拍得也不一定差。我挺喜欢姜文拍的片子，拿他早期的《阳光灿烂的日子》说，当时真是让人耳目一新，我认为这部影片打破了很多所谓的老规矩，拍得无拘无束，非常有自由度。姜文把夏雨一个从没有接触过表演的少年调理得那么真实自然，把"文革"大背景下的生活琐事讲得如此生动，是非常不容易的。《太阳照常升起》大家看过也说不出有什么好，但依然让你感到有种神秘的灵性和梦幻，很像是一部纯电影，整个影片透着姜文的才气。当时我跟电影学院导演系的学生聊过，他们很喜欢，谈起来都很兴奋。后来的《让子弹飞》，片头的马、火车、名曲，运动镜头营造出来的气势恢宏的场景以及整体风格的豪放和野性，也都让人觉得很爽快，这样的视听享受不大卖才怪呢。贾樟柯的《三峡好人》褒贬不一，但我喜欢，我忍受得了那种沉稳的"慢"，在众多的影片中风格不同是好事，好的电影大家都会有感觉，《三峡好人》得金狮奖也是实至名归。

王：您认为电视剧和电影有什么区别呢？

高：有相同之处，但表现手法上是有区别的。我认为，电视剧主要是编剧的艺术，电视连续剧那么长，一定要有一个娓娓道来的好故事做支撑，哪怕拍摄技巧不尽如人意，只要能把故事讲清楚，观众就会喜欢看。而电影的叙事自由度很大，在有限的时间内把一个电影拍摄制作得很精彩，更能考验导演的功力，做到表达方法简约，视觉信息丰富相对难一些，现在有很多导演电影、电视剧都拍，两方面都掌握得很好，游刃有余。

王：包括剧本在内，您觉得一部好的影片关键在于什么呢？

高：影响一部影片的要素很多，所谓得天时地利人和。1948年费穆拍的《小城之春》是公认的好影片，说起来并没有什么惊天动地的事，但它高就高在在日常的生活中挖掘出美妙的东西出来，在随意之中，给人带来美的遐想和感受。一部好的电影，一定得是让观众爱看的电影。

王：您喜欢什么题材的电影？

高：我喜欢的范围很广，爱好也很多。导演应该会的东西多一些、杂一些，遇到什么样的题材你都有所体会多好。曾经我参加过一个青年导演的短片展，参展的有一个影片，是一名女性青年导演的作品，由于没有拍摄经费，拍摄得很粗糙，但题材非常好，寓意也深，我非常喜欢。和现在的《万箭穿心》一样，同样改编自方方的小说。当时我就跟导演说，能不能把这个故事交给我拍。后来因为资金、时间、公司等很多问题，那部影片一直都没能启动，很可惜。直到现在，我仍然想拍这部片子。

所以说，类型什么的并不重要，哪怕就是居家的一些小事。《小城之春》那种类型我喜欢，《英雄儿女》、《阳光灿烂的日子》、《霸王别姬》我也喜欢。无论题材、类型有多不同，艺术都是相通的。作为导演，应该去掌握这种共通的东西，而不拘泥于题材。

王：这些片子的共通之处在哪儿呢？

高：它们都能够打动人。任何一门艺术，要想干好了，就必须打动人。比如，柴可夫斯基的《天鹅湖》，听着就让人热血沸腾；贝多芬的《田园交响曲》，好得让你觉得不可捉摸。这些大师，可以把7个音符编织成那么动人的旋律，让人佩服。

王：高老师您还真是喜欢音乐，挺懂的。

高：主要也是因为我当年学的是音乐专业吧。我觉得音乐是可以填补人情绪上的空白的。如果你把一部影片的配乐拿掉，影片的感染力会大打折扣。有很多一直流传至今的名曲，都是当年的电影配乐或者插曲，比如说《情归何处》（《日瓦戈医生》插曲）、《我的祖国》（《上甘岭》插曲）、《英雄赞歌》（《英雄儿女》插曲）、《让我们荡起双桨》（《祖国的花朵》插曲），等等。包括连咱们的国歌《义勇军进行曲》，也是电影插曲。

王：在您的影片中，配乐是如何做的呢？

高：我相信每一个导演对作曲都非常重视，我的电影和作曲小哲合作多一些，因为我觉得他的音乐很有灵气，在给影片《天籁》配乐的时候，他做出来的乐曲完全超出我的想象，非常符合影片的风格，我们一直合作了有十几部片子了。当然，也有的时候我会对配乐不满意，这时候我一般会去作曲家里，商量着一点点修改，直到满意为止。

关于演员

王：您觉得演员在一部戏里有多重要呢？

高：演员是第一重要的，因为他们就是门面啊，一部影片无论创作过程如何，最终展现给观众的，都是演员的形象和行为。但我经常说演员不分好坏，主要看剧情的需要，再好的演员不合适也是不行的，所以不能只追求用名演员，很多剧组喜欢盲目地用名演员，在我看来没有必要，很多名演员，你老感觉他（她）还是那个戏上的他（她），因为他们一个戏太火而把角色固定了，再演别的戏的时候，已经没法超越自己了，塑造的角色也只是重复，让观众没法相信这个角色，进而不相信这部影片了。在拍《神勇投弹手》时，答有为从没演过男一号，但他的形象太符合陈傻子这个角色了，毫无疑问，大胆使用，结果非常好。拍《甘南情歌》，也没有很出名的演员，我只是要求除了万鹏一个从内地来的大学生外，其余的都要藏族演员，演员虽说演什么像什么，但骑马、藏语这些可不是一朝能够学会的，最主要的失去了片子也就毁了。所以要根据片子的需要定演员。

王：在您的影片中，演员通常是怎么表演的呢？

高：一般来说，我会先跟演员"走戏"，和演员商量最舒服的表演方式，比如，你觉得这段戏，台词是站着念还是坐着念？是不是需要去旁边拿个东西有些动作？等双方都没有异议的时候，再开始正式拍摄。这样拍反而比较快，包括灯光、摄影的配合也会更好，演员也会觉得很舒服。

王： 您是希望演员主动发挥的东西多一些吧？

高： 对，导演绝不是教演员怎么去演戏的，我一般是放手让他们演，但也得经常一起探讨启发演员，有很多好的细节是大家一起侃出来的。当然导演在全方位把控要更多一些。一定要有自己的想法，做成自己独特的东西，别谁的意见都听，到最后自己的那些灵感都没了。

《甘南情歌》

关于摄影

王： 《甘南情歌》画面拍得很漂亮。在您的影片中，摄影一直都是高鹏。

高： 高鹏是我儿子，他在外国学了经济学，回来后却没有从事经济方面的工作，跟着我在剧组感受后发现自己对摄影比较感兴趣，就一直学摄影,已经有8年了吧。

王:现在是上阵父子兵。您早期做过摄影,在片场,您对摄影部门的指导多吗?

高:我对摄影部门的创作关注还是比较多的,因为摄影的重要性在于各个主创部门的工作最终都要在镜头里体现出来。有的时候甚至会亲自去设置机位。我觉得如果导演太依赖摄影部门并不是什么好事儿,如果碰上一个好摄影,那你的影片就会好些,反之就会差些,拍出来的东西不是你想要的,那就糟了。

关于电影特效

王:之前您提到《甘南情歌》的拍摄中遭遇了阴雨,在戏中有一段下雨的戏,那是真的在雨中拍摄的,还是使用了特效呢?

高:哪有那么及时的雨呀?电影中的雨都是假的,但也要天气的配合,你不能顶着大太阳下雨。电影是科技文化,正因为科技的发展,电影才具有越来越强的表现力。影片中的闪电、雨量的控制都是后期做的特技。雨后万鹏被藏獒撕咬的镜头我们也用了特效。

王:那只狗也是特效做的?

高:藏獒绝对是真的,不过藏獒哪会听导演的话。拍摄的时候,藏獒是被穿着蓝衣服的主人牵着的,做后期的时候把主人和铁链子抠像去除了,就是最后看到的样子。

王:之后还有一段狼追人的戏,也是特效吗?

高:是,那个并不是狼,是一种长得像狼的雪橇犬,我们让主人牵着一条狗从很多方向跑过来跑过去,然后后期用特效合成一群"狼",这样做比现场指挥很多条狗跑要像,画面冲击力更强。现在看来拍摄的时间还是仓促了点,要不效果会更好。电影是和科技的进步息息相关的,千万不能落后了。这话去年我在晚会上就说过,电影这个行业,是不进则退,甚至慢进则退。现在科技发展得太快了,是信息社会,每时每刻都要学习,跟十几年前比起来,那时候的东西总感觉是用一辈子都不会换的,现在呢?摄影机几年就淘汰一批,刚买来的电脑,没过两三年就更新换代要被淘汰了。

直觉对艺术的作用

王： 您平时会在网上看别人对影片的评价吗？

高： 一部作品的最后完成是评论家。好比一个人在跳高，评论家就会分解和分析他的动作，从助跑到起跳直至最后完成都分析得丝丝入扣，滴水不漏，可运动员要是这样去想麻烦可就大了，实际拍摄的时候，创作者更多地是靠直觉在创作，不会想太多。但多看些评论文章对自己的创作是有好处的，也是一种营养吧。

王： 也就是说，很多东西都是临场即兴的行为。

高： 说得对，这种即兴包括导演和演员的表演。现在的电影拍摄，连分镜头剧本都没有了。以前为什么要有分镜头？因为电影从出现到现在不过一百多年，很多东西还在摸索阶段，严谨的创作加上过去用胶片拍摄成本很高，分镜头的一个目的为了能够节约成本，不能没有节制地乱拍。过去我们电影厂一比三的胶片用量，不节约就拍不下来，结果就是现场反复练，怕出错，出来的效果很呆板，甚至摄影师在拍近景时要求演员不能动，否则就出画了。我们回头看一些老片子，这些遗憾的痕迹是很清楚的。随着科技的发展和观念的转变，这些都被打破了。带来的好处是"随心所欲"的创作拍摄和真实生活化的表演。演电影不再神秘，摄影师似乎也不像以前那么"牛"了，因为大家当时就能看到要拍的实际效果，谁都可以发表几句见解。在宁浩执导的《疯狂的石头》中，有一场戏里有两名招待所女服务员，嗑着瓜子，对客人爱答不理的态度，一方面是导演的要求，另一方面是演员的放松，让很多观众都觉得她们演得特别好。真正好看的电影，就应该让观众感觉不到导演，感觉不到剧本，感觉不到摄影，感觉不到演员在演，就像是被偷偷记录下来的一样，真实即美。

王： 但是，在实际的电影拍摄中，还是会有很多客观条件限制，以致无法达到最好的效果。

高： 的确，拍摄中，会面临资金、工期、档期等各种客观问题。但是我觉得作为导演，还是应该有自己的坚持。

王： 在片场，您会和制片人有冲突吗？

高： 一般地讲，导演团队和制片团队之间的分歧会比较大，导演想拍好会要制作、要场面,制片方考虑要省钱不能超预算。不过我还好,大家都在一条船上嘛,很多时候我会主动替制片人想办法,比如在用群众演员的时候,一天要用100个群众演员,但并不能保证这10个人随时都能用上,而且很容易超时加钱加饭。那我就安排上午来50个人,下午再来50个人,中间会有两队人交叉的时间,大场面就放在这个时段拍摄,其他时候,用50个人就可以了。

王:您拍的影片,很多都广受观众喜爱,《神勇投弹手》荣获了百合奖最佳导演和最佳影片,还是当年的年度收视冠军,能谈谈这部影片吗?

《神勇投弹手》

高:《神勇投弹手》,当时看到剧本时我就很喜欢,里面的许多细节描写都很真实,一个贫穷农村的傻大个最后成长为战斗英雄,把一个讨人嫌拖后腿的大笨蛋塑造成谁都想抢的香饽饽。没有说教没有拔高。剧本里对于军人的刻画,不像传统那样刻板和"高大全",战士之间遇有不合,也会有粗鲁的行为,干部和战士说话也都很实在。如果"概念先行",像过去那样写战士之间必须如何友爱,指导员说话的口气都是套话,那就不好看了。这部影片我们演员选得也好,特别是答有为演的陈傻子,为影片增色不少。还有《火影雄兵》,剧本也很靠谱,如果影片只讲消防官兵怎么救火,那观赏度就差了。消防战士不仅救火,还谈对象,美女的出镜率很高,并带有一些喜剧色彩,观众就喜欢看。

剧组成立了,在开机之前要尽可能地和大家熟起来。消除彼此之间的陌生感和紧张感。我拍摄时的感觉是,往往刚开拍的头几天,大家都很认真,拍出来的东西往往由于太认真反而效果不好,不放松,就像冠亚军决赛的球不好看一样,这种状态要早点过去,所以大家熟了状态就会好。我还经常跟演员说,我喜欢生活化的表演。表演不要在戏剧状态下完成,要在生活状态下完成。

王:拍摄中最大的敌人是什么?

高:最大的敌人还是自己,而不是那些客观困难,想不到那是水平问题,如果想到了,而因为客观条件没有去做或降低标准,那最后是会后悔的。有时候因为各种原因我也会降低拍摄要求,经常会宁事妥协,最终对影片是不好的。

听高导演的一席创作谈,给我最大的感受是高导在艺术创作上"灵活机动"的"战略战术",和自然天成为美的追求。在电影创作方面,他非常有经验,也有很好的理论总结,这是从实战中摸爬滚打出来的素质。他讲究顺势而行,从不自设藩篱,自钻框套。比如他认为好的故事并不拘泥于某种风格样式,怎么适合怎么来,只要你想把它做好,它就会是美的。

他又是一个有恪守的人,他认为导演应该是个善于思考的人,要熟悉剧本,他在创作中坚持自己的艺术主张。

高导的生活和创作理念,对成长中的年轻人大有启发意义。

《龙凤村儿女》剧本创作谈

郝国忱　编剧

我是一个农民的儿子，我的根脉在农村。后来虽然定居在城市，但却始终没有中断与农民、农村和农业的联系。2011 年的夏天，我回老家，正赶上一个亲戚的孩子考上了大学，我也凑过去吃喜。乡亲们为孩子读书考大学所花费的苦心，让我实实为之震撼啊！

回想当年，我们屯有一户李姓人家，老两口只有一女，娇惯得像洋小姐一样，送大城市亲戚家念的小学，念完小学考上了初中。中学在镇上，离村 20 里，需要住校。女儿嫌学校的饭难吃，老两口就卖掉了房子，到镇上陪女儿读书去了。乡亲们都吃惊得傻了，说那老两口是缺孩子缺疯了。

谁能想到：60 年后的今天，家家都是独生子，家家都肯花大价钱送孩子进城读书了；家家都肯扔下家业，随孩子进城陪读了；家家都想选择最优等的教育，让孩子考上大学、跳过龙门，成龙成凤。头脑灵活的相关人士也都看好了商机，不失时机地张开了捞钱的大网，高价补习班遍地开花，大学招生一扩再扩，只管招生，不管分配。升学率已高达 80％，剩下的 20％还有各类公办的、私办的专科接着。只要肯花钱，都能上大学。淳朴的乡亲们根本分不清啥是统招啥是扩招，只要孩子拿到录取通知书，一律地大操大办,请客吃饭。每到暑期,几乎是村村有喜,家家吃请,好不热闹!

具有讽刺意味的是:暑期也正是毕业大学生跑工作的时候,跑不到工作的一年比一年多。本是农家子弟,念了大学就成了贵族,再也不能屈尊回乡种地了,而是成了啃老一族,成群地漂在城里。

前些年,我在一所大学教课。我的几个学生在我居住的小区租房住。他们已经毕业4年了,还依旧住在小区里,每天去学校食堂吃饭,去操场玩,去图书馆闲坐。他们称自己是恋校一族。家长自然还像供学生一样地寄钱供养着。我一个亲戚的孩子,毕业6年,漂了6年,老妈一直在城里陪着他,卖烤地瓜养着他。还要养多久?谁也不知道。

近几年,有研究者发现,农民工越来越少了。许多城市已经开始出现用工荒,据说这荒将会越来越严重。与之相对应的是,没有工作的大学生越来越多,聚集在城市里,浮荡在社会上,不安地涌动着……这是家长的悲剧,也是社会的悲剧。带着深沉的忧虑和感触,我决意要写一个大学生回乡创业的剧本。

写创业,自然得有创业的体验才行。我的朋友田德中是老家一个乡的干部,写过多部小说和剧本。前几年,他带领农民订单种植三樱椒,富了一方乡亲。然而,初次搞订单农业真不容易,农民不守信,法规不配套,矛盾百出,一波三折,让他历尽了艰辛,尝尽了甘苦。我们曾经依据他的那段经历,合作写过一部长篇电视剧本。由于种种原因,一直没能投拍。他不甘心,我也常觉遗憾,因为作品中的许多细节都是生活中来的,新鲜而且独特。大片的三樱椒生长在田野里,夏天碧绿,秋天火红。收获的时节,整个村子都被染得通红,画面极其壮丽。后来我们在网上聊着,又重新结构了一个电影剧本,写出了初稿。由于订单农业毕竟是一种生产方式,引不起制片人的兴趣,也就罢手了,稿子在电脑里一放又是一年多。

那天,给田德中打电话,我说找到了新视角,写大学生回乡创业,能让我们的剧本起死回生。他喜出望外,连连叫好。于是,我就开始了创作,很快就写出一稿,发给了北京的一位朋友。他极为赞赏,提出一些意见,我又重新修改。改了几稿后,他认可了,才把稿子给了电影频道。电影频道的责编非常看重,又提了一些意见,发回来让我再改。反反复复，一共改了10稿。

那年9月，当三樱椒将要红遍田野的时候，我们的剧本通过了。可惜筹拍工作过于繁杂，一直筹到天寒地冻的时候才开机。三樱椒早收完了，田里一片白茫茫的大雪。东北不能拍了，只好去山东。大田种植三樱椒改成了大棚种植五彩椒。夏秋的戏变成了冬天的戏，留下了些许遗憾。

我一向认为，没有生活就没有创作。我生在农村，长在农村，祖上世代为农。为体验生活，20世纪80年代初，农村改革大潮风起的时候，我曾回乡任职。虽然后来搬进省城，亲戚们都在乡下，没断了与乡亲们的往来，对他们的生存方式和情感状态还是知道一些的，但毕竟隔开了，对他们的生产方式和经营状态就知之有限了。幸好有朋友田德中与我合作，他以乡村工作的亲身体验弥补了我的缺失。

电影创作，门派众多，各有各的主张，各有各的追求。我尊重传统，总记着老师最常说的一句话：写剧要写人物。真正能写出人物，并不容易，往往写着写着就忘了，就把人物当成演绎故事的符号了。

老师说：艺术作品的品位和价值，要看你所塑造的人物身上包含了多少文化意韵。鲁迅塑造了阿Q，阿Q精神涵盖了一个时代的国民性，鲁迅才成了世界公认的艺术家。我们虽然成不了鲁迅，但总得有所遵循。取法乎上，仅得其中。我们努力把人物写得典型些，使其尽量能在观众中引起共鸣。

在《龙凤村儿女》中，我们依据众多的生活原型，塑造了这样几个人物：女主角叶青，自强自立，脚踏实地。为供她读大学，父母已经花光了家里的所有积蓄。大学毕业没工作，她不肯让父母再去借债为她买工作，决心白手起家，自己创出一番事业。与叶青相对应的是她的男友周强，读完大学成了高人一等的贵族，不屑与庄稼人为伍，找不到工作就泡在家里等父母拿钱去买工作。

叶青式的人物虽然少见，但她昭示着我们的理想。周强式的人物随处可见，观众可以在他身上看到身边人的影子，这可能就是典型形象的现实意义吧？

另外一个人物是赵长平，叶青和周强的高中同学，没念大学就回家务农了，凭着聪明才智，4年间掌控了大片土地，创下了不小的家业。由于没上大学，他在大学生面前难免有点自卑。为掩饰这自卑，他总是不失时机地彰显自己的实力和能力。他想帮叶青和周强一同创业，但周强耻于他的帮助而拒绝，结果却让他和叶青有了合作的机会。他暗恋叶青，又不肯越过道德底线去拆散人家，只能尽自己的一切，无私地帮助她。

为加强戏剧性，我们还特意写了一个赵盼儿。凭着有个当局长的舅舅，她给周强悬起一个安排工作的盼头，明目张胆地对他发起爱情攻势。

叶青爹是个耿直的庄稼汉。叶青妈好面子，当了一辈子家，却当不起女儿的家。周强爹是村主任，为人圆滑。周强妈为人刻薄而势利，一心想让赵盼儿取代叶青。

人说：编剧编剧，不编不成剧。编什么？我以为编的就是人物的性格定位和思路走向；编的就是错综复杂的人物关系。剧情推进靠人物关系，性格刻画也靠人物关系。关系顺拐了，没有戏，必须拧起来、纠结起来才有戏。人物性格定位之后，复杂纠结的关系编织起来，一台活剧就在我的头脑里开演了，只需用笔忠实地记录下来就可以。

作为一部青春励志剧，不可能不写创业，而创业具体过程写多了又是剧本创作的大忌。因为观众对任何一种产业都没有多大兴趣，特别是隔行的产业，短暂的新奇之后，就再也没有观看的耐心了。观众关心的是人物命运，是谁和谁咋样了。所以，不能用生产过程当主线，得用人物关系的嬗变过程当主线。嬗变过程中人与人的冲突、人物内心的自我冲突，这是观众最感兴趣的看点，这是最可取的人性叙述。

叶青原本爱的是周强，他们同村同学，爹赞成，妈赞成，谁看都般配。如果让这组关系顺利地发展下去，最后结婚了，戏就太顺了，毫无悬念，也毫无看头。需要反着写：周强的小气、浮躁和自命不凡，连连替自己减分，而看似极不般配的赵长平却凭着实力、大气和善良，连连为自己加分。逐渐地，叶青心里的天平开始不由自主地向赵长平倾斜。尽管她对赵长平提防有加，尽管她不甘心输给赵盼儿，不甘心放弃与周强的那段恋情。最后，当周强决意选择赵盼儿的时候，当赵长平为叶青进了看守所的时候，人们义无反顾地把美好的期盼给予了叶青和赵长平，只有他们最终走到一起，才是大团圆的结局。

既然人物关系和心里的嬗变过程是观众的关注点，那必定是编导最该下大力气精雕细琢的主线。然而，由于某些非艺术思维作祟，这条主线往往会不自觉地被冲淡，甚至被忽略。时髦的口号常常会让我们歧路亡羊。

20世纪80年代"文艺为政治服务"的提法被取消了，批判庸俗社会学使我们的创作思想回归到了人本主题，这是很值得庆幸的事。排除非艺术思维的干扰，我们才能少走弯路。如今，连政治都倡导以人为本了，电影故事的人性叙述理所当然地应该成为主流叙述了吧！

创作艺苑
Overview of the Films Presented by
China Movie Channel in 2013
电影频道

乡村孔子

张 挺 编剧

一

作为一个编剧，从 2002 年以来，每年都会为电影频道写作，有时候多一些，有时候少一些，里面的这份情感，是很难割舍的。十几年前，我还是个刚出校门的编剧，为频道写作，也是我的理想，到了今天，更显得弥足可贵。打开电视，除了喋喋不休的家庭斗争，就是让人崩溃的古装神话故事，或者疯狂的唱歌比赛，令人厌倦。电影院里上映的，基本上也是杀人过万、高倒虚空的作品，生活在这个环境里，生活在这种风气愈演愈烈的时代里，几乎所有的生活真实和艺术追求，都被商业化的大酱缸染得走了味，每次为频道写作的时候，都有一种回到地上的感觉，你可以去书写这个时代，反映更尖锐的、真实的社会问题，用最朴素的创作力、最生活化的细节，写一部契合生活的作品，这是很享受的。因为这个阵地，还没有被娱乐至死的浪潮完全淹没，还保留着它的社会责任感和艺术追求。因为这个原因，写了十几年。

二

《孔二皮进城记》是去年春天为电影频道创作的

一部电影剧本，讲一位乡村代课老师，因为国家推行正规化教育和并校运动下岗，心里愤愤不平，带领学生去上访的故事。

老师的名字叫孔二皮，是个瘸子，执教大半生，学费是一只鸡，或者半袋米。

中国的乡村代课老师问题，是这几年被讨论次数最多的社会问题，因为大部分村庄人口少、偏僻，修公路的成本太高，离学校实在太远，所以出现了所谓的"非正规化教育"，就是说，村里边有小学或者初中文化水平的人，承担老师的责任，完成九年制义务教育，这些人，没有工资，没有编制，没有社会保险，没有职称，他们是在中国最基层、最艰苦的环境里传播知识火种的人，他们数以十万计，一夜之间，除了少数年轻的代课老师经过再教育的培训可以转正之外，剩下的，集体被抛弃。

我从来不认为，社会的进步是以弱势群体的牺牲为代价的，他们这个群体，所作出的贡献是无法估量的。中国人尊重师生关系，把它列为"五伦"之一，"天地君亲师"，仅次于父母。父母养活你，而老师却能教育你，把前人的知识传授给你。老师和学生之间的关系，是每一个人人际关系中受益最大却不求回报的关系。所以他们的遭遇，也格外让我动心。

三

《孔二皮进城记》这个故事，不管怎么说，创作完成之后我还是很担心的，作品里的尖锐，对政府的批评，没有绕弯子，也没有粉饰，在传统的审查体制中，这是很难被通过的，没想到很顺利地过关，所有的修改，全部都是对艺术质量的提高，这是让我非常惊喜和钦佩的事情，我觉得这也是电影频道的立场和社会良心。对于创作者来说，我不否认，贡献娱乐是他的责任，但是这不是全部。创作者还应该记录这个时代，记录这个时代的痛苦、悲哀、欢乐、困惑，留下一些人的声音，英雄或者弱者，都应该平等地被对待。文艺的作用，不在于解决社会的具体问题，但是它安抚了社会的心灵，并且发出更人性化的声音。

《孔二皮进城记》基本上是以农村口语为主，主人公是一个有小

《孔二皮进城记》

聪明、一身毛病、狡黠和充满爱心的农村老师,创作中最让我享受的,是朴素叙事的乐趣和魅力。我总觉得,我们在电影创作上一直在走一条比较怪异的道路,很多人在谈叙事角度、叙事模式,沉浸在各种编剧法中,其实我们还是应该把注意力转移到要表达的内容上,我们所看到最成功的电影《拯救大兵瑞恩》、《阿凡达》、《指环王》,这都是毫无技巧的电影,我指的毫无技巧,是说它们在叙事上非常老实,不哗众取宠,不装神弄鬼,它们的主体和所关注的事情,仍然是社会和人群,是自由平等,是亲情和爱情,它们用好的故事,既娱乐了我们,又让我们有所感悟,你会在电影结束的时候,去同情弱者,在乎家庭,哪怕这个思维闪了一下,电影的价值也出来了。这是我在乎的。

朴素叙事来自于对描写主人公生活本质的观察和了解,而不是对旧日文艺作品的沿袭和想当然,对人物的了解要花相当长一段时间,但是之后,就可以尽一切可能退席,让人物自己站出来说话,让人物自己来选择他的行为方向和故事的结局,人物本身的生态和他的精神。只要能如实地反映人物,人物对观众的冲击力就已经存在了。

用"笨"办法演实在戏

受访：陈　创　《孔二皮进城记》主演
采访：王　婧

看完《孔二皮进城记》，我被深深地打动了，这是一部扎实而又感人的作品，主人公孔二皮的执著善良、阳光踏实给我留下了深刻的印象。此时，陈创老师正远在外地的剧组进行紧张的工作，拍摄间隙通过电话接受了我的访问。

实在戏里的老实人

王：陈老师您好，看过《孔二皮进城记》后，我深受感动，特别是您塑造的孔二皮这个人物形象十分打动人心。这虽然是一个小人物，但是他的形象丰满，性格有很多个侧面，很立体。在塑造这个人物的过程中，您有哪些心得？

陈：这是一部很实在的戏。孔二皮是个山村里的没有编制、没有工资，甚至连正式的教室都没有的默默无闻的代课教师，但他又是一个内心特别丰满的人。

孔二皮一方面是正直坦荡的人，他在转正考试的时候，英语几乎完全不会，他就坦然承认，自己没有接受过这方面的教育，确实不会。其他代课老师作弊他还站出来替监考的小王老师解围，明明是影响到自己命运的考试，也特别诚实地交了几乎是白卷的卷子，因为他特别实诚，觉得自己任何时候都不能有违师表身份，严格要求自己，绝不投机取巧。同时，他还总是提醒学生要好好学习："为啥要读书认字？是为了做好人；啥是好人？好人就是不能瞧不起人。"这体现了他的自尊，这份自尊也表现在"替天下的残疾人"打了相亲女的哥哥。

"自尊的同时也尊重别人，既不能被别人轻视，也不能瞧不起别人"，虽然这是很简单的一句话，却是一个真理。通俗地说就是，我不能瞧不起你，你也不能瞧不起我，人与人之间要互相尊重。这是当今社会里很重要的一条行为准则，也是对当下人们的一种鞭策。这部电影原名叫《乡村孔子》，孔二皮总是"子曰"、"子曰"，实际上在他的行为中遵循的许多是老祖宗留下的优良传统，我在演的时候也很受触动，《弟子规》也好，很多老理也好，我们要是做到了就是君子了。

王：您的感触体现在孔二皮这个形象的塑造上，您是如何做到让这个实在人立体化而不是一个扁平的符号？

陈：简言之，他是一个真实的人，也是懂道理的人，读书不就是为了要懂道理吗？所以虽然他经过了心里的挣扎，虽然恋恋不舍还是在影片最后把自己的学生们送进了小学。孔二皮和孩子们互相都舍不得，在演的时候我哭了，孩子们也哭了。孩子们不愿意离开孔二皮，不想离开他去新学校，孔二皮尽管内心挣扎，很舍不得，还是把孩子们赶进了学校，希望他们受到最好的教育。

同时，孔二皮也有自己的弱点，人无完人。这个人物身上多少都有些不能磨灭的自卑在其中。比如他爱吹牛，这就是小人物的狡黠，也是他的真实之处、可爱之处，如果把他写得完美无瑕，高大全，就失去了真实性，也不会好看。所以在戏里处理的是他转正考试考得很差还到处跟别人显摆自己马上就要到山下领工资了。他明明前途未卜，或者说他根本就知道自己完全考不上，可是在村里他要跟其他人区别出来，表现出自己是有文化的人，要显示出"我跟你们都不一样，我是要吃公家饭的人"，这种心态很微妙，我就通过他的这种吹牛展现出来。另一方面他又"一根筋"，很轴，就是要为自己教了这么久的书突然不让教了讨一个说法。他是真的想不通，"我教了二十年书了，培养的孩子都有能考上大学的了，突然不让我教书了，是对我能力的侮辱"。这是孔二皮不能接受的,但也是当下生活中的现实。所以,我处理的孔二皮是一个悲也实在、喜也实在,毫不做作的人。

用"笨"办法演实在戏

王:从作品中能够看出,孔二皮是一个带有喜剧色彩的人物,但是能够让观众感受到一种深深的悲悯。您在人物的塑造上下了很大的功夫,您在这方面是怎么把握的?

陈:我个人对这个人物的定位就是以喜剧色彩为基调,又带有悲剧性的因素,通过悲喜交加的情感打动人,让观众非常有触动。这一定程度上造就了这个人物的丰满性,也是吸引我的地方。还没有看到剧本的时候,导演跟我讲这个故事、人物走向、大概的特征,就把我深深地吸引住了。我自告奋勇要来塑造这个角色,我坚信演出这个人物一定会带有我的味道,于是就主动请缨,一定要把这个人物演好。导演就被我这一句话给打动了,他原本还有些犹豫,这下当即拍板,定下了我来出演孔二皮这个人物。

《孔二皮进城记》

王:您是怎么做到与孔二皮心灵相通的?

陈:这部戏我是以非常低的片酬出演的,但是我认为一个演员遇到了很好的角色,这是一件可遇不可求的事情,根本不需要考虑钱。

创作艺苑

这部戏的制作是小成本，拍摄条件很艰苦，我没有带助理。这部戏的环境，这种内容，如果不带助理，艰苦一些，我觉得对塑造这个人物很有帮助。我很看重这一点，虽然艰苦一些，但是这种与环境契合的东西是能够反映在人物上，与人物相通的，这一种对特定情境的体验，可以带入到人物塑造中，所以，从进组我就开始了对这个人物的创作。导演很赞成这种创作方式，虽然跟导演是第一次合作，但是很愉快，之后我们成为了很好的朋友。这部戏的拍摄周期只有短短的12天，在山西一个特别封闭的小山村，全村只剩了12个人，不是12家，而是12个人，极其闭塞。那里交通极为不便利，所以但凡能到山外去的人都出去了。

在这样封闭偏僻的环境中，孔二皮这个人物的语言也需要设计。在这么一个闭塞落后的小山村，作为代课老师的孔二皮应该说什么话？用什么样的语态？字正腔圆的普通话显得有些生硬，寡淡无味。所以我设计了几种语言风格，一定不要用纯方言，而只需带一些地方话的味道，我先后设计了河南话、河北话、山东话、山西话、东北话。跟导演商量之后，有的方言喜剧性太强盖住了这部戏正剧的本质，有的方言地域性太明显代入人物的信息太多，有的方言特点不是很鲜明，最终选定了山西的口音。另外，用几成的方言口音也是需要反复尝试的，在不断地感觉和摸索下，确定了现在这种大家既能听得懂，又带有地方语言特点的表达方式。要一些喜剧效果，但恰到好处，并没有影响这个人物身上的悲剧色彩的传达。这就是演员在表演中要讲究的"控制"，对表演要有一个"度"的把握。

说到"控制"，在这个人物的塑造上，我很注意对节奏的把握，包括带领孩子背诵《论语》的韵律感、肢体上小儿麻痹造成的一瘸一拐行动的节奏，以及心理上的在与支书冲突后一拍桌子决定进县城讨说法的节奏，等等。演员讲究的就是"声台形表"，台词是有声语言，肢体动作就是形体语言。孔二皮因为小儿麻痹症造成了腿瘸这个外在特点，怎么走、怎么跑？在山路上怎么表现？这都需要对着镜子反复体会和联系，才能够浑然天成、自然流露。

我认为我是一个很笨的演员，如果这部作品能赢得观众的认可，我真的是用最笨的办法进行创作的。虽然也会有很多的技巧、手段，但是这个戏，我认为最笨的创作方式是最合适的。什么是最笨的办法呢？就是两个字——认真。

处理不同的作品、塑造不同的人物要采取不同的方式，但是就这部戏而言，我认为最笨的方式、最认真的方式是最恰当的方式。如果这个作品得到了观众的认可，只能说演这个人物，我特别认真。从洗头洗澡这样的细节开始，进了剧组我就没有洗澡，5月份的山西已经很热了，在村里的戏一直都没有洗头洗澡，头发都打绺了。化妆能化出那种外观，却化不出来那种痒的状态，有了这种外在的感觉，人物的状态自然就出来了。在拍摄期间，我每天就穿着戏服睡觉。那种环境下的人物指甲一定不会特别干净整洁，如果镜头带到可以看到我当时的指甲都很长，里头还带着灰。这些细节也构成了影片的质感。

细节的设计也运用在孔二皮的肢体动作上，他特有的肢体动作对内在人格魅力的反衬，能够引起观众的共鸣。自然的肢体语言能够引起观众对弱者的同情，对他处境的同情。通过他外在的残缺，反衬出他内心的真善美。无论生活如何艰难，都不放弃对美好的追求，不放弃对孩子的爱。

他的阳光、纯真很能打动人，比如蹦凳子，相亲的时候蹦，听说相亲女对自己有意思高兴地在家反复蹦。正是因为他是这样可爱的人，观众并不会因为他头发打绺、身有残疾而厌恶他，恰恰是他这些恰如其分的行动、语言和内心打动着观众。

在他外在的这些不修边幅、肢体残疾的反衬下，纯净阳光的内心折射出的是他灵魂层面的价值。演员塑造一个角色，就是一个孕育孩子的过程，要倾尽全力地孕育他、培养他，直到杀青那一天才敢走出这个人物。

做实在人，拍实在戏

王：您塑造的这个孔二皮在与其他演员的对手戏中也特别精彩，比如与村支书像父子又是上下级的关系，两人之间的冲突是最多的。不过情感上交流最多的应该还是和学生们。

陈：和孔二皮冲突最多的就是支书这个人物，那种无奈、面对现实的无力感演绎得很到位。在拍摄过程中，我跟那些小演员建立了很

创作艺苑

这部戏的制作是小成本，拍摄条件很艰苦，我没有带助理。这部戏的环境，这种内容，如果不带助理，艰苦一些，我觉得对塑造这个人物很有帮助。我很看重这一点，虽然艰苦一些，但是这种与环境契合的东西是能够反映在人物上，与人物相通的，这一种对特定情境的体验，可以带入到人物塑造中，所以，从进组我就开始了对这个人物的创作。导演很赞成这种创作方式，虽然跟导演是第一次合作，但是很愉快，之后我们成为了很好的朋友。这部戏的拍摄周期只有短短的12天，在山西一个特别封闭的小山村，全村只剩了12个人，不是12家，而是12个人，极其闭塞。那里交通极为不便利，所以但凡能到山外去的人都出去了。

在这样封闭偏僻的环境中，孔二皮这个人物的语言也需要设计。在这么一个闭塞落后的小山村，作为代课老师的孔二皮应该说什么话？用什么样的语态？字正腔圆的普通话显得有些生硬，寡淡无味。所以我设计了几种语言风格，一定不要用纯方言，而只需带一些地方话的味道，我先后设计了河南话、河北话、山东话、山西话、东北话。跟导演商量之后，有的方言喜剧性太强盖住了这部戏正剧的本质，有的方言地域性太明显代入人物的信息太多，有的方言特点不是很鲜明，最终选定了山西的口音。另外，用几成的方言口音也是需要反复尝试的，在不断地感觉和摸索下，确定了现在这种大家既能听得懂，又带有地方语言特点的表达方式。要一些喜剧效果，但恰到好处，并没有影响这个人物身上的悲剧色彩的传达。这就是演员在表演中要讲究的"控制"，对表演要有一个"度"的把握。

说到"控制"，在这个人物的塑造上，我很注意对节奏的把握，包括带领孩子背诵《论语》的韵律感、肢体上小儿麻痹造成的一瘸一拐行动的节奏，以及心理上的在与支书冲突后一拍桌子决定进县城讨说法的节奏，等等。演员讲究的就是"声台形表"，台词是有声语言，肢体动作就是形体语言。孔二皮因为小儿麻痹症造成了腿瘸这个外在特点，怎么走、怎么跑？在山路上怎么表现？这都需要对着镜子反复体会和联系，才能够浑然天成、自然流露。

我认为我是一个很笨的演员，如果这部作品能赢得观众的认可，我真的是用最笨的办法进行创作的。虽然也会有很多的技巧、手段，

105

但是这个戏，我认为最笨的创作方式是最合适的。什么是最笨的办法呢？就是两个字——认真。

处理不同的作品、塑造不同的人物要采取不同的方式，但是就这部戏而言，我认为最笨的方式、最认真的方式是最恰当的方式。如果这个作品得到了观众的认可，只能说演这个人物，我特别认真。从洗头洗澡这样的细节开始，进了剧组我就没有洗澡，5月份的山西已经很热了，在村里的戏一直都没有洗头洗澡，头发都打绺了。化妆能化出那种外观，却化不出来那种痒的状态，有了这种外在的感觉，人物的状态自然就出来了。在拍摄期间，我每天就穿着戏服睡觉。那种环境下的人物指甲一定不会特别干净整洁，如果镜头带到可以看到我当时的指甲都很长，里头还带着灰。这些细节也构成了影片的质感。

细节的设计也运用在孔二皮的肢体动作上，他特有的肢体动作对内在人格魅力的反衬，能够引起观众的共鸣。自然的肢体语言能够引起观众对弱者的同情，对他处境的同情。通过他外在的残缺，反衬出他内心的真善美。无论生活如何艰难，都不放弃对美好的追求，不放弃对孩子的爱。

他的阳光、纯真很能打动人，比如蹦凳子，相亲的时候蹦，听说相亲女对自己有意思高兴地在家反复蹦。正是因为他是这样可爱的人，观众并不会因为他头发打绺、身有残疾而厌恶他，恰恰是他这些恰如其分的行动、语言和内心打动着观众。

在他外在的这些不修边幅、肢体残疾的反衬下，纯净阳光的内心折射出的是他灵魂层面的价值。演员塑造一个角色，就是一个孕育孩子的过程，要倾尽全力地孕育他、培养他，直到杀青那一天才敢走出这个人物。

做实在人，拍实在戏

王：您塑造的这个孔二皮在与其他演员的对手戏中也特别精彩，比如与村支书像父子又是上下级的关系，两人之间的冲突是最多的。不过情感上交流最多的应该还是和学生们。

陈：和孔二皮冲突最多的就是支书这个人物，那种无奈、面对现实的无力感演绎得很到位。在拍摄过程中，我跟那些小演员建立了很深厚的感情，杀青的时候孩子们舍不得分别，都哭了。这种深厚的感情应该在对手戏上能够看出来，孩子们的情感都是自然流露，包括维护老师、陪老师去上公开课、在小学门口舍不得老师，等等。因为在拍摄之初，我就有意识地跟孩子们建立情感上的交流，渐渐地在片场他们都黏着我，有的喊陈老师，有的喊孔老师，只有在生活中与他们沟通起来，在戏里孩子们才能真实地流露出那些情绪。亲密的感情是需要培养的，并不是素昧平生等导演喊了"开始"情绪就来了。跟孩子演戏，是特别容易会被感动的，真的感觉演不过他们。师生之间的爱太浓了。

在孔二皮把学生们都送进小学后，又照顾起一群更小的孩子，给这个人物对孩子的情感有了一个寄托、一个落点，抒发了这个人物的情怀。一方面是与相亲女和她的孩子相融合，另一方面也是给孔二皮对孩子的爱以寄托。

王：您说这是第一次与导演王加宾合作，请谈谈这次的合作情况吧。

陈：王加宾是一个很有才华、知人善用的导演，他很善于把握演员对人物的塑造。其实，导演应该是一面镜子，他不需要会演戏，但是必须会看戏，能够看出表演上的瑕疵，指出不足。王导演的提点帮助我完善了对孔二皮的塑造，有种相见恨晚的感觉。同时，王导演是一个很努力、脚踏实地的人，他通过自己对电影的执著和不懈的努力，终于圆满完成了这一部作品，这本身也是一个很励志的故事，做实实在在的人，拍实实在在的戏。

在拍摄的过程中，剧组成员相处得特别融洽，虽然环境非常艰苦，汽车都通不到现场，下了车还要爬海拔几百米的山路，但是大家苦中作乐，其乐融融地完成了拍摄。这跟导演阳光健康的性格有很大关系，这种气质会影响摄制组的整体状态，甚至在作品中也传达出这样阳光的气质。我相信这是可以互相影响的，健康向上的气场可以影响整个的创作状态，也能够从作品中反映出来。所以又回到那句话，用最笨的办法——认真地演戏，无论是人物的塑造、与小演员感情的培养还是与导演的沟通，都离不开认真的态度，用真情换真情、用真情表达真情。特别是这样短小精悍的作品，如果抖机灵、耍花活，就展现不出来什么了。所以只能用认真的笨办法，最笨的办法实际上是最好的办法。一个演员能够演出一部好戏，可以回味很久。虽然已经离开剧组大半年了，再回想起来还是津津乐道，有一种创作的快感。这样的创作会给演员带来满足，能够得到观众的认可，我也由衷地感到高兴。

王： 也感谢您给我们塑造了这样精彩的人物形象，谢谢您在百忙之中抽时间接受访问。

陈： 谢谢！希望孔二皮这个形象能够带给大家快乐和感动。

《我们是冠军》导演创作谈

丁 宁 导演

《我们是冠军》从创作伊始就有一个明确的思路，就是按照类型片的方式来进行剧本的创作。

到底什么是类型片，其实一直未有一个严谨的定义。

普遍认为，所谓类型电影，是由不同题材或技巧形成的不同的影片形态。比如最突出的种类有：音乐歌舞片、喜剧片、西部片、悬念片、恐怖片等，不一而足。

类型片的出现有其必然的原因，20世纪三四十年代，在好莱坞制片制度的影响下，电影创作不再是一种个人的行为，规范的制片制度使电影制作成为一种批量的、流水线式的规范化过程，模式化成为其基本特征。固定模式的确能够提高制作效率，降低制作成本，因此，类型片是必然的结果。

关于类型片的特性，也就是普遍遵循的规律，有人总结了以下几条：

1. 以叙事为主导的规范化审美形式；

2. 是大制片厂标准化生产的产物，追求利润的最大化是其目的和原则；

3. 视听语言霸权同时带有强化政治文化的含义。

所以，有时候确实可以把很精神化的好莱坞和很物质化的麦当劳看作是一回事。好莱坞拍摄出的各种类型电影，其实就好比是麦当劳烹制成的各种口味的汉堡，观众完全可以在没有进电影院之前就选择好自己要看哪一种类型的电影，就像顾客还没有进快餐店之前就打算要吃哪种口味的汉堡一样。标准化的生产模式下，制作者永远能够准确无误地为人们提供相同口味的汉堡，或者电影。既然上一次尝试过觉得不错，那么这一次为什么不呢？

在商业逻辑的作用下，无论是拍摄电影，还是烹制汉堡，无论是生产过程，还是消费环节，处处都渗透着效率原则、可计算性和可预测性。好莱坞各种类型的电影，还有麦当劳各式风味的汉堡，凭借着这些法宝在全世界仿佛战无不胜。于是就有人开始到电影院看着手表，统计一部好莱坞电影平均几分钟出现一次高潮，或者多少次让观众发笑。也开始有各种各样的资料介绍好莱坞电影的剧作、结构、制作过程和商业模式。但娱乐大餐毕竟不同于果腹之物，好莱坞电影也不能完全等同于麦当劳汉堡，没有注意到它的"精神"特性，就会把自己搞得很神经。

对于《我们是冠军》这样一部电影频道出品的数字电影来说，对于类型片的定义只能求同存异，所谓的规律也许要因地制宜地进行取舍。毕竟汉堡是纯舶来品，而肉夹馍才是本土食品的精华，所以，怎么做好一个肉夹馍是最重要的！

对于具体的类型，《我们是冠军》应该是一部体育励志片。

事实上，在欧美，体育励志片是个比较成熟的类型片片种，有诸多的经典影片。即使是在我们的邻国，日本韩国也有脍炙人口的体育励志片。

之前我国也有《黑眼睛》这样的体育励志片，但对于《我们是冠军》却没有特别典型的参考意义。

体育励志片无法避免地要涉及体育竞技比赛，而在剧本中体育竞技比赛的比重则成为了剧本创作的关键。

经过反复地讨论，和对经典体育励志片的研究以及对我国实际情况的考虑，决定在剧本中设置比较关键的四场比赛。总结如下：1. 初试啼声、铩羽而归；2. 厉兵秣马、一鸣惊人；3. 遭遇劲敌、铩羽而归；4. 悬梁刺股、终塑辉煌。而在这四场比赛中，尤以第1、4

场的比赛所占比重较多，所着笔墨也较多，也是合着一个因果的构架。

在确定了比赛在剧本中的比重后，剧本的重要任务就是塑造人物。本片是以原型人物进行的改编，对于人物的性格特性和命运起伏进行了艺术加工创作，结合当年体育专业队的普遍现象，将主人公王建国塑造成一个外糙内细、外冷内热、外凶内柔的人物。

对于王建国的小队员，性格塑造上也要做出差异化，这种差异化应该是直观的，让观众一眼就能进行区分的，所以在小队员的戏剧动作和语言风格上也进行了区分。杨阳的面、程亮的狠、闷葫芦的闷、小胖的倔，至此，大部分人物性格已经确立。

体育励志片中喜剧元素也是必不可少的，剧本中，确定担负喜剧部分的是黄村小学的校长，将其塑造成一个说话方式有着小官僚的假大空，实际行动却充满了中国农民独有的狡黠的人物。

剧本至此阳刚气充足，需要一些柔的部分，于是给建国设计了一条似有若无的感情线。考虑到故事的时代背景在20世纪70年代初期，所以将建国和素梅之间的情感设计得暧昧，不外露，欲说还休。

无论遵循什么样的创作规律，一个剧本的灵魂是，到底要说什么！

《我们是冠军》要说的就一点——只要你勇敢地站在赛场之上，你就是自己的冠军。

剧本中故事的时代背景是在20世纪70年代初，百废待兴。民间体育运动，尤其是乒乓球，因为优良的体育传统以及普及便捷性，在中国大地上，迎来了自己的发展高峰。而一个个沉甸甸的冠军也更加坚定了当时国人建设祖国的豪情壮志，很多人都产生了冠军梦，这个冠军可大可小，每个冠军都是对急于恢复信心的国人巨大的鼓励。

在前期工作准备就绪，摄制组立即紧锣密鼓地进行筹备以及拍摄。

因为故事发生在20世纪，对于一个数字电影来说，要有质感地呈现出当时的场景，搭景无异于痴人梦话，所以我们前往石家庄井陉地区的石头村。要说这里也算是个拍摄基地了，这个村子几百年来几乎没有任何改变，拍19世纪70年代的片子都行，可剧本中的两个主

《我们是冠军》

场景,却迟迟没能解决。

一个是建国执教的黄村小学,一个是建国按照破庙改造的训练基地,这两个场景的戏份几乎占了整个影片的一半。

不用想,继续找。

天遂人意也好,天道酬勤也罢,狼窝村的狼窝小学和张井沟村的废弃礼堂进入了我们的视线。中国人办事讲究天时地利人和,看了这两个景,对于地利,我打心眼儿里有了新的认识。这两个场景几乎就是为了《我们是冠军》现搭的,那种年代的质感,景的结构几乎都无可挑剔。

定了场景,有了地利,人和至关重要。随着各部门同事一一进组,一个富有战斗力的剧组搭建起来,演员的选择就成了决定影片成败至关重要的因素。

本片需要的儿童演员要求较高,既要能够演戏,又要能够完成剧本规定的乒乓球动作。经过讨论,演员副导演进驻乒乓球训练基地,在少年乒乓球运动员中进行选拔。令人意外的是,这些未来的冠军,不但乒乓球打得好，而且面对镜头不怯场，敢表演，性格迥异。我要做的就是，按照孩子们的真实情况按号就座，对应到剧本中的人物即可。

本片有大量乒乓球比赛的场景，在学校的场景需要大量青少年群众演员，这对于制片组和导演组都是不小的压力，组织安排工作量巨大。

经过剧组的研究讨论，剧组在2013年5月底正式开机，这就是所谓的天时，拍摄期间有孩子们的节日六一儿童节，在不影响学校正常教学的情况下，剧组也能顺利地完成拍摄任务。

开机的那天，万里无云，晴朗的天气一如我的心情，心态调整好了，比赛才能打得漂亮。

片中主角王建国有一句话："我要你们都给我记住，你们是一个人，一个整体！"

剧组拍摄也是这样，是个团体项目，必须是一个整体、一个人才能让一部影片更好地呈现出来。

在摄影方法上，我和摄影邹勤老师达成一致，文戏时以移动镜头、全景、近景为主；比赛戏份时，记录风格、多机位成为主导思想。

在美术置景上，我要求美术老师根据不同场景定下不同色调，如黄村的门框以绿色为主，而到了恒邑则要以蓝色为主，省体育馆则要和村子里的质感做个区分。

服化上，单一的纯色服装能够体现那个年代的特征。

录音上，除了旁白，大量的比赛动效成为重中之重。

热身结束，就是上赛场的时候了，打比赛拼的就是精气神儿，我们的剧组有这股子劲儿。

半个月后的拍摄杀青之时，站在空旷的体育场里，我似乎真的听见了山呼海啸的呐喊声，那一刻，我真的站在了赛场之上。

其实，《我们是冠军》想要传达的意思很简单，就是要那股子精气神儿，一种走下去，不服输，勇敢站在赛场上的精气神儿！

我想，这股子精气神儿我有，全剧组的同仁有，因为《我们是冠军》！

写在梦想的翅膀上

金　琛　导演

记得最初做导演的时候还总会写些阐述之类的文字，并且尤为认真，从全局审美到表演形态乃至一衣一物的设置都会详细阐述充分思辨。而现实是经过十几年的工作证明导演阐释不是一种门面装饰，华而不实，真正的施工还得因陋就简，随机应变，就地取材，因地制宜。如今电影投资无论大小，整个行业的工作氛围却依旧是充满变数，依旧是鱼龙混杂、良莠不齐，所以有人说当下做商业电影要出台，做文艺导演要卖肾。虽说这是一句笑话，倒也说明青年导演的艰辛。不过事物从反面来看倒也有其好处，很多时候这种乱象和困境倒也给创作者带来了某种弹性的愉快以及随机的激情。

记得看到剧本《再见，瓦尔特》时我正在拍摄长篇电视剧，身心很累，因为电视剧工作是一场体能大比赛，在长达4个月的时间里要日夜兼程，这是考验自己的意志与体能的时候，可想而知当时是何等的心情凄凉。恰在此时接到制片人张涛的合作邀请电话，并且迅速发来了剧本，在如饥似渴的心态中看完剧本，眼前顿时一片大海春光灿烂，人其实最怕在对比中生活，在电视剧组看电影剧本，那是一种神仙般的快乐，薄薄的纸页，电影化的文字顿时激起我强烈的创作欲望，当时即刻回复了电话表示愿意合作。

君子言凿凿，其后的一段时间里我为这次快速的创作激情而忧虑，那是因为经过再次细读剧本，发现这故事发生在一个我极不熟悉的西部山区，我打江南水乡来，毫无生活可以借鉴，同时这是一个发生在20世纪70年代的农村故事，是一个喜闹形式的故事，是一个有着众多人物的群戏故事，这一系列问题都是我之前从没有经历过的生活与创作。并且农村放电影的故事国内国外多有佳作涌现，有的高山仰止，有的近在眼前，就电影频道也多有同类题材。唯一还算我熟悉的是剧本中的那个"瓦尔特"。那个儿时钟爱的南斯拉夫电影，电影中的英雄瓦尔特影响着整整一代中国人。

基于对瓦尔特的热爱和言而有信，我开始了创作准备。可也基于这份诚惶诚恐，我比任何时候都显得认真细致苛刻严肃，整整半年中我几度和制片人商讨开机又几度发现缺憾太多又匆匆放下，期间制片人既信任又无奈地一直小心翼翼陪伴左右，但我知道他内心里早已恨之切切。而我只能装作无知无觉地继续思考，思考着如何找到一条通道进入电影核心，寻找种子，让其发芽成长。

"种子"对成片之重要犹如灵魂对于生命，在20世纪70年代山区的两个村庄为一场电影进行着欢乐而激烈的竞赛，这是一个怎样的画面？而今优裕富足的社会能理解当年的欢乐与激情吗？寻找理解成为一把钥匙，打开大门才能互通欢乐，当年的贫瘠绝不能成为现今的笑料，而今的富足又有着怎样的缺失呢？快乐应该来源于梦想，而梦想则来源于精神。当年的贫瘠山村正因为梦想才发生欢乐的故事，因为激情才实现了他们的梦想。这份激情与梦想穿过时光隧道一定能激荡起我们当今萎靡的精神家园。

发现了种子亦发现了主题，发现了主题亦寻找到了人物群像，大山沟涧沟壑纵横，风沙中脸朝黄土背朝天，想象中的苦难画面好是悲情。而现实中我们又真的欢乐吗？无数的霓虹灯无数的诱惑，无数的节日无数的美食，无数的讯息无数的谎言，在这没有期待没有过程没有秘密没有真假的欲望中，我们真的能体会山沟曾有的美好吗？其实当我们演员们身着当年的服装，迎风山头体验生活的时候，他们亦开始体会那份宁静的美好，那份期盼的美好，那份简单的美好。大山之巅欲望减少带来的平静是我们创作集体一生可以保留的财富。此言发自肺腑绝非浮云充数。找到了理解的通道我们亦开始上路，记得2013年初春在内蒙古的大山深处开始了快乐的遭遇"激情"。

《再见，瓦尔特》

首先遭遇的即是财力不足，电影的每一寸尺都是需要资金的投入，多少拍摄皆因资金缺失半途而废。《再见，瓦尔特》有着庞大的主群演员队伍，艰难的山区拍摄环境，需要搭建窑洞的场景，购买使用复杂的人工下雪设备和材料，排练复原当地的戏中的戏曲，加之严寒与风沙，短短的22天真是遭遇满满，每一天在现实和梦想间斗争。可是期间却没有争吵，也没有退缩，这一切源于贫穷的进取心，因为缺少资金大伙倒众志成城、齐心合力，缺少道具众人拾柴自制戏装道具，缺少资金伙食简陋众人日日土豆欢乐做伴，因为人物众多彼此却互相帮助，互为师长取长补短，那份欢愉的氛围至今记忆深刻，历久弥新。

当激情与梦想交织的时刻，人物间最为观众认可的莫过于爱情，要为理解建立通道，爱情必不可少。《再见，瓦尔特》描述了因为放电影而滋生的人间真爱，那是火红年代能够隔空对话当下的真实。我们相信任何爱情在任何时代都可以被理解，任何贫穷在任何时代都应该被尊重，任何执著在任何时代都可以被鼓励，所以当故事在梦想激情实现的那一刻，我们让爱情也开花了，伴着雪花和永恒的时间对话。

  偏远，贫穷，安逸而简单，20世纪70年代山村的美丽与激情故事源于他们对简单信念的执著，源于对英雄梦想的忠诚，一个年代一种人生，一次拍摄一种经历，交织些许思绪，可以反思起起伏伏的当下生活。形色之间是对过往的审视，用影像一笔一墨勾勒穿越时代的大美之趣，风沙之中拍摄的回忆、希望点燃我们对生活的热情，对梦想的激情，对责任的真情。

关于《父亲的旅程》，我的旅程

毛小睿　导演

小津安二郎拍过《东京物语》，托纳多雷拍过《天伦之旅》，《父亲的旅程》和它们是一类的电影，讲一个年迈的父亲去外地看几个孩子的故事。

在北京电影学院念书的时候，小津的电影我完全看不进去，"那么慢，没有情节，没有动作，好在哪里？"毕业后，一个人在远离故乡的城市生活了很多年，在一个阴雨连天的冬日里又偶然看起了小津的《东京物语》，我不仅一动不动地看完了，而且泪流满面。

也许是过了轻狂的年少时光，不愿再一味地展示力量，也许是经历了一些亲人的老去和离散，对社会及世事人情有了更深的认识，我明白了小津的电影，我开始深深喜欢上了这种表面平静却内里暗潮汹涌、波澜壮阔的表达方式，我喜欢上了这种外表漫不经心，但内心却充满了爱和力量的人物。

看到《父亲的旅程》的剧本，我知道我也可以拍这样一个故事了。

由于自己的个人修养和功力不到，最后的完成片和我心中的小津式的电影相差十万八千里，但是我内心还是很欣慰，因为毕竟我做了接近自己内心珍爱的电影的一次努力。

一

一个年近古稀、刚刚大病一场的老头要在中秋节去不同的城市看几个孩子，孩子们有各自的生活，他们为了不让父亲操心极力在他面前展示他们幸福、富足的生活，甚至隐瞒了老三因公殉职的事情，可是父亲看出了他们光鲜外表下各自的辛苦和艰难，他默默地尽力帮他们解决，最后一个人孤独地回家，在火车上他拿出了小儿子的照片，一张一张地看，一张一张地抚摸：其实他早已发觉了小儿子的事情。

这样一个老人怎么不让人心疼呢。

我一直觉得拍老人其实就是在拍人生，拍人生的苦难、艰难，和这之下的平静、温暖、淡然。也许是到了一定年纪，我突然很迷恋这样的题材，我发现有很多故事片和纪录片其实早就把镜头对准了他们，描写着他们或寂寞或悲凉或平淡的生活，反射出世间百态、冷暖人生和复杂的生命感受。

影片中的老人饱经生活磨难，却要在晚年再次经历人生的又一个打击，老人默默承受，坦然面对，即使心如刀割也不动声色，帮孩子们把所有的事情安排好，然后静静离去，一个人看着车窗外飞驰而过的景色把眼泪流在心里。

我有一个发小，研究生毕业后就去了美国读博士、博士后，然后留校教书，一去就是十多年，他是独子，父母还在国内，每到假期两位老人就会飞去美国和儿子团聚，一次因为在北京转机我送两位老人去机场，和老人告别后看着他们拖着大大小小的行李，互相搀扶着、颤颤巍巍地走向他们的万里寻子之旅，我突然眼睛湿润，人生真的就是这样一个个的旅程，一段接着另一段，无法停止，只能不断前行，就算是生命结束，旅程也不会结束，因为那又是另外一段旅程。

这样的场景在这几年越来越多地出现在我的生命里，我便把它们放进了这部电影，里面有我父母、朋友的父母们说过的话、做过的事情，有他们面对相同问题的相同处理方法，所以这是一部充满着个人感受和情感的电影。

一部电影有了真情实感便会不一样，如果又能准确地表现、传达出来，观众就会感动，就会有共鸣。现在的国产电影好像越来越少这样的东西,而在我们上学时,老师说过这是做电影最重要的一个原则。

《父亲的旅程》

二

这部电影我其实没有什么好说的,在十几天的拍摄时间里不可能做太多的事情,而且很多的想法并没有实现,有太多不满意,我唯一能做的就是把自己的情感放进去,把故事讲好,帮助演员在最好的状态里表达情感。

在拍摄中,我和剧组的同事们尽力坚持几个原则:细腻、真实、控制(不煽情)。"细腻"就是找到更生动的细节、表达方式,比如老人给孩子们带来了自己保藏了一辈子的东西,分给不同人,邮票、老伴的手表……这些东西一拿出来孩子们就知道什么意思,不用说什么老人内心就展现出来;"真实"就是整部影片的气氛和环境、服装、道具等有生活的质感;"控制"就是拍摄手法和演员表演。

我在和演员讨论剧本的时候,希望他们能尽量平静地去展现那些感情戏,尤其是父亲,不要使劲,不要在孩子面前流泪,越惊心动魄的词越平淡地说出来,让观众去替他们流泪。演员们都认同并尽量去完成，但是好像并不容易。记得一场戏是父亲在知道女儿决定离婚，告诉女儿自己要搬过来和她们一起住，两个演员都控制不住地泪流满面，尤其是扮演父亲的蔡老师，可能触动了他内心的什么，我也在监视器前边看边流泪，但是最后我还是把蔡老师拉到一边，递给他纸巾，告诉他我想要一条不流泪的，蔡老师明白了我的意思，调整了情绪完成了，最终影片中呈现的就是调整后的。

影片中用的许巍的音乐是一个意外收获，剧本中说小儿子喜欢摇滚乐，我就觉得应该给他一个具体的音乐，偶然听到许巍有一首歌《旅行》，如获至宝，音乐说的就是一段旅行，旋律也优美无比，和我们的感觉很贴，有了它我们就找到了小儿子喜欢的音乐，他的家里床前有了美术造型设计，父亲有了一个当年扯坏了缠了胶布的 mp3，一个父子关系外化的物件细节，父亲有了在回去的火车上思念儿子听的音乐，片尾也有了主题曲。我们的作曲老师在这首歌的基础上找到了小儿子的主题，稍微转化后又有了罗杰的主题，两人的关系在音乐上也有了对应和呈现。

拍摄影片也是一段旅程，在这段路上，我和同事们一起寻找，一起回忆，一起创造，一起流泪，一起欢笑，我们让这一段生命之路过得精彩无比。有一天回首，我们会记得留下的汗水和脚印，会感慨这一段路我们风雨兼程挥汗如雨却满是收获，会永远记得这一段曾经拥有的闪亮的日子。

《古城会》导演阐述

沈好放　导演

　　从某种意义上来说，《古城会》是一部"具有中国特色"的电影，这部电影从一开始并非彻头彻尾面对"院线"，在是否能拿到电影市场去"营利"的问题上，始终是"模糊不定"的。以往大家面对这种作品时，都会习以为常地点着头说"知道了"，似乎一句"知道了"，就已经心照不宣地形成了某种应对拍摄的"既定模式"，形成了某种"套路"。既然是一部作品，就要像对待作品一样，先搞清楚你究竟想要表现什么。从剧本来看，这是一部有悬念、有动作、有中国戏曲元素的作品。在人物的设置上，那种你死我活、你来我往的悬念还不够饱满；在动作性的生杀予夺方面展开得还不如动作大片；在戏曲元素的调用方面也确实缺少更多的创新，这一切都是先天的。作为导演，坦白地讲，我不太计较，我能想到的，仅仅是通过这次拍摄，风格化地回答或解决一个问题——这部戏的悬念是什么？

　　这部作品套用了中国戏曲名段《古城会》中刘关张三兄弟的人物关系，但刘关张三兄弟之间的"误会"与"忠义"在这部作品中被演绎了。发展成清末辛亥前夜，异姓结拜的三兄弟为了各自不同的信念，从爱恨情仇，直至生死予夺，这恐怕应该算作这部作品在剧情层面真正的悬念了。这部作品中的男主角,即三弟雷飞鹏是个"地下"人物,他不能在二哥侯孝天的面前轻易暴露自己的身份。总是随和多,冲撞少;无言多,反叛少,给人一种男主角"没戏"的感觉,这是人物设定的需要。我们可以通过进一步深入研究,搞清楚潜藏在故事背后的更大悬念。

雷飞鹏这个人物的设计有三个不利因素:跟主要对手侯孝天之间不能正面冲突。侯孝天在明处,他在暗处,侯孝天咄咄逼人,他不卑不亢,两人之间你来我往少。与女主角秋鸿之间关系不明了,出于保护自己和保护秋鸿的两重目的,有的话只能点到为止,不免有不温不火之嫌。与夫人之间有猜疑、有误解,但迫于"保密"的需要,二人之间又很少沟通,于是,显得过于纠结,甚至有些矫情。面对这三条不利因素,雷飞鹏的扮演者在如何完成"男主角"的塑造上的确要下一番功夫。于是,不卑不亢少言寡语(针对侯孝天),不温不火点到为止(针对秋鸿),很少沟通有些纠结(针对夫人)的男主角雷飞鹏出现了……

在开拍前需要解决的几个问题:1.有人认为只要雷飞鹏把任务完成了就是解决了悬念。这个结论是剧本所提供的,也是剧终之前水到渠成会解决的,但这不是悬念,观众不期待的就构不成悬念。2.究竟是侯孝天死还是雷飞鹏死。这个问题充其量是为了讲故事的需要,没人相信的事构不成悬念。3.通过摄影在里面增加一点暗藏杀机的感觉。任何从外部入手的悬念仅仅是一种讲述方式而已,重要的是刻画人物,只有人物自身的危机在种种矛盾旋涡之中变得越来越实在的时候,真正的悬念才能出现。没有人物外在危机依然构不成悬念。因此,在《古城会》这部作品中,要做的悬念简单明了,人物关系鲜明。让每个观众都能看懂的悬念,必须是紧紧依靠对人物内心的刻画,最好是人物的个性所致,本身存在危机所造成的悬念。

在拍摄过程之中尽可能使用一些单纯的视听语言和动作手段,尽可能直观、高档一些的手段令观众产生更大的兴趣。要靠演员的肢体表演,发挥演员自身的魅力,给他们充足的空间使其尽情发挥,考虑如何通过镜头语言表达影片的内涵,在台词里面挖掘出角色自身的魅力。《古城会》要有"真正的悬念",即一代仁人志士在腥风血雨中如何完成保护炸弹专家研制出炸弹,同样需要"真正的手法",即举重若轻,不刻意,不做作,不矫情,以娱乐精神带动流畅叙事,以一气呵成的手法带动精雕细刻,给观众呈现出一个"好看的作品"来。

《古城会》

《成成烽火之骑兵第一师》摄影阐述

袁 烁 摄影

  《成成烽火之骑兵第一师》是一部反映我国解放战争时期骑兵部队的战争题材电影。尽管拍摄的是我们父辈还未出生时的故事,但我坚信,只要着力表现人物,就能找准创作的切入口。本片情节跌宕起伏,使用传统的线性叙事结构,符合起承转合的故事节奏。影像部门竭尽全力配合导演的艺术追求和理念,在视觉造型上尽量还原当年战争的残酷、军人的奉献,以及铁血男儿不畏牺牲的坚毅,同时还应兼顾艺术上的升华和提炼,从而更精准地在光与影的乐章上谱写出那群为新中国成立而不惜抛头颅洒热血的爱国青年成长为铁血军人的悲壮挽歌。总而言之,把影片拍好,力求有所创新,这就是我们摄影创作的目标和追求。

  我将本片的基调定义为冷峻而不凄凉、凛冽而充满生命力,并有时代气息,是一个充满震撼力的悲壮的战争故事。

  在全片整体造型方面,我也是按照这个基调来处理。

黑白对比的色彩基调

  首先一部影片有时给人的印象会像一幅画,必然会有一个色彩基调。许多影片会有一个色彩倾向（在此不一一举例），一部影片的色彩基调能使观众直观地对这部影片有一个外在的视觉印象。我对本片的总体色彩基调的设计就是两个字"黑，白"。

在所有色彩里，黑白的对比最为强烈，在相互衬托时更有一种张力在里面。战争影片需要突出这种坚毅之美。"泽国江山入战图，生民何计乐樵苏"。我们表现的是在灾难深重的土地上进行的一场生死厮杀的战争，任何鲜艳浓郁的颜色都应着意剔除。

"黑"是嘶吼的枪管，是肆虐的硝烟，是夜色下奔袭的战马。"白"是肃杀的战场，是飞舞的马刀，是沉寂的天空。无论内景外景都应避开鲜艳的色块，用大面积的黑与白来结构画面。

由于本片主要的基调偏冷峻，前期拍摄应注意大多时候是让大面积的"黑与白"压住画面，然后再以暖色作为另一个色彩走向，比如在表现解放军阵营时，做到局部是暖色高光区域，为沉闷画面平添一缕亮色点缀，突出其浓烈的视觉感受，同时也达成契合主题的作用。影片后期处理用了DI辅以消色效果。

反差强烈的光线塑造

在光线方面，本片照明的主要任务是把营造气氛放在首位。

为营造黑白分明的坚毅、刚强，本片照明是以点光源（内景）、大光比、大反差来塑造。以硬光照明为主，光比基数控制在1∶8，个别场景1∶16。内景中，多利用房屋结构及光源造型形成的明暗光区。同时要求美术部门配合，能够给予丰富而真实，带有质感的镜头内在光源。外景中，合理安排拍摄计划，善于利用北方冬天的日照时间，达成强烈阳光下造成的明暗对比。

电影是一个场景连接下一个场景，每个场景都应该有它独特的光线气氛，进入一个新环境就去找这个环境的特点，然后在不破坏主体基调的前提下去明确它、完善它，并丰富它。在每个场景当中，都要找到这个环境的特点，然后落实到细节。

为了表现真实，本片的照明不会打出漂漂亮亮、干干净净的"美"，而是用硬朗的光线塑造出粗糙的皮肤，干裂的嘴唇，黝黑肮脏的面孔。画面需要与传统意义上的"漂亮"区别开，这才是本片的美，基于真实的美。

总而言之，内景刻意营造，外景因地制宜。本片的照明处理要在保证曝光的基础上完成营造气氛、塑造人物、传递情感的任务。

《成成烽火之骑兵第一师》

简练、大胆的构图创意

在人物构图方面，我不想按照传统均衡、舒服的构图来做，而是尽量在画面的陈列上构成强烈的压迫感，每个镜头尽量让画面显得新颖，实际操作过程中，时刻提醒视觉部门坚持做到这一点。比如，在正反阵营人物的对切画面中，故意把主体放在画面的边缘，在整个画面中只占很小的面积，使得画面形成比较明显的分割。有时虽然前景面积过大，但因为景深以及明暗对比和色彩反差的缘故，焦点仍在主体人物那里，视觉中心点的指向还是准确的，所以尽管画面面积比重小，反而更显得突出。尽量做到非常规的人物构图设计，贴合剧情去塑造人物。

本片的故事实实在在，写意的东西较少，所以我想在画面上也做实，画面力量感要强烈、厚重。剧情很多时候表现生与死的对抗，所以画面要有足够的分量和力度，要符合故事走向，在形式上要准确地贴合内容。

总而言之，既要有四平八稳的节奏，也要有摇摆晃动的韵律。既要用广角镜头贴近人物去观察人物的内心，也要用长焦镜头来捕捉战场的厮杀。在总体印象完整的前提下，大胆运用局部画面的不完整构图，造成不一样的视觉效果。在完成影片统一基调的前提下，用简练的构图，造成强烈的反差，构图方面力求做到"强烈、大胆、简练、饱满"。

动静结合的镜头把控

在镜头运动方面，为配合本片深沉悲壮的主题，全片的镜头要求动静结合。用沉稳的固定镜头表现人物的坚毅刚强，双方阵营的运筹帷幄。在大景别、长镜头的表现下，注意演员和摄影机之间的配合，多丰富镜头内部的调度。切忌为了运动而运动，从而使摄影机更加有效、准确地参与到叙事当中。这种情况下，应使观众忘记摄影机的存在。

同时，影片有大量战争场面，很多段落也会用代入感极强的肩扛镜头来完成，从而生动地表现战场上的激烈厮杀和短兵相接。很多时候，人物之间的冲突较为强烈，肩扛摄影机进行拍摄可以准确地捕捉到人物之间的对抗。相较固定镜头来说，肩扛摄影使得画面多了一份生命力，画面中那种微微的呼吸感，仿佛更能贴合人物的情绪，也使得摄影机能参与演员的表演，让摄影机不只是个冷静的旁观者，也让摄影机成为演员之一，参与到剧情之中来，对演员的表演起到推波助澜的作用。

除此以外，在表现马战和近身肉搏中，可以适量地采用 pov 视点镜头拍摄方案，利用 gopro 和 5d2 的小巧灵活，增添画面的多样性和趣味性（具体执行方案可参看《海豹突击队》、《真人游戏》）。这样能够增添观众的身临其境之感，同时也可以增加视觉冲击力。在本片个别场面调度中，还利用了斯坦尼康和升降摇臂的配合运动，形成更为复杂、多变的运动轨迹，从而完成大信息量的传达和表现。

影片中的山西太原成成中学成立于1924年，是一所具有光荣革命传统的名校。在解放战争的关键时刻，成成中学的四百余名师生在中国共产党领导下，参加了察绥战役、绥远战役、绥包战役、平津战役等，为新中国的建立作出了不可磨灭的贡献，也创造了中国学运史乃至国际学运史上的奇迹。在本片中，我们强烈感受到了共产党人那种因坚定信仰而迸发的无畏精神和为祖国解放而献身的无私情操。这是一个过去的故事，但绝不是一个过时的故事，我有幸参与其中，在摄影机背后凝视并还原那段历史，正是吾辈电影工作者的责任和担当。

戏里戏外，如花绽放
——《甘南情歌》主演德姬访谈

鲁 洋

　　雪域高原有一个关于格桑花的美丽传说，不管是谁，只要找到了八瓣格桑花就找到了幸福。每到春夏之交，格桑花儿就会如约来到草原上，风姿绰约带来幸福美好的时光，而与她们相伴的是翱翔在长空的雄鹰，他们是草原的骄傲。就如同电影《甘南情歌》表现的那样，在20世纪60年代广袤的大草原上，藏族姑娘德吉卓尕用她的真诚善良携伴援藏医生万鹏，谱写了一曲感人至深的温情赞歌。

　　《甘南情歌》是电影频道节目中心（CCTV－6）与甘肃省联合出品的第一部电影故事片，由原兰州军区作家、现人民日报社文化影视中心签约作家李本深、长影剧作家肖莫庸联合担任编剧，高力强执导创作。影片讲述了一位来自杭州的医科大学毕业生万鹏到甘南支援，在工作、生活中与当地藏族姑娘德吉卓尕相恋，从此一生扎根藏区的故事。影片以主人公将青春与人生奉献给藏乡热土从而收获爱情、事业双丰收，实现人生价值的动人经历，讴歌了民族团结、和谐互爱的汉藏深情，体现了医务工作者艰苦奋斗、无私奉献，以个人奋斗为"中国梦"的实现增添正能量的崇高精神。

戏内：结缘甘南

《甘南情歌》中女主角德吉卓尕的扮演者德姬是藏族人，家乡是半农半牧的宁静藏区，德姬从小就在九寨沟附近的七藏沟里放牧。那里有着茂密的森林、蓝蓝的湖水，鸟语花香、牛羊成群，是人间仙境，亦是大自然的乐园。德姬参演的第一部电影《拉卜楞人家》同样也是在甘南拍摄，再次来到这里拍摄《甘南情歌》，德姬感觉如同回家一样，不仅适应拍摄环境，工作状态放松，她还能很快地适应德吉卓尕这一角色，迅速融入当地生活。这部影片不仅描述了男主人公作为援藏医生在思想、环境、文化、生活等各个方面克服重重困难、扎根甘南草原的艰辛历程，娓娓道来的还有草原医生与美丽善良的藏族姑娘德吉卓尕相知相爱携手一生的感人故事。

制片人潘红阳强调当初在挑选角色时就定位，要找到最接近德吉卓尕这种"草原骄子"形象的藏族姑娘来本色演出，她对女主角德姬的生长背景和扎实的演员功底甚是满意，尤其是对她在马背上的功夫更是赞不绝口。德姬也袒露自己从小就对驾马驰骋在大草原上情有独钟，小时候家里人怕她骑马不安全，把马鞍卸掉来阻止德姬骑马，哪里想到生性坚韧倔强的小德姬却在没有马鞍的情况下偷偷练就了一身骑马的好本领。高原藏区的生活经验让德姬对德吉卓尕这个角色异常亲近。在此基础上，为了更好地表现剧中德吉卓尕的人物性格，德姬还在接到剧本之后自己又搜集了很多20世纪五六十年代的背景资料，她去找当地的老人们聊天，听他们讲那个年代发生在草原上的故事，用心体会、专心揣摩，一点一滴使自己慢慢接近女主人公德吉卓尕。高原的拍摄条件比较艰苦，从小生活在藏区的德姬，适应起来相对容易一些。而这种适应并没有影响德姬体会男主人公万鹏的艰辛，影片中万鹏的身份设定是从小生活在素有"人间天堂"之称的杭州，来到甘南需要克服南国都市与僻远藏地、理想与现实的巨大反差，克服自然环境、社会条件、心理孤苦、文化差异等困难；卓尕作为从来都没有离开过草原的藏族姑娘，以巨大的勇气，爱上了与自己语言、生活习俗和兴趣爱好几乎都有不同的汉族医生，并且凭借自己的勇敢、善良来克服和包容思想、文化和生活的碰撞与磨炼，安慰、激励着万鹏坚守治病救人的医者良心。

德姬讲到自己对影片主人公的理解，片中两人的爱情发展其实更像是一代人的成长，从偏颇的认识到互相理解、支持，温情又真实。在演绎这个角色的时候，融入了德姬对祖国、对家乡的热爱。德吉卓尕与万鹏的第一次邂逅是在从县城开往甘南的公交车上，爱情开始于一场傲慢与偏见的针锋较量。由于万鹏是从杭州毕业分配到甘南的大学生，环境的差异与奔波的艰辛使得万鹏心中总有些许的傲气和不甘，言谈举止流露出来的不满情绪让深爱甘南的藏族姑娘德吉卓尕实在看不下去，在言谈中互相较量了一番，尽管留下误会，但两人却从此走上相识与相知的一生陪伴。初来乍到的万鹏不懂藏语，语言不通，给医疗工作和生活带来了很多麻烦，急需一个当地懂汉语的向导，公社主任贡保大叔推荐了他心目中的优秀人选，这个人就是德吉卓尕。但是之前在公交车上的口角让两个年轻人心中不免耿耿于怀。德吉卓尕深深爱着这里的每一寸土地、每一头牛羊，对万鹏这个都市小青年的看法开始还有失偏颇，德姬通过在工作中朝夕相处看到这位汉族医生不惜一切代价抢救危在旦夕的小南娃，为当地同胞义务举办学习班，月夜诊疗遇险，为救自己爆发出的男子气概，通过一件件事情慢慢改观，自己也在历练中逐渐成长，从而执手相依。德姬将这个过程表达得细致又自然。

制片人郝平说："新中国成立后，一批批年轻的知识分子，特别是医务工作者怀揣着报效祖国的信念，从各地来到荒原藏地，将一生最美好的时光奉献于此。"该片以全国优秀共产党员、2010年感动中国十大人物之一王万青为原型，同时广泛采纳和概括了几十年来从祖国各地来到甘南藏区与藏区人民群众相结合、为藏区人民群众服务的多位优秀医务工作者及其他行业知识分子的先进事迹，以他们的人生经历、先进事迹和感人故事为素材进行艺术加工。在参与这样一部追求"中国梦"、传播正能量的电影的创作过程中，每个主创人员都怀揣梦想，被梦想所激励、为梦想而努力。德姬也感同身受，通过这部电影，她了解到20世纪60年代生活在藏区的父辈们艰辛的生活，而那些来自都市的医务工作者，更是为牧民们奉献了自己的一生，他们不分民族，表达了人性的真善美。这样一部电影对她来说既受教育又意义非凡，让她更加深切地感受到千千万万的"草原曼巴"（藏语的医生）们为了梦想，执着追求、不懈奋斗的感人精神，更加感受到人生价值的巨大感召力。

《甘南情歌》

戏外：如花绽放

与《甘南情歌》中的德吉卓尕一样，年轻的藏族姑娘德姬也是一个人生路上的"追梦人"。出生在四川阿坝藏族自治州的德姬，曾在四川省舞蹈学院学习表演，2006年，她从家乡来到北京，报考中央戏剧学院。千里迢迢来到北京，这个脸颊上还微微泛着高原红的十七八岁姑娘，在经历了老师们严苛挑剔的眼光、一轮又一轮的严格筛选，以及文化课的考验之后，终于走上了从影道路。从此不论春夏秋冬，开始漫长的基本功训练，为了弥补与其他汉族同学的差距，自己还要加强普通话和文化课的学习，但是心怀梦想，这些都是无怨无悔的付出。

令德姬更为震撼的是，北京这座城市带给了她完全不同的生活感受。独自一人来到陌生城市，触目皆是车水马龙、高楼大厦的繁华喧嚣，各种未曾见闻的事物、各种不曾想象的经历，扑面而来的现代气息，这座城市中满溢的梦想和机会，都令德姬耳目一新。在度过了最初的措手不及之后，德姬更加坚定了在这里追逐梦想的信念。正是这种信念，激励着德姬进入表演艺术的世界汲取养分，通过自己的表演经历去体验不一样的人生与精神世界，使得德姬在这座城市中坚守梦想，在表演事业上执着前行。

2009年，德姬出演了自己的第一部电影《拉卜楞人家》。德姬饰演的女主人公央吉措是一个闯荡北京做模特的藏族女孩。在影片中，央吉措在北京打拼出了自己的一份事业，却始终面临着家乡亲人与爱人的不断召唤。德姬有感而发："央吉措和我的内心世界相似，我们都有着处在大城市里的迷惘。这迷惘，是大城市的如织繁华带来的，有柠檬般的新鲜感，同时亦有芒果般的怯生感。"面对着这种抉择，是梦想激励着德姬坚持自己的演员寻梦之途。

这样的经历，也为德姬创作《甘南情歌》提供了丰富的角色体会。与央吉措一样，繁华都市中成长起来的万鹏来到边疆后也面临着南国都市与僻远藏地、坚持梦想与忍受孤独、远离亲人与献身事业之间的巨大矛盾和痛苦。德姬充分认识到同样是梦想，激励着草原医生选择了坚守、扎根和奉献，选择了融入藏乡热土，把智慧、力量和青春献给藏族同胞，是梦想激励他达到了崇高精神境界、实现了巨大人生价值。德姬深深感动于主人公万鹏两次放弃回城机会而扎根草原，爱戴、拥护这样的年轻人，是德姬发自内心、油然而生的感受。

梦想：让自己走得更远

也正是这种出于追求梦想的想法，使德姬和其他主创人员在拍摄《甘南情歌》过程中不畏艰辛、任劳任怨。在影片所反映的年代，草原上的交通工具就是牛和马，所以德姬有大量的马戏。草原上的马性情更加奔放，不容易掌控，不像片场的马儿训练有素，这样就增加了演员拍摄的危险系数。令德姬记忆深刻的是，有一场固定镜头的奔跑马戏，要求德姬骑马由远及近快速奔跑，当马跑到机器前，由于害怕机器而忽然急拐弯，把德姬猛地摔下马背，头差点撞在设备上，全组的工作人员都被这突发的状况吓得惊呆了。幸好有惊无险，坚强的德姬以高度的敬业精神咬牙坚持，顺利完成了拍摄任务。这部电影的拍摄过程中，类似的突发情况还有很多。由于拍摄条件有限，不仅要克服高原反应，还要面对像大雨等恶劣天气，为了保证进度，团队就地搭建简易的帐篷作为摄影棚，全体主创人员都凭借团结一心的意志和良好的职业素养将困难一一克服。导演高力强在拍摄《甘南情歌》之初，深为题材所吸引，带病前往甘南草原，在随后的拍摄过程中，越发融入到这个感人的故事中。可以说，这部戏的创作过程，也是主创人员向以主人公为缩影的献身汉藏团结大业的前辈们致敬的过程，更是大家被梦想激励、为梦想努力的过程。

说到整个影片的创作，德姬也有惋惜，"很遗憾因为工作原因没能参与到后期制作。要我这 80 后去演绎父辈们的故事，这种年代反差和德吉卓尕泼辣的性格算是对我表演上的突破吧！我第一次看成片就是在首映礼那天，既期待又紧张，表演上有点突破，但还有很多不足的地方，还要继续积累努力！"

成功塑造女主角德吉卓尕的形象不仅使德姬在追求自己梦想的道路上走得更远，而且使她开始触摸到自己民族的梦想。如同影片中的德吉卓尕一样，洋溢着藏族人民对祖国的信任、温暖和爱；如同影片中所表现的德吉卓尕和万鹏的坚贞爱情一样，藏汉之间互相帮助、彼此理解，实现民族团结、共同进步，是藏族和汉族人民共同的梦想。这是德姬的梦想，亦是影片《甘南情感》所有主创人员的梦想，更是千万个"草原曼巴"和藏族同胞的共同梦想。

《甘南情歌》摄影阐述

高　鹏　摄影

　　《甘南情歌》描写了一位来自杭州的医科大学毕业生万鹏，克服南国都市与偏远藏地、理想与现实的巨大反差，凭着治病救人的医者良心，凭着对藏区发展医疗事业迫切性的亲身感受，以及对美丽善良的藏族姑娘德吉卓尕的真爱，使他选择扎根、坚守甘南藏区，最终收获了刻骨铭心的爱情以及事业的成功。该片以东部与西部、南国都市与远山草原、汉族与藏族、大学毕业生与藏家牧女、医生与患者为多重观照点，充分发挥"草原、西部、藏区"等独特影视元素的优势，立意深刻，人物形象丰满，故事情节曲折动人。摄影创作必须遵循影片的主旋律，该片的主旋律是温暖的，充满正能量的。作为摄影师，创作时心里要清楚整个影片的基调，从而才能跟导演和编剧默契配合。

　　剧本将故事划定在1968年甘肃南部的广阔藏区。藏区大草原的色彩十分丰富。蓝天、白云、绿草、清河永远是这里的基调，是影片摄影创作的基础。我们只要看到这样的色调组合，那就是到藏区了。在这样的大环境下，摄影创作应追求比拍摄一般都市片更大的光比，明暗层次、虚实对比都要提高。通过这些关系，使欣赏者感受到光与影的流动与变化。

色彩方面，笔者认定暖色为主调基础，但作为对比，也会有冷调子的地方，这样反差会更明显。影片实拍时，大多在清晨或傍晚取景，目的是为了在一天中光线最美的时候进行拍摄，影片还包括晚上的几场夜戏。草原的气候千变万化，前一秒还是晴空万里，下一秒可能就会乌云密布。光线对于拍摄有很大的影响，它也决定了整部电影的基调。同时，光线的转换应该自然流畅。在拍摄云时，一定要在天空晴朗、有干净的云层时进行拍摄，这样画面不至于因为曝光过度而导致过于亮白。顺光拍摄是正常的状态，这种光线使用较多。逆光拍摄是为了表达人物的悲凉，勾勒出人物的轮廓。侧光拍摄多属于刻画人物形象，容易造成"阴阳脸"，用侧光表达出来的画面会更加生动和充沛。全片基本上用的是自然光，个别的内景和外景使用室内荧光灯和反光板做辅光。例如，傍晚时拍摄两人坐在帐篷外对话的场面，需要使用反光板的软光面采取补光措施，背景是夕阳下的草原、高山，近景是男、女主角的近景。这样可以弥补逆光拍摄而导致演员面部轮廓不清晰的情况。由于拍摄正值夏天，所以会有更多适宜拍摄的时间来进行工作。此外，寝室、办公室、帐篷等几个室内场景在光线允许的情况下，也基本使用自然光进行拍摄，因为剧组开工是在夏季的上午9点至12点或者下午4点至6点半，此时的光线明亮且不是非常强烈。

在构图方面，大美山河、蓝天白云是影片令人过目不忘的基本印象。简练、沉稳是笔者对于本片的构图宗旨。在画面中，坚决排除可有可无之物，强调简练，强调大块面的厚重感。天、山、云的大量组合即是有力的震撼，空阔之感同样可以触及观众的心灵，使日常生活在城市里的人们感受到那种久违的震撼！本片的摄影构图不求奇特大胆，而求朴实完整。

为了展现甘南草原的风貌，本片固定镜头居多，基本要求是"平、稳、准"。在全景镜头中，大量运用了升降、轨道来烘托草原、高山、河流那种极致的美。镜头的运动往往可以表达出人物的心理，在必要的时候需要活泼的镜头。比如当杰布因与万鹏大打出手的时候，笔者在整场戏都使用手持、肩扛机器，追求那种不规则的晃动，而在不规则中又要求相对的刻意突出。镜头刻意摇晃，给观众更多真

《甘南情歌》

实的感觉，这样能使观众感同身受，产生紧张、危险的感觉。马是藏区的灵魂，同样马也是本片的又一运动元素，通过镜头内部的有机调度，通过演员与马的运动，与摄影机形成一个整体，造成既有层次又有变化的视觉印象。总之镜头要跟随着故事走。

　　《甘南情歌》既是编剧、导演抒写草原医生的赞歌，也是我从事摄影创作一次难得的锻炼机会，希望观众能够通过该片欣赏、感受甘南的大美风貌。

《甘南情歌》音乐创作札记

小 哲 作曲

很多人都说，不要把自己的嗜好作为自己的工作，这样会将人生中的乐趣抹杀，因为无论多喜欢一项事物，日复一日，年复一年，终会令人感到厌倦。对于这一点，我能理解，但我看待这个问题的角度截然不同。

小的时候，其实我也一度讨厌音乐，我出生在音乐世家，别的同学放学回家可以踢球、游泳、看电视，可我却必须在母亲的监督下老老实实地练琴。可以说，12岁以前我是在被动地接受音乐教育和音乐熏陶。那时可能是由于孩童的玩心使然，我对于为什么学习音乐感到很困惑。也许是骨子里传承自父母的基因，也许是生长在蒙古草原上那令雄鹰都会忘记挥舞翅膀的琴声、歌声的感染，在我自己都无意识的情况下，音乐已成为我生命中至关重要的一部分。

音乐是情绪、是感受，也是一种最为神奇的思维方式，在看似严谨的乐理规则下，在屈指可数的音符间，总是能不断地迸发出变化无穷的音乐模式。我渐渐开始不断思考我与音乐的关系。有人说，音乐不同于语言，没有界限，这不禁令我思考，像肖斯塔科维奇、柴可夫斯基这样的音乐家一生创作了那么多的不朽篇章，是什么令他们孜孜不倦？也许，他们有话想说，也许这就是他们表达自己的方式，也许这就是身为一个音乐人最好的语言。自此，创作音乐渐渐走进我的生活，每当有话想说的时候，音乐便成了我最好的语言。

曾经的年少轻狂让我疯狂地迷恋上摇滚乐，那时对于音乐的创作充满着激情，年轻本身就是我的灵感。当然，即使现在我依然很热爱摇滚乐，但是看待它的视角却发生了根本的变化。随着年龄的增长和对音乐理解的加深，接受古典音乐与民乐的经历对我的影响也越来越明显。我也渐渐理解，音乐虽然分为不同的形式，但是却各有其优点，都是对情感的抒发，都是对事物的描写，都是在讲述故事。而音乐在我们的生活中又无处不在，一篇文字，一段画面，都可以因为音乐的配合催人泪下抑或引人发笑，于是我开始在其他领域找寻音乐的灵感。

第一次接触影视音乐创作是在2002年，这是一个与我之前接触的完全不同的音乐领域。根据题材和情节的不同，影视剧几乎涵盖了所有的音乐形式和音乐元素，在这里，交响乐和摇滚可以有机融合，民乐和流行乐也可以相映成辉。电影音乐是一部电影的重要组成部分，有着深化主题思想、推动剧情发展和营造氛围的功能。好的影视音乐，甚至可以将一部电影或电视剧推向成功的巅峰。一部引人入胜的影片一定要有巧妙的叙事基础。我在创作《阻击克隆卡》的音乐时，重点就在于怎么让影片中的人物行为更具悬念性，让观众产生想看下去的愿望。当时我采用了音画对位、音画间离的处理手法，使音乐在这部片子里与画面对立、对比，从另一个侧面来丰富画面的含义，进而产生一种潜台词。而影片《围剿》的音乐量就很大，90分钟的影片，音乐占了近70分钟，这里很多音乐的功用是在推动剧情发展。音乐前后呼应，使人物的发展变化层层推进，在刻画人物的同时营造了悬念，使影片情绪连贯，一气呵成。

在寻找电影音乐的创作灵感时，我更多是把苦思冥想用在分析剧本、查找相关的历史资料和"谋篇布局"上。当整体音乐设计框架成型后，再下笔就有如行云流水了。当然，在创作具体影片的主题音乐时，也往往需要绞尽脑汁，花大力气反复推敲，反复考虑后才能动笔。写一部影视音乐，不仅需要音乐专业领域方面的写作技巧，创作的灵感更多来自于对剧本的把握，对剧本原作者精神上的领会甚至是共鸣。这就要求音乐创作者需要具备一定的文学功底。如果音乐创作者不能把握剧中人物的性格、命运以及戏剧中的矛盾冲突,甚至创作出不符合影片时代背景和特色的旋律,那么出来的电影音乐一定是不成功的,严重的甚至会影响整部影视作品的品质。

《甘南情歌》

我个人特别头疼那种格式化的创作,例如毫无生命力的晚会题材,也特别不敢触碰好人好事类的人物题材。尽管我原来写过《大爱如天》,主角林巧稚是激荡人心并能令我产生强烈共鸣的人物,是一个人性化、具有普世价值的人物,写这个戏的时候乐思泉涌。反之,遇到一些不能发人深省的题材时,灵感泉源就会如千年枯井,无法创作。同时我也特别喜欢通过音乐来塑造描绘平凡的小人物。因为我们的世界就是由无数小人物组成的,包括我自己也是其中一个。将平凡人的一生展开或某个系列事件展开时,就会一层层地拨开直至看到他丰富的内心世界,有渴望、有迷惘,有幸福、有悲伤,有恐惧、有感恩,细细品味,人生如戏,戏如人生,越是源自于生活的艺术就越能够触碰到灵魂最深处的悸动。

去年我完成了电影《甘南情歌》的音乐创作。这部电影描写了一位来自杭州的医科大学毕业生万鹏,克服南国都市与僻远藏地、理想与现实的巨大反差,凭借治病救人的医者良心和对藏区发展医疗事业迫切的亲身感受,特别是藏族姑娘德吉卓尕的真爱使他选择扎根甘南,最终收获了刻骨铭心的爱情和事业的成功。

《甘南情歌》最打动我的是男女主人公自然生发的爱情和对这份爱情的坚守。两个平凡的人,一段不平凡的爱情,甚至可以说是一段没有条件的爱情,在当今社会好像是可望不可及的童话。如今人们在都市生活的紧张节奏下,在水泥森林的包围中,精神层面变得越来越不堪一击,甚至脆弱得不敢谈及爱情,反而是物质的要求占据了爱情的主体。有多少人敢触碰奋不顾身的爱情,还有多少人能够体会相濡以沫的爱情,看到这部片子时我深深地陷入了一种向往已久的甜蜜,也希望用音乐这种语言表达内心深处的愿望。为此,我亲自跑到甘南地区采风,也深深地感受到了那里的人民淳朴的气质和灵魂的纯洁。这让我在《甘南情歌》的创作中回归到不炫技巧、返璞归真的道路上来,也让我深深感受到了音乐最原始的魅力。

我演胡巧英

沈傲君　演员

我是沈傲君，演员，我演过四五十部电影、电视剧。

总有人问我哪一部是我最喜欢的作品，刚开始我还会认真地想了又想，后来，干脆想都不想就会说：下一部！

算是运气很好吧，从入行到现在，有几部作品被大家熟知、喜爱，在有华人的地方就有我的影迷。比如《神医喜来乐》里的赛西施，过去十一二年了，走到各省各地都有人会热情地招呼我一声"赛老板"。甚至在台北的餐厅，服务员小姐会羞涩地问我："啊！你是不是大陆的演员啊？我看过你演的老板娘嘞！"你知道，那一餐饭我吃得多舒坦，我受到的礼遇真的是我演的角色给我带来的。又一次在纽约的中央公园，我慵懒地踩在草地上散步，有一对白发老人迎面慢跑路过，看着是亚洲的面孔，不由点头示意微笑了一下。后来，那对老人又折返回来，他们问我："你是不是沈傲君啊？"我开心地笑了，又遇到影迷了！

我不是骄傲，我是非常非常的骄傲，拍戏的时候那么辛苦，等作品播出来之后受到大家的喜爱，什么苦啊累啊艰难险境啊，都被抛到九霄云外了。

在以往我饰演过的角色里，大部分都算是略有几分姿色的,《大唐情史》里桀骜不驯的高阳公主,《神医喜来乐》里千娇百媚的赛西施,《金婚》里知性温柔的李天骄,《潜伏》里飒爽英姿的左蓝,《西藏秘密》里仁慈智慧的少奶奶次仁德吉……这些人物形象都是以美丽示人的。这和《胡巧英告状》里的胡巧英有什么关系呢?

记得在拍摄《胡巧英告状》的片场,一位记者拉着我问:"大姐,你看到这部戏的女主角在哪里吗?"我愣了一下,我看看他,他看看我,他看我没回答,就自言自语道:"你也不知道啊,那我问问别人去……"

后来那位记者在镜头前看到我演戏,他才恍然大悟,原来刚才那个土得掉渣儿的乡下大姐就是他要找的"女一号"。在后来的采访里,他说:"我看到你大衣外边还穿着围裙,还戴着套袖,戴条围巾都被哈气吹上了厚厚一层霜,手里拿着一串糖葫芦吃,还以为就是一个围观的群众呢。"听他这么一说我特别高兴,我这土得掉渣儿掉在地上都找不着的造型,真的是"惊艳"了所有人。

刚进剧组的时候,和导演宋国锋、编剧龚凯波、制片人王巍开剧本讨论会,我第一个要求就是先看看服装。一看服装,又新,又好看,又洋气,又上档次,又不够暖和,我心想完了,遇到南方人了,肯定还是个新手。我就和服装师聊了几句,果然,我猜中了。没有时间去抱怨什么,开拍在即,要快速地解决问题。"人靠衣装,马靠鞍。"一种准确的服装定位,会给演员很踏实的人物感觉。

我说:"各位领导,请相信我对胡巧英的感觉,你们给我几个小时的时间,晚饭之前咱们再聚,我想给你们一个我心目中的胡巧英。"

其实我是有备而来的,在我不知道剧组会给我准备什么之前,我就带了整整一箱给胡巧英置办的"行头",而且,没有一样是新买的,有些甚至是我压箱底的纪念品。

那我就一样一样说吧:大衣,男款,朴实保暖,还有个挡风的帽子,袖口都磨得开线了,跟着我走南闯北拍了5年的戏,两边的口袋很深,放什么东西都不容易掉出来。一件红色的薄棉袄,圆领,肉鼓鼓的,看着都暖和。是我妈妈生前穿过的,一般都是在家里穿,不好看,但是真的暖和,每次冬天去妈妈的家都会给我穿。紫色带花的毛衣，也是妈妈穿过给我的，都是放在保险箱里的纪念品。一条深红碎花棉裤，是我助理的妈妈给我一针一线缝的，都穿了好几年了，因为贴身不显胖，冬天拍戏的时候我都会带着。黑色的外裤弹性特别好，弄脏了洗完又很容易干。套袖是我的助理从家里拿来的，她初中的时候戴的，洗得发白。

有了这些现成的宝贝，我就需要一些适合当地特色的配件了。走在市场上，我看到卖食品的小摊小贩，都干净利索，穿着长袖围裙，为了保暖，长围巾是必需品。很重要的是我要有一双很暖和足以抵御夜晚零下20度严寒的鞋子。我试图和几个摊主套近乎，想买一件她们身上的旧的围裙，但是没能得逞。买一件新的围裙，不管怎么做旧，都很难达到实际穿了三年五年的效果。这可怎么办？

就在我左右为难的时候，我看到了一家杂货铺子，有件长袖围裙的样品搁置在一个不起眼的角落，上面落了灰，还有些褪色。我问："多少钱啊？"老板说："十五。"我说："新的十五，这件旧的多少钱？"老板说："旧的不卖。"我说："十块钱吧，就这件。"老板愣了一下，我掏出十块钱，拿着长围裙就跑，真怕老板说不卖。

随后，我找到一家减价批发的鞋店，59元一双的保暖鞋，黑色没啥款式，再配一双厚厚的鞋垫，OK。黑色的长围巾是从演大奎的小演员的妈妈那里借来的，半截的手套也是样品，有点儿旧，有点儿脏，还有些线头飞出来，一切都符合我的想象。道具老师给了我一个老款的斜挎包，旧的，透着油花儿。化妆师给我用了黑不溜秋的粉底，还做了一脸皱皮的效果。

傍晚时分，我穿戴整齐，走进了会议室。宋导、凯波老师和王巍，他们仨齐刷刷地盯着我看，我用浓重的辽宁口音说："瞅啥瞅，吃丸子不？刚炸的，可香了！"

他们一阵哄堂大笑，都说："太到位了！"

我说："各位领导，感谢你们对我的信任，这就是我想给你们的胡巧英！"

制片人王巍是我十多年的老朋友，她里里外外看了一圈，哎呀哎呀哎呀了好一会儿。我说："有不满意的地方赶快提出来，我们起码还有一天的时间去调整。"

《胡巧英告状》

王巍说:"是这个人物,对劲儿,但是太土了。你不嫌你这么土破坏形象啊?这浑身上下连一点儿色彩都没有,脸上还有皱皮儿,你这是想毁容啊?"

我说:"胡巧英,三十多岁的劳动妇女,寡妇,有婆婆有孩子,每天在夜市上卖炸丸子、炒菜,生活的重负让这个女人无暇顾及形象,看着干净利索守妇道就行,唯一的红色的旧衣服,也是回家以后才换上的。我这么安排穿衣服,是因为我希望每一个细节都能够在影片中发挥作用。"

导演宋国锋很激动地拉着我的手,说:"傲君啊,我很感谢你为胡巧英做的这一切。我本来还怕你不够接地气,怕你把其他戏里的优雅高贵带到这部影片中来。胡巧英就是个夜市里的小摊贩,真怕你们这些大演员太爱护个人形象而不顾剧中人物形象了。这话又不敢说重了,怕影响你创作的情绪。现在我看到你这身打扮,知道你一定是把人物吃透了,比我想象得还到位,我很满意,我也很期待和你的合作。"

导演说这话的时候，我心里那个得意。我说："要是在造型方面没有问题，咱们聊聊剧本吧。"

在这里，我要郑重地感谢编剧龚凯波老师给了我这么一个丰富的人物原型，没有他的一度创作，也就没有我后来站在上海国际电影节领奖台上的那一幕。要感谢摄影李伟老师，灯光师巴特老师。巴特老师也是老朋友，在西藏拍摄《西藏秘密》的时候，他的灯光把我照得可美了。还要感谢造型师宋悦，她是第二次和我合作了，知道我的特点，以前是把我扮靓，现在她负责把我"扮丑"。每天她都笑呵呵地说："今天要不要更丑一点儿？"

当真正的拍摄刚开始的时候，严峻的考验就来了。

当了十几年的演员，这是我第二次在冬天的时候接拍在东北的戏，因为我怕冷。抚顺的冬天在辽宁可是很有名的，各种冷都有。天冷，特别是夜里拍戏，呼吸的时候气管都会觉得不舒畅，还要有情绪，还要说台词，还要在寒冷中漫长地等待。

有一场戏，我在夜晚的街道上找离家出走的孩子，我从远处一路跑来，跑到近处的围墙，我该大声地喊着："大奎，大奎……"结果，我一路跑过来，在冰雪覆盖的路上跌跌绊绊，好不容易跑到了围墙前面，我呼呼地吐着哈气，手电筒左晃右照，然后我说："对不起，那个孩子叫什么名字来着？我忘了，对不起，对不起……"真的太冷了，脑袋都不工作了。

在夜市拍戏，因为围观的群众特别多，所以对拍摄工作带来很严重的影响。大部分时间只能等待，不能离开，只要现场符合条件，随时开拍。这样一站，就是整整四个晚上。

还有一场戏，因为胡巧英非要管周志勇的案子，王大志找人砸了胡巧英赖以谋生的三轮车，大半夜的突袭，让这个倔强的胡寡妇来不及披件外衣就跑出家门，看着满地狼藉，巧英一件一件捡起散碎的零件，寒风吹乱了头发，伤心的眼泪一滴一滴落在朝夕相伴的三轮车上。这场戏，足足拍了一个晚上，完完整整地拍了两遍，还要补拍细节。

在整个过程当中，我好像根本忘记了什么是冷，心里只有巧英为了生活奔波的一幕一幕，脑袋里闪现的都是巧英为了周志勇洗清冤屈的前因后果。我第一次在寒冷中享受地工作,享受着工作中的寒冷。

为了胡巧英,这部戏里我着着实实地挨了几顿打,不管是真的打,还是假的打,我都是和胡巧英一起接受着生活赋予的洗礼和考验。

最后说说我为什么要选择《胡巧英告状》这个剧本吧。

剧本中规中矩,没有太大的波澜,没有曲折的命运,没有高大的形象,就是那么普通的一个女人,遇到那么点儿事,帮着一个熟人洗清冤屈那么点儿事。成本低,拍摄条件艰苦,题材也不是能够竞争奖项的奇葩。可是,我看到了胡巧英的善良,她的聪明,她的倔强,她的刚正不阿,她的平凡,她的不平凡。我看到了一个母亲的柔软,也看到了一个母亲的坚强。

一个人在贫寒如洗的时候,还在不断地给予,不仅仅是物质上的给予,更是精神上的赋予,这就是我认识的胡巧英。

我喜欢胡巧英,我想为千千万万个胡巧英做些什么。所以,我来了。

在短短的一个月的时间里,我和这个叫胡巧英的女人交换了肉体和灵魂。我穿着她的衣服,骑着她的三轮车,照顾着她的婆婆、女儿,为了她的朋友周志勇费尽周折。我在抚顺的严寒中,用沈傲君的良心演绎着胡巧英的故事。

正应了戏里胡巧英说过的一句话:"人呐,良心不歪,才能活得踏实!"

如今,正能量在各界各处传播。我希望我的胡巧英会成为大家印象最深刻的那一个!

演"姥姥"有感

李文玲　演员

　　七八年前，我参与拍摄的影片《老妈学车》，在央视电影频道播出后受到好评。那时，我听到各方人士议论，想拍一个"老妈"系列。《我的姥姥我的妈》与《老妈学车》有异曲同工之妙，只是时代又往前大大地迈进了一步。

　　曾经因为没有档期，我与《我的姥姥我的妈》中的"姥姥"这个角色擦肩而过。但是，冥冥中也许真有缘分，"姥姥"这个角色转了一圈，最终还是落在了我的头上。大概就因为这个缘分，我格外喜欢这个角色。

　　"姥姥"待人真诚，善良，乐于助人，且思维敏捷，愿意接受新事物，是一位浑身充满正能量的"时尚老太太"。这无疑是在我国日趋老龄化社会的严峻现实中应该大书特书的。

　　"姥姥"在影片里经常肩挎手提3公斤左右重的佳能相机，而且是带专业的长焦防抖镜头的那种，还要在长城上游走，在高层建筑上拍照，在街道上抢拍，甚至拍到了小偷，那身手腿脚还是相对需要敏捷的。你想啊，在长城上空手走都会气喘吁吁的，没有体力是万般不行的。我暗自庆幸自己平时比较注意锻炼，我家楼下就是"浩沙健身"，一般不拍戏的时候，隔三岔五我都会去游泳，每次1200米，一小时左右。

好在因足不出户风雨无阻，所以能够坚持下来。

我的卧室除了床，全是衣柜，大衣柜小衣柜，塑料整理箱，装满了各色衣服——时髦的，过时的，土的，洋的，新的，旧的，可以满足各种角色的需要。摄制组的"服装"常到我家来挑选，当然，他们也准备、也给买，但总不如自己的合适，摄制组也省钱了不是？

这次在"姥姥"的着装上，我选择了色彩鲜艳的衣服，翻箱倒柜找出很久不穿的橘红色短风衣。"服装"也很给力，给我买了紫色的冲锋衣。我脚踏旅游鞋，一来穿着舒适方便行走；二来一双色彩鲜艳的旅游鞋显得很"酷"。这样一个充满活力的"姥姥"，便闪亮登场了。

"姥姥"对亲情、对疾病、对生死的很多观念，也是值得老年朋友们借鉴的。

"姥姥"说："我不信这世上没有真诚。人人防备人人，我们活着还有意思吗？"因为爱好摄影，"姥姥"在网上认识了因打架失手伤人坐过一年牢的网友楚志仁，受到亲属的反对。她力排众议，大胆诚恳地帮助他，使曾经失足的楚志仁重新站立起来。为了感谢"姥姥"，他的网名叫"人之初生"。

"姥姥"对烦妈妈管的外孙女说："没人管，说明你没亲人了，所以有人管是一种幸福。我们能在这世相遇，有幸成为一家人，下辈子我们会彼此不认识，所以要格外珍惜这辈子。这辈子跟自己亲人在一起的日子，其实真的屈指可数。""姥姥"苦口婆心地冰释了女儿与外孙女之间的矛盾。每个家庭如果都能正确处理各种矛盾，融入浓浓的亲情，我们的社会就能变得更加和谐安定。

"姥姥"告诉外孙女："这些年我一直在做一件事，树立正确的'人死观'。人这一生过得太快了，很多事物来不及想就过去了。生的时候糊涂，走的时候别再糊涂。"面对疾病，她要求外孙女要如实汇报："我不想在骗局中等死，把我骗上手术台割得七零八碎。"对于这些说法，我倒是深有同感，也是近几年逐渐有所感悟的。这日子怎么过得这么快啊！一天一天翻着跟头似的过去了，一转眼我就变成了一个老太太。死是人生的必然，我们必须坦然面对。至于什么时候，没人通知你。所以，我们要过好每一天，要善待他人和自己。有一天我病入膏肓，我选择"安宁疗护"，不给家庭和社会造成负担。

要说这辈子我最庆幸的事,就是我选择了我钟爱的表演事业。我穿行在一个个角色之中,体味着人生的酸甜苦辣。我最遗憾的是因为那个特殊的历史时期,让我损失了作为一个演员最为珍贵的年轻时代,十几年啊!

当初可以生育两个孩子的我选择了只生一个,我不后悔。女儿有了孩子之后,我对她说:"带孩子别指望我,我有我的生活。"话虽不好听,但我觉得我的选择没有错。女儿现在也由当初的不理解到非常配合非常支持。

面对信息量巨大的社会,面对日新月异的环境,我有点应接不暇,更是力不从心。

我和我先生都是20世纪60年代毕业于"中戏"和"北电"表演系的,当年也是俊男靓女。我们约会的必经之路是"南锣鼓巷",冬日里昏黄的路灯下冷冷清清,没有路灯的地方漆黑一片,偶有路人经过也是行色匆匆。中戏所在的棉花胡同口有一家黑洞洞的小饭馆,我记忆中最好吃的东西是炒鸡蛋。再看现在的锣鼓巷,五光十色的商店鳞次栉比,一家挨着一家,什么"咖啡厅"、"小吃店"应有尽有,这里成了和"秀水街"、"798"一样,是老外到北京的必游之处。我望着人流如织的街道,有恍如隔世之感。

《我的姥姥我的妈》

要想跟上时代的脚步，必须与时俱进，这样在精神层面上，才能创造出"姥姥"这样的时尚人物。当然也要量力而行，拣自己能够接受的。

最近，在北京国贸有一个由众多歌手、志愿者组成的"惊喜合唱"，他们悄然来到人群中，吟唱着人们熟悉的歌曲，让人惊喜的同时不由自主地加入其中……我特别感动，特别喜欢，它带给人们太多的美好。我们的戏里有"快闪族"，我觉得没有"惊喜合唱"好，虽然它们都是现代人的新创意、新玩法。

现在一年时间里，我有七八个月在剧组，我这奶奶级的人物接触的基本上都是年轻人。他们带给我太多的快乐和帮助，让我这个老太太到现在还真没觉得自己已经是个"老人"了。

我演阿里木

安尼瓦尔·阿不拉伊提　演员

我叫安尼瓦尔·阿不拉伊提，是新疆影视演员。

2013年夏天，我接到方军亮导演的电话，说有一部关于新疆题材的数字电影要准备拍摄，影片名叫《我叫阿里木》。放下电话后，我心里挺高兴的，因为这几年民族影片拍摄得比较少，能参加拍摄工作是件不容易的事。

过了几天，方军亮导演又打来电话，让我找一些民族演员，导演在电话中告诉我这些演员在剧中的角色，一一提出对这些演员的年龄、身高等要求。并且说他马上把剧本发给我。我一一记录，说好的。放下电话，我开始联系导演让我找的男女演员——老妈妈、年轻姑娘、中年男女，等等。

过了几天，导演和制片王主任到了新疆乌鲁木齐，我到了他们下榻的酒店，见到导演和王主任，我手里拿了一些演员的照片和联系电话，大概给方导演汇报了一下。导演说要看看演员本人，我就开始了各种联系。

我联系了好多新疆歌舞团、新疆歌剧团、新疆军区文工团的男女演员，演员们一一来到宾馆，我又开始了拍照。导演也没有表态说哪个演员可以，哪个演员不错，就一直在看。有的演员手里拿着自己的照片，有的演员拿着笔记本电脑，有的演员手里拿着以前所拍摄的影视碟片，导演都一一审阅，继续不断地看。演员一拨一拨地来，又一拨一拨地走。我也继续不断地联系着。

　　第二天一早，我到了宾馆，导演和主任到天山电影制片厂谈设备去了。我就在大厅等候他们回来。我约的演员和小姑娘也来到了宾馆，等着导演。因为当时我觉得我在这个片子里没有适合的角色，原型阿里木比较胖，体格也比较壮，而我有些瘦，所以也没多想。当时我想，要是没有适合我的角色，我把这些演员介绍完，就可以不用去了。

　　导演回来了，一一看完演员。他突然对我说："安尼瓦尔，你能演吗？"我说："不行吧，我和原型相差太多了吧？"导演说："我认为可以。"当时，我高兴坏了。阿里木的先进事迹我通过媒体了解了一些，但出演这个角色，心里也感到有压力。因为我在新疆的影视工作中，大多数演的都是警察、军人等这些角色，可要让我演阿里木这个角色的话，心里有点儿没底。阿里木那张灿烂的笑脸对我就是一个挑战。导演让我先多看剧本，让我想想。

　　当天晚上看完剧本，我在心里为阿里木感到自豪。因为阿里木是一个平凡的人，在平凡的工作中，做出了不平凡的业绩。他那种勤劳朴实、充满爱心和感恩的心灵，也是我要学习的地方。看完剧本有了干劲儿，第二天，我就去了乌市的一个烤肉店，去观察实践。我看了一上午，注意观察烤肉师傅的工作流程，左右手的协调性和习惯动作，手里拿的道具——扇子、调料迎风飞舞，观察他眼睛上的状态。

　　最后，我向师傅说明来意。师傅也特别高兴，听说要拍烤肉的电影，他说："没关系，你烤吧，煳了焦了算我的！"我迅速拿起了肉串，将它放在火炉上烤了起来。师傅在旁边不断地提醒说："该撒盐了，该撒孜然了，该翻肉串了。"我一一领会学习，烤熟后自己吃了10串，味道还不错，心里有了底。

　　在这时候，导演有事要回北京，说过几天再来。我说好的。我想，导演走后，我要继续做自己的准备工作，租借服装、帽子、手鼓等。这个电影不管能不能拍成，我的准备工作还是得继续。

　　第二天，我又去了烤肉师傅那里。烤肉师傅笑着说："徒弟来了。"旁边的大伙儿都乐了。我又开始了烤肉,大概烤了四五十串,看着大伙儿都把它们吃完,心里特别高兴。现在烤肉是没有问题了,但是吆喝得学习一下。师傅说一句,我说一句。师傅用新疆话说:"布香的,布棒的,有辣的,有不辣的,有肥的,有瘦的!"我就学着叫卖。后来,我就问师傅:"为什么要说布想的、布棒的呢?"他说以前在北京卖过羊肉串,都这么说。我这才明白,那叫卖的声音应当是"倍儿香的,倍儿棒的!"我也开始了吆喝,人多了,热闹了,大家围着看,有的吃。刚开始时我心里有点没底,后来熟悉了,喊得一声比一声大,招徕了许多顾客。后来,我认为我的叫卖声也可以了。

可是,在戏里还有许多表演,我回到家中继续看剧本。

《我叫阿里木》

过了几天,方导演和王主任来到了新疆乌鲁木齐。我去给导演汇报了一下我的工作,也把我准备的服装带过去让导演看了一下。导演指出有的合适,有的不合适。由我扮演阿里木最后就这样定了下来。主任问了我的个人要求后,很爽快地定了下来,接着就是签合同,开始了准备开机的工作。

过了几天,剧组到了吐鲁番,在那里开始了拍摄工作。夏天的吐鲁番非常炎热,当时的最高温度高达零上 46 度,拍摄时间也非常紧张。我在吐鲁番的戏份并不是很多,可以在房间里准备我的台词。剧组里的老师都很辛苦，起早贪黑，冒着酷暑，在紧张地拍摄工作着。我看到大家的这种忙碌之后，也紧张了起来。

时间一天天过去，轮到拍摄我的戏了。一开始，我有的地方表演得不到位，导演就给我及时提醒，说有些还可以开一点，有些收一点。就这样一个镜头一个镜头地拍摄，吐鲁番的戏顺利拍摄完成。

剧组转场到乌市，乌市的拍摄场景因为是在大巴扎里，人多、不好管理，往往拍了一遍又一遍之后，再来一遍。拍摄在团结紧张中进行着，乌鲁木齐的拍摄工作也顺利结束了。

剧组又转场去武汉。到了武汉，剧组休整了一天，到了第二天又开始了拍摄工作。当时，武汉的天气特别热，更何况我还要在烤肉炉边站上8个小时。但是，我看到大家异常辛苦，导演异常劳累，就在心里默默对自己说："努力，努力，再努力！"就这样，拍了三天之后，因为吆喝得太多，我的嗓子哑了。我当时想，坏了，这可怎么办？我一个人要拖剧组的后腿了。就在这节骨眼上，导演过来对我说："安尼瓦尔，别紧张，你就好好演吧。台词和吆喝声，我们可以补录。"

我就坚持拍摄，继续扮演阿里木在烤肉摊上卖烤肉。有时觉得非常累，可抬头一看，导演和主任以及剧组化妆、服装、美术、道具、置景、制片等部门的老师都在辛勤地忙碌着。我在心里对自己说："瓦尔，你有什么可累的？站起来，继续吆喝吧！"我想到我的角色的原型阿里木，难道他不知道累吗？难道他不感觉热吗？一想到这儿，我的心里非常惭愧，忽然又有了力量，继续着表演工作。导演让一遍一遍地来，我就一遍一遍地演，直到导演满意为止。将烤肉炉的戏都拍完了，我心里感到了一点儿欣慰。

中午吃饭的时候，剧组里的老师对我特别好。因为我不能吃剧组定的饭，当他们得知我要吃清真食品的时候，主任带着我去吃兰州拉面，还问寒问暖。

后来，最严峻的考验出现了。有一场阿里木在电视台接受采访的戏留在了后面拍摄，因为前面的拍摄太紧张，我没有准备好后面戏里的台词。在拍摄记者采访这场戏的时候，我的脑子里忽然一片空白。方导演一遍一遍地在启发我，给我说戏；台下是四五百个群众演员，每当走戏的时候我感觉还可以，到正式拍摄的时候我就又蒙了。因为有大段台词的出现，一些台词要一个镜头拍下来，不能有磕绊，拍摄不能中断。我心里越着急，台词越出错，答非所问。每拍一次，我就在手背上画一道，一共画了26道。

这时，方导演走过来，亲切地说："这样吧，安尼瓦尔，我们分开拍，你先一句一句地说。你先休息一会儿，我们先拍群众演员的戏份，拍他们的反应和他们的鼓掌。"我说："好吧。"

我出去在门口连抽了两支烟，将要说的台词在脑海里过了一遍，做了几个俯卧撑，小跑了一会儿，感觉好多了。进棚又开始了拍摄。分开拍就好多了，但我的表演还是自我感觉不好，因为我老觉得拖累了大家，耽误了大家的时间，越这么想越容易出错。租用的演播室已经超时了，我的心里充满了沮丧和自责，心里很不好受。就这样一遍遍地终于拍完了。

通过这部电影的拍摄，我深深感到作为一个演员，时时刻刻要有绽放的内心，不能放松自己。要将拍摄的内容牢牢记在心里，准备要充分，台词要流畅，表演要自如，内心要自信，这样的话，在拍摄时就要好一点。

俗话说："三人行，必有我师。"通过拍摄，我学到了很多东西。剧组里的很多老师关心我、爱护我、帮助我，这使我感到温暖。在这里，我感谢他们为我所做的一切，祝愿他们好人一生平安！

我将在今后的工作中严格要求自己，继续努力学习、努力工作，向我饰演的原型阿里木学习，做一个有价值的人、充满爱心的人，将善良和爱传递给大众的人。

我演马恒昌

王 鑫 演员

灯下，一杯清茶。我静静地回首电影《马恒昌的名言》的令人难忘的创作过程。

这是一部人物传记题材的电影。主人公马恒昌是新中国工业战线上的一面闪亮旗帜。他创立的生产工作管理方法，曾经在全国工业体系得到广泛的学习和推广。因为为国家为工厂作出了巨大的贡献，他曾经多次获得全国劳动模范的光荣称号，多次受到毛主席的接见。被誉为"新中国的开国劳模"。他领导的工作小组被命名为"马恒昌工作小组"。直到今天，"马恒昌工作小组"仍然传承着他的精神，发挥着表率的作用。

当我接到剧组的通知，由我来扮演马恒昌的时候，我的心里沉甸甸的。马恒昌是一个有分量的人物，如何去塑造这样一位仍然活在人民记忆中的英雄，如何去接近他了解他，直到最终能够塑造他，这成了当时摆在我面前的一个有高度的目标。

一

初读《马恒昌的名言》的剧本，我是带着"开国劳模"、"工人典范"、"英雄楷模"等先入为主的印象去理解这个人物的，这样难免使人物形象带上"高大全"的影子。"马恒昌"高高在上,我却够不着他,我感觉自己离这个人物很远。我找导演谈了我初读剧本的印象,他送了我几本关于马恒昌生平事迹的资料,并且让我先抛掉"劳模"的概念。他说,马恒昌其实是新中国成立初期东北千千万万个普通工人中的一员,一定要先让人物回归平凡的本质,再思考他是如何从一名平凡的工人成长为"全国劳模"的。于是,我暂时放下剧本,开始认真阅读那些资料。这些资料对我表演创作的最大价值,并不仅仅是资料里包含了马恒昌一生的光荣事迹,而且包含了对他曾经生活的那个时代和他的生活经历的生动描述。人是时代的产物,要理解一个人物,必须要了解他生活的年代特点和生活环境。

  马恒昌出生在20世纪初的东北农村,当时的中国战乱不断,社会动荡,人民生活贫苦不堪。他还没出生,他的父亲就在给地主干活时死于意外的事故,雪上加霜的生活使得他从出生时就经受着苦难。当他七八岁的时候,母亲实在养活不了他,便让他去给地主家放牛,以换口饭吃。地主待他十分苛刻,非打即骂。书中有这样一个细节我至今难忘,他十多岁时都没有穿过鞋,冬天在野外放牛,当牛撒尿以后,他会把双脚站进牛尿里,只是为了让双脚暂时暖和一下。在苦难的生活中他长成十几岁的少年,养家糊口的重担必须要压在他瘦弱的肩膀上,他先后在日本人开的工厂、国民党开的工厂里工作过。在日本人开的工厂里,中国工人地位低下,收入微薄。任何技术对中国工人都是保密封锁的,中国工人只能干一些体力粗活。马恒昌偷偷地学习了一些车工技术,为此还受到日本工头的刁难和欺负。抗日战争结束后,马恒昌又到了国民党办的工厂,他以为生活的境遇会好一些,可是国民党官员瓜分变卖工厂,工人的生活仍然入不敷出。马恒昌对生活的黑暗感到无奈、迷茫和压抑,但艰苦的生活也造就了他坚忍的性格,不管条件多么艰苦,他总是勤学苦练,钻研车工技术。解放前夕,他已经是工厂里技术最高的人了。

  这些令人感动的生活经历虽然在剧本中都没有表现,但是它却是我理解这个人物的一把钥匙。它使我心里豁然开朗,我突然理解了,马恒昌在旧社会就是一个再普通不过的工人,为什么在新中国的工厂里那么拼命地工作?为什么他迸发出那么高的工作热情?为什么他把自己的一生毫无保留地献给了我国的工业发展？我想，答案只有一个：在新中国的工厂里他第一次能够当家做主！他第一次得到了做人的尊严！新中国成立前，他就加入了中国共产党，坚定了共产主义的信仰，从此，他把自己的命运和国家的发展紧密地联系在一起，直到生命的终结。

我又查阅了相关的影像资料，参观了马恒昌同志展览馆，与"马恒昌小组"成员座谈，和马恒昌的儿子交流，期望通过多种途径去了解马恒昌，加深对人物的理解。对我而言，有了这样的理解，马恒昌这个人物似乎一下子就离我近了很多。我了解了他在解放前的苦难生活，理清了他思想变化发展的脉络，更明白了他坚定选择的意义。

我想，对于人物正确的理解，往往是演员成功塑造人物的开始。

二

若演员仅仅停留在对人物间接生活的了解上，距离创造好一个人物形象仍然是远远不够的。表演艺术是行动的艺术。演员必须要掌握和具备角色的行动（行为）特征，才有可能"生活"在角色的生活中，也才有可能创作出生动鲜活的人物形象。

马恒昌是一个工人，而且是车工的大工匠，他的行为特征最关键的部分就是劳动生产的行为特征。如何掌握车工的生产技术特点，就成了我必须要把握的核心，可是，我对车工的工作性质和工作特点一点儿都不了解。于是，我向剧组提出了我必须要提前进工厂体验生活的要求。剧组提前一个月把我和导演安排进了齐齐哈尔某钢铁厂的车间，与工人们一起劳动，一起生活。

二三月的东北，冰天雪地，大雪纷飞。我记得第一次走进车间时，工人们在一台台车床前专心地加工着零件，车床的钻头高速旋转着，轰鸣声很大……头几天我只是帮着师傅们打下手，做一些简单的工作，例如装卸原材料、工具归位、清理车间等。可是，我想尽快掌握车工的动作要领，想早点儿上车床实际操作，我就把我的想法跟带我的师傅说了。师傅告诉我，车工是一个有危险性的工种，违规操作会把手、胳膊绞进高速旋转的钻头里；另外钢屑飞溅，不小心会伤着眼睛。车工的生产是有着严格的操作程序和标准的，就算是技校的学生也必须是在一年的专业理论学习后才能上车床实习。师傅说，必须要给我几天时间熟悉车间的工作环境，熟悉车床的结构和操作特点，学会分清不同类型的刀头，学会游标卡尺、千分尺等量具的运用。明白了师傅的用意，我不再着急，而是潜下心来研究车床的结构和操作特性，仔细观察师傅们的操作特点，然后一遍遍地模仿。这些动作看似简单，可是，做起来却要手、眼、脑、心高度协调配合起来才能不出错。

《马恒昌的名言》

又过了几天，师傅看我基本掌握了车工的手法后，同意让我上车床实际操作一下。我第一次上车床实践时，心情又紧张又兴奋，模拟过多次的简单动作和程序，实际操作时却笨手笨脚满头大汗，居然还没有干好。师傅又不厌其烦地给我示范，直到我掌握了那几个动作。那一天下来，我躺在床上浑身酸痛，手上磨出了血泡，几乎不能动，但是，我下定决心要把车工的技术掌握好。

从那以后，我更加刻苦地学习技术，不耻下问，争取弄清楚每一个技术动作的要领。功夫不负有心人，最后，我连车工最难的技术——挑丝杠（就是按尺寸要求把柱状的材料车出均匀的螺纹）都基本掌握了。看着我能够独立地、有条不紊地在车床上进行操作，师傅很是欣慰，夸我干活是好样的！

在工厂体验生活期间，我完全把自己融入工人之间，默默地观察着他们。工人师傅们双手粗糙，有老茧；平时话不多，工作时更是不会交谈说话。他们的操作动作简练干脆，绝不拖泥带水；工作时的形体动作是低头弓腰，眼神专注，随时能够发现问题。带我的是个女师傅，她有30年的工龄，经验丰富，技艺精湛。在车工技术方面，她对我严格要求，悉心指导，毫无保留。除此之外，生活上她也很关心我。由于车间温度低，我曾感冒发烧一星期，师傅给我找药，还请我去她家吃饺子……

这次深入工厂车间体验生活，很大的收获是直观地接触了第一线的产业工人，体验了工人的生产劳动生活。东北工人朴实无华，待人热情。他们没有那么多的豪言壮语，但他们的努力和劳动却是实实在在的。我常常想，在当今这个浮躁嘈杂的网络时代，虚拟经济模式大行其道——股票、期货、金融、新媒体等，这些行业占有大量财富，但是谁在生产一颗螺丝钉呢？实体工业都是谁在做呢？今天我们的产业工人是被冷落的一群人，他们普遍收入不高，付出的很多。他们的身影在文艺作品中也常常缺席，他们默默地用实际行动在为我们的国家作出实实在在的贡献，就像一颗不起眼的螺丝钉，没有它，再豪华的机器也无法运转。

结束了工厂生活的体验，我和工人们告别时竟是那么的不舍。我甚至天真地想，就算我为这些工人们做一件实实在在的事吧，我一定要把这片子演好，把马恒昌塑造好！

工厂生活的体验是至关重要的，不仅使我掌握了角色行动的特征，还在潜移默化中培养了我作为角色的气质。当内心这种真实的朴素的情感越来越多时，我与"马恒昌"也就贴近了。

三

在马恒昌这个人物的塑造上，整体的创作原则我追求一个"真"字。这个"真"包含的是"真实、真情、真心"。演员必须要用最真挚的情感、最纯真的心灵、最朴实无华的态度，去塑造这样一个曾经活在我们生活中而且仍然影响着我们生活的真实的人物。任何的浮躁和夸张都会破坏人物的真实性。

在形体方面，我在拍摄前期和拍摄中努力减肥，力争达到马恒昌那种矍铄的瘦。记得拍摄第一场戏是马恒昌为救工友的命去抢粮的戏，我扛着粮袋拼命地奔跑。可是因为饿得实在太厉害，浑身没劲儿，一下子摔倒在地，双手划伤，没法拍戏，导演只能改拍别的戏。在拍摄期间我一直"饥饿地"坚持着，我认为这样的"瘦"是人物的，也是那个时代的特征，否则一张"饱满"的脸是缺乏说服力的。

在拍摄期间，马恒昌的几张很有限的黑白照片挂在我的床头，我常常静静地端详他，期望能够从中捕捉到人物的特点。在照片中，马恒昌的眼神给我留下了较深的印象。他的眼神里透露着坚定和认真，谦逊而又厚道。因此，在创作中我就运用更加细致的眼神来表现人物的性格特点。当他在车床前操作时，他的眼神投入专注。当他在废墟中发现了未被炸毁的车床时，他双眼发亮，欣喜万分。当他面临生命危险，为了保护车床，他毫不畏惧，挺身而出，目光如炬，令人敬畏。当他面临工作中的困难时，双眉紧蹙，神思忧虑。当他面对家人和工友兄弟时，眼神和气友好。当他面临爱情时，眼神羞怯躲闪，不敢直视对方……在电影表演中，眼神往往是人物情绪和内心情感变化最准确的体现者。我通过这些眼神的变化，希望能够细致地刻画人物的多侧面，从而使人物形象细腻而富有层次感。

在这部电影的创作中还有很多点点滴滴的心得感受，在此我就不再一一赘述了。

最后，我想说的是，演员的任何创作都离不开整个剧组的创作风气。《马恒昌的名言》剧组全组上下都抱着一种严谨的理念和审慎的态度在创作这样一部严肃的戏，肯花时间和财力去让主创深入生活，最大限度地去创造真实的生活，也在真真切切地践行着马恒昌的那句名言："喊破嗓子不如甩开膀子！"

这是一次现实主义表演的创作实践，来不得半点投机取巧。我把自己融入真真切切的生活，捧出一颗炽热的心去展现人物平凡而伟大的精神世界。表演艺术大师斯坦尼斯拉夫斯基说过："演员永远要去创造人物的精神生活！"这就是我的追求。

用感恩之心创作感动之旋

赵小也　作曲

我们对大自然心存感恩，因为她无私地给予我们一切生命的源泉。我们对父母心存感恩，因为他们给予我们生命，无私地为我们操劳一生。我们对兄妹和子女心存感恩，因为他们让我们在这尘世间不再孤单，让我们知道有人与自己血脉相连。

我还感谢我的良师益友施万春，因为他给予我教诲，带我攀登音乐之梯，帮我抛却愚昧，学会思考。我还感谢电影频道的领导，给予我机会和肯定，赋予我更多的能量为电影和观众服务。我还感谢我曾经的合作伙伴，因为你们在工作中给了我友爱，让我在困惑时得以倾诉与依靠。我还要感谢音乐，因为它给予我希望、乐趣和阳光。

我是这样充满感恩的人，因为我认为，怀揣一颗感恩之心，才会创作出来一曲曲令人感动的旋律。

创作电影音乐有一定的特殊性。创作一首歌，可以通过个人主观的感受和认知去表达，是一种很自我的表现形式，千人千法。而创作电影音乐，就完全不同。首先，电影音乐要服务于这部影片的主题。其次，要服务于影片所营造出来的氛围。例如电影《国徽》，这部影片气氛凝重，所以在创作其音乐时，就要与影片的背景、历史、文化和人物性格紧密联系，这样才会为该电影插上美丽的翅膀，更快地飞入观众的心灵。

电影《渔王争霸》于2013年9月在山东东平水浒影视基地拍摄，以贡江渔王每年一度的争霸赛为线索，反映了贡江水域渔民高超的水上技艺和淳朴的民俗风情。因为影片中的男主人公是山东籍，所以创作时，我是从山东的民俗音乐中，提炼出了一个素材，去吻合他的性格特点；而影片的整体是一个中国东北的故事，所以我用东北地方特色的民间音调去贯穿整个主题。

如何准确地把握电影主题？第一，需要高度的概括能力，宏观地把握影片的气质和风格。第二，通过这几个要点去选择用什么样的音乐元素做背景。第三，生活是创作的源泉。例如革命历史巨片《大进军》，故事围绕解放大西北展开，这样鲜明的主题，又是发生在黄土地上的故事，而且我是西北人，因此整个音乐主题我选用"秦腔"，表现它的气势恢宏。写《渔王争霸》的音乐时，为了捕捉东北地方特色，"二人转"完完全全把我的生活占据了，我企图在这样的环境中得到迸发的灵感，但这次的创作过程却很艰难，终于在审片的前三天完成了创作。

服务于电影的音乐，就要与影片的主题保持一致，音乐的跌宕起伏要随着影片故事的发展走向和人物情绪的节奏去变换，才是最正确的方式。可以简称它是"单一主题多变奏"，类似一种叫"变奏曲"的音乐形式，变奏手法如出一辙，可作为一个电影主题发展的主要技术手段。

例如贝多芬的《命运交响曲》，乐曲开门见山的那四声令人精神一颤的有力音符，直奔"命运在敲门"的主题，暗合着那个特定时代社会阶层中涌动的惊心动魄的斗争背景，紧张的悲剧性因素隐喻着顽强、威严，或是凶险，流露出惊慌不安的情绪。当音乐的紧张度达到极限时刻，一阵舒缓的旋律紧接着飘来，稍快的行板，双重主题变奏曲式，使这个主题具有内在的热情和力量。整个《命运交响曲》就用这个主题写成，并且贝多芬把"命运"分写成四章，情绪激昂，气魄宏大，富有极强的艺术感染力。这首交响曲属于严肃音乐范畴，但也类似电影音乐。就像原子弹的铀裂变，裂变后产生的能量巨大，而作曲时，只要主题提炼得到位，音乐的起承转合也就能打动人。

还有个多主题的对比性和统一性的问题。每部电影中的主人公不一定与该电影主题统一。比如，湖南人在北京发生的故事，北京是大环境，是主题；湖南人是对比，是副主题。导演会赋予他一个鲜明的个性符号，电影音乐要表现他的不同，也要有效地与大环境结合在一起，既不同又统一。这样的创作，就规避了风格单调，而形成了强烈的对比色彩，也会比较丰富。

随着创作的加深，我体会到，无论任何影片，先抓住主题，再利用作曲技巧，是任何一个作曲者创作电影音乐的有效途径。这个过程需要深厚的沉淀和长期的经验。

1979年我大学毕业，做了两年英语教师后，参军进入兰州军区战斗歌舞团。在大时代的背景下，弃文学艺，使我最早接触到音乐创作。在部队的9年里，我得到了组织给我的最大限度的实践机会。歌舞片《红霞里有个我》是我人生第一次自己作曲、改编剧本和撰写歌词的作品，这种锻炼奠定了我今后的创作基础。1990年我退伍进入全国总工会文工团。我的100多部作品也陆续诞生在我回来的这23年里。

精神气质决定创作定位。在我的作品中，有80%都是影视作品，标题上听起来都很具象，《公正的心》、《咱们工人的手》、《青铜的光辉》等，涉猎题材最多的就是"主旋律"。不谦虚地讲，任何题材我都能完成，但时间久了，我的创作定位也被牢牢地钉在弘扬"主旋律"上。我也偏爱这样的题材，也习惯了在重压下积极地完成一部又一部影视作品的作曲。有人问，为什么这些元素能与我的作曲技巧融为一体？我认为，这是一个作曲者的精神气质问题。作为一个作曲家，这些主旋律作品赐予我一种成就感，也赐予我更多的正能量。

同时，作曲家也不能安于轻车熟路，而要勇于尝试，善于研究。1998年创作电视连续剧《陈云在1949》时，我用"评弹"的基调完成整部电视剧的音乐，获得好评。当初，还有一些业内人士不相信是我的作曲。其实，是我有幸到陈云同志家走访，陈云同志喜爱的纯民族、纯音乐的评弹激发了我的创作灵感。

我因创作纪录电影《牧魂》与澳洲后期基地总裁罗杰结缘，当时罗杰先生主动提出为《牧魂》免费缩混，交换条件是他自己保留一份拷贝。事后才明白，是我的作曲让罗杰先生改变了对中国作曲家的看法。后来，罗杰先生带领澳大利亚电影考察团到京访问时，不仅送了礼物给我，还试图向我介绍一部美国大片的作曲工作，对于这样难能可贵的机会，却因为当时英语沟通不利，最后没有实现。但是这个经历却给予了我很多鼓励和前进的动力。

我在创作《中华文明》时，曾遇到困惑。当时心里想着要在音乐上有新的突破，但却迟迟没有灵感。与此同时，我的一个博士朋友发表了《新音乐的"复风格"》，让我茅塞顿开。"复风格"是一种非常前沿的音乐创作技法，简单地讲，就是大众听不懂的音乐。于是，我在创作《中华文明》时，使用了古代民乐铺陈全篇，并且只用了 8 小节。根据《中国古代民乐史》，结合出土资料记载，这件乐器叫"骨笛"，只能吹两个音，这两个音的关系是小 3 度，我的创作灵感就建立在这个小 3 度上，这是我对古代音乐史考察的结果。

遗憾也好，成功也罢，这些宝贵的创作经历告诉我，创作一部好作品离不开自我修养。运用新技法作曲，是对中国文化的新认识和新理解，一定要站在音乐文化发展的最前沿，技术发展到什么程度，我们就要用这个技术去阐述音乐，这样才有说服力。我们要做音乐的使者，传递音乐文化。文化修养到达的高度，决定音乐层次的高度。

创作理念源于文化底蕴。自我文化修养对一部影片艺术的把握、理解的角度和思考，有着至关重要的影响。我学过经济和法律，也读过 MBA，这些与音乐都不矛盾，倒是综合素质的体现。学然后知不足，把"学习"当成一种习惯，不断地学习，不断地提升自己，才会懂得思考。创作音乐就是一个思考的过程。

我的创作习惯是，遇到一部电影，当它的主题是新鲜的，是从未涉及过的，我的主观能动性会提示我先去学习。有些片子很急，出样片才开始创作。当年与导演高希希合作时，就是一部戏接着一部戏，紧锣密鼓。我认为最好的创作习惯，就是在时间允许的情况下，先看剧本，再看样片，加深理解。影片的时间长度是固定的，进行点对点的创作是非常必要的。所谓点对点的创作，是指结合剧情和画面的节奏感作曲，这是比较严谨的创作习惯。

我 2013 年参与创作的《马恒昌的名言》，表现的是沈阳刚解放的时候，社会上一片混乱。命运将马恒昌等工人的未来与新中国和第五机器厂的未来紧紧联系在一起。国民党反动派不甘心失败，用飞机对解放区进行轰炸,因此,为解放军铸造高射炮闭锁机的任务刻不容缓。但工厂破坏严重,缺少技术人员和图纸,也缺乏机器和工具,技术能手马恒昌带领小组的工人们,以主人翁的自豪感和聪明智慧克服重重困难,提前制作出闭锁机。在共和国成立一周年之际,马恒昌作为工人代表受到毛主席接见。我做《马恒昌的名言》的电影音乐用了10天时间,最喜欢这部影片的地方就是用东北民间音乐基调表现出了这部影片主题的气质,通篇流畅,这是最合适的,也是最好的。

《马恒昌的名言》

值得高兴的是,这部影片的制作班底是我常合作的制作班底,对《国徽》、《马恒昌的名言》、《渔王争霸》里的每一位主创我都非常熟悉,于是大家合作起来就非常愉快,创作也很顺利。

在创作音乐之路上,不要拘泥于形式,不要过于格式化;打好基础,再孜孜不倦地学习文化知识,丰富自己的视野。充分利用自由的环境去表达,多多寻找平台和养分,不要怕失败。

(王御采访并整理)

我的醉翁之意

雷其梠　制片人

很早以前,我一直想为自己家族做点有意义的事情。相对于中国上下五千年的浩瀚历史长河,无论是赫赫有名的皇室嫡传,还是名门望族,无疑都是沧海一粟,不足为奇。但是,正如我们的伟人曾经说过,只有劳动人民才是创造历史的动力。每一个家族的兴衰荣辱都是历史的缩影与折射。因此,以家族为背景拍一部电影便成为我内心深处的一个梦想。

在我很小的时候,听家里的长辈讲往事,我们虽然不是显赫之家,但祖辈们也绝非凡夫俗子,其中我曾祖父雷飞鹏就是光彩照人的一个。

雷飞鹏当年的公众身份是清朝命官,但是随着我对家族历史的揭秘与探寻,发现他实则是孙中山派同盟会成员宋教仁在东北成立的同盟会辽东支部的主要领导人。为筹集革命经费支援辛亥革命,其宦辽三年的全部薪饷分文未寄故里。头顶满清六品同知官衔,他利用职务之便,在调任"西安"(今辽源)、广宁之机,又在西丰、郑家屯开设了"货栈"、"典当行"为联络据点,为东三省革命党人从事革命活动提供方便⋯⋯

这个真实的"潜伏"故事让我非常震惊,也产生了强烈的创作欲望。为此,我开始多方联络家族里的长者。他们有的已侨居海外多年，有的隐居故里，找寻他们颇为不易。在有限的资料与族谱的帮助之下，像拼一张藏宝图一样，我将雷飞鹏秘密投身反清革命的足迹一点点拼接起来，形成了一个真实而生动的故事。从家人的叙述与口碑相传里，雷飞鹏的形象一点点清晰起来。综观他的一生，他清正廉洁、忧国忧民、追求真理，投身辛亥革命，是辛亥革命时期东北民主革命运动主要倡导者之一，也不愧为"中华革命之先驱"。

　　在影片《古城会》创作过程中，也有同行好意提醒，现在的影视产业已完全市场化，这样一个带有家族历史感的人物传记影片，又是主旋律题材，投资有太大的风险，怕我收不回成本。但我的观点是，所谓的市场化，就是要生产各种类型的电影产品。有大制作投入的，以求市场的大回报；也有类型电影目标明确，市场细分化就是要找准定位。随着电影技术的发展与数字电影时代的到来，私人订制、小规模院线、定向投放等电影产品也会找到相应的出口，并呈现出百花齐放的特点。

　　作为一名积极投身影视行业的从业者，我想可以做一个尝鲜者。一方面，确实是祖先在历史沧海里波澜壮阔的一生打动了我，让我觉得这个人物足以支撑一部电影；另一方面，我一直在院线电影的领域做着多种尝试，低成本的数字电影也是一种思路。它可以为艺术电影、作者电影、家族电影、实验电影找到适合的途径，达到创作者的目的，也会使中国的电影市场不至于只有商业片一种模式。

　　出于这样的目的，我找到了主创团队精心创作电影《古城会》，并邀请了著名导演沈好放。我们几乎是一拍即合。雷飞鹏的个人魅力和对电影市场的探索，促成了这次低成本、小规模，目标明确，且一丝不苟的合作。在创作过程中，作为制片人，我也遭遇到了筹措资金的困难，剧本的"几波"三折以及主创人员的磨合等一系列电影制片人时常面对的"正常待遇"。但是与此同时，我也感受到来自合作方电影频道的信任与支持。

　　而我借助此次拍摄机会，将多年疏于交往的家族远亲，都作了联络。在《古城会》的首映典礼上，因历史变迁而分散在祖国各地甚至世界各地的雷氏后人空前团聚在一起，让我感慨万分，也格外感动。这也算是我在苦心创作之余的意外收获吧。所以说电影的魅力是无穷的。

《古城会》

我很愿意在这里披露,此片不但收回成本还小有盈余,并且在行业内也颇有口碑。这打破了我们以前对于定制剧的观点。其实我的醉翁之意就在于此。电影市场的细分化时代已经到来,只要我们创作者找准目标,做好类型片,就一定能够取得创作与市场的"双赢"。

做既懂艺术又懂管理的制片人

受访：谢晓东　《大明劫》制片人
采访：戴德刚

　　谢晓东作为制片人与编剧，已经连续推出了多部颇有赞誉的影片，它们中包括大家非常熟悉的《一年到头》、《我是植物人》。有意思的是，这两部影片的导演都是王竞。2013年，两人又联合推出了一部历史片——《大明劫》。同前两部影片一样，《大明劫》再次得到了影迷们的普遍认可。该片于2013年10月25日首映，截至本文写作的2014年1月21日，豆瓣网上已经有12894人为该片打分，分数高达7.6。但是，该片的票房表现却让人非常意外，有媒体给出的数字仅有425万元。这种口碑与票房的强烈反差让人深思，让笔者不由得想起另一部相似又相反的影片《天机·富春山居图》。中国电影市场到底怎么了？《大明劫》的命运到底怎样？为此，笔者采访了《大明劫》一片的制片人兼编剧谢晓东。

　　戴：有资料说您拍摄《大明劫》的最初动机是对吴又可这个人物感兴趣。请问吴又可的哪些地方吸引了您？

　　谢：首先是因为我对明末的这段历史很感兴趣。英国的资产阶级革命大致就发生在这个时候，克伦威尔把查理大帝送上了断头台,英国从此逐渐变为一个强盛的国家。日本则于1639年开始了德川幕府的统治时期,施行闭关锁国的政策,直到明治维新时期。也就是说,明末是一个世界发生大转折的时期,但中国走向了另外一个方向。我不是想写人,而是想写社会的一个横剖面,只是要以人带出这个横剖面。选人的时候开始知道吴又可,看了一些介绍后,我觉得他太特殊了。

我自己是学化学的,做的又是药物研究。做科研的人对吴又可的事情特别敏感。吴又可之前,张仲景的《伤寒论》具有崇高的地位,是医学的圣典。他提出了"风寒暑湿天之常气入肌肤而感"的病因说,一直没有受到过怀疑。到了明末,崇祯皇帝非常倒霉,在位17年,有15年时间有全国性自然灾害,北旱南涝。大灾伴大疫,死者无数。当时的疫病很像感冒,但用《伤寒论》的方子完全无效。吴又可于是开始怀疑《伤寒论》。他开始寻找病源,从苏州一直走到山西、陕西交界之处,历时十几年,才找到了病源。当时的社会非常混乱,饥民、流寇遍地,随时都有生命危险。吴又可能够走访这么多地方,非常了不起。通过多年对成千上万病例的研究、总结,吴又可提出了"戾气(病毒)"说,认为这次瘟疫是通过口鼻呼吸传染,而非通过肌肤而入。但由于"戾气"无色无形,他无法向别人证明"戾气"的存在,所以他的学说一直没有得到当时医学界的认可。后来,吴又可便把自己的见解写成《瘟疫论》,从而开创了中医温病理论。这是我选择写这个人物的原因。

戴:您和王竞导演之前合作的都是当代题材,具有很强的社会批判意识,为什么这次忽然改拍古装片了?

谢:我觉得两者之间没有明显的差别,现在的现实就是以后的历史,我们说的历史就是过去的现实。

戴:也就是说这是您的一种忧患意识?

谢:我觉得没有忧患意识就不是知识分子,他就是一个会认字的人。知识分子的天职不是歌功颂德,他的任务就是把镜子敲破了,看看镜子后面是什么。为什么电影博物馆会收藏我的五部片子,一下子全收了,就是因为这个。这是电影博物馆第一次收制片人的片子,而非导演。

戴：《大明劫》的投入产出情况具体是怎样的？

谢：这个片子赔了，这没什么可隐瞒的。赔的原因挺有趣的。当时找投资的时候，就在考虑到底拿多少钱来拍这部片子。我看了一下2012年的古装片市场，最低的票房是2500万元，比如《刀见笑》。《战国》则达到了七八千万元，《杨门女将》是四千多万元。《刀见笑》没有什么大牌演员，知名度和冯远征差不多。我当时想，如果我拍一部历史片，它带有一些打打杀杀的要素，我蒙也能把票房蒙到两三千万元，因为它最低就这么多。这是最初的设计。我知道我拍的不是商业片，那就靠首周末把观众"蒙"进来，观众以后爱看不看了。

没想到电影做完了，市场变了，"其兴也勃，其亡也忽"。到了《血滴子》（八千多万元）、《王的盛宴》、《杨家将》（五千多万元）这三部片子，尤其是《血滴子》，就把古装片这个类型给做废了，观众终于说："滚一边去，我不看了！"这种情绪一直蔓延到影院经理，他们一听古装片，头都大了。

《大明劫》

中国电影是一个迅速发展变化的市场。2007年全年的电影总产量才120部左右,我一个人就拍了3部,当年的中国电影总票房才二三十亿元。到了2010年,产量已经达到700部,2013年的总票房则超过了二百多亿元。在这样一个急剧变化的市场里,其实你拿数据看规律是跟不上的,观众的口味在迅速变化。某个片子烂可能导致整个类型都没人看了;因为某个片子好,整个类型忽然好几部片子都赚钱,比如青春片。所以,当时的算计也是理性的算计,觉得到3000万元票房,我怎么也够了。大势成这样了,跟大势去反抗是没有用的。

再加上10月25日发行的那一周,电影院没人。以前的每周票房基本在2.2亿元到2.7亿元之间,而10月25日那一周是1.3亿元。排片如果到7%,一周票房按之前的2.3亿元计算,首周的票房就是1600万元,两周之后肯定两千多万元。结果,那一周只有1亿多元。我已经把风险降到最低了,结果还是这样,这是我算计不了的事情。中国电影市场不像美国,没有规律。美国是个成熟的市场,比如科恩兄弟,总有人给他们投资,因为总有一拨儿观众会看他们的电影。他们就可以根据票房反推它的投资量,它就能够不赔钱。而中国这个市场,会出现《无人区》的观众和《小时代》的观众高度重合。如果是在美国,《无人区》是仿科恩兄弟的片子,与《小时代》的观众绝对不会重合。在中国,只要是有足够的宣传影响力,并且这个类型还没毁掉之时,就会有人看。这是我需要反思的地方:在这样一个不成熟的电影市场,没有固定观众群的时候,我该怎么办?

戴: 据说《大明劫》最初的时候想做成中国古装版的《极度恐慌》,那应该是一部典型的类型片。为什么最后没有坚持下去?

谢: 刚开始的时候,《极度恐慌》是参考片之一。但这个题材做成类型片很难,因为中医不像西医那样来一针就好。而做成类型片需要一个要素,就是要在相对短的时间内完成这件事。中医是辨证施治,步骤多、时间长,没有办法表现这个过程。

戴: 这说明您是不拒绝类型片的。我好奇的是为什么最后的成片中一点儿类型片的痕迹都没有了?

谢: 我不拒绝类型片。但是,如果我拍不成那种有质感的类型片,那我就拍成艺术性的影片。最后《大明劫》有点儿像传记片。

戴： 并且是两个人的传记片，两个传主。

谢： 是这样。当时去电影频道审这个本子的时候，很多人提出这个问题，说你这个到底行不行啊？

戴： 咱假设一下，如果最后完成的影片很像中国古装版的《极度恐慌》，放在那样的一个档期，会不会比现在好一些呢？

谢： 那当然了。类型片是被证明了的那是观众接纳的东西。类型片不就是三段式的、单线制的东西吗？好理解啊。但我做电影就是想表达自己，但表达不能赔钱，所以要算计：我怎么才能不赔钱？刚才说的那套东西就是怎么算计不赔钱。如果我不在乎这个，就会去忽悠大的去，弄个五千万、六千万的投资，反正赔就赔了呗。

戴： 除了前面说的那些宏观策略，请问在剧本写作过程中，有没有考虑到市场？比如增加某场戏以使市场更有保证？毕竟您是直接参与剧本创作的。

谢： 因为我已经预估票房了，我写这个剧本时就不再考虑这个事情。

戴： 在整个制片过程中，有没有经济紧张的时候？我们都知道古装片需要在服装、道具、布景上花很多钱。

谢： 1700万元拍《大明劫》，我和导演真的是疯了。这个片子在电影频道放映时，有人问阎主任（电影频道节目中心主任阎晓明）是不是投了5000万元，最低的估计投了4000万元，阎主任乐坏了。

之所以做得这么疯狂，因为我和导演都觉得机会来之不易，钱来之不易。找钱是很辛苦的一件事情，非常非常难。所以决定拼了。

制片人的工作实际上就是怎么样最大限度地去降低成本，以及去平衡成本和艺术质量的关系。制片主任不需要管艺术质量，只要把拍摄过程管理好，把预算执行好就可以了。

具体而言，首先要搞清楚影片拍摄的费用构成是什么。比如演员、导演、摄影、美术等各位人员的片酬，这是一大块。还有一大块，在这个片子里就是美术，包括服装、道具。怎么样最大程度地降低这方面成本，是我面临的主要困难。比如说服装方面，由于明朝的电影很少，没有现成的服装可以租借，我们就需要自己去做。还有，我们要最大限度地还原历史，而明朝的军队中50%—60%是火器兵，

《大明劫》

另外20%是骑兵、20%是步兵。火器就包括三眼铳、单眼铳、枪和炮,炮是落地开花的炮,是炸的。这些道具在库里都没有。你如果要还原历史真实,就不能用箭等冷兵器。做这些火器道具是一大笔钱。到底要花多少钱去做,这个就需要事先算计好。

花钱最大的还不是这个,而是搭景。电影的景不能从电视剧上借景用,比如横店的那个景,太薄了,拍电影不合适,没有那个质感。我们就只能自己搭景。开拍之前咨询过资深的美术师,问人家您最少要多少钱?人家答复说最少要700万元。总共才1700万元的投资,如果这一块占去700万元,电影就没法拍了。

考虑到这个片子的特殊情况,我的措施主要有四个。

首先我们请了一位费用很低的新美术师。如果是成熟的美术师,个人费用可能就要200万元,我出不起。这位新美术师以前没做过大片,但我感觉他有潜质,他缺乏的是经验。当时他才31岁,现在已经活儿不断了。为了弥补上述不足,我让他提前四个月进组,给他充足的时间构思设计。另外,他能设计出来,但实施上,比如管理及预算，经验不够，我就来帮他。好莱坞之所以几乎看不到40岁以下的制片人，就是因为制片人需要广博的社会经验和知识。

  这就涉及第二点，即怎么样通过精确计算控制成本。比如搭帐篷，假设预算一出来，是50万元，我首先就问他是怎么算出来的。他说是问了几个人，估出来的。我说别急，既然已经设计出来了，长宽高都有了，首先要知道需要搭多少帐篷。另外，帐篷不能都一样，远景处放小帐篷，有个样子就够了。接着我带他去找导演商量，问机位在哪里，镜头怎么取。根据拍摄方向，有些帐篷只需搭一个角就可以了。然后统一计算出需要搭多少大帐篷，多少小帐篷，多少全帐篷，以及多少角帐篷。有了这个数量，再计算白布的面积。成本就这样控制下来了。

  枪械上，我跟导演商量好近景摇过去的时候，具体摇到什么位置。这个范围之内的需要是真枪，剩下的在画面中就是虚的了，只需要看上去像枪就可以了。木头的情况也一样。我除了精确计算，还尽量把这些搭景的木料重复使用。服装方面，到底用多少布，也需要精确计算。包括人员使用，最高峰的时候，我们剧组有三百多人。工程人员就有很多人，收衣服的人员也不少。我就要先确定大场面的戏什么时候拍，这时候收服装的人就需要增加。假设需要15人，这场戏一拍完，剧组就留5人。另外10人的吃住行及工钱就都省了，再有大场面的戏，就再把这些人请回来。服装组长说没这么干的啊，来回车费都搭进去了。我说车费才多少钱啊？我把剧组的所有人都变成了老板，都要去算成本。车辆方面，我们从一开始的30辆车，不断递减。到最后20天的时候，就剩10辆车了。我们到星美拍的时候，酒店就在对面，我就把车辆全都取消了，剧组的所有人走路过去。所以说这都是数字说话，是管理问题。我是做企业的，这些东西对我来讲是必需的，绝不会多花一分钱，但也不会克扣别人一分钱。

  第三点是精确控制外景地的入场时间。我们有五六个外景地，我就需要搞清楚1号地用完后，具体什么时候进入2号地，进而推算什么时候进入2号地搭景。置景人员是可以早进去搭好外景等着，但一个外景地每天的租金大概是一万块钱，对于大剧组不算什么，但对于我们来说都是钱。为了减少外景地租金、提高搭景的速度，我则尽量多请置景工人。另外，在不一定确定置景能赶上的情况下，就与导演先沟通，把转景以后先拍的场景先搭出来。这样一精准地算下来，我们用的钱数惊人得少，一大块钱就省下来了。

最后就是永远要跟导演沟通好。我做片子，导演在开拍之前的几个月，一定要告诉我片子的镜头类型是什么，镜头数是多少。我和王竞导演合作很多次了，彼此很熟悉、很了解。王导的工作做得很细，每个场景中的每个镜头都会提前规划出来。比如马摔倒，就拍这一个镜头，不拍废的。这么点儿钱，我不可能拍它一二百天。最后我们只用了55天。所以说，制品人找导演也是要全面考虑的。

一个半小时的采访很快结束了，笔者深感制片人谢晓东不仅仅是一位深谙管理之道的制片人，而且还是一位对电影艺术有着独特理解的制片人。身处变化剧烈的中国电影市场，《大明劫》的票房失利显然有太多无奈之处。笔者相信，凭借谢晓东对电影制片的这些深刻理解，票房、口碑双丰收的下一部作品指日可待。

电影频道出品电影成就了我的梦

韩 颢 制片人

很多朋友初见我,都说我是邻家女孩,看外表不像一个制作了几十部电影频道出品电影的制片人。我想说,当我们谈到剧本和拍摄时,我会瞳孔放大,我会神采奕奕……

我是《陆小凤传奇》(10部,2006年)、《镖行天下》(10部,2007年)、《镖行天下前传》(10部,2008年)、《烈火男儿》(8部,2008年)、《火线追凶》(10部,2009年)、《火线追凶2》(10部,2009年)等影片的责编、监制、策划人和制片人。这些影片不仅口碑好,也曾多次获奖。电影频道循环播放的《陆小凤传奇》曾荣获"电视电影十年·观众最喜爱的电视电影"的荣誉。此外,《咱得有个家》(2000年)、《我真棒》(2000年)、《家有轿车》(2002年)、《青春与共》(2003年)、《合同父子》(2004年)、《烩面馆》(2005年)、《男孩都想有辆车》(2007年)、《镖行天下》(2007年)、《我是植物人》(2010年)都获得不同年度的"百合奖"一等奖。

经历过几次制作电视剧和大电影之后,却让我更多地关注电影频道出品电影对于剧本题材的筛选,所以我决然地回归到自己的位置上。虽然电影频道出品电影没有天价演员的加盟,也没有高成本的制作费,

创作艺苑
Overview of the Films Presented by
China Movie Channel in 2013 电影频道

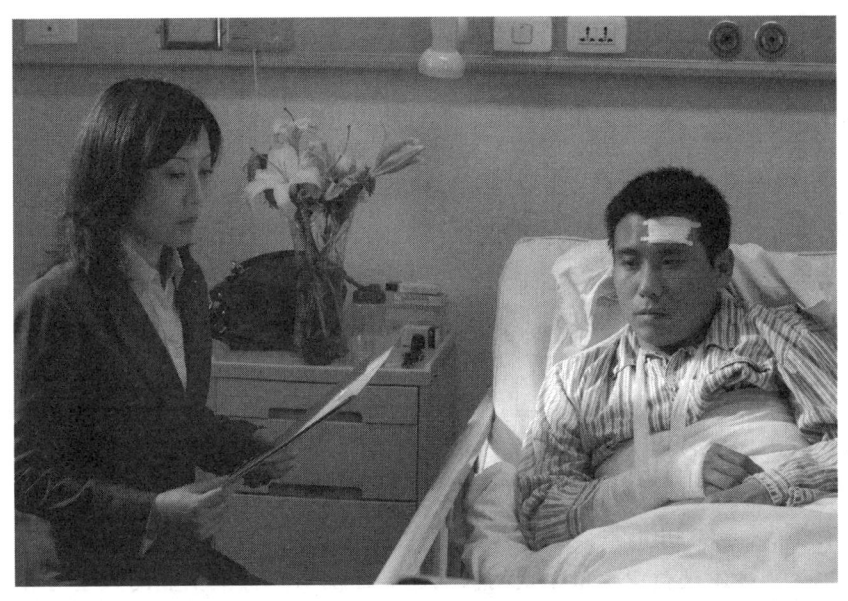

《我是植物人》

更没有漫长的制作周期，但是我认为，只要故事好，就可以出来好剧本，再有一队脚踏实地、热情洋溢的制作班底，用100万的费用拍出200万的效果，是我一直的追求。

除了进组协调各部门顺利拍摄外，我还参与影片的剧本立意和创作编写。电影频道出品电影为很多新锐导演和演员铺路引线，我合作过的同事现在都活跃在电视剧和大电影上，火得红里透紫的演员有王宝强、吴奇隆、钟汉良、张智霖，等等。

我是地道的北京女孩，1996年毕业于北京电影学院摄影系，毕业后考到电影频道，担任《周末电影》栏目主持人。《周末电影》专门介绍电影频道当周推出的最新影片，这个栏目也曾火爆一时。1999年，性格外向的我在面对电影频道出品电影这个"新生事物"时，有着更多的憧憬，我放弃了主持人的工作，选择了这份带有创意和冒险精神的工作，转到电影频道电视电影部（2013年初更名为电影创作部）。

2009年，我走出电影频道，成为独立策划人和制片人。此前10年从事电影频道出品电影的经验，让我一如既往地选择了它，而不是电视剧或院线电影。电影频道出品电影需要极强的故事性,在制作费允许的情况下,考究的镜头,形如电影式的结构,不用像电视剧那样大篇幅的对白,也不用像大电影那样可以用视觉效果取胜。观众更偏爱电影频道出品电影的故事,收视率来源于引人入胜的故事。

电影频道出品电影的制作周期从剧本立意、审核、编写到拍摄,所有时间安排都可由制片人掌握。这种循序渐进的工作方式,其实却有很多的自由空间,看似闲散,但却不乏规律可循。

在现今的影视行业中,有很多投资方会对剧本、演员有诸多干涉。在我做了制片人之后,常常自掏腰包投资拍片,所以不需要去调解与"投资人"的矛盾,一直还算顺利。相对于电影频道,电影频道出品电影的投资人也可称作是"垫资方",合同签订成功后就是承制方。因此,投资时规避了风险,资金回报时也就没有太大的悬念,能有多少回报心里有底,上下浮动不会超过20%。

当今影视行业,最重要的根儿还是在剧本。有很多业内人士会花费一年、两年甚至更长时间去准备剧本,然后再成功立项,时间成本很高。电视剧剧本台词量大,场次零碎,对环境和人物内心的描述较少,并且故事结构散漫,需要强大的演员阵容去丰富和呈现其精彩度。电视剧的编剧改做电影频道出品电影的编剧时,就需要去克服很多写作习惯,才能成功转型。

和院线电影、微电影相比,电影频道出品电影的剧本最难写。因为观众是通过电视观影,所以就需要故事精彩,叙事节奏紧张,才可以大幅度地提高收视率。我经常关注网络小说或名家著作,通过电影手法改编、整合剧本,不追求思想有多深刻,但故事要足够打动观众,并且要加强观赏性。写剧本的过程是件很苦闷的事,需要查阅大量资料,还要随着人物和情节或喜或悲。只有剧本完成后,才是真正喜悦的。

我自己最擅长的还是年代戏、商业片,自己不擅长的领域不会轻易触碰。其实当下的电影频道出品电影都是复合类型片,有爱情,有悬疑,有动作,也有励志等。

责编是电影频道的电影创作部对剧本方面的管理者,负责审看剧本及提出修改意见。看似工作比较单一,但如果专业到位,可以为编剧省去很多弯路。这个位置更要去做好导演和制片人的协调工作，说得清楚一点，都是为别人做嫁衣，也是一部片子成败的关键所在。目前国内做影视行业的人才制度还未与国际接轨，责编在国外被称作编审，并且对编审的专业性要求极高。例如美国拍摄好莱坞大片与美剧，都是由编审统领、安排编剧人员写人物的故事线。

我现在自己做独立制片人，要感谢在电影频道做了多年的责编工作，才奠定了我做制片人的基础。虽然我不是一个懂得花钱的制片人，但在艺术创作上却有着得天独厚的修炼经验。因此，我现在的工作就是责编、编剧、策划、监制等几个职务一把抓。

与我合作最多的导演是李威，从他导演的第一部电影频道出品电影直至现在，李威的片子也是越来越成熟。最让人欣赏的就是，他对剧本比较挑剔，本子不达标，他一定不会接拍。正因为经常合作，也提升了团队彼此的默契度，影片越做越好。电影频道出品电影选演员，更需要气质合适，有没有名气都不是主要的。

我最新制作的《丐世英雄》是抗战时期的故事，讲的是小六子为帮朋友报仇刺杀日本浪人，却反被日本浪人追杀。危急时刻被乌城丐帮堂主胡麻子所救，并进入丐帮。丐帮帮主韩驱虎私下勾结日本人当汉奸，并想把丐帮兄弟全部拉下水，激起了胡麻子等人的愤怒。胡麻子要除掉韩驱虎，不明真相的小六子救了韩驱虎，成了韩的义子和丐帮少帮主，改名韩震山。韩驱虎将胡麻子打成残废放逐。韩震山逐渐发现韩驱虎汉奸的真面目，联合胡麻子杀死韩驱虎，被拥戴为帮主。韩震山设计取得日本人信任，在和荷花的大婚之日施展奇谋，和胡麻子联手，与乌城的鬼子展开血战。胡麻子等人在战斗中牺牲。韩震山带着丐帮兄弟歼灭了乌城的鬼子，带着众人走上抗日的道路。

这是一部表现平民抗日，塑造真男人、抒发真性情的影片。丐帮原本是一辈子靠行乞为生的人，讨生活的方式是不光彩的，但出于人性的本能，人的一辈子都会去做一件挺直腰杆的事。所以，在受到日本侵略时，草根的中国爷们儿团结一致，自发抗日。这个故事会受到观众的欢迎，会跟他们产生共鸣的。同时，我认为这部影片也揭示了所有党派最初形成的一个原始动力。没有群众的自发，最终就形不成党派。

《丐世英雄》

  这部影片是根据宗利华的同名小说改编的。剧本立意送审时，个别情节过关不太顺利。我认为，一个优秀的制片人需要丰厚的艺术底蕴，需要精通镜头语言，既是善于思考的思想者，更是敢于为事业献身的"盗火者"。

  这部影片在沈阳取景拍摄，选景在东北最寒冷的冬天，白雪皑皑的画面很是漂亮。在零下30度的拍摄环境，连摄影机都会冻坏的情况下，团队的每一个人仍然兢兢业业，不畏严寒。因为天光短，大雪又高过膝盖，走起路来步履维艰，每天清晨到景区的第一件事就是要先铲雪1小时，然后再进行拍摄。在现场停留20分钟，手脚就会被冻得没了知觉，穿多厚的羽绒服都会冷。拍摄过程很艰难。但越是条件困苦，大家越是有创作激情和灵感，最后达到这部影片最理想的拍摄效果。拍摄时间二十多天，每位演员都很辛苦，也很敬业。

  徐亮、周波和陈扬都是我曾经合作过的演员，出色的演技与他们的敬业精神息息相关。蒋丛导演也是我向制片部门极力推荐的。在行业内，他们已经不算是新人，但仍"以身作则"为剧组的年轻人做了好榜样。他们表演敬业，加班加点，每次劳动铲雪也都会争先恐后地剧省去很多弯路。这个位置更要去做好导演和制片人的协调工作，说得清楚一点，都是为别人做嫁衣，也是一部片子成败的关键所在。目前国内做影视行业的人才制度还未与国际接轨，责编在国外被称作编审，并且对编审的专业性要求极高。例如美国拍摄好莱坞大片与美剧，都是由编审统领、安排编剧人员写人物的故事线。

  我现在自己做独立制片人，要感谢在电影频道做了多年的责编工作，才奠定了我做制片人的基础。虽然我不是一个懂得花钱的制片人，但在艺术创作上却有着得天独厚的修炼经验。因此，我现在的工作就是责编、编剧、策划、监制等几个职务一把抓。

  与我合作最多的导演是李威，从他导演的第一部电影频道出品电影直至现在，李威的片子也是越来越成熟。最让人欣赏的就是，他对剧本比较挑剔，本子不达标，他一定不会接拍。正因为经常合作，也提升了团队彼此的默契度，影片越做越好。电影频道出品电影选演员，更需要气质合适，有没有名气都不是主要的。

  我最新制作的《丐世英雄》是抗战时期的故事，讲的是小六子为帮朋友报仇刺杀日本浪人，却反被日本浪人追杀。危急时刻被乌城丐帮堂主胡麻子所救，并进入丐帮。丐帮帮主韩驱虎私下勾结日本人当汉奸，并想把丐帮兄弟全部拉下水，激起了胡麻子等人的愤怒。胡麻子要除掉韩驱虎，不明真相的小六子救了韩驱虎，成了韩的义子和丐帮少帮主，改名韩震山。韩驱虎将胡麻子打成残废放逐。韩震山逐渐发现韩驱虎汉奸的真面目，联合胡麻子杀死韩驱虎，被拥戴为帮主。韩震山设计取得日本人信任，在和荷花的大婚之日施展奇谋，和胡麻子联手，与乌城的鬼子展开血战。胡麻子等人在战斗中牺牲。韩震山带着丐帮兄弟歼灭了乌城的鬼子，带着众人走上抗日的道路。

  这是一部表现平民抗日，塑造真男人、抒发真性情的影片。丐帮原本是一辈子靠行乞为生的人，讨生活的方式是不光彩的，但出于人性的本能，人的一辈子都会去做一件挺直腰杆的事。所以，在受到日本侵略时，草根的中国爷们儿团结一致，自发抗日。这个故事会受到观众的欢迎，会跟他们产生共鸣的。同时，我认为这部影片也揭示了所有党派最初形成的一个原始动力。没有群众的自发，最终就形不成党派。

《乱世英雄》

　　这部影片是根据宗利华的同名小说改编的。剧本立意送审时，个别情节过关不太顺利。我认为，一个优秀的制片人需要丰厚的艺术底蕴，需要精通镜头语言，既是善于思考的思想者，更是敢于为事业献身的"盗火者"。

　　这部影片在沈阳取景拍摄，选景在东北最寒冷的冬天，白雪皑皑的画面很是漂亮。在零下30度的拍摄环境，连摄影机都会冻坏的情况下，团队的每一个人仍然兢兢业业，不畏严寒。因为天光短，大雪又高过膝盖，走起路来步履维艰，每天清晨到景区的第一件事就是要先铲雪1小时，然后再进行拍摄。在现场停留20分钟，手脚就会被冻得没了知觉，穿多厚的羽绒服都会冷。拍摄过程很艰难。但越是条件困苦，大家越是有创作激情和灵感，最后达到这部影片最理想的拍摄效果。拍摄时间二十多天，每位演员都很辛苦，也很敬业。

　　徐亮、周波和陈扬都是我曾经合作过的演员，出色的演技与他们的敬业精神息息相关。蒋丛导演也是我向制片部门极力推荐的。在行业内，他们已经不算是新人，但仍"以身作则"为剧组的年轻人做了好榜样。他们表演敬业，加班加点，每次劳动铲雪也都会争先恐后地与大家一起协作完成。这正是电影人需要的精神,干一行爱一行,爱一行专一行,这也是我们团队的精神。

片中的演员,除了主创人员,最多就是武行。武行演员很辛苦,在一开始大家就知道,电影频道出品电影没有太多的薪水,但却是和电视剧一样危险和辛苦。拍摄时间二十多天,由于动作戏过多,有时年轻的演员拍了整整一天,最后剪辑才用了3分钟。

制片人要为剧组里所有人的安全负责。拍摄马戏,是我最担心的部分,也是比较危险的戏份之一。马跑累了发脾气,是要把人撂下来的;马因为炸弹和枪声受惊,也是要把人撂下来的。对个别性格奇怪的烈马更是无能无力,几乎所有拍过马戏的武行演员都有过落马被摔的惨痛经历。值得庆幸的是,这次拍摄没有发生人被马踩踏的事件。

在《丐世英雄》的拍摄中,也离不开爆破和枪击的戏份,这也是最危险的戏份。每次拍这种戏,我都会步步紧跟现场。为了确保演员和工作人员的安全,我根据以往的经验教训规定了四步骤:

第一,在爆破之前,爆破师要先测定演员的安全距离。

第二,爆破师进行试爆。

第三,演员与爆破师深入沟通,并进行走位。这是最重要的一个环节。所有演员必须与爆破师进行深入的沟通,了解双方意图,建立默契,并在爆破师带领下进行走位。在这时,演员对爆破师的信任非常重要,演员要在爆破师按下爆破启动按钮的一瞬间逃脱,逃快了不行,逃晚了更不行,默契很重要。说起来是很简单的道理,做起来就很有难度。由于严格地遵守了这步骤,使这部影片的爆破戏没有发生事故。

第四,在正式进入爆破场景拍摄的时候,相关的医疗工作人员、医疗设备及时就位,以防万一。

2014年我正在筹备的新片是《六扇门》系列,讲述的是明朝的一个捕快机构"六扇门"对推翻魏忠贤起到了重要作用的故事。"六扇门"这个机构源于我国唐宋时期,在历史上可以查得到。与正常的捕快不同的是,它是介于宫门和江湖的一个桥梁,六扇门里的部分人物是江湖中人,会执行国家交与处理的江湖之事。整个故事跌宕起伏,会大篇幅加入动作和悬疑元素,观众会喜欢看。

从文字语言到视听语言，是一个追求的过程，每一次都希望尽可能地表现出文字的内涵和其传达出来的内容，但总是每一次都觉得还欠缺着什么，这个过程是充满魔力的。希望自己的每一部影片都可以得到观众的认可，或者台词好，或者动作打得精彩，或者看得痛快，就行了，有一点点让大家喜欢，就够了。

制作自己喜欢的电影就像是从无到有的一个过程。制作的每一部影片，就像是我的每一个小梦想，在现实生活中，通过努力，踏踏实实地去实现。

（王御采访并整理）

电影频道出品电影
纵览2013

评析广角

寻求宏大题材的个性化表达
——《一九三六兰州兵变》观感

杨柳青

名将系列片之《一九三六兰州兵变》以历史事件为背景，讲述了解沛然接受张学良指派，在兰州配合"西安事变"发展的故事，该片内容真实感人，富有艺术魅力。

类型化的叙事

寻求宏大历史题材的个体化表达，是主旋律电影发展的一个新思路。为了吸引更多观众，电影在情节设计和结构编排上充分调动了类型元素，对电影尝试着商业化改造，采用主旋律内容与类型片模式相结合的叙事策略，使影片既有史诗般的厚度，又具有个体性的真情实感，达到艺术感染力和思想感召力的交融。《一九三六兰州兵变》采用了"战争片＋谍战片"的类型模式。解沛然是藏在五十一军中的中共党员，与国民党绥靖公署、中央军之间的对抗戏贯穿影片的主线，让观众在观赏电影的同时，调动情绪和形象记忆，在对电影的感受、想象、体验过程中做出新的理解和发现，从而有效地传达了主旋律电影的意识内涵。

《一九三六兰州兵变》在情节结构上完整，叙事波澜起伏。"西安事变"时，解沛然等为保证不出意外，不仅设法阻止周边军队逼近西安，还要对抗兰州国民党的绥靖公署，同时还要与东北军内部妥协分子斗争，斗争紧张激烈，始终支持"停止内战，一致抗日"的主张，最终五十一军以各方优势取得胜利。影片中五十一军与绥靖公署、国民党中央军形成四次对决，与内部妥协分子形成一次对决，故事的进程始终伴随着悬疑、意外、千钧一发。

第一次对决是在影片开头，解沛然与以军需官身份为掩护的我党地下人员正在接头，国民党绥靖公署人冲进屋要抓走军需官，军需官以死保护解沛然，而军需官的笔记本被撕了一页，引起了绥靖公署人对解沛然的警觉。在这一情节段落中，紧张激烈的场面从一开始就能牢牢地吸引观众的注意力，而影片的主要人物也都在此基本亮相，为此后情节的发展建立起了人物关系的基石。此为全片的第一次高潮。第二次对决是解沛然译不出笔记本中那张纸上的密码，假借带夫人出去吃饭，让兄弟掩护自己顺利逃脱绥靖公署的监视，成功见到共产党地下人士，并明白了组织的意思。两者之间的暗中决斗波涛汹涌，交锋令人紧张。第三次对决是解沛然收到张学良在西安兵谏的消息，紧锣密鼓地安排行动，并与三个师的参谋长会面。解沛然通读完张学良的电文，要三个师执行命令，没想到一一四师严参谋长唱反调，不积极响应，解沛然当机立断，立即将严参谋长软禁，掌握军队控制权。此为全片的第二次高潮，也是自己内部的唯一一次对抗。第四次对决是五十一军使用烟雾弹迷惑绥靖公署，使得绥靖公署放松了戒备心，请绥靖公署赴宴"尽释前嫌"的同时，暗中用计将士兵换上学生装，布下埋伏。绥靖公署出席五十一军晚宴时，被一网打尽。此为全片的第三次高潮。最后第五次对决是解沛然带领部队进攻中央军在兰州的重炮团，解沛然机智地换上中央军制服，勇敢地混入敌人阵地，活捉敌人营长，进而找到敌人总指挥康振武。他用同学之情、民族大义劝服了重炮团康团长停止抵抗，一致抗日。此为全片情感发展上的最高潮。

这五次对决使得情节的发展不断推向高潮，也是塑造解沛然智勇的手段。可以说，这是一部讲述革命斗争的影片，也是一部展示共产党人斗争智慧的影片。

角色的塑造

解如川，字沛然，后名解方，是中国共产党的先驱者，被毛主席称为"共和国第一少将"，"双料少将"，他的一生可敬可仰。电影《一九三六兰州兵变》将目光投射于"兰州事变"，该事件是"西安事变"的重要组成部分，即1936年，东北军五十一军和国民党中央军相继进入甘肃兰州，国民党各系统内的势力斗争不断加剧。解沛然的官方身份是作为五十一军驻守兰州的张学良的联络员，暗地里他还是我党地下工作者。1936年12月12日，东北军领袖张学良和西北军领袖杨虎城在西安扣留了时任国民政府军事委员会委员长蒋介石，劝其接受"停止内战，一致抗日"的主张，又称"双十二事变"。西安事变发生后，张学良急电兰州，告知解沛然扣蒋成功，命令五十一军立即解除兰州绥靖公署、中央军各部及省会政军首脑武装，切断兰州与国民党中央的联系。解沛然与国民党中央军的人斗智斗勇，他在安排军事行动的同时，还派出部队分头占领兰州的要害部门，予以监视和戒备。最终解沛然带领国民革命军五十一军成功守住兰州，并坚决执行救国主张。

主旋律电影的视觉元素逐渐由"高、大、全"向平民化转变，表现主要人物的塑造也由"三突出"原则转向对英雄质朴化的处理。主角解沛然第一次出场的镜头表达，摒弃了以往仰拍革命英雄等传统手法，采用了平角拍摄的方式，在镜头的角度上和观众拉近了距离。

影片不仅在视觉元素上细心挖掘，还在塑造主角解沛然时注重细节呈现，其丰富的内心世界与朴实无华的造型设计给观众留下了深刻印象：机智应对国民党的调查，摆脱监视与地下党接头，联系不上上级时判断时局，散布情报给学生并造势，平定自己军部的不一致行为，分析国民党形势并扣留主要人物，用计混进中央军重炮团逼宫……诸多场景和层层描写充分地表现人物内心有勇有谋、隐忍、坚强的一面，立体地凸显出人物的个性，而非平面化造神。

此外，围绕解沛然和身边的战友形象也刻画得凝练到位。例如，冯营长帮助解沛然摆脱监视，一步一步协助五十一军成功解除兰州城中的国民党中央军的力量，他的机智沉稳与从容镇静，使剧情更加具

《一九三六兰州兵变》

有了跌宕起伏的效果。最终因在英勇解救被抓军属时牺牲，他的疾恶如仇、奋不顾身的善良本性得以淋漓尽致地呈现出来。

在国民党人物形象方面，影片塑造反面人物形象也近饱满。影片一开始，国民党绥靖公署二处处长孙量才和手下，搜查并询问，又派人秘密监视解沛然，都未获得任何消息。从这些情节中看出这些人物自以为是，愚蠢奸诈的丑恶本性。为了报复五十一军对他们国民党中央军的扣押，孙量才以扣押军属为筹码，这些反面人物形象的刻画对情节的铺展起到了一波三折的效果。

视听效果的呈现

随着电影业的发展，主旋律电影也在试图构建完美的视觉效果，加强影片的观赏性。在《一九三六兰州兵变》中，我们可以看到故事情节流畅，人物鲜活，而且在视听语言方面也做到位。

导演并没有将该片拍成一部中规中矩的历史正剧，而是加入了很多类型片的元素，动作、枪战等使影片具有很强的可看性。片中的大场面和特效场面虽然不多，但每次都能恰到好处地推动情节发展。尤其是在影片开场段落中，军需官在解沛然办公室，被国民党绥靖公署抓捕，这利用了人物在小空间里说明彼此关系，迅速展开情节，凸显主要人物。

这部影片大多数场景都选在室内，最后一场主角解沛然与五十一军告别，选在室外，画面背景是挺拔的松柏，远方是一望无垠，伴随着激昂的音乐，象征着汹涌的抗日浪潮的声音，在镜头的推拉摇移中映射出革命英雄坚韧不拔的品格。

在影像风格上，基本背景都遵循着还原历史的原则，使得这部影片具有很强的质感，彰显出大片的气魄，让观众意识到主旋律电影的多元化表现的可能性。《一九三六兰州兵变》作为一部抒写共和国名将的影片，再现了一段历史事件，传达出解沛然对理想、信仰的坚守和追求，具有较强的思想价值。

本片作为中小成本制作，由于资金限制，无法追求影像奇观及视觉效果的表现，而力求在人物刻画和情节结构上下功夫。《一九三六兰州兵变》通过革命英雄平实化的处理，以拉近"银幕英雄"与观众的距离；在电影的叙事设计上借鉴类型电影的成功经验，通过与类型元素相融合形成的叙事模式；在电影的表现形式上运用独特的视觉影像服务于影片的叙事和人物塑造，加强影片的观赏性和冲击力。这部影片为中国电影在当下和未来的创作带来了成功的富有实践意义的启示。

《炮兵司令朱瑞》：历史人物的艺术再现

柳宏宇

《炮兵司令朱瑞》是电影频道节目中心制作出品的"共和国名将"系列的其中一部，影片由著名编剧肖莫庸执笔，导演高峰携手肖莫庸联合执导，生动、艺术地再现了"中国炮兵之父"朱瑞将军创建我军第一支正规化炮兵部队的英雄事迹。

本片主人公朱瑞将军1905年生于江苏宿迁，1925年赴苏联，先后在莫斯科中山大学、克拉辛炮兵学校学习。1928年加入苏联共产党，后转为中国共产党党员。1934年，任红1军团政治部主任。同年10月参加长征。1937年抗日战争爆发后，朱瑞任中共中央北方局军委书记。1945年9月率延安炮校开赴东北，兼任东北民主联军和东北军区炮兵司令员、兼炮兵学校校长。1948年10月1日，朱瑞指挥炮兵纵队攻打辽宁义县，不幸触雷壮烈牺牲，时年43岁。作为全国解放战争中牺牲的最高将领，中共中央在唁电中指出："朱瑞同志在中国人民解放军的炮兵建设中功勋卓著，今日牺牲，实为中国人民解放事业之巨大损失。"为纪念他，中央军委决定将东北军区炮兵学校命名为"朱瑞炮兵学校"。

影片并没有完整记述朱瑞光辉的一生，而是截取了抗日战争结束后，朱瑞受中央委任，远赴东北筹建东北炮兵学校期间战斗生活的片段。影片将宏伟的历史背景与生动的人物刻画巧妙地结合起来，创作者深入发掘朱瑞组建炮兵学校、搜集装备、铲除土匪、参与实战以致触雷牺牲等独特历史事件，生动传神地塑造了客观真实、可敬可亲的将军形象。

发掘历史事件的独特性

作为我国特有的电影类型，革命历史题材影片伴随着当前电影事业的蓬勃发展也正处于一个创新与发展的时期。长期以来，革命历史题材电影在创作、实践中取得了长足的进步并且日臻成熟。越来越多"人性化"、"个性化"的革命历史题材影片逐步打破旧的拘囿，形成了新的艺术品格与升华。笔者认为，在追求文献性品格和人性化表达的同时，努力挖掘历史事件的独特性应当成为创作革命历史题材影片的圭臬。

革命历史题材影片中占有相当比例的当属战争影片。如今的观众见多了惊心动魄的战争场面和跌宕起伏的战事情节，那些宏大的战争场面除了营造视听奇观之外似乎很难再触动人心。尤其是对于中低成本的电影而言，如何发掘历史事件的独特性，创作出引人入胜、生动感人的故事，塑造真实可信、有血有肉的个性人物才是首要任务。同时，革命历史题材影片由于其题材严肃，大多与国家与人民的命运息息相关，因此，往往有其艺术创作的特殊规律，即大事不虚、小事不拘。应该说，在电影《炮兵司令朱瑞》中较好地体现了这一点。

影片开门见山，直接将背景聚焦在1945年，侵华日军无条件投降，苏联红军与美国之间签署协议，缴获的日军大炮不能交给东北人民自治军。朱瑞临危受命，率领延安炮校移师东北，却面临手无寸铁的尴尬境地。他的部下宁大队长与苏联将军因为大炮的归属而发生针锋相对、火药味十足的争执，为全片定下了紧张严肃的基调。在困难面前，朱瑞能否摆脱逆境、顺利完成任务便成为电影叙事的原动力。这里"寻找大炮"不仅是编导发掘的独特历史事件，更成为全片贯穿始终的线索。接下来，影片描写朱瑞破例将卫戍区炊事员王金山调入炮校；按照王金山提供的情报，朱瑞组织人员由王金山带领，在南北山区寻找日军留下的大炮。辽沈战役大战在即,朱瑞下决心在1946年冬至以前超额完成任务,建立100个炮兵连。他身先士卒,从冰封的镜泊湖水下,人拉马拽出7门大炮;又奉上级指示,协助军分区剿匪,拿剿匪给炮校学员上第一堂课,从土匪手中缴获大炮,由于大炮年久失修,他又命令成立了火炮修理所等,这些无不是与"寻找大炮"的线索密切勾连,其中既叙事又写人,事件与环境紧密交织、有条不紊。

任何一段历史都有它不可替代的独特性,并以其个性化的真实存在为前提。

革命历史题材影片中的重大事件、主要人物不允许虚构,但是在关节点发生的具体时空及人物的心理活动却需要创作者合理地加以想象并进行艺术加工。充分、合理地挖掘历史事件的独特性,需要创作者以高度的历史责任感对待题材,强化人物行为与环境背景的交互作用,清晰地呈现个体之于历史进程的影响,这无疑对新时期革命历史题材电影的主创者提出了更高的要求和努力方向。

《炮兵司令朱瑞》在充分发掘历史事件的同时,还注意到主体意

《炮兵司令朱瑞》

识的独特性。片中朱瑞家属来访的片段中，暗示了中央曾指示朱瑞留在后方主持工作，但朱瑞却坚决请求亲临前线，指挥炮兵作战，并从中汲取和总结作战经验。这在朱瑞妻子潘彩琴后来的回忆录里也有体现。编导敏锐地抓住这一细节，再现了朱瑞不顾家人劝阻，坚持征战沙场的坚定决心和刚毅品格。这种"将有必死之心，士无贪生之意"的精神为后来朱瑞在战场上触雷牺牲埋下伏笔，更令人为之动容和震撼。

历史人物的个性化塑造

近年来，革命历史题材影片的创作相比以往更加注重人物的个性化表达，往往采用"以人带史"的手法来再现中国革命的历史瞬间。以《太行山上》、《士兵突击》、《集结号》等一批革命历史题材影视作品为代表，创作者在再现历史与塑造人物时更加注重艺术审美化的处理，不但突出人物的历史厚重感，而且注重发掘人物身上所蕴含的人格魅力，使这类作品的思想性、艺术性得到较好表现，同时也提高了观赏性。

同样，《炮兵司令朱瑞》通过塑造一个正义感十足的将军形象，令观众对"炮兵之父"的生平事迹和我国的炮兵发展史有了更为直观的感受。创作者遵循历史背景下人物内在的真实，充分展现人物鲜明的个性特征，使人物既充满了历史的真实感，同时又具有鲜活感和亲近感，丰满而生动。在影片中，虽然是炮兵司令的身份，朱瑞身上却透露着浓厚的学者气质。在面对复杂的战事时，他思维缜密、果断坚决；在面对部下时，他热情豪爽、身先士卒、勇于担当；面对妻儿时，他感情细腻、万千柔肠。影片选取了不同侧面，将人物的内心世界连同重大事件本身一并进行细节创作，达到了人格化的书写。从中可见创作者对历史事件和人物独特的理解与感悟，加之深入细致的人文关怀，通过人物台词、动作以及丰富的镜头语言等不同形式的展现，使得历史人物获得了鲜活的生命，历史事件得到充分的展示并引起观者的共鸣。

片中不仅主要人物摆脱了过去"脸谱化"的人物模式，对传统意义上的配角人物的内心和性格刻画，也更加细腻、真实。比如朱瑞手下的悍将——宁大队长的性格特色也十分鲜明,他脾气火暴,勇敢坚毅,不仅与苏联将军横冲直撞,而且在冰湖找大炮、老爷岭战斗、锦州攻坚战等细节中也显示出率性而为的个性,与性格憨厚、老实低调的王金山形成了对比。寻找人物的多重身份,打破模式化塑造手法,打造一群有生气的群像配角,也是影片类型化创作的重要特征。片中临近结尾,炮兵战士由于步兵战士挖战壕时的不配合而发生争执,这也揭示了人性的弱点和丑恶。借鉴伦理情节剧的叙事策略,以伦理化的手法展现世俗人伦的一面,如此人性化的表现正是新时期革命历史题材影片的突破。

《炮兵司令朱瑞》

冷峻的现实主义风格

《炮兵司令朱瑞》为了更好地贴近人物并再现历史事件,几乎全片取景于严寒的东北辽宁,白雪皑皑的战场有种沉默不语的魅力。摄影采用了冷峻的影像风格,使得战火与硝烟在凄厉的北风中凸显出战争的残酷。影片无论是前期拍摄还是后期特效,都强烈保持了现实主义的风格，使得天然的白雪战场成为我军与土匪角力的风暴中心。镜头语言方面，也不再是"敌远我近，敌俯我仰，敌小我大"的模式化处理，基本上以平光来处理敌我双方。创作者始终能够冷静地反思战争，以及战争背后的内容，客观地讲述战争与人关系的同时，以镜头来描绘战争带来的创伤和悲剧。比如朱瑞指挥战役时，望远镜中的镜头既表现出我军战士的英勇和敌人的胆怯，同时也在描绘着战争的血腥与残酷。光线的处理，基本上以平光、暖色调来表现我军，用侧光、冷色调突出敌人的凶狠。场面调度中，很多广角镜头的运用则突破电影画框的局限，给人身临其境的感觉，还有水下摄影的特效，使观众用心去体验电影带来的震撼。

严寒天气的拍摄条件异常艰苦，主创们经历了零下30度的严峻考验，特别是选景多在人烟稀少的山沟和密林，可以想见冰天雪地的荒野中，剧组操作的诸多不便。朱瑞的扮演者任帅更是经历了冻僵、炮火、受伤等重重困难，气温极低导致全身冻僵，有时甚至无法正常说出台词。尽管如此，任帅表示："能够饰演为国家浴血奋战的炮兵一直是自己所期待的，而此次又出演了这样一位'有文化的炮兵司令'，演起来更是过瘾。出于演员的天职，一定要把角色演绎到最好的程度，为了拍戏做的一切努力都非常值得，希望借此戏向所有为国奉献的炮兵们致敬。"

在重复与变化间的艺术节奏感
——评《红财神》

柳迪善

　　《红财神》讲述的是 1946 年国民党对太行山区进行残酷的经济封锁，八路军司令员设下"苦肉计"，安排根据地供销社主任毛承章以"畏罪潜逃"的方式打入敌人内部，去敌占区经商，为根据地筹措物资、经费。经商奇才毛承章深入险境，与敌周旋，成功地骗过狡猾的敌人，终于胜利地完成了任务。在这个过程中，一系列紧张的悬念次第展开。

　　这部红色题材的悬疑片在情节设置上成功实现了重复中求变化的艺术节奏感；在角色刻画上体现了一张一弛、一隐一显的迥异趣味；在场景及服装设计上，展现了创作者力求还原历史现场的可贵追求，并将文化价值判断渗透其中的努力尝试。

情节设置

　　本片在情节构思中，显示出重复中求变化的艺术节奏感。例如，在片中，毛承章与地下党共有五次接头，但每次都在场景设计、人物心理、角色造型上体现出同中存异的创造性思维。

　　毛承章第一次与地下党的同志接头是在一个偏僻弄堂内，地下党的同志打扮成衣衫褴褛的乞丐，毛利用施舍钱财的机会与其进行了短暂交谈。

第二次，两人则全部都是一袭纯色长衫打扮，各执一根鱼竿，临湖垂钓，互通信息。此时毛承章还处在物色可资利用的国民党大员的阶段，导演设计了一个颇有暗示性的情节：在两人结束谈话准备各自离开时，毛兴奋地从湖里拎起一条大鱼，欢呼雀跃的场面预示了毛承章必将顺利地实施"钓鱼"的计划。

第三次，毛承章与地下党的同志接头，虽然两人也是同样打扮、同样行为，但人物的心理发生了巨大的变化，因为毛承章即将面临被怀疑的危险境地。

导演在他们第四次接头方式的设计上颇有新意，地下党的同志打扮成山西客商模样径直前往敌人虎穴——国民党接收大员及军统凤城站站长亲自坐镇的顺源庄，这种安排既符合地下党在白色恐怖下接头方式力求多变的职业特点，也满足了观众对情节设计跌宕起伏、充满玄机与紧张刺激的审美追求。

第五次接头的情节设计更加具有创意性。可以说，没有接头地点，也没有接头人物，因为一切都发生在毛承章的意识中，是在他的内心世界发生的一场虚构但紧张激烈的接头场面。通过短暂的理智辨析，他识破了敌人诱其上钩的诡计，及时调整思路，反向敌人倒打一耙，保全了自己及根据地数万军民的安全。

本片在情节设置上力求重复中有变化的节奏感还体现在对"吃饭"场面的设计上。本片涉及宴席、吃饭的场面，大大小小不下七次，"吃饭"不仅推动情节的发展，更折射出相关角色的性格与品德。影片开场便是被"叛变投敌"的毛承章投放的毒蘑菇毒倒的八路军战士的场景，野菜汤的特写简明到位地交代了根据地艰苦的生活境况。紧接下来，在酒馆里，国民党接收大员胡万全在珠帘之后胡吃海喝、丑态百出，此处的一挂珠帘，极好地勾勒出胡万全躲在国民党接收大员的镀金身份背后，干着侵蚀国家、鱼肉人民罪恶勾当的禽兽本性。

毛承章在将胡万全作为第一个猎物收纳囊中之后，便借助他的关系，继续物色对象，其笼络手段还是"吃饭"。我们能够透过"盘中餐"体味到创作者细密的设计心思：在收买交通局接收大员的宴席上，导演用一个俯拍镜头，呈现出一只夸张的甲鱼。这只趴在盘中的死甲鱼极好地象征了这位接收大员低劣的人格品性，同时，也暗示了

《红财神》

他将在毛承章滴水不漏的捕猎计划中束手就擒。

胡万全在王昌平的威逼下,不得不接近毛承章,妄图摸清毛的底细,好向王昌平有个交代。敏锐的毛承章一眼看出胡万全的心思,两人的这场心理博弈过程,也是在饭桌上展开的。毛利用不太优雅的吃相,极好地掩饰了自己的内心世界,同时为观察敌人提供了可贵时机。毛承章面对枪口,临危不惧,至死不放弃与敌人周旋,终于为自己赢得了生机。在被王昌平从刑场带回后,导演再次利用"吃饭"刻画人物的内心世界:一只极其夸张的豁口饭碗与毛承章的狼吞虎咽相得益彰。毛深知,自己的一举一动都在外屋王昌平等人的视线之内,为了让敌人相信自己确是贪图富贵、唯利是图、无恶不作、心无城府的浅薄小人,此时此刻,近乎野蛮的吃相是最好的掩盖方式。

毛承章第一次给几个"股东"分红也是在酒席上,他说起的慈禧太后吃黄河鲤鱼鳃下两块"豆瓣肉",剩下的鱼肉给太监分食的历史掌故,正配合了这段情节的发展走向,并给予了精妙的讽喻性点评:毛承章利用国民党大员手里的资金与关系赚得盆满钵满,但赚来的最精华的"豆瓣肉"已经送往了根据地,眼前分给这些大员的现洋,早已是不入法眼的无用之物了。

毛承章在面对王昌平的监视时,巧妙利用吃相掩盖自己的真实内心,即便在布满敌人眼线的家中,也不得不靠"吃饭"继续伪装贪图富贵享乐的小人本性,他的宵夜,是花一块大洋从顺丰楼叫的三菜一汤的外卖。可见,"吃"是本片反复出现的场面,但每次都构思各异,它不仅推动了情节的发展,更在角色性格刻画的层面上,起到了不可替代的作用。

人物刻画

本片的人物刻画,有工笔描摹型,也有速写、写意式,各具特色,各异其趣。

以胡万全和王昌平为例,前者是个心狠手辣、蠢笨无比的人渣,当他出面解决与顺源庄作对的南北洋货庄老板时,导演正面表现了人物被打得血肉模糊、嗷嗷求饶的血腥暴力场面,此情此景将胡万全做人做事野蛮鲁莽、不讲计谋、头脑简单的品性刻画得淋漓尽致。与此不同的是衣冠楚楚、一表人才、心思缜密、颇有头脑的军统凤城站站长王昌平,其残酷无情的本性深深掩藏在光亮的外表之下。

凤城站发生的数次刑讯都非正面表现,每次开场时,被刑讯人物毛承章、陈铁柱早已是满身伤痕,与胡万全对付货庄老板的表现方式大异其趣。而方姓地下党被情报站的人打了一夜的情节,仅通过胡万全之口做简单交代,且其被拷打后的模样只是想象性地存在于毛承章的头脑中。甚至还有一次,王昌平在和副官商量对付毛承章的计划时,隔壁传来拷打的惨叫声,王立刻不耐烦地命令:"给我堵上嘴再打!"通过对比可见,胡万全的野蛮残忍是通过直接表现血腥场面刻画的,而王昌平的阴毒凶残却是通过让观众间接联想的方式呈现出来的,如此一隐一显、一藏一露、一张一弛、一文一武的手法,成功描摹了两个性格鲜明的人物形象。

影片其他几位反面人物则通过速写手法简明呈现:敌司令官高文烈出场时便透出其趾高气扬、不可一世之态,战场上丢盔弃甲逃命之时,滑稽地被大炮打中背部,却大言不惭地自称为战场上的英雄。被毛承章收入囊中的某位国民党接收大员一边在饭桌底下私拿贿赂，一边在台面上推杯换盏，寥寥几笔便勾勒出了其恶劣的品性。当顺源庄的生意发生危机，似乎殃及一帮股东时，某位大员神色慌张地愤愤言道："我们当初说好的，出了麻烦，我可一走了之！"一句台词，两个动作设计，便描画了一位丑恶无比的国民党官员。

此外，围绕隐藏在根据地的敌特"冰山"的刻画也是写意式的。"冰山"的戏份很少，且没有任何台词，但此人的性格及命运全部蕴含在其颇能玩味的名字之内。正如我们所知，冰山约有90%体积沉在海水表面下，因此这个名字隐喻此人隐藏之深，但不应忘记的是其显露在海水之上的剩余10%，因此，这个代号也预示了其必将被清除出革命队伍的可耻结局。

本片刻画的正面人物有毛承章及陈铁柱。作为被誉为"红财神"的商人毛承章，不仅彻底改变了新中国成立后十七年电影中特务坏蛋多为商人的历史恶名，更为观众树立了一位富贵不能淫，贫贱不能移，威武不能屈的大丈夫形象。生意上一帆风顺的顺源庄老板毛承章可谓凤城一富豪，动机不纯的胡万全为其介绍了一位漂亮女子，但毛承章看也不看照片就拒绝了，是为"富贵不能淫"。身为经商世家的富家子弟，家道中落后参加了革命队伍，但艰苦的革命生活并没有改变他的革命信念，为了瞒过暗藏在家中的敌人耳目，毛承章不得不利用奢侈的生活做派掩饰真实身份，但就在享用着顺丰楼的丰盛宵夜时，他内心牵挂的却是根据地军民们每日以寡淡菜汤度日的艰苦生活，是为"贫贱不能移"。面对王昌平多次的威逼恐吓及刑场上如黑洞般冰冷的枪口，毛承章没有惶恐不安，失去方寸，反而至死不渝地与敌人周旋，用生命捍卫了革命理想及人格尊严，是为"威武不能屈"。

八路军战士陈铁柱的性格刻画也是本片的另一亮点。这个人物丰富的性格特点通过一系列情节的连缀有条不紊地呈现出来。作为一个战士，其英勇品格通过只身闯入敌人炮兵阵地，仅用五颗子弹收拾敌人，逼得敌司令落荒而逃等一系列事件得以展示。作为一个普通战士，其善良的人性甚至超越了其革命性，就在敌人炮火落入我方阵地的一刻，他纵身掩护了一位我方俘获的敌军官，可贵地表现了一位共产党人在生死关头舍己为人的崇高人性。作为被毛承章用毒蘑菇"陷害"过的对象,他始终念念不忘的是将毛抓回并绳之以法,甚至不惜触犯革命纪律,私自追踪毛的行迹,显示出其疾恶如仇的正义品性。作为毛承章的革命同志,当他明白王昌平是拿自己试探毛承章并领悟到毛的真实身份时,他毅然用自己的生命保护了毛承章,表现了其视死如归的崇高人格……陈铁柱形象的丰富立体性遂在一系列情节安排中层层展开。

唯一稍觉遗憾的,或许是为了避免情节枝蔓丛生,片中的女性人物被边缘化,无论是在百乐门跳大腿舞的舞女,还是刑讯室里不动声色的冷血女记录员,或是夜总会的陪酒女,乃至只出现于照片中的胡万全为毛承章介绍的年轻女子,她们总是点缀性地、一次性地存在于影片中,转瞬即逝,她们内心世界的所思所想是一扇对观众紧闭的大门。

场景及服装设计

场景设计也是本片的一大亮点,它们不仅在物质空间层面上为观众建构了一个历史场景,更在文化精神层面上参与了影片叙事。

故事发生于1946年,打出字幕后,一条街景呈现在观众眼前,街道一侧的某店铺牌匾上,赫然写着"推销中国国货",这一场景设计提供了读懂本片的重要信息。正如我们所知,战后的1946年,是满街美国货的时代,不但工业品,就连农产品如棉花、面粉、大米也是美国货。作家叶圣陶在日记中写道:"美国货充斥街头,连最便宜的火柴肥皂也不断运到,小工厂难以立足。"据亲历者回忆,在1946年一年,由于美国剩余物资的倾销,上海的民营工厂就有76%倒闭。也就是说,抵制美货,力挺国货是战后中国社会的重要时代思潮。把握这一点,我们才能够明白片中正反面角色的服装设计思路。毛承章与地下党的同志接头时,多以长衫亮相,也就是说,当毛承章面对自己同志,不必伪装、人格统一时,他安适的内心世界透过一袭中式长衫得以表达。如果毛换装为西服,则总是处于紧张地与敌周旋、言不由衷、身不由己的险境之中,西服常常与危险、人格分裂、迫不得已等消极因素相连。片中的反面角色,尤其是几位国民党接收大员,则清一色为西装领带的西式打扮。由此，本片服装设计的价值取向得以建构：以中式长衫为代表的中国文化是积极正面的善的象征，以西装为标志的西方文化是消极反面的恶的化身。这一服装设计思路恰到好处地契合了影片故事的历史背景，更暗合了当今国家提倡通过艺术手段展示中国文化与政治理念，树立国家形象的时代召唤。

正如我们所知，片中毛承章的最大对手是怀抱凌云壮志的年轻军统官员王昌平。大部分关于他的戏份都发生在其办公室中，无疑地，王昌平办公室的场景设计成为创作者颇费心思的地方。从影片来看，它极好地投入到人物性格与道德精神的建构中，创造性地服务于角色形象的立体化及丰富化。

军统凤城站站长王昌平的办公室里，悬挂了一幅巨大的孙中山画像，此时是日本侵略军投降的第二年，即1946年。此处可做一联想：拍摄于1959年的影片《战上海》中，悬挂的是一张起丑化效果的巨幅蒋介石戎装照；拍摄于1964年的影片《兵临城下》中也悬挂了一张起同样作用的巨幅蒋介石戎装照。照理，解放战争期间，国民党军部悬挂蒋介石巨幅照是情理之中的事，但本片创造性地选择了孙中山巨幅画像与王昌平相互映衬：一方面显示其作为辛亥革命烈士后代，心之向往与崇敬的乃是孙中山而非蒋介石的革命理想，这一点，使其区别于蒋介石统治下的胡万全等鱼肉人民的国民党接收大员。另一方面，王昌平在位期间两袖清风，无钱进贡，无奈迫于形势，终于选择用金条为自己的仕途开道，成为了他曾经不耻的国家败类的同党，背叛了孙中山的革命理想。这幅肖像画反衬出人物矛盾纠结的内心世界，心之所向与身之所为发生严重分裂，人物性格也在这幅肖像画中得以呈现。

结　语

作为一部类型片，《红财神》并没有将创作思路做简单化处理，而是力求在有限的空间中展现最多层次的意境与韵味，不论是情节设置，还是人物刻画，又或是场景及服装设计，都闪现着创作者可贵的努力与成果。这份坚持不懈的职业精神是21世纪中国电影走向更大成功的必备条件。

性别意识建构下的战争片
——评《战将周希汉》与《女将军李贞浴血浏阳河》

许 珍

战争片是中国类型电影中一个非常有特色的门类，这类题材的片子多以红色革命为主题，着重表现某一英雄人物形象或某一战争事件，像《铁道游击队》、《红色娘子军》、《地道战》等经典影片，都是中国电影历史上不得不提的优秀革命战争电影。《战将周希汉》与《女将军李贞浴血浏阳河》也都属于这一类型，两部片子通过战争或战斗场面来刻画人物性格，塑造革命英雄形象，但二者却用完全不同的两种叙事方式和风格分别建构了自身的美学结构和张力。

战争片通常以男性为主角，但女性在战争片中也有着不可替代的作用。比较常见的表现手法是通过男性与革命、与女性的关系来阐示主题，其中，战争片中的悲剧元素尤其引人关注。《战将周希汉》与《女将军李贞浴血浏阳河》就是两部分别以男性和女性为主角，将主人公周围人物的悲剧故事作为情节铺垫的战争片。从故事内容来看，前者通过周希汉戎马生涯中著名的两次战役展现：智取羊儿岭解救前指和护送爱国知识分子去延安，以及周希汉与周璇的情感故事，展现了周将军有勇有谋、充满男性气概的英雄形象；后者则讲述了开国第一位女将军李贞在身怀六甲期间，率领平浏游击队坚持奋斗在抗战第一线，最终跳崖生还的传奇故事。两部影片基本上都采取以情节表现人物、以故事塑造形象的叙事策略，攫取两位将军一生中最为传奇也最为精彩的片段，将二人的性格特征与自身的革命经历联系在一起，从而形成了各具特色的革命英雄式电影。

虽然都是谈革命、讲抗战的故事片，但是两部影片在性别意识的侧重点上有所不同。一部是以大英雄周希汉为核心，努力展现周将军与战友之间的兄弟情，与爱人周璇的真情真意，全片具有强烈而浓厚的雄性色彩，试图将"战场上的铁汉，生活中的男人"这一硬汉形象传达给观众；而另一部则以女委员长李贞为主导，重在体现中共党员的优秀品质、忘我奉献的革命精神和同志友谊，着力表现的是李贞作为一名女性革命者的成长历程，以及她对于自己的女性身份和革命的认识。所以在《战将周希汉》中，导演用了很大的篇幅和比重来刻画周希汉与陈赓旅长、鲁彪团长以及警卫员四虎子这三对主要人物之间的关系。为了展现周希汉在战场上铁骨铮铮的形象，影片主要通过大量的战斗场面来显示周将军运筹帷幄、善用兵术的指挥作战能力。其中陈赓作为周希汉的直属上级领导，很好地辅助表现了周希汉的性格特征，在影片中极大地促进了情节的铺陈；鲁彪与周希汉是生死与共的患难之交，一个爱酒一个爱烟，当周希汉与政委意见不统一时，鲁彪在立场上没有丝毫动摇，坚持执行了周希汉的军事命令；四虎子则是周希汉生活上的左膀右臂，最后为保护北大学生而光荣牺牲；周璇在与周希汉情感发展的过程中，也从一个不成熟的女学生成长为两个孩子的母亲。在这样一部以男性角色为主导的战争电影中，正是这些小人物的衬托凸显了周希汉高大的战将形象。在这里，女性与男性在革命事业中的位置显然是不对等的，虽然周璇具有参加革命的雄心壮志，但在成为周希汉的妻子后，她也摆脱不掉身为母亲的责任和义务；虽然北大新闻系女学生小白崇拜大将军周希汉，但是她的失误却造成了四虎子的死亡。因此在这部电影中，女性角色的悲剧色彩较男性角色要浓厚许多。

与《战将周希汉》所展现的风格完全不同，在《女将军李贞浴血浏阳河》中，李贞虽然是一名女性革命者，但是此片的重心并不在于刻画李贞与任何一个次要角色的情感，而是强调李贞与游击队员同志的革命友谊。李贞革命的直接原因是难以忍受婆家的迫害，因此她极为迫切地想要通过革命来获得男女平等的基本权利，这是李贞身上最原初的女性意识，也是她认识革命的出发点。在影片中，导演在很多细节上凸显了李贞反对封建礼教对女性迫害的反抗意识。比如，在迎亲队伍过桥时，张启龙递给李贞一双黑色布鞋并告诉她："到时候换上，那双绣花鞋跑不快。"绣花鞋是封建时代女性的标志之一，而李贞是要做新女性、要反封建反压迫的，换上一双男人式的黑布鞋其实暗示了李贞之后要走的道路是与工农阶级在一起的革命之路。再比如，电影中用大量的段落描写了游击队斗争的场面，李贞在每次战役中都显现出了非凡的领导才能和冷静分析局势的能力，甚至比许多男性革命者要勇敢善战。李贞不仅因其战斗英勇而成为游击队的主力队员，还因其独特的女性视角和身份在以男性为主的革命团体中起到了中和的作用。通过对党内关系的处理，我们看到李贞作为一名女性角色在革命队伍中的重要作用，她善于处理和缓和队内的紧张情绪，利用其性别特征柔化了革命坚硬的一面。李贞本是一个悲剧命运的承载者，但是却通过革命达到了自我意识的突破和升华，这是影片所要表达的核心概念。

正是由于主人公性别元素和个性特征的不同，使得两部影片的主题基调自然形成了鲜明的对比：一个硬朗粗犷，血气方刚，充满沙场豪情；一个柔中带刚，甘为革命舍身取义，坚贞不屈。同是从性别角度出发，以革命英雄为主题，两部影片所营造的故事氛围和建构的电影体系以及色彩感受却完全不一样。

除此之外，为了传达主人公的性别身份特质，两部影片在结构框架和表现手法上也有所不同。《战将周希汉》集中主要笔墨和片段表现了周希汉的战场生活和战斗场面，用两次最能表现周希汉战略战术的战役，分割了整个故事段落，既跨越了周希汉的生理年限，也详略得当地一笔带过了我军抗日战争的焦灼状态。在整部电影中，周希汉分别有两场为兄弟阵亡而痛心疾首的感情戏，相同的是周希汉并没有大起大落的情感外在表现，而是内在细腻地传达了将军痛失爱将的惋惜之情。并且，在两场硬战中间还穿插过渡了周希汉日常的为人处世和情感生活的状况，呈现出开头与结尾气氛紧张，中间平稳过渡的特征，使得整部影片的叙事节奏显得快慢有序、张弛有度，情感渲染的效果和氛围都比较统一。

《女将军李贞浴血浏阳河》同样以时间发展顺序为主线，通过李贞对过往的回忆作为插叙，用四大情节、三段回忆建构起整部电影的叙事。以女主角李贞为核心，影片主要想要表达的是：李贞是如何成为英姿飒爽的女将军的？李贞身上有哪些革命者的优点和与众不同之处？李贞又如何在众多男性革命者中脱颖而出？因此，导演基本上是从性别意识与党性觉悟两方面出发，进而构建了整部电影的叙事脉络和框架。通过交代和表现李贞对待不同事件的处理方式，展现了她对中国共产党的忠心耿耿、对游击队队员的谆谆教导以及对革命、对翻身做主人这一夙愿的热切追求，也反映出李贞逐步树立起女性意识和党性意识的过程。影片整体上层次比较清晰、叙事比较连贯。

《女将军李贞浴血浏阳河》

为了展现两位将军各自的魅力，两部片子还使用了不同的造型技巧。作为一名将军，周希汉的战绩极为辉煌，电影运用了足够的篇幅来展现在战场上的周希汉是如何善于排兵布阵，冷静自持。他将敌人的一举一动了如指掌,堪称料事如神,他的一句"是时候了"成为战役胜败的关键。除了周将军在战场上的优秀表现,最能展现周希汉男性魅力的还有他时刻离不开的烟。烟这一道具在电影中起到很重要的作用,周希汉时刻离不开烟,他开会的时候抽、打仗的时候抽、与周璇闹矛盾的时候也抽,在烟雾缭绕下的周将军无疑为自己的男性魅力增添了一丝沧桑感,也柔化了影片的光线,丰富了画面的层次感。另外,周希汉的一举一动、一言一行仿佛只在印证一个事实:他只是一个会打仗的好将军。而在他与周璇的感情关系中,他已不是战场上的将军,他显得小心翼翼、像个孩子一样,不懂得表达自己的情绪,这些都从侧面展现了周希汉人格中善良、朴实、有责任感、勇于担当的一面,恰到好处地展现了周将军铁骨柔情的人物特征。

《女将军李贞浴血浏阳河》采用插叙式蒙太奇的剪辑手法,以回忆的方式来推进故事情节的发展,在现实画面与回忆片段中反复切换,这种转换多是通过女主角李贞与其他人物的对话来达到场景以及空间的调度,并以彩色和黑白画面来区分现实和过去,便于观众理解故事发展的脉络和层次。除却李贞在大量战斗中的英勇表现,特别值得注意的还有李贞与母亲的两次对话。李贞与母亲的两次促膝相谈反映出李贞对女性出路与革命之间关系的深刻认识。导演将二人的两次见面都安排在夜晚,通过暗色调的背景呈现出李贞家庭环境的恶劣和游击队员所处的落魄地位,多采用中近景和特写镜头来加强李贞的外貌特征。李贞第二次与母亲见面时,室内多了一盏烛光,燃烧的火苗似乎象征着革命是"星星之火可以燎原"。李贞说:"革命就是为了让女娃不当童养媳,跟男人一样有平等的权利,革命就是为了让穷人不再受穷。"显示出此时李贞的女性意识和党性意识已经越发成熟了。李贞母亲掏出的红肚兜和李贞拿出的红色小鞋为昏暗的画面增添了一抹色彩,意味着革命新生力量即将诞生,美好生活即将到来。

在视听语言方面,两部影片也值得一谈。综合来看,两部电影都具有镜头准确、音效和谐的特征。一是在电影中非常重视运动镜头的应用,通过摇镜头、追随镜头来表现人物动态的运动过程,用不稳定的画面来营造战场的紧张氛围,以遮挡构图来体现亲临战场的士兵视角,用摇晃的镜头凸显战争的真实性,从而加快叙事节奏。二是电影的音乐和声效为影片的叙事增添了不少魅力,《女将军李贞浴血浏阳河》开场以一段悲切的音乐作为引子,这样不仅很好地展现了片中人物细腻的情感状态,也令观众很快地融入到影片的氛围中;另外,表现战斗场景的片段,多是人声、音效、背景音乐混合,在《战将周希汉》中,就在人物声音出现的同时加入了枪声、炮声等背景音效,同时又以快节奏的小提琴来辅助表现混乱危险的战斗场面和周希汉内心紧张纠结的心理斗争;《女将军李贞浴血浏阳河》的叙事高潮出现在游击队员用石头、大刀、长矛等粗糙武器与国民党军战斗、与敌人贴身肉搏的场景,在这里,导演消去了战斗的同期声,选择用悠长哀婉的配乐来加强斗争的悲壮感。三是在美术设计上,两部影片大部分是自然取景,追求山青、水绿、天蓝的画面效果,使得整个片子的色彩感非常统一,很好地契合了影片的革命主题。

两部影片在性别意识指导下对各自人物所进行的刻画和塑造。通过几次突出事件和情节展现了主人公历经血雨,最终成长为"一代战将"和共和国第一位女将军的精彩故事,对于纪实感的营造比较到位。但是两部影片仍有一些遗憾之处,比如《战将周希汉》中北大新闻系学生小白和《女将军李贞浴血浏阳河》中李贞的角色塑造都有刻板类型(stereotype)的倾向,在女性革命者的形象上还缺乏一些性格特色,个体精神的彰显略显不足,而革命者的说教特征却十分外露。另外,影片中的某些细节还值得推敲和商榷,比如在团防局头目张老绪逃跑时,是李贞放话要"活捉张老绪",但是到了浏阳河边,又是李贞第一个开枪打死了张老绪。而且影片在表现李贞的感情生活方面略为简单和省略了,观众可能一直在疑惑李贞肚子里的孩子是谁的,最后要依靠推理和判断才能够发现李贞和张启龙的爱情隐线。其实,革命者也需要爱情,表现爱情不应该成为塑造革命者高大形象的减分之处。

面对当前电影市场新的挑战,诸如《战将周希汉》和《女将军李贞浴血浏阳河》这样的影片层出不穷,国产战争片要赢得发展,还需要不断创新,摆脱一些旧有的套路,强化对中国战争历史的理解和挖掘,逐步确立独立的本体意识,拍出更具有观赏性的影片,对战争片的娱乐价值应给予科学的认识。

《近距离击杀》的叙事解析

李雅琪

战争悬疑片《近距离击杀》,以抗日战争为背景,讲述了一件发生在1944年的故事:日军发起"斩马行动",追杀八路军高级将领"常胜将军"马德瑞,由连长王树带领的警卫连负责护送工作,由于敌我力量悬殊过大,一向骁勇善战的警卫连几近全员覆没,首长马德瑞离奇死亡、尸骨未寻。11年后,老马遗体被发现,头颅弹痕鉴定为三米内"近距离击杀",而非报告中所写"流弹致死"。说明,其中有人说谎,难道是警卫连战士杀害了首长?因此,案件的调查在警卫连仅幸存的四人中展开。昔日战友,互相指认、说法不一,每人皆有疑点、又皆有不可能的证明。凶手究竟是谁?影片选取调查人员孙田为叙事视角,对事件进行深入剖析,探寻谎言背后的真实。

本片由曾荣获中国电影华表奖的导演孙铁执导,编剧由擅长悬疑故事片创作的孙小杭和章迪沙担纲。影片主演阵容强大:银幕实力派演员董勇、巫刚,硬汉形象张煊赫、李思博、刘奕,新晋小生刘继勋,六位主演个个形象鲜明,兼具表演实力。电影主题曲《兄弟》由导演孙铁邀请歌手臧天朔创作,主创团队堪称"最实力派男人阵容"。

电影选取年轻少尉孙田为叙事者,以探寻谎言背后的真相为叙事目的，分段式层层剥离限制式视角，解读每个叙事段落中叙事主体的真实内心，在叙事时空中自由跳转，打破传统叙事模式，采用非线性多元叙事结构，多角度、全方位对人物进行解读。

叙事人物与缝合体系

影片的叙事者是刚刚从军校毕业工作三年的军区少尉孙田，故事的主要人物是已经在战场上牺牲的首长马德瑞，以及负责护送工作，幸存下来的四名警卫连战士：连长王树，骆霄，宋伟和杨双喜。在对幸存的四个人进行调查的过程中，每个人都有被怀疑的可能，但是每个人又都有所隐瞒，甚至相互暗示、相互指认，造成了真相背后的"罗生门"。那么经历过战争、刚直不阿的他们为何这么做？身为一名久经沙场的战士，这是他们人性的另外一面，还是他们在默契地竭力维护着什么？

与影片《公民凯恩》有着同样的叙事者设置，虽然故事的主要角色是马德瑞，他的性格特点、死亡前发生的一切是影片叙事的主体内容，但是他已经去世，以死亡后的第11年作为叙事时间参照，他不可能直接讲述自己的故事，所以创作者选取年轻的军区少尉孙田为叙事者。在叙事学理论中，"叙事者代表判断事物的准则：他或者隐藏或者揭示人物的思想，从而使我们接受他的'心理学'的观点；他选择对人物话语的直述或者转述，以及叙述时间的正常顺序或有意颠倒。"[①] 也就是说，一定意义上讲，叙事者决定了故事的叙事内容以及叙事结构。故事从发现了马德瑞的遗体开始，以一张头颅骨照片为线索，判定死亡原因并非报告中写的"被鬼子流弹打中"，而是"近距离击杀"，进而开启了寻找真相的调查过程。和久经沙场的叙事主体相比，孙田只是刚刚从军校毕业三年的年轻战士，没有上过战场，但有一颗维护正义的心。他是烈士家属，弟弟孙英在战场上牺牲，家里剩下自己和年迈的奶奶。因为年轻，一腔热血，在调查过程中难免会有一些莽撞与偏颇，这样的人物设置为真相寻找过程中答案的循环往

---

① [苏] 茨维坦·托多罗夫：《文学作品分析》，转引自张寅德编选《叙事学研究》，中国社会科学出版社1989年版，第71页。

复提供了理由，也形成了故事非线性的、分段式叙事结构。

　　故事的主要人物是英雄，而本片中的英雄人物并不是单独的个人，而是英雄的群像，是那些曾经在战场上浴血奋战的人——马德瑞、王树、骆霄、宋伟、杨双喜、大刘、孙英，他们有的已经成为烈士，有的还在战斗。故事选取马德瑞的死为落脚点，以孙田的视角来讲述他调查得出的真相。故事主要集中在对王树、骆霄、宋伟、杨双喜四人的调查上，故事里的人物往往要推动事件的发展，连接起不同的叙事空间，提供多条线索，把各种不同的线索进行交织，碰撞出矛盾的火花，进而推动故事的情节发展。

　　以叙事者孙田采访幸存的四位战士为轴线，全片被划为三大段：提出问题，寻找真相，找到真相。在主体部分"寻找真相"板块中，又以采访对象的不同，被分为三部分：通过对骆霄的调查，孙田开始怀疑宋伟；推翻推断，怀疑指向王树；王树是凶手的可能性达到最大，王树自杀。进而到了结局部分，发现王树手指不能扣动扳机的真相，从宋伟处找到真相。在这个叙事结构中，叙事人物成为了叙事的主导也是叙事的缝合体系，他们的叙述引导着调查者孙田，也引导着以孙田为视角的观众心理，让观众不断地在心里重置、推翻、再重置，引发极大的观影兴趣。最先被采访的骆霄副营长，讲述了故事的一个方面并把矛头指向宋伟；宋伟讲述了他认为的真实事件，并提供了重要线索：首长的枪过河的时候丢了；这时候，孙田怀疑宋伟是凶手，并做了推断，后因为头颅骨上的枪口是手枪所致，而推翻对宋伟的怀疑；从骆霄和杨双喜的叙述中，又发现王树的可疑，对王树和骆霄的调查，发现王树隐瞒了事实，可疑性达到最大；王树自杀，孙田发现王树手指已断的秘密，无扣动扳机的可能，最终寻找宋伟，获得事实真相。叙事人物作为本片重要的叙事元素，起到了叙事结构形成与叙事体系缝合的作用。

叙事结构与线索的设置

　　从悉德·菲尔德的剧本创作理论看来，本片严格遵守了好莱坞的叙事模式，故事在前10分钟建置部分提出问题：谁杀害了马德瑞？故事的发展作为影片的主体部分，大约占据65分钟，分为三段：孙田怀疑宋伟；排除宋伟嫌疑，转向王树；求证王树真伪。结局部分15分钟：走访宋伟，事件真相大白，孙田解决问题，选择态度，保守秘密。

  本片的叙事结构采用非线性叙事，与传统线性叙事相比，非线性叙事"在叙事时间中无序自由的跳跃，事件在真实和不真实之间游移，甚至情节前后相互否定"①，在一定程度上打破了传统线性叙事单一、呆板的叙事模式，运用倒叙、插叙的叙事技巧，多角度地对事件进行描述，使得叙事立体全面，更加灵活多变。按照麦茨的第一符号学理论，本片采用了非时序组合段中的括入性组合段，叙事过程中大量地运用插叙、回忆等叙事手法。也因为本片是以发生在11年前的事件为主要叙事对象，所以在叙事过程中采用采访对象的方式，在被采访对象的叙述中，大量地进行插叙、回忆，从多个侧面来拼接出事实的真相，进而形成了本片精彩的叙事结构。

《近距离击杀》

---

① 史可扬：《影视批评方法论》，中山大学出版社2009年版，第129页。

评析广角

Overview of the Films Presented by
China Movie Channel in 2013　电影频道

　　在对四位幸存者的采访中，事件真相的出现是层层剥离、推波助澜的，这是因为在影片中，并没有采用全知视角的描述，而是采用限制性视角，每个人讲述的都只是其中的一面，并非事实的全部真相。起初，在对骆霄采访中的插叙段落我们得知，为了护送马德瑞，警卫连的八十多个人，过了一条河，只剩下了十几个，一个连变成了一个班。故事的背景得以呈现，并且把矛头指向宋伟，确立宋伟被怀疑的可能性。宋伟的回忆中，"一盘棋，就是为了保住一个'将'。如果这个兵，想活呢？"宋伟讲述出自己自告奋勇背送马德瑞的最初原因，以及首长的枪过河时丢了的线索。在推翻宋伟是凶手的可能性之后，骆霄通过回忆讲述了王树是怎样的为人，杨双喜却说"连长和首长有矛盾"，那是因为一排长的死，并且讲述了战斗最后首长弹脑瓜蹦儿的有趣细节，透露出一个细节，首长被流弹打死的事是王树告诉自己的。在王树被作为最大怀疑对象的时候，骆霄又透露出自己看到的一个事实，首长与连长有过争论，并看到事发现场，首长死后，连长收起了自己的手枪，这个线索把王树的可能性又往前推了一把。如此多的线索一个一个抛出来，是到了要解决的时候了，那就听听王树怎么说，而在王树的讲述中，澄清了与首长争议的事情，却隐瞒了一些事实，但提供了宋伟在场的线索。随后，王树自杀，孙田在看望王树时，看到他扣动扳机的手指原来是残疾，排除了杀害的可能性，那么，凶手究竟是谁？这样的一环接一环，怀疑、推翻怀疑、提供线索、再次推翻、再次提供线索，三轮过后，观众对事实真相的渴求度已经达到最大值。王树被证明不是凶手，观众与孙田一起，澄清事实的期望再次破灭，事件最后的见证人宋伟便是打开真相大门的最后一把钥匙。

　　一张头颅骨照片，一把毛瑟M1932手枪，把故事从一个普通的叙事层面，上升到了一个战争悬疑片。面对这些线索，四位幸存者不同的回答，不同的规避，是为了活命的目的，还是为了集体的利益？当事态发展几近顶点，王树被确立为最终的怀疑目标时，发现了王树手指不能扣动扳机的秘密，曾经被蛇咬过切断手指的线索又被抛出。从实物的线索到情绪的线索，从11年前的线索到调查当日的线索，悬疑片故事发展的关键取决于线索的设置和细节的发现，本片剧本创

217

作者在线索设定上的功力可见一斑。

叙事时空的自由跳转

电影是一门视觉与听觉融合的艺术,更是打破了传统时间或者空间艺术的限制,将时间与空间融合的时空艺术。因此,戴锦华曾说:"电影艺术建筑在一个稳定的四边形的四个端点之上,它们分别是:时间、空间、视觉、听觉。电影便是在相对的时空结构中以视听语言建立起来的叙事连续体。"① 在非线性叙事的影片中,时空更是叙事的主要载体。

在叙事时间的选择上,叙事者孙田生活在新中国成立之后,距离1944年的"斩马行动"已经过去了11年之久,故事选择叙事的时间在1944年,因此时间上的跨度决定了空间上的完全不同。选择这样的叙事结构,是为了把不同的时间和空间在叙事上进行随意的调换,在现实单向的、不可逆的时空,通过非线性叙事自然地转化成了与11年前时空的自由切换,时间被适当拉长或者缩短,甚至用不同人讲述的几个段落来回忆马德瑞死的一瞬间发生的事情。

叙事空间随着时间的跳转而变得自由,叙事空间承载了创作者所要表达的所有叙事场所和场景,因此,片中我们看到对空间进行的不同处理。机位的选择上,一改传统的描述性拍摄,使得机位的参与增强了故事的叙事功能,如:孙田确定要调查这件事的时候,神情坚定,摄像采用的是围绕旋转式拍摄,在坚定调查事件的同时也在审度年轻的他是否可以做出正确的判断;在调查完王树,骆霄被再次谈话的时候,镜头首先用了一个俯拍镜头,从上帝视角来看立场的左右,画面中,骆霄与孙田被分成两块,镜头摇下,落在骆霄处,骆霄开始讲出自己不愿意讲出的"真相"。影片在构图上也很讲究:第31分钟,孙田确立宋伟为怀疑对象,两位助理纠正他的误判,摄影师用门和窗来隔开相对空间,画面先是被窗分隔开,孙田的错误与事实正确的推断站在两边,人物往前走,执迷不悟的他又被门与细节的真实隔在两边,最后,孙田走入另一边,正视了自己错误的判断,推翻了自

---

① 戴锦华:《电影批评》,北京大学出版社2004年版,第4页。

己之前"宋伟杀害马德瑞"的推测。影片的色调偏黄，主要凸显回忆场景的历史感，然而在最后事实的真相浮出水面，首长死后，镜头摇起后的红色天空，画面溶解，切到宋伟的红房间，对首长的歌颂和对宋伟喜事的继承感相得益彰，恰到好处。为了还原真实的水战戏，剧组使用了五台机器进行全方位拍摄，陆地、水面、航拍，全景、中景、演员跟踪特写，多次排练后才开始"实战"拍摄，许多场景拍摄了十几条，力求表现战争真实性。

结　语

这部影片在叙事人物、叙事结构、叙事时空上都有着很大的突破，线索的设置尤其是本片剧本创作的精彩之处，对事实的探究过程显得立体鲜活、充满挑战。一改传统战争片的刻板印象，并非一味描述战争，而是从战争中探寻真相，是一部优秀的战争悬疑片。

略谈《猎杀中山狼》的编剧艺术

左亚男

在我们对《猎杀中山狼》的编剧肖莫庸进行采访中了解到《猎杀中山狼》其实是一次命题创作。肖莫庸说："他们要在山西拍，讲述发生在山西的抗战故事。"① 那么，在给定的范围中，编剧需要的只是进一步的填充和引申。肖莫庸却没有选择这种简单易行的方法，他通过题材的精选、人物的意义呈现、主题的深层引申及类型的生成等层面的设置，进行了一次绝非寻常的创作。

战争从来都是影视创作乐于关注的对象。因此，我国的军事题材影视作品也涵盖了战争的多重纬度：对革命历史进行史诗型再现的《南征北战》、《大决战》；对英雄主义、理想主义进行歌颂的《英雄儿女》、《凯旋在子夜》；对战争进行深层思考的《集结号》、《我的团长我的团》……作为人类社会发展过程中不可避免的一种存在，战争一直与政治、外交乃至文化形态密切相关。因此，影视创作的战争表达就需要承载超出自身叙述范畴的意义，演绎国家存在、爱国主义、民族情怀等宏大的意识形态话语，进行思想、文化、伦理等层面上多重思考。那么，如何进行

---

① 来自笔者对《猎杀中山狼》一片编剧肖莫庸的采访。

有所突破的诠释和表现就成为了军事题材影视创作中的重点，这也是肖莫庸在进行剧本创作时所要面对的首要问题。与此同时，电视频道出品电影的自身特点也直接制约了剧本的生成。制作成本上的制约，使电视频道出品电影既不能运用大场面的镜头调度，也不可能选择过于繁复的视听表达。内容选择和形式表达上的双重规避，使肖莫庸在《猎杀中山狼》的剧本创作中，不仅远离了军事题材影视作品中惯常使用的辽阔场面、生死考验和英雄传奇等"恢宏图景"情境，还要在某种程度上进行必要的反转，才能最终获得最为有效的表达。在主观的诉求和客观的环境中，肖莫庸通过《猎杀中山狼》摒弃了传奇，却走入了生活；远离了大的历史，走入了小的人物。客观地说，这种剧本创作中的选题方式才符合真实的历史和曾经的过往。因为，历史上的重大变化都是由无数细小的"微事件"组成，对于任何一场战争或战役而言也是如此；而在我们影视作品惯常表达的"恢宏图景"中，也就因而必然存在着许多内涵丰富的层面尚未得到充分的展示或提及。鲁迅先生曾痛心疾首地说过："我们这个民族是一个健忘的民族。"简单而宏观的概括展现的其实也正是一种选择性遗忘的表达。好在，许多如肖莫庸一样的创作者选择了继续深入地发现与铭记。

"任何历史都是当代史"，在消费主义盛行的当下，当历史在某种程度上成为生活中的大众娱乐消费对象的时候，影视创作的从业者们就需要面对如何以恰当的方式让真实的历史介入现实的存在，并真正呈现其本源意义。确实，宏阔的历史并不适应消费时代大众的个性需要，因而，在历史的缝隙中呈现的鲜活而恣意的人生才更容易为个体所接受，这也正是肖莫庸通过《猎杀中山狼》选择的话语方式。

《猎杀中山狼》讲述的故事并不繁复。1937年，国共合作共同抗日时期，八路军某部副连长缑奎奉命率部前往山西运城，迎接被释放的9名中共政治犯，并与一群年轻的革命工作者一起护送他们前往延安。故事发生在1937年的平型关大捷之前。这个在中国近代军事史上极为著名的年份和极为重要的战役却被肖莫庸有意地忽略了。他在历史重大的时空缝隙中，以曾经存在的微小事件表现了一些小人物在大历史中的存在。这种创作本身就表达了一种直面历史的态度。肖莫庸在军事题材创作惯常的故事演绎之外，以别致的视角切入了一个在影视创作中经常被忽视的层面,从而在意识形态层面及观众的接受上,使《猎杀中山狼》获得了另外一种可能。

在剧作创作的实践中,风格是一个非常重要的贯穿性存在。每一位成功的编剧都具有自己独特而稳定的风格。有的编剧沉稳大气,有的编剧精致小巧。肖莫庸则偏爱富有历史感的表达。他说:"因为我年龄比较大了,年轻人的我不会写……我喜欢解放史、抗战史。"① 肖莫庸以往编剧的作品如《炮兵司令朱瑞》、《密林追击》、《铁血江桥》等均是如此。在肖莫庸的这类作品中还一直有一个显著的特性存在,那就是擅长描绘大历史中的小人物,因而人物也正是读解肖莫庸创作的一个关键、一个捷径。

《猎杀中山狼》的剧作结构十分规范。在开场10分钟里通过三个情节就完成了故事的建置,分别是:李勇、孙梦赴监狱救出了以滕国清为首的9名中共政治犯;国民党中统山西分局密谋不惜一切代价暗杀滕国清;八路军某部副连长猴奎接受了护送滕国清的任务……如威廉·阿契尔所说的"戏像一小片巴掌大的乌云似的,开始在地平线外聚积起来"②,三个情节点累积的力量构成了整部作品情节的走向和内在的张力,直接导出了整个故事。开场段落不仅交代了情节,还完成了主要人物的出场。肖莫庸通过开场段落人物例证性动作的呈现,完成了全剧几个主要人物的出场及性格呈现,包括:坚贞的滕国清、冲动的孙梦、勇敢的李勇、阴险的中统头目……谭霈生说过:"要写好一个场面,必须熟悉自己的人物。真正熟悉剧中人物的性格,是深入开掘场面的基础。"人物是解读肖莫庸创作的一个关键。从以往的创作中即可看出,肖莫庸在创作中往往在人物身上赋予更多的感情和笔墨,而在他的作品中,人物往往还承担着串联情节之外的符号作用。肖莫庸曾提及,"猴奎、李勇,我都很喜欢,后来他们(制作方)把李勇的戏剪没了,我是很生气的……(李勇)代表着这些年轻人在抗战中的成长,我很喜欢这一点……"③ 由此可见,李勇这个情节发展

---

① 来自笔者对《猎杀中山狼》一片编剧肖莫庸的采访。
② [英]威廉·阿契尔:《剧作法》,吴钧燮、聂文杞译,中国戏剧出版社2004年版,第74页。
③ 来自笔者对《猎杀中山狼》一片编剧肖莫庸的采访。

中的小人物其实还附含着超出自身的深层符号意义，而通过这个人物对《猎杀中山狼》的读解，也成为了解该片深层内涵的一种途径。

完美的人物塑造往往兼具情节构成及文化诉求方面的双层需要。肖莫庸塑造的李勇这个单纯却不简单的人物满足了这一要求。李勇不仅构成了故事，还通过这个人物的存在为观众提供了一个窗口，让观众得以了解李勇所代表的人群及他们所处的时代。《猎杀中山狼》中贯穿着两条平行的故事线索，一为拯救，二为成长。李勇正是成长主题中的重要表述，这个角色表征着年轻人在革命情境下"出走"中的成长，李勇身上负载着深层符号意义。抗战时期，尤其是"九一八"和"一·二八"事件后，无数青年知识分子投身革命，成为抗战救亡中一支不可忽视的力量。青年知识分子是如何转换心态，并在革命前行者的引领下历经沉重的代价和严苛的历练逐渐转变和成长，最终真正转变为行动力的过程一直为影视创作所忽视。那么，此次，编剧肖莫庸敏锐地选择了李勇这一青年知识分子形象，通过革命"出走"的情节模式对抗战时期中国人的生活和心理进行投射，进而通过抗战流亡史、青年知识分子"出走"中的局限与成长、中国抗战中人们的社会心理等层面进行真实的再现与深刻的反思。事实上，在李勇所代表的热血的革命青年与以缑奎为代表的老革命骨干之间，必然充满了不满、对抗、冲突等种种不调和的因素。两者之间的张力是一种有意为之的存在，是以李勇为代表的知识分子在战火考验中成长的必然，也是热情的革命青年在严苛而残酷的战场上成长所必须面对的真实与自然。在抗日救亡的过程中，青年知识分子在探索救国救民道路的过程中，他们逐渐从简单到义愤填膺，在血与火的考验下，才最终成长为抗战救亡中一支不可忽视的力量。虽然，遗憾的是，当剧本被二度创作为电影之后，根据视听呈现及市场接受的需要，这条线索中的主要人物从原来的青年革命力量李勇转化为投奔革命的年轻女医生孙梦，在一定程度上伤害了原剧本中人物身上所附着的符号意义。

战争是一种以暴力解决纠纷的方式，它作为灾难和毁灭的同名词在人类社会中反复出现，并终将一直存在。战争之于人类的作用是双向的，一方面造成巨大的破坏，另一方面又可以是反思历史的起点。因此，军事题材影视作品的存在，往往是通过对战争残酷的表现，以

《猎杀中山狼》

突出战争对人性的戕害，进而达到呼唤和平的作用。徐昕先生说过："战争，最深刻地折射出人性的邪恶与光芒，战争残忍而无情，但也不失爱与正义，甚至爱与正义更显得伟大和持久，战争最直接地展现了人的本能，它是人类心灵赤裸的舞蹈。战争，也是人类行为通透的镜子，它既是冲动，更是阴谋，还是一场热烈的狂欢，它既最愚蠢，也最理性，它集成了人类的最高技巧和智慧，似乎人类长久的劳动只为等待那一刻的聚集和消耗，战争是一种昂贵而令人心悸的艺术。"[1]如徐昕先生所说，战争作为人类在非常态情境下表现出的特异的文化现象，不仅透视了人性，也为人性所检验。战争与人性始终相互交缠，在一定意义上反映了人类历史的本质。《猎杀中山狼》正是在对遗忘的史实的重读中，蕴含着深刻的人性反思。

肖莫庸承认："小的细节，精心使用的细节常常会起到不寻常的

---

[1] 徐昕：《怀念战争岁月》，载《诗性正义》，法律出版社2011年版，第76页。

中的小人物其实还附含着超出自身的深层符号意义，而通过这个人物对《猎杀中山狼》的读解，也成为了解该片深层内涵的一种途径。

完美的人物塑造往往兼具情节构成及文化诉求方面的双层需要。肖莫庸塑造的李勇这个单纯却不简单的人物满足了这一要求。李勇不仅构成了故事，还通过这个人物的存在为观众提供了一个窗口，让观众得以了解李勇所代表的人群及他们所处的时代。《猎杀中山狼》中贯穿着两条平行的故事线索，一为拯救，二为成长。李勇正是成长主题中的重要表述，这个角色表征着年轻人在革命情境下"出走"中的成长，李勇身上负载着深层符号意义。抗战时期，尤其是"九一八"和"一·二八"事件后，无数青年知识分子投身革命，成为抗战救亡中一支不可忽视的力量。青年知识分子是如何转换心态，并在革命前行者的引领下历经沉重的代价和严苛的历练逐渐转变和成长，最终真正转变为行动力的过程一直为影视创作所忽视。那么，此次，编剧肖莫庸敏锐地选择了李勇这一青年知识分子形象，通过革命"出走"的情节模式对抗战时期中国人的生活和心理进行投射，进而通过抗战流亡史、青年知识分子"出走"中的局限与成长、中国抗战中人们的社会心理等层面进行真实的再现与深刻的反思。事实上，在李勇所代表的热血的革命青年与以缑奎为代表的老革命骨干之间，必然充满了不满、对抗、冲突等种种不调和的因素。两者之间的张力是一种有意为之的存在，是以李勇为代表的知识分子在战火考验中成长的必然，也是热情的革命青年在严苛而残酷的战场上成长所必须面对的真实与自然。在抗日救亡的过程中，青年知识分子在探索救国救民道路的过程中，他们逐渐从简单到义愤填膺，在血与火的考验下，才最终成长为抗战救亡中一支不可忽视的力量。虽然，遗憾的是，当剧本被二度创作为电影之后，根据视听呈现及市场接受的需要，这条线索中的主要人物从原来的青年革命力量李勇转化为投奔革命的年轻女医生孙梦，在一定程度上伤害了原剧本中人物身上所附着的符号意义。

战争是一种以暴力解决纠纷的方式，它作为灾难和毁灭的同名词在人类社会中反复出现，并终将一直存在。战争之于人类的作用是双向的，一方面造成巨大的破坏，另一方面又可以是反思历史的起点。因此，军事题材影视作品的存在，往往是通过对战争残酷的表现，以

《猎杀中山狼》

突出战争对人性的戕害,进而达到呼唤和平的作用。徐昕先生说过:"战争,最深刻地折射出人性的邪恶与光芒,战争残忍而无情,但也不失爱与正义,甚至爱与正义更显得伟大和持久,战争最直接地展现了人的本能,它是人类心灵赤裸的舞蹈。战争,也是人类行为通透的镜子,它既是冲动,更是阴谋,还是一场热烈的狂欢,它既最愚蠢,也最理性,它集成了人类的最高技巧和智慧,似乎人类长久的劳动只为等待那一刻的聚集和消耗,战争是一种昂贵而令人心悸的艺术。"[1]如徐昕先生所说,战争作为人类在非常态情境下表现出的特异的文化现象,不仅透视了人性,也为人性所检验。战争与人性始终相互交缠,在一定意义上反映了人类历史的本质。《猎杀中山狼》正是在对遗忘的史实的重读中,蕴含着深刻的人性反思。

肖莫庸承认:"小的细节,精心使用的细节常常会起到不寻常的

---

[1] 徐昕:《怀念战争岁月》,载《诗性正义》,法律出版社2011年版,第76页。

作用。"① 他不仅通过细节塑造了人物、推进了情节、渲染了情绪，还对深刻的主题进行了阐述：在当救援小分队弹尽粮绝时，孙梦的那条"能换几百头驴"的红宝石项链直接交代了人物的前史；林觉不经意地接梳子的动作不仅揭示了左撇子的生理特点，也为后续情节中身份的暴露做了铺垫；渡河中，不断中弹的身影呈现的是惨烈的战争……一个个鲜活的细节，不仅构成了人物，也从侧面对当时战争残酷、物资匮乏等的社会现象进行了丰富的铺陈。片中最精彩的细节成就了该片情节走向中的高潮。在猴奎通过智斗确认了林觉间谍身份的时候，却阻止了刺向林觉的致命毒针。以往战争题材往往通过"恶"的表达对人性存在进行揭露，而这次，肖莫庸并未沉迷于该类型创作中的惯性，而通过对敌人的宽容这一"善"的存在、透过战争这一残酷的主题对人性进行召唤，这正是对人性意义的检验，这也使《猎杀中山狼》的意义尤为深厚。

当前，为了吸引更广泛的观众关注，我国军事题材影视创作不仅沉迷于传统的宏大叙事和英雄的塑造，还呈现出与其他类型融合，多元发展的倾向，出现了军事偶像剧、军事儿童剧、军事轻喜剧等多种风格类型。《猎杀中山狼》以军事题材与悬疑类型的结合形成了该片独特的逆转与惊奇的叙事风格。

《猎杀中山狼》一开场就设置了一个有关故事发展和人物命运的总体悬念，那就是猴奎等人能否将滕国清安全送抵延安？总体悬念的有力设置使得观众从一开始就紧跟情节，直至该片的最终结局呈现。不仅如此，在故事的行进过程中，为了更好地吸引观众，剧本创作中还一波三折地设置了多重层叠悬念。罗伯特·麦基在《故事》一书中说过："无论故事讲述的背景和规模如何，无论是国际题材和史诗题材，还是家庭题材和个人题材，叙事艺术中任何长篇作品至少需要三个重大逆转才能够达到故事主线的终点。"本片为了更好地表现冲突，凸现矛盾，利用"时间"这个片中的关键点，在情节一张一弛的交替发展中，设置了三个重要的转折点，分别为：滕国清危重的伤势，中统小部队的衔尾追杀、小分队内部对救命药物的明争暗夺……这些随

---

① 来自笔者对《猎杀中山狼》一片编剧肖莫庸的采访。

着情节不断派生出来的新矛盾完成了故事发展的框架,并构成了吸引观众不断前行的持续动力。该片主角缑奎的塑造体现了这种令人"惊奇"的效果,在高潮段落,剧本不仅完成对全片整体悬念的交代,还对主要人物的塑造完成了最后一次的突转。通过缜密的思维,完美的推理,颠覆了最初为缑奎设定的粗豪形象,进而塑造了一位在血与火的考验中成长起来的智勇双全的英雄人物。作为一部主旋律影片,编剧通过悬疑因素的注入,在叙事手法上推陈出新,创造出了复杂的叙事线索、跌宕起伏的情节和引人入胜的悬念,颠覆了以往传统军旅题材的创作方式,以亚类型的尝试开辟了军事题材影视剧创作新的可能和方向。

《猎杀中山狼》的结尾显得过于平静,一群英雄只是简单地走回各自的生活,回归了平凡的人生。"平静的收场,也可以造成高潮。"①也许这才是肖莫庸在编剧过程中希望达成的最终效果和终极主题。毕竟,正是这样无数的小人物和普通人才构成了我们曾经恢宏的过往、不朽的历史。肖莫庸只不过以一贯风格的延续,通过一次简单的命题创作,讲述了一个类型杂糅的故事,并以一部偶然却不必然的作品为军事题材的电影创作提供了一次极富价值的尝试。

---

① [美]乔治·贝克:《戏剧技巧》,余上沅译,中国戏剧出版社2004年版,第230页。

言传身教 堪为楷模
——评《马恒昌的名言》

张智华 李叶子

电影《马恒昌的名言》表现了新中国成立前夕，沈阳某工厂为支援前线制造大炮关键零件的故事，讴歌了属于一个时代的劳动英模，全方位地展现了开国劳模马恒昌的光辉形象。影片中，马恒昌的一句"喊破嗓子不如做出样子"，成为全片的主题。

人物形象鲜明生动，具有浓厚的时代色彩

马恒昌作为整部影片的主人公，创作者在他的形象塑造上可谓是下了大功夫。影片一开始，他的形象就先声夺人。这个被称为马师傅的男子，为了不让自己的工友饿死，不顾一切地追赶国民党军车抢粮食。他手里拿着小刀，一路狂奔冲到运送军粮的车边，趁着车停下安检的时候，毫不犹豫地划破麻袋，一把一把地将粮食装进自己随身携带的口袋。押运粮食的国民党士兵用步枪指着他的脑袋，他却并不害怕，依旧装着粮食。这个镜头有几秒钟的停顿，观众也随之屏住呼吸，猜想后续的发展，国民党士兵会不会开枪打死马恒昌？马恒昌会不会因为有生命危险而放弃"抢"粮食？继续运动的镜头揭开了谜底，国民党士兵并没有开枪，马恒昌果决地一把推开指着自己脑袋的枪口，继续装着粮食。这组镜头将马恒昌性格的一

部分呈现到观众面前——在危急的时刻,他不会因为自己的生命有危险就放弃挽救同伴生命的机会。

创作者善于构思,故事一波三折。马恒昌拿着口袋一路狂奔,在家门前停下后,看到口袋里的稻谷只剩下一点点。随后,镜头转为马恒昌的主观镜头,看到一路上都是漏洞口袋掉下的粮食粒。这时,马恒昌生气地扔了口袋。在这里,创作者为观众设立了一个值得思考的问题,前功尽弃,马恒昌会怎么做?其后的镜头硬切到工友们的宿舍中,工友问马恒昌为什么回来得这么晚,马恒昌说:"袋子烂了,我沿路把漏掉的粮食又一粒一粒地捡了回来。"马恒昌性格的另一方面凸显出来,他不仅是一个为了工友的生命能豁出性命的人,也是一个办事认真细致,在困难面前有毅力、有耐心的人。

沈阳解放后,马恒昌第一个报名,重新回到了百废待兴的工厂。作为一个掌握高超技术并且拥有威信的工人代表,马恒昌成为第一小组的组长,果敢地接下了制造高射炮闭锁机的任务,并且鼓励大家一起克服困难完成任务。故事讲到这里,与影片名字相关的名言诞生,"喊破嗓子不如做出样子"成为贯穿全片的主题。这句朴实的话语全方位地将一位开国劳模的光辉形象展现在我们面前。

影片中,刻画马恒昌形象的生动细节还有很多,如他发着高烧坚持将零件车好,冒着定时炸弹随时可能爆炸的危险挖出炸弹,保证了机床的安全等,都能看出马恒昌是先进工人的典型,是一个时代的楷模。马恒昌的行为一直激励着周围的工友们,大家齐心协力、高效精确地完成任务。

创作者特别注意用在生活中提炼的台词来入木三分地刻画人物。

沈凌霜作为影片的女主角,她的出现让马恒昌家多了一份活力与生机,她将这个凌乱的家整理得井井有条,帮助马恒昌的母亲做日常家务,照顾家里的孩子,给马恒昌送饭、做鞋。沈凌霜并不怕吃苦,不怕干活,她一直重复的台词是"你别不要我就好"。她不仅是怕没有一个落脚的家,更表明了她对马恒昌的依恋之情。沈凌霜对马恒昌说:"在识字班上,老师讲'工人'这两个字合起来就是一个'天'。而你对我来说,就是我的天!"沈凌霜用最朴实的话语,最简单的比喻,既说出了工人阶级在新时代的社会地位,也说出了他俩夫唱妇随的家庭关系。

同样，马恒昌在得到驻厂军代表和工厂领导的认可和肯定时，由衷地感叹说："咱们工人的地位，怎么就提得这么高呀！"这样一句朴实的大实话，直戳人的心窝子，使观众感觉到它重重的分量。

这对贫苦的夫妇，用自己的双手创造出了属于工人的一片天空。他们用行动告诉观众，在新社会，在共产党的领导下，只要不怕吃苦，什么事情都能干成功。沈凌霜用语言和行动为马恒昌的家庭带来温暖，而马恒昌用自己坚定的信念和百折不挠的毅力为整个工厂带来了希望。

注重色彩变化与含义

影片开头，偏青色的色调很是吸引人。青色的色调将观众一瞬间拉回到解放前的那段岁月，看起来有种怀旧的感觉，感受到战火纷飞年代人们的生存环境。置身其中的代入感拉近了观众与银幕的距离。其次，偏青色的影片色调能够使红色等暖色更加明显。例如，在刚开场的时候，沈凌霜在车站询问如何去五厂时，被询问的解放军战士帽子上的红五角星显得异常鲜艳。按照人们视觉的习惯，总是能够在灰暗的画面中迅速找到亮色，红色五角星的出现一下使观众的眼睛在一瞬间锁定。对于沈凌霜来说，红色五角星是帮助她找到五厂的希望；对于老百姓来讲，红色五角星在那个时期代表着一个全新的集体，给他们带来了新的生活、新的希望、新的时代、新的精神信仰。

随着情节的进展，红色物品的出现不断地抓住人们的眼球。在刘书斌书记到五厂招募工人的时候，身后拉起的横幅就是红底黄纸黑字。再往后，当马恒昌第一次说出他的名言"喊破嗓子不如做出样子"后，五厂将这句话写成横幅悬挂在工厂里，虽然导演并没有刻意给予这个横幅一个完整的镜头，但不论镜头给到哪个工人身上，工人身后一定会有这个横幅的一部分。红色的横幅映衬着工人们藏青色的工服，仿佛一轮刚升起的红日一般，照耀着整个工厂车间，照耀着每一个面带倦色但依旧奋斗在生产第一线的工人。鲜红的横幅是希望，是信仰，是激励着工人们奋斗下去的力量。

穿着蓝色夹袄的沈凌霜的头发上绑着红毛线做成的头绳，成为沈凌霜全身上下唯一的亮色。这个看似简单的饰品，多次以近景表现，成为整个冷色调里的亮点，正如它的主人沈凌霜一样。沈凌霜如同她的红头绳，为马恒昌的家庭增添了一抹亮色，带来了温暖。如果将五角星和红横幅比作马恒昌在工作中的精神支柱，沈凌霜就是马恒昌在家庭生活里的实际支撑——她将这个家庭打理得十分妥当，在仅有的物质条件下将马恒昌的老母亲和三个孩子照顾得非常好，让马恒昌能够在工厂安心，把他的全副身心献给革命事业。

镜头运用与景别安排巧妙

导演多次使用特写镜头或者近景镜头，来刻画马恒昌的形象。通过马恒昌特写的面部表情镜头，凸显了他坚毅的神态，即使步枪枪口已经对准他的头颅，他也不曾胆怯退缩，坚毅的表情、坚定的信念通过特写镜头完全展现在受众面前。

特写镜头能够传递给观众超乎寻常的视觉体验与情感冲击，能够抓住观众的目光。在马恒昌加工机床零件的时候，一组特写镜头将我们带到马恒昌的身边，使我们像在他身边看他加工的工人一样，身临其境地看着他的一举一动。特写镜头表现着马恒昌在机器上飞舞的双手，他脸上的汗珠成串儿地往下滴答，前实后虚的特写叠化镜头突出了马恒昌的双手，这双布满伤痕和污渍的双手灵巧地转动着需要加工的零件，在双手背后是虚景呈现的满脸大汗的面孔。这组虚实交叠的画面对观众的冲击力很大，置身其中的亲临感让我们也体验到马恒昌的细心、坚韧与不易。

整部影片除了在塑造马恒昌形象时多次使用特写镜头外，使用最多的是全景镜头。全景镜头的使用多数意义上是用于传递整体氛围与整体感。导演多次使用全景的景别来表现工人们干活时的热情与激情。

如刚开始招募工人时的一个全景镜头：空地前站了一排看热闹的群众和在横幅下一个人坐着的刘书斌书记，这样的一个全景镜头为我们大致交代出了当时的社会背景。工人们长时间受资本家的剥削，已经对这样的招募产生了些许的抵抗心理，工人们都是抱着看戏的状态来看这场招募的。画面的构成一边是看热闹的群众，一边是刚接手工厂的共产党书记，两边人数鲜明的对比展现出当时群众对刘书记的怀疑与不信任。在影片结束时，又在同一个地方，导演安排了与开始相似的场景——工厂进行优秀工人表彰大会。同样的地方，同样的景别，明显地表达了不同的氛围。前后都有一条红色条幅，开始的时候是两方分边儿站的近乎对立的状态；而结束的时候则是军民一家亲的和谐场景，是整个工厂的工人群体，大家站在一起喜笑颜开其乐融融。在同一个地方，用同样的镜头景别，却表现出不同的氛围，体现出导演匠心独运的镜头语言特色。

叙述线索明暗交替，主次映衬

《马恒昌的名言》中故事叙述线有好几条，明暗交替的故事线丰富了整部影片。故事的主线即明线是马恒昌带着工人弟兄们制造闭锁机的过程。首先，马恒昌在材料与工具都短缺的时候敢于接下闭锁机生产的活，而后他准确地将制作进行分工，把简易的部分都先进行了制作。加工最困难的部分需要精确值很高的操作，马恒昌回家跪着求母亲将自己的传家宝——千分尺捐献出来。当刘书记问他为什么捐献的时候，他说："现在这个大家需要，就要拿出来，大家小家都是家啊！"在他的带领下，工人兄弟都捐献出自家的物品。由此可见，马恒昌大公无私，胸怀宽广，具有远见卓识，在关键时刻发挥了巨大的作用。

在生产闭锁机的过程中，另一条破坏这个生产的叙事暗线也在同时进行。导演采用逆光甚至背光拍摄，让受众看不到这条叙述线的主人公，只能听到相关的只言片语。他们商讨着要如何破坏这项工程的进行，随后就出现了国民党反动派飞机的狂轰滥炸。在这里导演埋了伏笔，使观众猜想，能够如此熟悉工厂情况的卧底究竟是谁？生产闭锁机的明线积极向上，寻找卧底的暗线惊险刺激。双线交织同时并行的叙事，使得影片跌宕起伏，节奏紧凑，也使观众时刻紧绷着注意力的神经。

在观影过程中，观众的心一直悬着，这个卧底一刻不找出，观众的心一刻落不下。直到刘书记说"看来跟我预期的一样"，这句充满信心而又含义不明的话又一次引起了观众的好奇心。加之在前面的叙

《马恒昌的名言》

事中有人怀疑马恒昌,在这时几个疑点交织在一起,使观众的好奇心被激发到最大值。紧接着,刘书记带着解放军冲到工厂抓获了卧底,才最终揭开谜底——卧底居然是一直跟在厂长身边的蓝干事。卧底真面目的解开使得一直并行的明暗两条叙事线最终交会到了一起,将故事推到高潮,也同时使得故事走进了尾声。

善于使用历史影像资料

《马恒昌的名言》结尾处用真实的历史影像作为结尾,使影片产生令人耳目一新的感觉。国产人物传记类影片里这样运用真实历史素材结尾的并不多见,一般会一直使用演员的表演作为故事的结尾,所以,当这部影片匠心独运地选择了真实的历史影像资料作为结尾,真实地还原了马恒昌的人物形象与一生的功绩,让观众深刻地感受到,马恒昌这个人是如此真实地生活并存在于我们中间。

在党的领导下,马恒昌小组始终走在时代的最前列,成为时代的领跑者,成为中国工人阶级的一面旗帜,为新中国政权的建立与巩固，为国民经济的恢复与发展，为社会主义现代化建设与改革开放的伟大事业都作出了不可磨灭的贡献。在历史影像资料中也提到了马恒昌的遗憾，即他向毛主席敬酒的时候，他用白水代替了白酒，而一向滴酒不沾的毛主席却为了他而选择了白酒。这样一个小细节让马恒昌感动不已，同时也懊悔不已。历史影像资料带领我们走进了马恒昌的内心，既使我们看到了他的遗憾，也使我们看到了一个真实存在的人。

《马恒昌的名言》是一部时代色彩浓厚、主旋律强劲的电影，影片塑造的马恒昌的形象十分真实，他说的那句"喊破嗓子不如做出样子"的名言使人感触颇深。作为一名机械工人，马恒昌刻苦钻研生产技术，掌握了高超的生产技能；他视机床如生命，冒着敌人的延时炸弹随时可能爆炸的危险义无反顾地抢救机床；他视国家的利益为最大利益，舍小家为大家，这些精神都值得今天的人们学习。

《卒迹》：一颗小卒子拱出的一盘好棋

郭 璐

《卒迹》是2014年电影频道"中国梦"新片展播活动的参展影片之一，讲述了天生便成为"冤种"的李二卒，由于家庭贫困从小就受他人欺负，但他却能靠着一股不怕辛苦的拱劲儿，当上了村支书，不但赢得了村民的尊重，最终也赢得了人生这一盘棋。影片选择一个普通农民的视角诉说了一个平凡而又真诚的造梦故事，也见证了中国农村从解放初土地改革至21世纪新农村建设的发展与变迁。其实，对于这样一个主旋律题材的电影，多半是不会引起太多人的关注。不接地气的情节设置、刻板的人物形象和假大空的说教对白，几乎已经成为了这类电影普遍存在的问题，让观众逐渐对主旋律电影避而远之。尤其是近年来的中国农村电影，已经在电影产业和电影创作的流变里逐渐销声匿迹了。

但是，令我惊喜的是，这部《卒迹》用质朴、真实的人物和明快、流畅的叙事，使人感到亲切而有特色。优秀的农村题材电影不应该只是拍给农民看的，电影《卒迹》除了体现当代农村和农民历史性的主题，同时也较好地体现出了更多的时代性和开放性，其表达的内涵、外延和拍摄手法都尽量避免了同类题材电影中容易出现的问题，也得到了城市观众的认可。

一

《卒迹》的表现内容横跨两个世纪，描述了李二卒在农村生活了60多年的人生轨迹，是一部结构不错的平民电影。然而，本片的篇幅不足100分钟，却要表现出中国半个多世纪波澜壮阔的农村变革，其难度可想而知。对于电影创作者来说，如何沙里淘金地选择出有意义、有代表性的场景无疑是个不小的挑战。

时间跨度长的叙事创作是有利有弊的，一方面，它的内容可以包罗万象，保证了创作者可以最大程度地还原人物和故事背景的真实性；而另一方面，如何在丰富、复杂的材料中进行必要的提炼，并且避免电影叙事的混乱也是电影创作者特别需要注意的问题。在《卒迹》中，李二卒的成长和遭遇便是中国千万农民的缩影。为了能够将整个故事脉络清晰地展现在观众面前，影片的叙事力求简单化，有的部分甚至只留下了一些关键的节点。例如，影片中有关李二卒儿时的生活经历，从土改到合作化的过渡以及这些政策对家中生活产生的种种影响都被直接而又简洁地描述了出来。当然，影片选用旁白的叙述方式也大大协助了故事时空转换，成为电影时间大幅度跳跃的有利途径。此外，影片中更不乏对于农民生活细节上的刻画，这些片段不但可以凸显农民本色化的生活，也能为观众传达各种背景信息。比如李二卒母亲两次生孩子的场景和李二卒别致的相亲场面都带有一定的喜剧效果，让观众印象深刻。又如在影片的后半部分，李二卒在外辛勤工作多年后买了村里的第一台电视机，当时电视中传来《在希望的田野上》的歌声便很自然将观众带到了20世纪80年代。电影创作者主要是运用关键节点、叙述旁白和细节描述的方式将庞大的历史背景和社会转型的各种信息传达给观众。虽然这样的时间过渡简单而又直白，但也让这部电影避免出现"东拼西凑"的状况，整个故事交代得干净利落。

《卒迹》的另一成功之处是塑造了李二卒这个具有说服力的形象，将农民生存状况的历史性跨越凝缩于这个人物之中，并通过其他农民角色的衬托，为观众呈现了一个不断成长中的李二卒，以及农民内心对于未来生活的种种向往与挣扎。近年来，电影人在创作这类电影的时候,稍不注意就会偏离现实,失真的人物形象和缺少内蕴的思想光彩都无法让故事具有真实的力量。"高、大、全"的"神像"不但不会起到好的引导作用,反而会让观众感到反感和不知所云。《卒迹》中的主人公形象虽然是以河南省濮阳县庆祖镇西辛庄村党支部书记李连成为原型而创作的,但是影片并没有刻意将其定位为一个先进人物,而是突出他的草根形象,用一个小人物的生活经历来折射出农村历史的巨大变迁。"卒"在象棋中是廉价的消耗品,这一点与影片中李二卒的身份地位如出一辙,但是正是这样一个不起眼儿的小人物创造了一段历史。创作者这一用心的形象比喻,就是在将这个人物"普通化",试图摆脱高高在上或者宣扬式的叙事方式,以一种平等的视角来描述一个普通农民在社会变革历程中的辛酸苦辣。

《卒迹》

二

在影片中,一座刻有"当干部就应该能吃亏"的石碑出现在电影的开头和结尾处。而整部影片也围绕着李二卒"吃亏"的事儿展开,可以说"肯吃亏"这个性格品质是李二卒成功的制胜法宝，也是观众了解李二卒这个人物的重要线索。通常情况下，电影中思想内容的形成和流露都需要借助人物形象的塑造才能得以完成，而本部电影的创作者想借李二卒这个人物作为群众传声筒的想法也不言而喻。但是，如果电影没来由地让李二卒这个人物具备这样的思想境界和道德情操，势必会降低这个人物的可信性，而影片想要诉求的观点也会显得苍白无力。

在二卒年幼时，他的母亲总是逆来顺受，一遇到吃亏的事儿总是用一句"因为咱们是冤种"来安抚孩子，父亲更是个忠厚老实的庄稼人，抱着"当冤人也没啥不好"的乐观想法艰难地维持着一家人的生活。出身卑微的李二卒并不是天生就有了当"冤人"的性格。在他的成长过程中，二卒也有着各种各样的小脾气，对自己的处境更是百思不得其解。这主要是从影片前半部分李二卒和周围人物的关系和性格冲突中展现出来的，比如二卒从小就不甘心父亲总是故意输棋给村支书；当看到家人屡次遭人欺负后，也总是冲在前面，势要与其拼个你死我活。从这里我们可以看出，二卒并不满足于自己的生活现状。"吃亏"二字对于李二卒来说意味着不公平，更是他成长中的疼痛。但是，这些经历也让二卒慢慢学会了忍耐和坚强。比如，当李二卒在工地里遭到工头辱骂时，他虽然内心愤愤不平，但却深知这份工作来之不易，作为一颗小卒子，只要没死就得继续往前拱。这段情节便让观众见证了李二卒的蜕变，他的心理状态已经从"不甘心当冤种"逐渐过渡到了"甘愿吃亏"，儿时的他虽然总是为自己生来就当"冤种"的处境而迷茫，但已经成人的二卒已经开始懂得吃亏是福的道理。

在快速的社会转型过程中，农村生活仍然十分落后，人民生活困顿，风气也非常不好。有的人饱受贫困之苦，更有染上恶习的现象。在李二卒当上了村里的一把手之后，面对这些弱势群体，他依然选择扶持他们，宁愿吃点儿亏也要帮助他们渡过难关，一起走向勤劳致富的新生活。他给李子牛讲了三个人应如何分 290 块钱的故事，更是升华了"吃亏"二字的含义。虽然"拿小头"的行为意味着自己要舍弃和牺牲一些东西，但是二卒坚信只有主动吃亏的人才能让路越走越宽。那些得利的人总是愿意与他继续合作，李二卒就是这样不断将这些"小头"聚集起来,最大限度调动其他村民的积极性,才形成了最后的"大头"。

经过这几件事,"吃亏"这个词的真正意义已经浮出水面,如此设置的心理过渡和转变也让李二卒的性格特征显得更加真实、生动。虽然李二卒的这句人生格言只是一句通俗的白话,但是其中的道理却不得不令人深思。其实,一个好干部真正难能可贵的不仅仅是不怕吃亏,更在于李二卒这种乐于亏己的精神;而那些为了蝇头小利便斤斤计较的人,最终也会将自己的事业带到死胡同。

三

《卒迹》虽然是以讲述李二卒的人生经历为主,但是电影创作者的笔墨并没有厚此薄彼。其他几位较重要的人物也都个性鲜明,这些人就像是从中国千万个乡村中走出来的一样,构成了一幅幅质朴而又饱满的乡村画面。除了李二卒的个人奋斗,其家人、贵人的相助、朋友的相伴和"敌人"的刺激也全都在影片中得以展示。他的一生中正是因为不断与这些人进行碰撞和磨合,才构成了自己独特的命运,也让整个故事变得有情有趣。

二卒自幼受到父亲的谆谆教诲,在学习象棋的过程中不断领悟"做人就要像卒一样"的道理。母亲和妻子也都是吃苦耐劳的女性形象,为整个家做好坚实的后盾。同时,家中的几个兄弟也是塑造李二卒的重要侧面。虽然二卒和兄弟之间的对戏不多,但是通过二卒与大哥等人的争执,便明显对比出了二卒与其他兄弟在思想性格上的不同。李子牛和申昊则是二卒人生中最重要的两个贵人,他每一次的重要转折点都是由这两人引导的。比如,二卒在被要求与子牛搭伙带队的时候显得十分惊讶和不解,正是在子牛的鼓励和坚持下,二卒才第一次在村里人面前表达了自己的真心;申昊作为李二卒人生中第一个恩师,更是毫无保留地为二卒指点迷津。而大山、土生等人,则是以经常给李二卒找碴儿的形象出现在电影当中。但是李二卒为了避免迷失自我、妄自尊大,一直将这些人视为自己的监督者,认为他的工作需要被这样的"敌人"盯着,他才能一直保持警觉和清醒。

李二卒与人为善、不记仇,表现出了一个干部应有的思想作风,在与群众相处时没有居高临下。这些人之所以最终能够围绕在李二卒身边，正是因为他身上闪烁着时代先进思想的光辉。但从另一个角度来看，人的一生都会经历无数的拐点和低谷，在这个时候只靠一己之力是无法获得成功的。无论是家人、朋友还是对手，他们的命运也都与李二卒纠葛在一起，创作者用了同样炙热的感情描绘了这一系列的人物形象，其中人物关系的构思也经过精心的编排，使李二卒的故事更加引人入胜。

一部优秀的农村题材电影需要一定的广度和深度，能够表达真正触及农村和城市观众所关心的问题。快速变化的社会生活真正冲击了人们的观念，商业电影的不断发展也让农村题材电影处于一个非常尴尬的位置。电影人在创作这类电影的时候，稍不注意就会偏离现实或者用力过猛，失真的人物形象和缺少内蕴的思想光彩都无法让故事具有真实的力量。虽然《卒迹》的整个构思缺乏独创性，但是在这个农民失语的电影环境下，它的创作过程依然可以为正处于弱势状态的农村电影提供一些启示。其中人物形象的塑造既没有远离生活，也没有偏离主流的价值观；在叙事策略上，虽然只是简单交代了背景，却也做到了浓淡相间、层次分明，而没有出现虎头蛇尾或者平淡拖沓的现象。在主题表达上，影片内容淡化了说教成分，再加上是非分明的人物关系都让观影者立即以极大的兴趣关注李二卒的命运发展。《卒迹》在叙事和人物塑造上的成功，最终使影片拥有一种流畅而又明快的魅力，直达观众的内心。

以法清淤

崔龙伟

《清淤》讲述了宏达铁矿厂由于违规经营，矿区在一场暴雨的突袭后矿坝溃塌，致使工人丧命深埋下游鱼塘。此时，正值省安全生产检查团突击检查，为了避免牢狱之灾，铁矿厂老板田少文夫妇高价收购鱼塘、行贿县级官员、绑架威胁工人等手段企图阻止事实浮出水面。最终，在清河法庭杨守庭法官的细心观察与公正处理下，矿难事件得到公允判决，犯罪人员得到应有惩罚。

正像片名"清淤"所示，一方面，由于汛期雨水冲毁豆腐渣铁矿堤坝，铁砂流入下游鱼塘，致使鱼苗死亡，加之无照经营、庄稼绝收，使得赔偿农民和鱼塘清淤成为事件后果的首要补救措施；另一方面，也是更为重要的一点，这也是一件清除法律之淤的行动，由于铁矿溃坝致使四川籍工人马涛被洪水与铁砂裹冲至下游鱼塘被掩埋，因此克服重重阻碍、发掘矿难事实真相、公正处理矿难事件成为更为深层次的"清淤行动"。

"守淤"与"清淤"

影片围绕清理张大志鱼塘展开"守淤"与"清淤"的较量。宏达铁矿矿长田少文高价赔偿受害农民、收买地方官员等行为,无不为了拒绝清理张大志鱼塘淤沙,避免矿难事实浮出水面,掩盖自己的违法犯罪行为;而清河法庭的法官杨守庭严格执法、恪尽职守,最终揭开田少文的丑恶罪行。

张大志由于鱼塘被铁砂填埋污染,便一纸诉状将田少文告上法庭,寻求法律的帮助以求获得补偿。因此,宏达铁矿矿长田少文两见"大哥"局长陈文清寻求支招,其妻子两见张大志劝其撤诉。田少文一见"大哥",宴请行贿;二见"大哥",请其亲自出马,劝杨守庭压后开庭审理此案,为蒙混省检查团争取时间。但是由于铁矿行贿杨法官10万元,杨法官认为如此小的案子不值如此价钱,其中必定大有文章,拒绝压后审理。田少文妻子徐雯娟第一次劝说张大志撤诉无果,第二次博取张大志同情并出卖色相,最终张大志同意撤诉。

一波刚息,一波又起。遇难矿工妻子唐梅子怀着身孕来到矿上寻夫,当她拿着自己丈夫的书信到矿上询问,被告知没有此人,便被打发走了。田少文手下吴大疤瘌为了销毁证据,便开着摩托抢走了装有书信的包裹,唐梅子无奈之下找到法庭寻求杨法官的帮助,杨法官便安顿其住在了招待所里。吴大疤瘌便拐走唐梅子;田少文威胁工厂员工不许说出马涛的下落;陈文清也督促杨法官早日到县法院报到上岗。杨法官见招拆招,接回被拐走的唐梅子安顿在家中居住;工厂员工拒绝透露马涛消息便另辟蹊径;不处理完唐梅子的案子不肯去县法院上岗。最终在杨法官的坚持下,案子最终水落石出,真相大白,清除了鱼塘的铁砂,发现了遇难矿工尸体,田少文、徐雯娟、陈文清被绳之于法。

"淤"从何而来?

影片伊始,漆黑的深夜雷雨交加,在工人们急促的脚步和筑坝守堤的背影中预示着一场灾难的降临,随着崩塌的山体和决堤的大坝,一场天灾不期而至。在摇晃的跟拍镜头中,宏达矿长夫人徐雯娟匆忙进入矿长田少文的办公室,询问着这场溃坝事件的状况——冲毁庄稼、无照经营,等等。四川籍矿工马涛由于溃坝遇难,尸体冲到下游张大志的鱼塘中被掩埋,溃坝事故变性为矿难,而这一切的根源是由于对工人生命的无视和豆腐渣堤坝背后的无良商人。可见,在天灾背后更是人祸乱世。

溃坝事件一发生，县里调查组便随即进驻铁矿了解情况，田少文"低调"宴请调查组，"千万别在大馆子，四菜一汤，但档次要高，茅台酒用塑料桶装"，并且在县局长"大哥"陈文清的掩护下摆平县调查团，使得矿难事件未被发现。一方面，我们可以清楚地看到检查机制及时迅速作出反应，维护百姓利益、严查安全生产大关；另一方面，由于官商勾结、形式主义、玩忽职守，使得不法之徒有空可钻为非作歹，监督检查机制不仅形同虚设，更成为一些官员贪赃枉法、鱼肉人民的生财之道。

作为一方恶霸财主的田少文纵能呼风唤雨、为所欲为，也难以只手遮天。县检查团虽然被糊弄过关，但是正值省安全生产大检查，成为摆在他面前的棘手难题。于是田少文使尽浑身解数，企图蒙混过关，躲过风头待日后私下摆平。虽然最终难逃法律制裁，但是这其中的险些过关与起起伏伏也令人揪心和后怕。可见，安全生产不可凭一日严打解决问题，监管制度漏洞成为不法之徒的可乘之机，不难看出本片导演有意将矛头指向安全生产体制，反思监督制度的合理性。

深刻的社会根源背后更有人性的弱点与贪婪。个体的人处于复杂的人际网络与多重身份之中，不免要受到理性选择的指引与感性选择的牵引，或者说"此在"之人由于受到功利目的的诱惑，行动方向与终极目标产生错位与游离，因此偏离人生的轨道而误入歧途。

陈文清的出场颇为有意思。在影片中，第一次被提及是在矿难发生后，田少文手足无措寻求帮助的"大哥"，此时这个可以左右矿难事件真相的"大哥"，我们并不知道其为何方神圣。其后，在县检查组来到清河调查铁矿溃坝事件后，杨守庭法官与儿时同学陈文清——县安全局局长通话寒暄，此时陈文清也并未露面。随后，在县安全问责会议上，一名领导信誓旦旦保证没有人员伤亡，并从县长的嘴中得知这就是陈文清。紧接着，陈文清与宏达铁矿矿长田少文在酒桌相见，而陈文清就是田少文口中的"大哥"，此时陈文清身份明了——他不仅是杨守庭法官的多年挚友，也是县安全局局长，身兼安全生产重任，更是田少文贪赃枉法、谋财害命的强势后台。对于陈文清而言，职位与权力成为他捞取钱财的工具和手段。他利用职务之便欺上瞒下，隐瞒矿难伤亡事实，以此不劳而获。他虽然内心渴望一份"无欲则刚"的安宁，但是却难以逃避钱茶饼和海南豪宅的现实欲望，最终煞费苦心维护头顶的乌纱帽，收受贿赂成为他的终极目标。

无独有偶，对于金钱的渴望在田少文身上也表现得淋漓尽致。比真警车还威风的警笛私家车；高价收买鱼塘企图将遇难矿工深埋塘底；恐吓威胁矿工生命安全封锁事实；10万元收买唐梅子，使其放弃诉讼等，对于他而言没有钱不能摆平的事，应了那句俗语"有钱能使鬼推磨"。

从受灾的平民百姓到县调查团再到省安全生产检查团，无不成为黑心商人田少文的贪赃枉法的层层阻拦，但是由于官商勾结、金钱诱惑等原因，一道道法律之网被攻破，形同虚设，险些游离于法网之外。

《清淤》

以法清淤

从"守淤"与"清淤"的攻防战中，我们不难发现影片情节分为两个相对独立的故事单元，一是鱼塘主张大志状告铁矿矿长田少文；二是遇难矿工马涛妻子唐梅子千里寻夫。张大志在其前妻、田少文现妻徐雯娟的色诱和诉苦下决定撤诉，矿难真相掩埋；后者唐梅子不畏威胁与恐吓，在法律的帮助下将真相公诸于众，得到法律的公正判决，从中我们不难看出导演对于"情"与"法"的侧重与偏倚。

杨守庭作为影片的主人公与核心人物，成为影片主题与意义的首要承担者和诠释者。片名"清淤"字幕结束后，青山翠柏间、清澈的河水上萦绕蒸腾着轻盈的雾气，时而传来清脆的鸟鸣声，镜头由右至左摇过一辆飞驰在桥上的摩托车向远方驰去，这个人就是杨守庭法官。来到熙攘的街道上，百姓们纷纷与杨法官问好寒暄，可想而知其深受百姓爱戴。这也与片尾的情节形成鲜明的呼应，当案件真相大白后，杨法官试图大清早离开去县城上任，避免百姓同事送别感伤，可是当杨法官推开大门，掌声响起，百姓已经将大门围住为其送行，送上祝福的礼物。最后，镜头从左向右摇移，又是那片青山绿水和那片盈盈雾气。一方面，暗示着故事的圆满结束的喜剧结局；另一方面，也暗示着杨法官为人正直清廉，坚守着那份职业赐予的神圣，维护着法律的尊严和百姓的利益。

杨法官刚正不阿，不攀附权贵也不畏惧权贵，法律面前人人平等。张大志状告田少文，一个普通的鱼塘主与一个身价上亿的大老板，而杨法官却丝毫没有动摇维护"公正"的决心。甚至，安全局局长杨文清请求其压后审理，并为其开具假病条，他也断然拒绝，坦言传票已经发放不能延后，权贵与情谊也不能改变传票上的日期，对他而言这传票的日期就是法律的尊严。当法院工作人员到宏达铁矿发放传票被扣押后，杨法官毅然决然拘留镇长堂叔吴六小。吴六小些许惧怕些许恐吓道："打狗还要看主人呢，不给俺们面子还不给田老板面子吗？"杨法官义正严辞回道："别说是你，就算你老板犯了法也同样对待。"而此时与其形成鲜明对比的被扣押人员，却因大舅哥的求情为吴六小开脱："没事没事，都是误会。"

在本片中，没有杨法官在法庭上开庭审理案件的严肃，也没有宣布判决结果的肃然起敬，多的是家庭的气息、生活的滋味和人情的冷暖——两口子在家中的闲谈、与好友在电话或是饭桌的调侃、街道旁与邻居村民的寒暄与问候。但是，并没有因此而拨动他心中法律天平的杠杆，这点集中表现在杨法官夫妻二人的琐碎闲谈中。溃坝事发后，杨法官媳妇在厨房中与其闲谈："那田少文的老婆徐雯娟过去不是张大志的老婆吗，所以张大志非要把事儿闹大了不可。"而杨法官指责道："你是法官家属，什么东家长李家短的你少掺和。"陈文清请求杨守庭压后审理案件，两口子在炕头聊起此事，其妻子便应和道："那你就压后几天呗，当初我开小卖店向鸿雁借钱人家二话没说就借给我了，爷爷有病住院，儿子上学，都是文清两口子跑前跑后忙活……"而杨法官最终还是拒绝了陈文清的请求，决定按时审理案件。不难看出此时的空间已经从明亮庄严的法庭聚焦于锅碗瓢盆的家中，不仅没有了法律文件、办公桌椅、国旗国徽，甚至连法官的制服也变成了居家服，但是这并不能改变杨法官对于法律的那份执着与对法官身份的坚守。

在影片高潮处，陈文清包庇田少文、收受贿赂、遮蔽矿难真相等劣迹败露，杨法官深夜辗转反侧难以入睡，骑着摩托连夜赶往县城陈文清家中，将其带到儿时梦想的摇篮地——母校清河小学。"30年了，30年了……你还记得这旗杆……当年你学习好，你是升旗手，每次你升旗我都特别地羡慕你。"杨法官羡慕的是那份誓言在旗杆下、国旗下的庄严与神圣。杨法官激动地喊道："好，现在升旗，我升旗，你站在这。"陈文清反抗道："这没有旗。"杨法官近乎嘶吼道："有！就在我心中，现在升旗，唱国歌。"此时，有些不解、有些恼羞成怒的陈文清转身离去，这一转身暗喻着对儿时誓言的背信、对人民的弃义、对国旗的亵渎，最终随着时间的流淌、私欲的暗涌使他成为历史的罪人。30年啊，那个仰望国旗的少年成长为国旗驻心间的人民法官，儿时的誓言从信仰变成人生的经纬坐标，时间的洪流冲刷了泥沙，留下了心间的中流砥柱。

杨法官以法律为准绳审判案件，不因身份或是权贵而偏离准绳；杨法官身为公务人员亦是丈夫、挚友，不因亲友的关系而动摇工作的基本准则；杨法官儿时的梦想贯穿于成长始终，不因时间流逝背信弃义。

清淤与反腐

我们常常说，"艺术源于现实，高于现实"，这句话通俗易懂中道出了艺术与现实的关系。而《清淤》正是这样一部取材于现实题材的电影，反映了社会贪污腐败的重大问题，表现贪官与奸商的贪赃枉法，也表现了对共产党员清正廉洁的向往与憧憬。

中国共产党第十八次全国代表大会报告中明确提出，坚定不移反对腐败，永葆共产党人清正廉洁的政治本色；十八届三中全会也指出，坚持用制度管权管事管人，让人民监督权力，让权力在阳光下运行，是把权力关进制度笼子的根本之策。从上文的分析中，我们不难看出杨守庭正是这种党员先进性的坚定拥护者和执行者，更是在阳光下、在制度中行使人民赋予权力的法官。与此同时，随着十八大以来反腐行动的不断推进和深化，从中央到地方不断有官员被调查、双规、落马，他们或是利用职权谋取钱财或是碍于人情违规操作，无论如何亵渎了法律的尊严、逾越了制度的鸿沟，一失足成千古恨。而影片中的陈文清便是他们其中的一员，出于金钱、名利，选择了铤而走险，步入道德与法律的禁区，不仅乌纱难保更难免望穿秋水的牢狱之灾。

影片《清淤》是一首对优秀党员、人民法官的赞歌，是对党的十八大以来反腐倡廉举措的一次肯定和礼赞；同时，这也敲响了对贪赃枉法之徒的警钟，是对反腐行动的一次忠诚的谏言。

心中有律令，身边有暖流
——浅议《盲区》

冯锦芳

一晃，中国已经改革开放三十多年了。三十多年过去，许多理想变成了现实，比如所谓的电气化、自动化、信息化；许多观念深入了民心，比如民主和法治。在这样一个阶层和价值复杂多元的古老国家，对于维护基本的社会公平和正义而言，有什么能比法律更有权威、更可倚赖？答案不容置疑。在这样的语境中，《盲区》是一部很有意思的电影：对上面所说的"法大如天"这条原则，它的回答是："嗯。但……"

心中的律令

草根男刘春生开斗气车，导致高富帅马骁截肢。而视觉盲区的存在，使他和这起严重的交通事故没有法律上的关系，完全可以无责一身轻。在时下新闻报道展示的各种事故中，一些人为免责而对簿公堂甚至不惜谎言迭出，费尽心思把事件演绎成一出出"罗生门"。但刘春生不需要这样，现场监控录像明明白白显示，是马骁自己闯红灯撞上正常行驶的大货车。

但法律作为被人们寄予了厚望的正义之途、公平之径，它是绝对吗？有它便足矣吗？作为一个老实本分的普通青年，大概刘春生不会想这么多，但他在做，他用行动回答了这些疑问：不够！因为人是万物之灵,有"良心"。康德说:"良心就是我们自己意识到内心法庭的存在。"社会法庭固然是神圣的,内心法庭却更高贵。

开车斗气本来是一件生活小事,许多人都难免,尤其是心情差的时候。但当这样的小事成为一场重大交通事故的诱因,进而成为一个男孩命运的分水岭的时候,小事也有了非同寻常的意义。面对马骁大好人生的倏然转折,面对马骁无法面对现实、只求一死的号叫,刘春生不安了。无人责备、无人追责,但他就是不安。在人们普遍更喜欢寻找借口让自己心安理得的时代,刘春生没有办法,他对不安无能为力。他被不安所折磨、所驱使、所改变,辞掉前途光明的心爱的工作,默默扶助挣扎于人生低谷中的马骁,主动承受着自己的一时意气诱发的后果。刘春生可以不这么做吗?当然。但他就是不能,过不了自己心里的坎儿。

《盲区》导演方军亮已经导演了三十多部电影,编剧黄广生曾荣获第17届上海电视节电视电影最佳编剧奖,主演瞿小兴也担纲主演过多部频道出品电影。在方军亮导演的三十多部电影中,《信义兄弟》从主题上和《盲区》息息相通、遥相呼应:《信义兄弟》取材于真人真事,由曾创作过《老寨》等优秀作品的邢原平担任编剧,荣获第十二届精神文明建设"五个一工程"奖、第十二届数字电影百合奖优秀故事片一等奖。

有个信条哥哥孙水林坚守了 20 年——"今生不欠来生债,新年不欠旧年薪"。为赶在年三十前给老家的工友们发工钱,哥哥一家四口开车夜奔,遭遇了车祸,全部罹难。悲痛中的弟弟孙东林四处借钱,准备年三十替哥哥为工友们发工钱。此时,父母也从电视上知道了大儿子一家的噩耗,却强颜欢笑,一如既往准备着年饭,像往年一样招待工友们。账本在车祸现场丢了,这对兄弟的信义换来了工友们的信义,大家自己报账,最后一分钱也不差。孙东林可以不这么做吗?当然。但他就是不能,他也过不了自己心里的坎儿。

刘春生的"良心",孙氏兄弟的"信义",说到底,都是这些平凡百姓"心中的律令",这些律令使他们艰难的生存更不容易,却也使他们平凡的人生更有光彩。

法律的盲区

在走向现代化的中国，法制是不可或缺、不容置疑的。但法律是万能的吗？在某些情境下，难道法律就不存在"盲区"吗？

失恋的马骁自认被女友毫无理由地辜负了之后，怒发冲冠，带着报复的激情驱车当街狂奔，终于酿成惨剧。如果说人的视野和心灵都有"盲区"的话，马骁心灵的"盲区"就是，他看不到自己一味物质给予的慷慨行为，伴随着的却是对女友情感和需求的忽略。而刘春生心灵的"盲区"则是，看不惯富二代马骁驾着豪车横冲直撞，作为公交车司机和这个小伙子开斗气车。对乘客和马骁而言，刘春生的行为都是高度危险的，既违反了职业道德也显示了个人修养的瑕疵。但当这两个存在心灵"盲区"的人狭路相逢，意气用事酿成事故后，整个局面变成了法律的"盲区"：无罪，但有责。面对法律的"盲区"，当事人固然可以坦然地置身事外，但当"内心的律令"像超级程序一样启动的时候，道德显示出了它绵厚的力量。

想起了《十二怒汉》。电影《十二怒汉》有多个版本：1957年的《十二怒汉》是导演西德尼·吕美特的处女作，是一部以陪审团为主角的法庭戏，探讨美国陪审员制度和法律正义，获柏林金熊奖。尼基塔·米哈尔科夫2007年翻拍的《十二怒汉：大审判》却将俄罗斯的文化精神和现实困境融入原作的故事框架中，对原作进行了成功地改编。如果说1957版《十二怒汉》是美国法律制度和电影原创剧作法的教科书，那么2007版《十二怒汉：大审判》就是俄罗斯民族精神和电影改编剧作法的教科书。

从主题上说，《十二怒汉：大审判》不再以法律为根本出发点，探讨法律"是什么"（追求真相和公正）这个问题，而将主题进一步提升，以"人"为根本出发点，探讨法律"为什么"（真相和公正能带来什么）这个问题。片头字幕说："不要去寻找生活的真相，试着感受生活的真谛吧！"开宗明义，已经表达了对机械的法律理性的怀疑——它是否真的能实现它的初衷和目的？当尘埃落定，十二个男人纷纷闭上了他们不吐不快的嘴，片尾字幕又一次强调："法律是永恒、至高无上的，可如果仁慈高于法律呢？"虽然是个疑问句，但对刚看完这个故事的观众来说，其实是一句措辞谦恭的回答。

与美版比，俄版除了重新设置人物和场景，增加了反映俄罗斯社会现实的情节和细节外，还改写了结局，并在结局前埋了一个很大的包袱。美版的结局是"12：0"，真相被揭示，正义被伸张，法律被维护。而俄版在"12：0"之前却有一个转折，陪审团主持人说，他从来没相信这孩子杀过人。之所以要认为他有罪，是因为监狱对他来说，是更安全的所在。

既然法律不是无所不能的，那么，在法律的"盲区"，刘春生们的不安、十二怒汉的坚持，也是一种不可或缺的心灵建设力量吧，悄然弥合着社会的罅隙、人心的裂痕。

身边的暖流

刘春生虽不合常理、一意孤行，但其实遇到的阻力并不多，也不大：前领导推心置腹，处处为刘春生着想，希望他留下当接班人。发现无法说服他后，又为他安排了驾校的工作。女友对其辞职根本不知情，知道了也不过轻轻责备一句，然后继续筹划买房、结婚，一心一意等他娶自己。刘春生的母亲一直不知道真相，从准儿媳那儿知道后，就坚定地支持儿子。马骁的爸爸发现刘春生的身份，也没有怎么样，不过是希望他和儿子的事情能用男人的方式解决，"打一架"。而马骁一直蒙在鼓里，知道真相了也不过一时错愕，然后承认自己也有责任，并学会换位思考，向准备结婚的前女友道歉并道贺。

单从叙事而言，这种人物关系设置也许有点顺拐，故事的戏剧性不免因为这种缺少阻力和对立面的格局有所削弱。但也因为这种设置，刘春生和他身边的人们之间弥漫着暖意，从而使整个故事温暖流畅。这部电影塑造了具有人性闪光点的平常人的群像，他们虽然不会讲什么大道理，也做不出什么惊天动地的大事，但在事关切身利益的人生考验面前，他们能够遵从更高的信条和准则，克服困难、战胜自我去努力践行。他们的言行所佐证的，还是康德那句话："位我上者，灿烂星空；道德律令，在我心中。"心中有律令的人，不论多么卑微渺小，都是堂堂正正的。

《盲区》在宣传文明驾驶上用了很多笔墨，固然有较强的现实教

《盲区》

育意义，但也难免直白了些。但作为一部中低成本电影，却有中低成本电影所不敢轻易尝试的追车、撞车戏。在有限的条件下，将车祸过程拍成这样的水准，足见主创的努力和认真。另外，《盲区》虽将刘春生和马骁的身份设置为普通青年和富二代，却没有在他们的身份上大做文章，没有以此为噱头，对这两个人物进行概念化的设置和塑造，而是老老实实讲述了他们如何彼此扶助，共同走出心灵盲区的故事。

　　这种创作的态度，本身就带着善意和暖意，遵从创作者内心更为朴素的律令。

影片角色的观众认同感

王子男

电影从来都是一种艺术，艺术是人理解世界、表达情感的一种方式，说到底都是人的事。看任何一部影片的时候，真正打动我们的并不是那些光怪陆离的特效世界，也不是那些繁复设定的奇异空间，更不是出演这部影片的带着噱头的"名角儿"，最终能打动观众的，还是影片中的"人事儿"。就如同欣赏任何一件艺术作品一样，观众观看电影也要满足自己的心理诉求，除了一般的娱乐消遣外，观众在观影时，希望能够从影片中寻求一种心理认同，影片中角色的物理情境和心理情境越接近普通观众，则被认同的可能性就越高。

《甘南情歌》改编自藏区大夫王万青的真人真事，是一部英模片。传统的国产影片，因为教化思想的影响，在塑造英模时，容易概念先行——将"英模"当作"超人"塑造，影片中人物的思想和行为容易与现实脱轨，他们的"高尚"并不能被广大观众接受。《甘南情歌》却没有落入这个俗套，影片将男女主人公的爱情故事当作核心主线，利用普遍的、日常的行为和人性刻画构建主人公的人格和情操。除了主人公以外，影片中其他角色同样也没有脸谱化处理，拿口头语来形容，就是"说人话，做人事"。

故事开始于一个长途车客运站，城市人打扮的男主角，乘上开往大草原的长途汽车，随着带有强烈民族特色的主题曲和片名的出现，汽车离开了标志着文明的城镇，接着映入画面的是广阔的草原、湛蓝的天空以及远处起伏的山峦。

墙上的大字报、口号宣传语，以及主人公在汽车上与其他角色的对话大体交代了《甘南情歌》的背景：在文化大革命初期，男主人公"服从分配"，不情愿地被支到了"与世隔绝"的草原。通过这5分钟的情景交代，在并不了解主人公为何人的情况下，观众已经对他们的故事有了期待。虽然女主人公在公车上公然对男主角宣布"我们广大牧民不欢迎你"，并要将他赶下汽车，但在上一场戏，女主角透过车门偷偷观察了站在车外的男主角，已有了一种伏笔的意味。

在这前5分钟的故事中，导演几乎给了男女主人公同等分量的镜头，而且通常都是在男主角的一个动作之后，紧接着表现女主角的一个动作。起初二人的动作并无关联，直到男主角明确表示出对与世隔绝的草原略微厌恶的态度后，女主角的动作就开始与他息息相关了。长途车上的这场冲突戏，最终以女主角一行高唱山歌压过了男主角的歌声而"胜利告终"。

这一段"主人公精彩出场"的5分钟，有了充分的预示，给观众以"后有好戏"的充分铺垫。

开头的铺垫结束，影片进入正题，男主角来到秀玛公社后，我们知道了他的名字：万鹏，他是来自大城市的医科大学生，一身城市装扮和当地的居民产生明显反差。随着故事的展开，角色一一出场。除了男女主角万鹏和卓尕，还有公社主任贡保，另一位汉族医生胡光，以及男主角的情敌杰布。剧作家高尔斯华绥曾说："人物就是情境。"影片随着人物刻画和人际关系缓缓展开。

故事遵循现代戏剧的基本原则发展，线性的结构和"递进"式的情节安排，很易让观众能融入故事。在秀玛公社，最早与男主人公接触的人是秀玛公社的主任——贡保大叔，这个人物性格较为固定，并没有随着情节发展发生太大的变化，有几个情节巧妙地塑造了主任的形象：一、开场贡保向万鹏介绍胡医生时，胡医生说，"我代表全公社的藏族同胞感谢你"，主任立马捅了胡光一下，并斥道："你代表啥呢嘛。"二、万鹏和主任边吃肉边聊天的时候说,"我的出身就不太好,我的父亲是小业主。"主任不假思索地回话:"草原上没有小业主,只有曼巴。"三、胡医生在纠结是否要给重伤的孩子做手术时,问:"如果娃娃死在这里,谁来负这个责任?"主任喊:"我来负责!你们不要吵了,救娃娃要紧。"四、万鹏和主任边吃菜叶边聊天的时候说:"我其实一直在寻找'草原香巴拉'",主任肯定地回答:"你找不到,你连爱情都不敢要,还找什么香巴拉?"通过这一系列事件,贡保主任在观众心中被定位为一名引导者。这名引导者并不像"先知"般全能,也不会讲什么大道理,他只是把来自草原,流传已千年的朴实智慧传达出来。年长者的身份使他的言语更加有说服力,而质朴的外形,更为他贴近观众作出了很大贡献,贡保大叔其实就是草原的化身。

　　与主任几乎同时出场的,就是之前提到的"代表藏族同胞"的汉人医生——胡光。这样一个在人群中属于中等偏下的角色,是作为"绿叶"存在的,这个角色出场时间并不多,但每场戏的戏份都很足。胡光的性格不够高尚,就如同《西游记》中的"猪八戒"(《西游记》猪八戒一角是纯粹的人性刻画)一样,行为中处处透着人性的东西。登场的戏中,胡医生擅离职守,被贡保主任喊回医院的他,才露面就想"代表全公社的藏族同胞"。之后手术的一段戏,胡医生笨手笨脚被手术刀划破了手指,便以此为借口逃避手术……这一系列行为,反而衬托出男主角"高尚"的一面。虽然胡光不够高尚,但却不阴暗,他作为一个务实的汉族男人,对男主角提出的请求从不回避,还借着自己工作之便,把万鹏调到县里工作,也算帮自己朋友一个忙。这样性格的胡光,让观众没法讨厌他。而我们看到这个胡医生,就像看到生活中的绝大部分人一样,他只是不想吃那么多苦,只是想去条件更好的县医院,这是人类基本的趋利避害的心理和行为。影片并没有塑造一个"反面角色"供大家批驳,胡光只是一个普通得不能再普通的日常生活中随处可见的人。

　　男主角的情敌杰布作为主要配角,是第三个出场的,他是女主角德吉卓尕青梅竹马的朋友,已经把卓尕当作自己"私人物品"的他,万万没想到会从城里杀出个万鹏,并牢牢吸引住了自己的女人。能够在有限的剧情中表现这个藏族汉子复杂的感情并不容易,但本片做到了,依靠了以下几段戏。杰布最早的出场,是在万鹏和贡保第一次吃肉聊天的时候,出场的仅仅是一个名字。通过万鹏的描述,杰布向他灌输了这样一个思想:"央金老阿妈是地主婆,你不该给他看病。"这个人给观众的第一印象是一点点小卑鄙。随后我们亲眼见到了这个角色:万鹏在"赤脚医生培训班"上课时,杰布骑着马来到门口,一边高喊着卓尕的名字,一边闯进了教室。"粗鲁",用这个词来形容他给观众的印象非常恰当。但就是这样的杰布,在男主角跌下马来昏迷的时候,却把他扛回家里好好休养;也是这样的杰布,在卓尕伤心时安慰她,说出"你要天上的星星,我也去给你摘一个";还是这样的杰布,在卓尕嫁给万鹏的时候,仍然为他们准备了哈达。全片看来,杰布也算得上是草原上的好青年,德智体全面发展,对德吉卓尕的爱也是天地可鉴。这个草原上的好青年之所以会展现出那些粗鲁,纯粹就是因为吃醋,就像成绩优秀的高中生跑到隔壁班级教室对高富帅大打出手,仅仅是因为他抢了自己的女朋友,这是一个道理。

  影片剧情长度几乎跨越了"文革"十年,男女主人公的情感在这十年中也发生了很大的变化。正如开端的5分钟所宣布的那样,在这段两性关系中,男主角是"被看"的一方。在戏中虽然有"猪八戒",但男主人公也并没有完全被塑造成"孙悟空"(在《西游记》中孙悟空是一个完美的化身)的形象,虽然我们的万曼巴医术高明,人见人爱,却也有作为人真实的一面:男主角的性格在影片发展的十年中对草原上的这份事业的态度有着"成长式"的合情合理的改变,从厌恶到喜爱,最后到离不开,而他的离不开不仅仅是草原病人的需要,还有他自己的爱情。万鹏在看到草原医疗条件极度缺乏的状况时,所做的事情就是用自己学到的知识做力所能及的事情,在亲眼目睹老人因为没有得到及时治疗去世时,感觉到了自己使命的分量。慢慢地,他带出了自己的徒弟,完成了草原常见病的研究,并决定扎根草原。万鹏对草原的喜爱,主要源于草原对万鹏的需求,当一个人能够发挥自己的才干,成为被需求,被尊重的人时,无论环境如何,他的心境都是愉快的。在片中,有一段万鹏在央金老阿妈家里帮她复查的戏:万鹏恳求央金把转经轮借自己用,在学会转经之后,央金和在一旁的卓尕都露出了笑容，万鹏自己也羞涩地笑了起来。就这样，片中使用一个个情节和片段，这个简单的情节，实际是万鹏融入草原的开始，也让观众从画面直观地感受到万鹏的快乐，更是他扎根草原的行为的铺垫。

《甘南情歌》

万鹏对草原的喜爱，也与卓尕分不开，她并不是草原上的仙女，而是草原上一个坚强美丽的小女孩，她固执、单纯、敢爱敢恨。在开始与万鹏这段恋爱关系时，卓尕是作为进攻方出现的，这个草原"女汉子"可谓非常彪悍，骑马、开枪，样样都会，对男主人公的进攻也是简单而直接的：虽然起初她"代表广大牧民"表示不欢迎万鹏的到来，但对这个异乡人的好奇心却也停不下来。卓尕死皮赖脸地一定要出现在万鹏面前，哪怕刚被骂走，却又出现在万鹏办的"赤脚医生培训班"中，万鹏因为还没消气，说："对不起，我们这里不招女学员。"卓尕不顾面子捅破说："你不是不收女学员，你是不收我吧。"在万鹏和卓尕被狼群追赶时，卓尕跳下马与万鹏一起爬上树枝，说："我宁愿两个人一起喂狼。"最后，干脆把万鹏拉到草原上，问他说：

"你愿意娶德吉卓尕做你的老婆吗?"由于爱情故事发生在藏区,那么它肯定与发生在城市里的爱情故事不同。导演说,原剧本中的爱情有些落入俗套,很多搂搂抱抱、哭哭啼啼的桥段,这样的戏在拍摄中被改掉了,而提出这些建议的人,正是女主角卓尕的扮演者——纯正的藏民德姬。最终,在卓尕的"藏式攻略下",男主角还是被拿下了,她也从一个进攻者变成了守护家园的人,无论作为妻子还是工作助理,她都夫唱妻随。当返城政策到来,丈夫要回城探亲,她心中充满对未来的忐忑,但她只是默默背过身去悄悄地担心。当万鹏从家乡回到甘南,一家人在草原重逢的画面,一幅幅定格了卓尕的幸福,孩子的幸福,一家人的幸福。这种幸福,早就有了铺垫。影片精心设计了好几场万鹏救死扶伤的情节,每一次都有卓尕的参与。万鹏的事业和爱情就这么巧妙地交织在一起。这是一对情投意合,志同道合,不可离弃的爱人。

  这是近些年鲜见的美丽动人的电影故事,也是一部易被观众接受的"好人好事"英模片。它摒弃了惯常的英模人物的事迹罗列,人格拔高,美丑对比,而是从人品人性出发,从敬业爱业和美丽的爱情入手,最后以自身和草原间相互认同、需求,以幸福的家庭图景结束。什么是最幸福的人生——《甘南情歌》用万鹏的故事做了回答:你的价值被社会认同,你的家庭和谐温馨。谁不想拥有这样的人生,谁不想做这样的好人。王万青,作为感动中国人物感动了中国;万鹏,作为艺术形象,打动了荧屏。

小人物的大事业
——评《我叫阿里木》

檀秋文

阿里木江·哈力克，新疆人，是第三届全国道德模范。他的生活并不富裕，靠卖羊肉串谋生，却因为急公好义、乐善好施，被新疆人民亲切地称为"好巴郎"，被贵州人民誉为"草根慈善家"。2001年，他到贵州毕节以卖烤羊肉串谋生。从此之后，他10年如一日，坚持用卖羊肉串的微薄收入资助贫困学生，先后捐赠了二十多万元，资助了数百名贫困学生，并在贵州毕节学院设立了"阿里木助学金"，以微薄的收入资助了数百名贫困学生。2011年9月20日，阿里木江·哈力克在第三届全国道德模范评选中荣获"全国助人为乐模范"称号。

《我叫阿里木》就是根据阿里木江·哈力克的真实事迹改编而成的。

一

我国是一个多民族国家，民族团结始终是国家政治话语中一件十分重要的事情。影片主人公原型阿里木江的少数民族身份，加之他捐助的多为汉族学生，因此，他被推举为"全国道德模范"，固然是因为其行为本身非常感人，值得大力提倡，另一方面也多少因为其少数民族身份在当前政治形势下的特殊意义。

影片《我叫阿里木》的拍摄，毫无疑问也统一在民族团结的大背景下。事实上，该片能最终拍成，也离不开各民族工作人员的集体努力。演员自不必说，在工作人员中有汉族人，也有众多的少数民族成员，因此《我叫阿里木》本身就是一个民族团结结出的硕果和典范。

不过，"民族团结"的主题主要体现在影片内容上，但并没有通过人物的台词予以简单地、赤裸裸地呈现，更多的是以一种"润物细无声"的方式潜移默化地加以表达。具体而言，就是通过阿里木与汉族民众之间亲如一家的关系和他对家乡新疆的热爱来表现。阿里木帮助汉族学生方小马治病，资助他上学，和方小马之间彼此以兄弟相称，二人也一见如故，彼此建立起了深厚的感情。阿里木和周围邻里之间关系融洽，平日里互帮互助。阿里木的房东杨大姐，则在阿里木遇到困难时主动施以援手……这些生活中的点滴都生动诠释了"维汉一家亲"的思想。而阿里木言语中始终流露出对家乡新疆的热爱，认为毕城的水果没有新疆的甜，在军营里也不停地跟战友说新疆是最美的地方。阿里木热爱家乡的话语，再加上镜头中对美丽新疆的表现，都无不是主动契合政治意识形态的询唤。

多年前，国内有学者就提出了主旋律电影的"儒学化"创作倾向，认为当下的主旋律影片在表达儒学化的主旋律理念时，转向古典文化传统中的以仁爱为核心的儒学伦理。《我叫阿里木》毫无疑问也属于主旋律"儒学化"的又一例证。

《孟子·离娄下》中有云："爱人者，人恒爱之。"阿里木的人生际遇就充分契合了这一名句。正如片中台词所言："一个卖羊肉串的小人物，却做着最高尚的事。"阿里木用自己的实际行动谱写了一曲民族团结之歌，在平凡的生活中创造了伟大，以一名普通新疆少数民族青年的身份演绎了人间大爱，体现了中华民族乐于助人的传统美德，弘扬了社会主义核心价值观，也是当代青年的骄傲。他资助学生、为人和善、诚实经营，换来的是吃羊肉串的顾客、街坊邻居，甚至素不相识的陌生人对他同样真诚的回报，结交了众多的好心人。阿里木从警察局里把方小马带回自己家中时，从巷口开始，观众就随着摄影机的主观镜头认识了阿里木的各位街坊邻居：先是一位老爷爷替他垫付了水电费，接着一个小孩邀请他一起打怪兽游戏，然后一个老奶奶递给阿里木一盘适合他吃的饺子……这个长镜头充分表明了阿里木的好人缘。

近年来，主旋律电影在创作中已经逐渐把主人公去英雄化，逐渐把以往看似高不可攀、遥不可及的英雄人物还原成普通人，表现出他们身上与普通人相通的情感和人性，诸如《第一书记》、《郑培民》等影片无不如此。应该说，这种方法为主旋律电影的创作带来了很大的改观，使其更加接地气，也更加感人。但从另一方面而言，这种影片的主人公身份要么是官员，要么是在特定行业作出特殊贡献的先进模范人物，先天与普通观众具有一定的距离，因此，即便创作者想方设法找到了主人公身上人性的一面并加以表现，其在传播时的实际效果也难免与普通大众有所隔阂。而阿里木则不同，他本身就是出身草根，因家贫而辍学，在军营里摸爬滚打过，复员后在供销社当过营业员，烤羊肉串也是再普通不过的营生……阿里木的人生平平常常，但正是这样的草根英雄，当他以自己的微薄收入，数年如一日地资助贫困学生时，在这行为背后，展现的是普通人的一颗金子般善良的心，为社会传递着正能量，能够引起同样属于草根阶层的大多数观众的共鸣。

值得称道的是，电影的创作者在塑造人物时，并没有按照以往主流话语询唤的普遍做法，把阿里木的行为举止和思想境界刻意拔高，使其成为不食人间烟火的"高大全"式的"英雄"，而是充分表现了阿里木作为普通人的一面。全片充满生活的质感，剧中的情节都是在现实生活中真实发生的，因此，观众从影片中看到的不是以往那些主旋律影片中经常出现的比日常生活略高的想象态状况，而呈现出一种和观众的日常生活相接近的、没有经过太多修饰的本真状况。这也使得阿里木的形象始终都显得可亲可爱，始终都是那个普普通通的草根模范。从另一方面而言，去英雄化，也符合当前后现代主义语境下消解权威、解构崇高的草根审美。在这一点上，《我叫阿里木》可以说是紧紧抓住了观众的观赏心理。

全片在故事结构上采取了一种"串糖葫芦"式的结构，即以阿里木与方小马，与邻居，与房东之间的现在时空为故事主线，同时不断穿插闪回段落来表现阿里木的成长历程。全片共有六次闪回，分别是：第一个闪回表现的是阿里木的军旅生涯；第二个闪回是幼年时骗吃妹妹拉条子的调皮的阿里木；第三个闪回是青年阿里木把上学机会让给妹妹，主动辍学当兵；第四个闪回讲述了阿里木在银行匿名为众多学生汇款；第五个闪回是阿里木退伍后到供销社上班；第六个闪回讲述的是阿里木在好心人的帮助下在毕城创业的过程。这些闪回的段落其实讲的是主人公的成长历程，尤其是他思想转变的历程。正是因为阿里木幼年时期家里穷念不了书而辍学，所以他才会觉得读书无比重要；正是因为阿里木宅心仁厚，在供销社卖东西宁愿自己倒贴钱也不忍心赚群众的钱，所以他资助贫困学生也就合情合理；正是因为阿里木最要好的战友袁胜利是毕城人，所以他才会来到毕城卖羊肉串……这种剧作结构也使得本来极容易流于流水账式平淡的故事具有了一定的曲折度，同时也为阿里木助人为乐的行为奠定了合理性。

对于熟知影片主人公阿里木江·哈力克及其光辉事迹的观众而言，这种"串糖葫芦"式的结构营造了一种"熟悉的陌生化"的效果，使得影片的可看性更强；而对于不熟悉人物原型的观众而言，可以通过这样一种方式深入到人物内心，去感受这个平凡的小人物身上的伟大，同时仁爱、仁慈、仁厚等传统儒家价值理念也在潜移默化中呈现在观众面前。阿里木也就成了学者所言的"仁爱式"英雄。

二

在很多方面，《我叫阿里木》与1959年由上海电影制片厂拍摄，鲁韧导演、仲星火主演的经典影片《今天我休息》有着很多相似之处。

《今天我休息》的主要剧情是：派出所所长的爱人姚美贞给民警马天民介绍了个对象——邮递员刘萍，并让马天民休息日去会面。在赴约途中，马天民帮助一个老农救了掉在河里的小猪，后又帮人送小孩去医院急诊，还千方百计通过各种办法寻找一个丢失了钱包的人。当马天民赶到刘萍家时，已经是晚上8点半钟。刘萍以为马天民没有诚意，对他态度十分冷淡。但巧合的是，刘萍的父亲就是马天民帮助过的老农民，因此刘萍对马天民的误会消除，也对他有了好感。

《我叫阿里木》

　　这两部影片的第一个共同之处是故事的主人公，无论是马天民还是阿里木，他们都以助人为乐，不计较个人的名利得失，最终助人者得人助，以自身善良优秀的品质赢得了姑娘的芳心，收获了甜美的爱情。其次，二者都采用了喜剧的方式来表现。《今天我休息》是新中国"十七年电影"的经典之作，与《五朵金花》一起开创了新中国歌颂性喜剧的新样式，在当年得到了广泛好评，可谓开一时风气之先。《我叫阿里木》同样也采取了喜剧的方式来表现，片中笑点很多，很好地调节了叙事的节奏。这个喜感，一方面体现在台词上，如有顾客反映从烤肉里吃出了一根羊毛时，阿里木调侃"一串烤肉，难道还吃出个地毯吗"，显示出其机智灵敏；而在军营里被问到"立体作战"的基本原则时，听课时睡着了的阿里木则懵懵懂懂地回答是"站着开枪"，等等。另一方面，影片的喜感还体现在人物的动作上，如少年阿里木以变魔术为借口吃掉了妹妹碗中的拉条子，就让人忍俊不禁；再如10公里武装越野时，阿里木一开始冲在最前面，结果却后劲不足，反而被战友们一个个反超，狼狈不堪。

　　《今天我休息》的主人公为虚构的人物，影片以屡次错过约会为戏剧冲突，采用了误会和巧合等喜剧手法来结构影片，作为故事发展的推动力。对于《我叫阿里木》来说,由于影片的故事原型及其光辉事迹已经广为人知,又囿于真人真事的羁绊,创作上虚构的余地不大,因此,要想以正面表现的形式来创作这样一部影片,拍摄难度其实颇大。

任何一部电影都是在有限的时间内来叙述一个完整的故事,而故事的完成者就是人物。可以说,人物是一部电影的灵魂之所在,承载着创作者对生活的感受、喜好和价值观。然而"人"又是这个世界上最多样、最复杂的事物。如何能够深入人物内心,表现出阿里木独特的个性,引起观众的共鸣,让观众理解这个人物,为他的困难而担忧,为他的幸福而鼓舞,这是影片所要解决的重要问题。

影片编导另辟蹊径,索性淡化了故事情节上的戏剧冲突。全片可以称得上冲突的地方只有三处。第一处是方小马卖啤酒花生等食品时,触动了当地流氓混混的利益,并与之发生了冲突,但导演只用寥寥几个镜头就一带而过,且这一冲突为接下来阿里木和方小马之间感情进一步深化奠定了基础,铺垫性的作用更大。第二处是阿里木的大哥来找他,申明了家中的困难,对他资助贫困学生却不顾家人的生活表示不理解,还找阿里木要钱,但这一冲突很快就被兄弟二人浓浓的手足情所冲淡,并且以阿里木每月给家里寄500元钱而告终。第三处是古丽的父母不同意她嫁给阿里木,但最终被古丽说服。除了这三处之外,影片的其他段落中,再无激烈的矛盾冲突。导演将主要精力都放在了人物塑造上,把镜头对准了阿里木生活中的点点滴滴,以烤羊肉串、资助贫困学生、与邻里关系和谐等几个方面表现了阿里木诚信经营、乐善好施、宅心仁厚的性格特征。

罗伯特·麦基指出:"人物设计主要应从下面两个主要方面的安排出发——人物塑造和人物真相,人物塑造是所有可观察到的素质的总和,是使一个人物独一无二的综合体……人物真相潜伏于这一面具之下……人物真相只有通过两难选择来表现。这个人在压力之下所选择的行动,会表明他到底是一个什么样的人——压力愈大,选择愈能深刻而真实地揭示其性格真相。人物真相的关键是欲望……欲望后面便是动机。"一个精彩的故事的发展,需要有一个精彩的"核心",这个核心就是剧本故事不断向前发展的力量。电影创作者的任务就是寻找到这个核心，并以这个核心为出发点构造故事，一旦核心确立了，电影故事也就确立了。所谓核心，其实就是故事主人公的目标、需求、方向。

在塑造阿里木这一人物时，导演紧紧抓住了其行为的出发点："读书"。军营促进了阿里木的成长，在部队里"学文化、长知识，知道啥是坚持啥是感恩"，也使得他从一开始不爱学习、只会蛮干，到最后明白了学习的重要性。他深知由于自己没有读多少书，影响到他一生的命运，所以他才希望别人不要重蹈自己的覆辙，所以他才会多年如一日地资助贫困学生，才会苦口婆心地教育方小马要专心学习。虽然"一串羊肉串只挣一毛钱"，自己节衣缩食，即使是在伊斯兰教三大节日之一的肉孜节都只是喝茶吃馕，但阿里木始终乐天阳光、热爱生活、捐款大方，以实际行动感动着别人。影片对阿里木这个人物的表现，既有对人物外在诸如年龄、职业、形象的塑造，又通过一个个充满质感的生活片段和人物的选择、行为，深入到人物内心，充分表现出阿里木高尚的灵魂。

稍微有所遗憾的是，片中的一些镜头语言略显中规中矩，如果能有更大的创新，在视觉上带来的冲击力会更强。而且，作为一部表现少数民族先进人物为主要内容的影片，在片中的少数民族角色之间的对话时，除了个别几句台词以及阿里木唱的歌曲之外，采取的多为汉语普通话对白。尤其是阿里木和家人、和维族乡亲们的对话中，如果能够多使用一点维族语言，甚至全部使用维族语言的话，会更加符合影片的规定情境。不过，总体而言，影片将这样一个并不是很好表现的题材以这样一种方式呈现出来，殊为不易。

评析广角

好人好事让人温暖又快乐

曹雨晨

今年的雪来得格外晚，晚到了马年，飘得不清不楚、又不情不愿。水泥地上融作汤、混成雪泥，车流碾过，大街上人流不息，我的思维随之跳脱，竟兀自划入昨晚的那幕电影场景：孤零零的维族土城，车轮碾过的地方不似眼前的漉漉泥淖，却是扑面而来的滚滚黄沙。这城和沙、这飞骑单车的维吾尔族少年，直筒筒的性格，开口见性，明亮的眼，和一眼能望见的心，让人对这土城的贫穷多了几分乐观和亲近，也让人对这率真的男主角平添几分好感。

少年的他骑一辆"二八铁驴"，云淡风轻便可飞过干燥凹凸的土埂，撒出身后一片迷雾大网，网住染黄的天边儿。突的一个急转弯，他抖擞甩过，紧跟着一句欢快的呐喊：看，部队要我呢！这是之后这位"感动中国人物"重要的历程。部队，影响了阿里木之后的人生。

因为知道《我叫阿里木》是一部"感动中国人物"改编的电影，便情不自禁地在观影前预设一种铁石心肠，摆出了一副刀枪不入的架势，但结果是情不自禁地被感动，阿里木的善良具有感化人心的暖暖的力量，这是我在观影前万万没有想到的。

没有想到的不止于此，没有想到的还在于视觉意象与听觉意象的引导，它们让故事和情感如此真实动人。其中一个镜头非常打动我：月亮偷把月光洒入后窗，阿里木侧身而坐、抚鼓歌唱，指尖在达卜（新疆手鼓）上敲、搓、掌掴、击打，然后重复，鼓点疏落而下，似是要在这惆怅的夜晚摇摇欲坠。视觉意象通过光影的合理遮挡与分配臻于至真。阿里木的剪影镂空了后窗射出的月光，逆光的深沉雕刻出他高耸的鼻梁；画面中大门虚掩，将略微明亮的侧逆光补给他静静的脸庞。光影如刀，刻画出他的坚韧艰辛和平实，毫无一般英模片人物的伟岸高大，但却由此真实亲切。演员的选择是影片最大的成功，不仅带来视觉的愉悦更让人愿意接纳认同"阿里木"以及他的善举。当兵时的阿里木，黑亮眼睛一笑一口白牙，瘦瘦的身条满是青春的气息。中年的阿里木浓眉大眼身形高大，没开口眼先笑，浑身散发出淳厚和快乐。听觉意象被牵引产生于都塔尔与达卜的协奏曲。都塔尔弦音悠扬，自始却似无终；达卜鼓点顿挫，仔细和着阿里木的歌声，或沉吟或高昂。弦音绵长了惆怅，鼓点铿锵了无奈，真实自显。歌声如斯：

  在妈妈生下我的时候，用洁白的布裹着我，裹着我
  妈妈愿我长命百岁
  影片展现了并让我争取自己的幸福……

  影片塑造了一个真实朴素毫无造作感的英模人物。
  故事内容其实很简单。阿里木靠卖羊肉串为生，生活俭朴而快乐，除了吃饭、睡觉、卖羊肉串赚钱，汇款给陌生的面临因贫困辍学的学生是他的生活主线。他资助了许多学生，电影没有一一列举，更没有涉及由此引发的可能出现的具有戏剧性和人际关系的情节，舍弃了众多雷同，独将叙事笔力浓墨重彩在阿里木倾心帮助失父又患病的少年方小马身上，这种简单是一种智慧，让影片集中精力对阿里木的善举做了提炼和点睛。
  人物塑造是有创意的，虽然有的地方很刻意，比如他回家一路上安排的各种邻里和他的对话，但更多是在不经意间，比如他快乐随和的性格，他的善良，他对烤羊肉串营生的热爱，尤其在人物语言的设

《我叫阿里木》

计上,那的确是阿里木的语言,他定不会说:"1997年过去了,我很怀念。"(《甲方乙方》)他不是那种满嘴京片子的葛优式的"可爱"。他定不会说:"(尸体)东一个西一个的撂在雪地里,当心让炸弹给轰碎了,轰碎了就捏不到一块儿了。"(《集结号》)他不是那种见惯了枪林弹雨的张涵予式的"可爱"。他不会说:"我们第一次见的时候,也下雨。"(《北京遇上西雅图》)他不是那种温存浪漫的吴秀波式的"可爱"。但他会说:"钱这个东西,不花是纸,乱花是废纸,只有用对了,它才是好东西。"这是一个维族汉子对钱的价值判断,阿里木的语言,质朴真实可信,这是阿里木的可爱。

阿里木的"可爱",宛如一声解放的号角,解放人之社会性中那一层自觉伪善。这自觉伪善滥觞于复杂交错的人群关系,以及幼稚甚至缺失的人群分析。前者自不必解释,后者可以如是理解:人本身是享受表演的。孤独一人时,以自我意识塑造人格,塑造一个自我审美下的完美形象;然而面对他人时,会自觉感知到对方的审美标准,继而在对方的审美标准下有意识地塑造人格,并误以为对方会乐于接受。于是,交流的两方都活在彼此构建的"自以为是的知彼"中,养成了"自觉伪善"的恶习,周而复始又懒于思考;随时间流逝,堆叠起表演后的疲乏，形成无谓的坚持。电影塑造了一个反"自以为是"的形象，你也可以理解为"愚钝"。但这种愚钝隔绝了对方审美体系的波扰，令其保持一种"善良、真实、独立"的逻辑秩序和行为方式，安抚了"每一位表演者的疲乏"，也动摇了观者对"自觉伪善"的坚持。从这点推演，阿里木的形象具有普世的教化意义，具有解放自扰庸人的能量。

电影作为文学的一类承载，理应具备"文以载道"的属性，其教化价值的存在是莫不能忽视的；但教化价值的存在与娱乐价值的体现并不冲突。所谓教化，最早出现在《诗·周南·关雎序》中，即"美教化，移风俗"。意思是说，儒家将高尚的精神传递给民众，随着意识形态的扩散与深入，在民间推移转变为风俗。由此电影的教化价值可以被通俗地理解为：给观众补充些正能量。相应的何谓娱乐？古语中"娱"字通"悟"，即领悟之意。"乐"源自人们打下成熟麦子后获得的感受，如是说，娱乐是指领悟成熟的喜悦，通俗讲，就是乐天知足的心境，就是"二"的态度。如此说来，电影通过补充正能量的方式给予观众一些"二"的趣味，岂不正是对症下药、顺理成章。但事实是，在大众的观念中，教化价值与娱乐价值存在天生的矛盾，这又是何原因？

一言以蔽之，在二十余年的电影市场化进程中，这两个概念的外延逐渐被咬噬，有时甚至完全移位。具体而言，教化价值被广泛地认同为，口号式的宣传与"神"化人物的塑造，他们脱离日常生活逻辑，却又摆出一副草根阶级的架势。这叫大众产生个体层面的质疑。但是随着网络泄愤受到追捧、信息共享不断超速、不断扩散，大众交流的障碍被瞬时降解后，这种个体质疑迅速发酵为集体反感。可喜的是，这种理解，在进入20世纪电影产业化后得以改善，特别是2007年《集结号》上映以来，终于拨乱反正，得以正名。仔细回味这部影片，解构它的语言与人物、题材与场景、基调与思想，我深感惊讶并意识到，这才是主流电影本来的模样。浓缩深意而又庸俗平实的台词、义气豪爽却又疏于知识的形象，主旋律囊括的战争题材、残酷血腥的歼敌场景和阻击场景、搭配激战画面的冷灰色调以及搭配温情场面的暖黄色调、忌惮死亡却不惜为国捐躯的情感，诸如这些要素，让故事真实而好看，让人物善良而可爱，让电影成为美的载体。"真、善、美"让观众接受教化、感受娱乐，意料之外却又情理之中地成就当代中国本土的"事件电影"，从而在文化价值方面引起广泛的共鸣，从而可能产生相当可观的政治影响力。当然这需要基于蓬勃的电影市场氛围以及强劲的发行放映机制。《我叫阿里木》作为一部在电视台播放的电影，已处在一个院线电影娱乐有余，教化不足的时代。频道出品电影的播放平台，较一般院线影片，享有得天独厚的观众基数，电影的文化影响力与商业利润率的诉求完全可依托于教化与娱乐功能共存的平台，《我叫阿里木》正是这种平台需要的产品。

　　提及电影的文化诉求与商业诉求，也正是本文想说的第二个方面，即二者之间亦不冲突，这个问题要从"冲突"产生的原因说起。一方面电影自1993年进入商品时代，又自2002年进入产业时代，已逐渐形成了"制—发—放"的产业链。就电影商品的主体经营模式而言，它与其他商品无异。国产电影的创制依旧依据市场需求，采取以销定产的思路进行生产。但不同于其他商品，电影商品面临的一个重要问题是创制周期相对较长，时间跨度带来预测偏差大、风险系数大的结果。因此，投资者和创制方都倾向于投资与原有商品差异较小的电影，电影的内涵思想不得不在"保本需求"的引导下，被重复提出或被歪曲，从而其影响力和文化价值被限制。但是我们不能将"保本需求"与"商业诉求"对等，"商业诉求"更应该被理解为利益最大化。而经济学中的基本概念即是，风险越大收益越大。电影商品的风险，很大程度上，取决于电影本身的个性，即它与近期其他电影之间的差别，当然这种差别应是符合人本需求的，符合"真善美"的，符合"好看"这一浅显易懂却至关重要的价值标准的。另一方面，随着电影投资规模的不断扩大，电影产业化进程的不断深入，电影投资方与创制公司分离。投资方掌握着电影走向的命脉却可能对电影及电影市场不甚了解，因此可能存在电影投资方低估市场审美能力的情况，低估的结果将娱乐理解为搞笑，将商业诉求对立于主流思想。其实质是忽略了一个市场的基本需求：市场的个体是人，人对于真善美的追求自然天成且自古无变；而电影市场变化的需求仅仅是艺术形式和故事题材，并非具有教化意义的内核。

我们的时代是非常需要美育教化的,《我叫阿里木》的可贵就在于此。看生动真实的好人好事故事,总让人心生愉快,浮现美好,热爱生活,热爱周围的人和事,看完《我叫阿里木》就是这种感觉,此时我的耳际适时地出现了男友和我常常回忆的校园民谣:

> 想把我唱给你听
> 趁现在年少如花
> 花儿尽情地开吧
> 装点你的岁月我的枝桠……

好的电影,好的人物,好的故事,真的会让你心生一切美好!遗憾的是,在大电影市场,这种作品还不多见。

感,深入挖掘"宽恕"这一主题,单从这个角度来看,便已胜出许多徒有情节和制作却空无思想的大片了。

以情感力量强化人物动机

这部影片对人物的刻画可圈可点,片中李伟的母亲、女记者于嘉、律师欧阳林、高峰的妻子等角色都被赋予了相对完整的性格。更难能可贵的是,剧中每个人物所做出的行为都被赋予了相对合理的感情动机。

女记者于嘉是推动剧情发展的关键人物,在每次剧情发展的转折点,她的情感变化同事件的转向是相互契合的。于嘉原本一心为死去的男友报仇,通过自己在网上的影响力去抹黑并污蔑李伟,激发公众的愤怒,即使面对上司的告诫和规劝都无动于衷。于嘉当时的情感状态只是一心报仇。

故事的第一次转机发生在于嘉发现自己怀上了死去男友的孩子。此时,于嘉因为打掉孩子而冷静下来。我们可以看到,编剧并没有将这件事作为一个情节点来写,而是通过此事为女主人公的内心情感提供了一种逆转的动因。她开始观察体验,并能够站在李伟母亲的角度,体会一个母亲对儿子的爱。此刻于嘉改变立场,转而去帮助李伟,才显得比较可信。设想于嘉若只听从上司的劝告就反思自己的错误,而没有在人物的内在情感上取得支撑,那么这种剧情的逆转就显得脱离了生活真实。

于嘉进一步走进李伟母亲的生活,源于一次与李伟母亲的对话,而这次对话也强化了于嘉帮助李伟母亲进行客观公正报道的心理动因。于嘉跟踪李母来到家里,李母向于嘉透露了自己年轻时被人抛弃,遭人嘲笑为坏女人的细节。这次对话很容易被当成是在表现李伟母子命运的坎坷。但更重要的作用,是李伟母亲的处境与于嘉的感情非常一致。于嘉男友的手机被盗,两人的亲密视频被曝光,于嘉被人当成了第三者。这种情感上的惺惺相惜,促成了于嘉决心帮助李伟的关键情节。

影片除了对女主角于嘉感情动因的深入表现外,剧中其他人物也都被有意识地赋予了促成其行为合理化的感情需求,例如高峰的妻子、律师欧阳林等。其中对前者的刻画更为突出。

当其他受害人的家属都为李伟签署了谅解协议书,惟独高峰的妻子不愿签字,因为丈夫对她的背叛让她心结难解,更因为希望她在谅解书上签字的人当中还包括自己的情敌于嘉。当她最终在审判庭里羞辱了于嘉之后,才拿出了早已签好的谅解协议。从中可以看出,这个人物的行为与其情感诉求是多么吻合,也因此真实可信。

对律师欧阳林感情变化的交代虽然有一些不清晰的地方,但编剧以人物情感强化人物动机的意图也十分明显。欧阳林的妻子同样在交通事故中丧生,而欧阳林之所以愿意帮助李伟打官司,是为了坚持公平和正义。不过,影片对这个人物的情感转变过程没有展开描述,所以人物的行为显得支撑力不足。

这部影片中的人物塑造因其注重内心情感的刻画而相对成功。这也给我们以创作上的启示,剧中人物对于观众的可信程度取决观众的心理认同,而这种认同必须通过真实可信的人物情感才能得以实现。人物形象要鲜活,需要有血有肉,这种真实感,其实就是通过将人物情感作为其心理动因刻画出来的结果。

《审判》

故事真实而好看，让人物善良而可爱，让电影成为美的载体。"真、善、美"让观众接受教化、感受娱乐，意料之外却又情理之中地成就当代中国本土的"事件电影"，从而在文化价值方面引起广泛的共鸣，从而可能产生相当可观的政治影响力。当然这需要基于蓬勃的电影市场氛围以及强劲的发行放映机制。《我叫阿里木》作为一部在电视台播放的电影，已处在一个院线电影娱乐有余，教化不足的时代。频道出品电影的播放平台，较一般院线影片，享有得天独厚的观众基数，电影的文化影响力与商业利润率的诉求完全可依托于教化与娱乐功能共存的平台，《我叫阿里木》正是这种平台需要的产品。

　　提及电影的文化诉求与商业诉求，也正是本文想说的第二个方面，即二者之间亦不冲突，这个问题要从"冲突"产生的原因说起。一方面电影自1993年进入商品时代，又自2002年进入产业时代，已逐渐形成了"制—发—放"的产业链。就电影商品的主体经营模式而言，它与其他商品无异。国产电影的创制依旧依据市场需求，采取以销定产的思路进行生产。但不同于其他商品，电影商品面临的一个重要问题是创制周期相对较长，时间跨度带来预测偏差大、风险系数大的结果。因此，投资者和创制方都倾向于投资与原有商品差异较小的电影，电影的内涵思想不得不在"保本需求"的引导下，被重复提出或被歪曲，从而其影响力和文化价值被限制。但是我们不能将"保本需求"与"商业诉求"对等，"商业诉求"更应该被理解为利益最大化。而经济学中的基本概念即是，风险越大收益越大。电影商品的风险，很大程度上，取决于电影本身的个性，即它与近期其他电影之间的差别，当然这种差别应是符合人本需求的，符合"真善美"的，符合"好看"这一浅显易懂却至关重要的价值标准的。另一方面，随着电影投资规模的不断扩大，电影产业化进程的不断深入，电影投资方与创制公司分离。投资方掌握着电影走向的命脉却可能对电影及电影市场不甚了解，因此可能存在电影投资方低估市场审美能力的情况，低估的结果将娱乐理解为搞笑，将商业诉求对立于主流思想。其实质是忽略了一个市场的基本需求：市场的个体是人，人对于真善美的追求自然天成且自古无变；而电影市场变化的需求仅仅是艺术形式和故事题材，并非具有教化意义的内核。

我们的时代是非常需要美育教化的，《我叫阿里木》的可贵就在于此。看生动真实的好人好事故事，总让人心生愉快，浮现美好，热爱生活，热爱周围的人和事，看完《我叫阿里木》就是这种感觉，此时我的耳际适时地出现了男友和我常常回忆的校园民谣：

  想把我唱给你听
  趁现在年少如花
  花儿尽情地开吧
  装点你的岁月我的枝桠……

好的电影，好的人物，好的故事，真的会让你心生一切美好！遗憾的是，在大电影市场，这种作品还不多见。

《审判》的剧作特点分析

吴 昊

电影《审判》以青年李伟酒后驾车造成三死一伤的恶性交通事故为开头。女记者于嘉介入调查，却发现自己的男朋友高峰也在此次事故中丧生，更出乎意料的是，高峰还有个妻子。悲愤的于嘉利用记者身份，恶意攻击李伟，甚至不惜捏造李伟的身世以激起民众对肇事者的愤怒，并一心促成法院判处李伟死刑。

另一方面，李伟的母亲善良而软弱，为替儿子赎罪，变卖自己的住房以求受害人家属的谅解，并恳请律师欧阳林为自己的儿子辩护。

此时，于嘉发现怀孕，决定打掉孩子，在医院却巧遇李伟母亲。她发现李伟的母亲身患绝症，为了替儿子还债拒绝治疗。于嘉开始反思自己的作为，同时在调查过程中，她发现李伟并非恶人，且常年资助贫困儿童。于嘉与律师欧阳林合作，请求受害人家属为李伟签署谅解协议。在审判席上，欧阳林为李伟进行了有力的辩护，而于嘉为了弥补过错，承认自己是小三并最终取得高峰妻子的谅解协议，一场对人心与良知的审判也就此落幕。

这部影片以"宽恕"为主题，以"好人做了坏事"这样一个戏剧前提为切入点，使得影片承载的内容厚实且复杂，考问人的良知，同时也展现了世间的真情。戏剧冲突强烈，感情真挚不做作。影片在主题表达、故事结构和人物塑造等方面都有一些独到之处。

新鲜视角与崇高主题

影片以一起酒驾事故为切入点，其后所涉及的社会问题却远不止于此。综观全片，还反映了媒体暴力、司法公正等社会热点问题。当然，这些题材在电影中的使用并不鲜见，难得的是该片从一个交通肇事者的立场来反观这些问题。同时，编剧还为这个施害者设定了"好人"的身份背景，为接下来人物的感情变化和故事逆转提供了相当坚实的基础。

影片为观众提供了一种人文主义的视角。所谓审判，是法律对罪犯罪行的审判，是每个失足者对自己内心的审判，是公众对社会机制的审判，也是美德与良知对丑恶的审判。从这个角度来看，该片首先在主题上占领了一个相对的高位，它用"审判"为引，展现了"宽恕"这一美德。

我们可以从片中多组人物关系中，看出对这一主旨的紧密呼应。例如，律师欧阳林的妻子同样死于一场车祸，而他为李伟进行辩护即反映出他对造成自己不幸的他者的宽恕；于嘉被男友高峰欺骗无意成了第三者，她为了帮李伟争取公众的谅解还是去请求高峰妻子的宽恕；李伟的母亲面对曾污蔑自己儿子的于嘉，仍以平和的心态宽恕了她；几个受害者家属同意为李伟签署谅解协议，宽恕一个好人对自己犯下的罪孽；李伟也有一番忏悔的独白，请求社会的宽恕……

好莱坞追求用电影表达普适价值，而我们则不妨用"核心价值观"来概括艺术诉求。提法不同，其本质却是一样的。电影追求商业利益无可厚非，但在追求商业成功的背后，我们应再深入一步去考量文化表达的问题。每当提及中国电影在国际上缺乏竞争力，而一些地下电影却能在国际上获奖，应该考虑的是，我们的电影为何会陷入一种靠挖掘社会阴暗面去博取世界关注的怪圈，而对文化软实力的输出却无能为力。原因就在于我们的电影还缺少一种能够包容和展现全人类共通情感的胸怀。反观这部影片，从一个社会热点事件中提炼情感，深入挖掘"宽恕"这一主题，单从这个角度来看，便已胜出许多徒有情节和制作却空无思想的大片了。

以情感力量强化人物动机

这部影片对人物的刻画可圈可点，片中李伟的母亲、女记者于嘉、律师欧阳林、高峰的妻子等角色都被赋予了相对完整的性格。更难能可贵的是，剧中每个人物所做出的行为都被赋予了相对合理的感情动机。

女记者于嘉是推动剧情发展的关键人物，在每次剧情发展的转折点，她的情感变化同事件的转向是相互契合的。于嘉原本一心为死去的男友报仇，通过自己在网上的影响力去抹黑并污蔑李伟，激发公众的愤怒，即使面对上司的告诫和规劝都无动于衷。于嘉当时的情感状态只是一心报仇。

故事的第一次转机发生在于嘉发现自己怀上了死去男友的孩子。此时，于嘉因为打掉孩子而冷静下来。我们可以看到，编剧并没有将这件事作为一个情节点来写，而是通过此事为女主人公的内心情感提供了一种逆转的动因。她开始观察体验，并能够站在李伟母亲的角度，体会一个母亲对儿子的爱。此刻于嘉改变立场，转而去帮助李伟，才显得比较可信。设想于嘉若只听从上司的劝告就反思自己的错误，而没有在人物的内在情感上取得支撑，那么这种剧情的逆转就显得脱离了生活真实。

于嘉进一步走进李伟母亲的生活，源于一次与李伟母亲的对话，而这次对话也强化了于嘉帮助李伟母亲进行客观公正报道的心理动因。于嘉跟踪李母来到家里，李母向于嘉透露了自己年轻时被人抛弃，遭人嘲笑为坏女人的细节。这次对话很容易被当成是在表现李伟母子命运的坎坷。但更重要的作用，是李伟母亲的处境与于嘉的感情非常一致。于嘉男友的手机被盗，两人的亲密视频被曝光，于嘉被人当成了第三者。这种情感上的惺惺相惜，促成了于嘉决心帮助李伟的关键情节。

影片除了对女主角于嘉感情动因的深入表现外，剧中其他人物也都被有意识地赋予了促成其行为合理化的感情需求，例如高峰的妻子，律师欧阳林等。其中对前者的刻画更为突出。

当其他受害人的家属都为李伟签署了谅解协议书，惟独高峰的妻子不愿签字，因为丈夫对她的背叛让她心结难解，更因为希望她在谅解书上签字的人当中还包括自己的情敌于嘉。当她最终在审判庭里羞辱了于嘉之后，才拿出了早已签好的谅解协议。从中可以看出，这个人物的行为与其情感诉求是多么吻合，也因此真实可信。

对律师欧阳林感情变化的交代虽然有一些不清晰的地方，但编剧以人物情感强化人物动机的意图也十分明显。欧阳林的妻子同样在交通事故中丧生，而欧阳林之所以愿意帮助李伟打官司，是为了坚持公平和正义。不过，影片对这个人物的情感转变过程没有展开描述，所以人物的行为显得支撑力不足。

这部影片中的人物塑造因其注重内心情感的刻画而相对成功。这也给我们以创作上的启示，剧中人物对于观众的可信程度取决观众的心理认同，而这种认同必须通过真实可信的人物情感才能得以实现。人物形象要鲜活，需要有血有肉，这种真实感，其实就是通过将人物情感作为其心理动因刻画出来的结果。

《审判》

从角色定位中提取叙事动力

贯穿影片始终的叙事线索，是若干次人物身份立场的逆转——从施害者到受害者（李伟）、从受害者到施害者（于嘉）、从施害者到施助者（于嘉）、从受害者到施助者（欧阳林、死者家属）。

克里斯托弗·沃格勒在他所著的《作家之旅》一书中，把电影与文学作品中的人物类型比对西方神话中的人物类型进行了归纳，分成英雄、导师、信使、变形者、伙伴、骗徒……如果我们将这部影片中的人物按照该书的体系分类，无疑影片中大部分人物都承担了变形者的角色任务，即通过身份与立场的转变，将怀疑和悬念带入故事当中。这种设置，不仅提高了故事结构的复杂性，也为刻画人物情感和心理的转变预留了巨大的空间。

李伟作为一个交通事故的肇事者，同时也被作为一个媒体暴力的受害者进行刻画；在事故中失去男友的于嘉，本应是受人同情的一方，却反而站在了强势立场，影响民意，甚至左右法庭对李伟的判决。这两次人物身份的互换对确定影片的叙事基调和叙事立场起到了十分重要的作用。它为影片开掘了一个新的叙事角度。

此后，于嘉从污蔑陷害李伟的凶手，转变为帮助李伟赢得上诉的关键人物。这种人物身份的逆转给剧情发展带来新的、更为强烈的矛盾冲突。这是于嘉与李伟家人的和解，也是于嘉与自己的和解。此次转变，也直接引发了其他人物立场的变化，即于嘉的报道促使死者家属对于李伟的谅解。片中所有人物身份的变化，其实可以归结到前文所总结该片的主旨——"宽恕"。

由此可见，角色定位直接影响着故事结构的合理性，也决定着主旨能否得以充分的表达。故事发展的方向，从角色确定的那一霎就已经敲定，余下的则是如何在角色规定的情境内，丰满人物情感，推动剧情的发展。角色的精准定位，也是该片取得叙事成功的一大法宝。

正义从何来

杨　柳

　　初看《胡巧英告状》，自然联想到《秋菊打官司》：都是一介区区村妇，为了给一个男人伸张正义，锲而不舍地告状打官司，最终赢得胜诉的故事。所不同的，孕妇秋菊是为了给自己的男人"要个说法"，以近乎执拗的一股劲头，不断上诉，一环一环地验证了中国司法系统的运作程序，还顺便宣传了当时刚颁布的《行政诉讼法》。而寡妇胡巧英，在只图个"心里清净"的念头下，为非亲非故遭受陷害的男人伸冤，结果绯闻、威逼、利诱、车祸纷至沓来，她身陷绝境，但最终取证成功，官司胜利，主人公也回归正常生活。

　　以往的影视作品中，我们熟悉的道德楷模往往是高大全式的英雄，他们带着与生俱来的美德，用不平凡的个体经历，证明了高于群体的特殊性。但这样的人物形象对于今天的观众而言，已经难以满足。而小人物身上的道德自觉，是最难以表现的。

　　费孝通先生在《乡土中国》中指出，中国乡下人最大的毛病就是自私，"各人自扫门前雪，莫管他人瓦上霜"。在这部影片中的村支书，正是以同样的理由劝说胡巧英："我们自己不吃地沟油不就行了？"然而，道德是社会的共识，一个人的社会不可能产生出任何关于道德的观念。因此，如果要令人信服地表现小人物身上的道德与正义的力量，必须要回到人的本质所在——生命之中，回到人与他人、社会、自然彼此相通、彼此独立而又相互依存的生命世界中，用生命自身的能量来制造出这样的道德和正义。

影片中非常富有现实感的场景设计，演员贴近生活的自然表演，角色之间真实的关系，无疑验证了这一点。在胡巧英挽好油渍的衣袖向顾客递去炸好的丸子时，在她雪夜中奔走呼喊寻找"儿子"时，在她熟练地用绳索在三轮车上固定好家什骑往夜市时，在她遭到殴打含着眼泪把作为证据的地沟油一桶一桶地抬回仓库时，她身上所散发出来的已经不仅是生活的真实气息、生命的顽强力量，更有在这之上人物心灵深处的正义感。

如果我们在胡巧英的历史中、环境里甚至外来文化的影响中都对这个德行自律和正义感无从寻获，那么，从她生命的真实体验中，可以尝试着得到一个结论：正义的力量来自于小人物的生命本身。因此，重视生命的质感，贴近生活的温度，是《胡巧英告状》最大的艺术和思想贡献。

同时，影片也不由得让人发问：胡巧英身上这种强大到无敌的正义力量，到底从何处来？

故事开端，胡巧英不过是个在夜市上卖炸丸子的普通村妇。不幸的是，她正面临着强大的生存和情感压力：青年丧偶，要供养女儿和多病且多疑的婆婆。民间俗语"寡妇门前是非多"，是非偏偏找上门来了——正慌张躲藏的男人偶遇之下，把儿子塞给了她代管，从此，胡巧英被动地卷入了这场地沟油冤案。

首先必须强调，影片发生的故事背景东北乡村，是个在传统的宗法制度下编织的人伦关系社会网。在这张大网中，丧夫6年的寡妇胡巧英非常自觉地行使着自己的角色：承诺为婆婆养老，养育一个正在上学的女儿。学费、药费、生活费的压力也不能让她有通过改嫁改变命运的念头，面对村里二流子的调戏，以及旧年情人的照顾，都采取拒绝的姿态。她忠贞孝顺、勤劳善良、美丽隐忍，仍然保持着完整的前工业时代的女性特征。这种女性形象自《琵琶记》的蔡五娘起，到《一江春水向东流》的素芬，再到《渴望》的刘慧芳，对观众而言再熟悉不过了。只是，推动剧情发展的，不是个体的情爱和婚姻危机，而是最为简单质朴的"有难相助"的念头,因此才冒着家里多出一个"儿子"的风险,胡巧英在这张编织严密的大网中东突西撞,不惜头破血流,身心憔悴,一步步踏上了揭发取证,告倒地沟油地下生产窝点的艰难路途。从这点来说,胡巧英所要对抗的不是一个黑心商人,不是试图通过地沟油生产集体脱贫致富的村民们,不是损人利己、拜金主义的时代病,而是传统文化中的宗法社会。

个体对抗集体,正义对抗奸邪,是电影编剧法的一贯套路。一般观众感兴趣的是,在与邪恶对战的过程中展现出来的个体人性魅力,和跌宕起伏的情节。在这点上,影片的编剧功力可圈可点:从踏踏实实做生意,到被动代管男孩陷入流言的尴尬境地,再到愿意为陌生男人洗冤、借钱、遭遇威逼甚至人身伤害,一步步把主人公推向更加艰难的处境。加之母女情、婆媳情、孩子友情桥段的熟练运用,应该说,情节发展和主要人物性格契合度相当高。加之大量的纪实性的生活镜头,更是比较扎实地展现出了影片的纪实美学风格。那么,这些和宗法社会有何关系?

宗法社会指的是人们根据血缘的宗族法则的关系而不是非血缘的公民的关系来组织建构社会。中国古代家庭制度和家庭组织在历史上曾发生种种变异,肇始于周代,建立在农业经济基础之上的家长制家庭和夫权制度则一直是中国宗法社会的基础,它成为中国文化发展中的极其稳定的因素并延续数千年之久。孔子所提倡的"礼"正是用一整套严整规范的宗法关系来使社会生活和谐有序。"父子"、"长幼"、"嫡庶"都是一种宗法上的尊卑。将这种秩序推广至全社会,就有了君臣的尊卑和各阶级的秩序,克己复礼、君君臣臣,每个人就达到了道德的完满和自我价值的实现,社会也就达到了完善和谐。这种宗法社会体系拥有强大的生命力,演变到当代,在故事中,地沟油厂长由于掌握了村里最大的生产资源,以不道德的金钱收益作为诱饵,全村人抱团相助,甚至一度左右了村支书,地沟油厂长拥有绝对权力,可以指使、殴打手下,相当于宗法社会中的家长。而死去多年的巧英丈夫,除了遗像,总在婆婆装神弄鬼的言语中出现,"家里没有男人要受人欺负"。男人已逝,而权力犹存,夫权以无所不在的形式仍然控制着胡巧英的生活。村民们对胡巧英最大的质疑,不是替人伸冤的正义性,不是地沟油工厂存在的合法性,而是她居然收养了一个没有丝毫血缘关系的男孩。聚集并生活在一起是否拥有血缘,帮助的对象是否是亲属,也正是宗法社会存在的最大特征。因此,虽然故事发生在21世纪的当代中国,胡巧英实际上仍然生存在一个严丝合缝的宗法社会中。从这点来看,本片对中国传统社会和当代农村的考察,既有历史的纵深观照,又有现实的生动描摹。但是,与遭遇负心汉的蔡五娘、素芬、刘慧芳们不同,与窝囊丈夫被村长踢了一脚而要说法的秋菊不同,胡巧英的人生危机没有来自于婚姻、家庭,也没有来自于血缘、亲情,而是来自于一个与自己几乎毫不相干、引起无数流言和非议并处在危机中的男人。这就需要编剧给出主人公行为的心理动因:路见不平、拔刀相助,相信"人心不能歪"的正义力量,究竟从何而来?

先回望历史,在中国古代,主张无等差爱的是墨子,他的小团体过着一种共产主义的生活,马不停蹄地在烽火连天的各诸侯国之间奔波,力图说服诸侯们接受"兼爱"的精神来达到"非攻",以天下为己任。这被认为是武侠精神的来源。另一面,孔子所谓仁者,亲亲是也,以人之情感为根本,推己及人,用礼乐的外包装,仁心为内核,在形式上上对下爱,下对上敬,每个人在伦理秩序中都有位置,达到持久的稳定和统一。但这些距离胡巧英都太过遥远:没有集体无意识的隐性背景,也没看出个体在后天教化中的有意识学习模仿。试想,如果设定她的丈夫是因为救助他人而意外去世的,或接受的外来影响中有关于侠义精神的影响,那么,她这种追求正义、临危不惧的行为方式就可以理解了。

何为正义?在黑格尔看来,正义就是理性和绝对精神的化身,正义必定支配精神的实现。法国大革命就是理性按照正义的观念构造现实的实践。"他们不承认任何外界权威,不管这种权威是什么样的。宗教、自然观、社会、国家制度,一切都受到了最无情的批判;一切都必须在理性的法庭前面为自己的存在作辩护或者放弃存在的权利。思维着的知性成了衡量一切的尺度。"换句话说,只有在理性的王国里,才能用绝对精神支配头脑,打破不符合一切现实的外界权威,实现公平和正义。如果按照这样的逻辑,卖炸丸子的农妇胡巧英,拥有的是一个绝对理性的头脑,以一种高尚的热情,坚持寻找"心里清净",才有勇气对抗黑心商人和众村民,以及无所不在、不可触碰的宗法大网。但是,在影片中,当面对村民们的诋毁侮辱时,胡巧英使用的完全是以暴抗暴的非理性方式:先是与恶妇厮打成一团,再是干脆在公众场合中背着寄养的男孩,让他大声喊自己妈妈。这种追求正义的行为方式,很难解释成来自西方哲学体系中的理性精神。

言至于此,我们可以明白,这部接地气、讲现实、有观照、能催泪的电影只缺了一点:给出主人公行为方式的心理动因。但这绝对不仅仅是本片的问题,而是国产片的普遍问题。《风声》中老鬼顾晓梦在忍受酷刑时强大的精神力量没有充分铺垫,只能靠片尾生硬地加上一大段遗言,自白参加革命和坚持信仰的动机。《东风雨》则把谍报人员的精神世界降到了普通人的水准:面对被捕的危险,郝碧柔直言"我怕挨打",安明则为了得到掩护便于逃离,干脆说"你要挨到最久"。《西游·降魔篇》中最抢戏的孙悟空,在一番斗智斗勇,无法无天几乎取胜的情况下,一遇到如来佛的五指山,倒头便拜,即刻跟随唐僧西去。这样的例子不胜枚举。

《胡巧英告状》

回到本文开头，不妨再来比较一下《秋菊打官司》与本片的不同之处。"一根筋"的秋菊，生活的陕西西部农村，干脆是宗法社会的起源地。她一直孜孜以求状告的人——村长，也是宗法社会族长的化身。耐人寻味的是，秋菊一面不断上诉，另一面却能保持和村长一家的良好关系；临产遇险时，是村长率领村民连夜送她到医院；最后在全村人光临大家族式的满月酒宴上，她最想感谢的仍是村长，但警车带走了他，也带给了秋菊满脸的困惑。因此，秋菊与村长的较量，不是一个普通农妇与宗法社会的较量，不是个体和强权的较量，更谈不上是正义和奸邪的较量，而是为了保卫自己的家庭、婚姻甚至继承权（村长踢伤了男人的命根子），这些宗法社会中最核心最重大的命题。因此，除了对个体的伤害之外，秋菊与村长完全是用同一种方式思考。影片中，胡巧英与黑心厂长则完全对立，自始至终没有片刻认同过对方的观念，金钱利诱也罢，暴力损害也罢，更深刻地加大了两者之间的鸿沟。最后厂长被法警带走，用正面中近景镜头来传递出这样一个态度：正义必将战胜奸邪，弱小的个体能对抗暴政。两部影片恰好成为鲜明对照：一个是借告状之名，表达对传统宗法社会在法制时代中的顽强构建和深刻影响；一个是借伸冤之实，再现了已经被严重异化、行将被"正义"解体的宗法社会——尽管这个"正义"来路不明。可以说，在某种程度上，它们分别表现了当代中国传统文化中的宗法社会，在现代化大潮下趋向不稳定甚至解体的过程。

懂得坚守正义的重要性，但不知从何寻获，是我们这个时代人所共知但又束手无策的话题。瞬息万变的时代正动摇人们曾经熟悉的价值观。在科技进步中，人们安于现状，或者无力改变。一方面人们不会用单纯的"集体主义"或儒家精神取代一切，一方面也不能抽空大脑匍匐在神像下。正如黑格尔所说，正义不应是空洞的，它应当指向人类精神的天空，有终极的理想意义和价值。不过，要建设起完备的正义天空，需要很长时间才能重新生长，随着文化思潮的涌动，在更多的电影中表现出来。

《何二狗的名单》：被遗忘很久的题材

秦淇姝

《何二狗的名单》是一个讲述开山致富的故事，一个小小的山洞代表着一种现代神话，现代版的愚公移山。导演王金明把目光转移到乡村，让人们重新审视这类乡村题材影片存在的价值。我把这类题材命名为一种被遗忘很久的题材，虽然现在时有不少这类电影投拍，但市场化的商业大潮中要想回到大众的聚光灯下还是有些困难。回望"十七年电影"乃至20世纪七八十年代的电影，这种乡村题材的电影是一种回归，中国的发展，以乡村为起点，继而在过去的八九十年中分别开启了工业化、城市化和现代化，最终又回到了乡村。当然，这种题材也应和了当下中国乡村建设的热门话题，把人们的目光集中到了乡村。最重要的是，这部影片引发了我对乡村的思考，乡村是什么样的，现代意义上的乡村和以前的乡村发生了怎样的变化，呼吁回归乡村，观照城市，探讨城乡关系。

应该说，回归乡村，这层意义的乡村指的不是一个单独封闭的环境，费孝通先生认为，"以农为生的人，世代定居是常态，迁移是变态"[1]，在乡村，人口基本上是固定不变的，他们在自己的土地上世代繁

---

[1] 费孝通：《乡土中国》，生活·读书·新知三联书店2013年版，第3页。

衍，没有流动，所以费孝通先生得出了这样的结论，"乡村里的人口似乎是附着在土上的，一代一代地下去，不太有变动"①。之所以会这样说，是因为人和土地联系得太紧密，人和土地就构成了农业，而农业与游牧业和工业都不同。从小到大，我们接受的知识告诉我们，游牧业是牧民的一种逐水草而居的生活方式，没有固定的地点，只有根据不同的季节来回移动；工业的随意性更强，根据不同的需求对土地进行选择，还可以搬迁。但农民是搬不动土地的，长在地里的庄稼不得挪动。封闭是因为没有流动，没有新鲜血液的注入，自然就是一个独立封闭的环境。影片中，一座大山——西山梁子阻碍了人在空间中的流动，环山村村民到镇里需要一天时间，交通极度不便，导致物资交换不便、看病就医不便，稍微有交通优势的村很快发家致富了，这种情景真是农村现实的写照，也是当下农村普遍性的代表。乡村是中国乡土社区的单位，是一个整体的概念，并不是以村民个人为单位的，独立封闭的范围所指的就是以整体为单位的乡村，村民个人与外界的沟通联系越少，环境就越是封闭，他们的活动范围有限，于无形之中阻碍了发展。费孝通先生于《乡土中国》一书中总结说："乡土社会的生活是富于地方性的。地方性是指他们活动范围有地域上的限制，在区域间接触少，生活隔离，各自保持着孤立的社会圈子。"② 影片中的环山村是附近三个村中距城最远的一个村子，如果西山梁子的隧道打通了，则是距城最近的一个村子，这样一来，影片的大环境就做了一个很好的交代，为固然落后埋下了情有可原的伏笔，为接下来故事的发展做了铺垫。

  回归乡村题材电影，实则是对城市的反思，当城市受到污染，出现各种问题，有着拥堵的交通、嘈杂的街道、雨蒙蒙的天气的时候，乡村成为了城市的对照，是城市人向往的地方，那里山清水秀，与外界联系少，干扰也少，乡村就成为了一种理想化的城市，越来越多的人选择回到乡村，乡村是一种和城市相当的选择。在中国的城乡关系中，单独看城市和乡村，都有自身无法解决的问题，但是把它们放在

---

① 费孝通：《乡土中国》，生活·读书·新知三联书店2013年版，第3页。
② 费孝通：《乡土中国》，生活·读书·新知三联书店2013年版，第5页。

一起来看待，城乡是互补的，城市正好是乡村问题的解决方法，乡村也可以是城市问题的解决方法。片中主人公何二狗通过自己的方式，利用自身擅长的专业，投身乡村建设，开挖山洞，使得环山村与外界取得联系，不再封闭。他的这种行为，是一种个人行为，它与知识分子式的乡村建设和国家政治层面的建设社会主义新农村都不同。中国的知识分子不可能不关注乡村，他们以晏阳初、梁漱溟、费孝通、陶行知、卢作孚等为代表，分别在河北、山东、云南、南京和三峡地区开展了乡村建设的实践，以文化者的身份去到农村，提倡互助和自治，参与民族自救，被誉为"知识分子的躬耕"，他们的乡村建设实践带有知识分子一贯的理想主义思考，过于乐观，而忽视了农村的政治层面、经济层面和人与人之间的矛盾，如果没有政府的政策保障和乡民的支持，乡村建设是很难有序开展的。何二狗爆破山洞，是一种小人物的乌托邦试验，缺乏政策保障和乡民支持，影片中，镇长是坚决反对，村中的富人牛百发想尽各种办法坚决阻挠，因为何二狗打洞自行收费，和整个村子产生了紧张关系，利益开始了重新分配，收费名单中，镇长及其一些领导干部实行双向收费，这就加剧了作为一个村民的何二狗与政府间的矛盾。隧道打通，交通便利方便了城乡往来，损害了牛百发家的既得利益，关系变化发生了冲突。最终，何二狗的个人行为获得成功，就是因为受到了政府和乡村的支持，有了掘进队的帮助，变成了一种集体行为。

何二狗一人收费意味着村里权力结构体系的变化，这就说明，当下的人们更多的是关照自己的生存，从最初何二狗寂寞的身影到最后全村人出于各种目的的帮忙，似乎都把最终的目的指向了自我的生存。影片一开场就暗示了何二狗与山梁的关系，他所面对的这座山，有着一段故事，二狗的爸爸需要到镇里医院进行抢救，从村里的公路往外走，需要一天时间，如果翻过这座山，或许还快一些，但山路下雨泥泞，在行进途中也很难节省时间，还没有送达医院，留下一句开洞的话就离开人世了。二狗为了父亲的遗愿不顾一切地开山洞，一次又一次地找镇长要施工安全责任书，拦截曾经一起工作的工友请求他们的帮助，没有工程队，自己一个人爆破石头开挖山洞，女友阻拦，甚至以分手相逼，他也毅然决然，村民们在看到收费名单后的反对，

《何二狗的名单》

做出各种反应,生意人牛百发找来算命先生劝说村民反对隧道的修建,害怕隧道修建成功之后对自家不利,名单中好友的双倍收费令他们不解,最终,这些人的反对变成了支持,但是每一个人的支持都是带有各自利益的——为了自己能收费或减免过路费。如此一来,何二狗这个形象就具备了现代的意义,即通过合作实现了理想。

影片《何二狗的名单》的终极目的或者意义就是探讨城乡关系,强调城乡互动和融合,最终实现一种理念,回归乡村。乡村其实和城市一样,也是一种选择。一直以来,人们不变的观念就是,中国社会的发展都是以城市为主,城市在天平一端占据着主导地位,是先进的代表,具有吸引力,而乡村是失衡的,是落后的代表,不能与城市抗衡。影片中,村子里的年轻人都跑到城里去了,因为他们对村子没有信心,留在村里的都是长者或者是没有机会的人。长期以来形成的城乡二元结构在当今中国似乎成为了发展的障碍,城市在以高度集成化的文明与物质财富的帮助下对农村形成了绝对的优势,这让农村所有的年轻人统统走向了城市,城市意味着机会,意味着更好的物质生活条件，无论是一份多么辛苦的工作，都被习惯性地视为一种荣誉，或者更好生活的保障。何二狗的那份名单，是对这种习惯的挑战，也意味着对作为家乡的农村更多的期待。

费孝通把这种现象称为"水土流失"。一百多年前，乡村中的士绅阶层破产后就纷纷流入城市，带走了所拥有的资源，乡村因为这一阶层和相关资源的缺乏而失去原有的生命力，多元的构成就变得单一化，这种状况就一直延续下来，演变成有能力的人、不安于现状的人也都涌向城市，使得原本单一化的构成变得更加脆弱。影片呼唤的就是一种"水土回归"，怎么回归，何二狗打隧道成为"水土回归"的切入点，回归就意味着是一种对乡村的认可，城市不再是城市的边缘，资源重新回到乡村，与当地资源融合，实现乡村社会的多元化。在当代复杂的价值体系面前，何二狗是愚蠢的，他放弃了能够成为城市人的身份，放弃了本来可以轻松闲适的生活，选择一座自古就横亘在家乡与外界的山梁来实现自己的价值。何二狗的行为打开了一扇集体实现生存发展的门，人们通过这扇大门的打开，各取所需，何二狗成了一个具有象征意义的英雄。在这个意义上来说，何二狗本身就是一个神话，它包含了文明共通的理想和向往。

电影在整体上体现了清新自然的风格，通过摄影与表演还原了中国传统农村的样貌，一点一滴都是朴实无华的乡土与民情。人物、台词非常接地气，也非常具有代表性。人物是剧中的灵魂，没有人物就没有故事，人物是推动故事发展的动力，二狗的倔强、执著、坚定、朴实，二嫚的任性、泼辣、直爽，牛百发的奸诈，村长的摇摆不定，每一个人物都刻画得非常到位。

影片唯一的不足之处就是，二嫚与何二狗的关系在开始阶段没有很好的衔接，两人感情的发展初期在处理上略显生硬。众多人物关系的设计上，更多的是通过对话来表现，而不是丰富的镜头语言。场景的切换略显呆板，例如镇领导带媒体来视察的段落。结局则显得有些老套。

《父亲的旅程》评析

王 梓 陈 琪

在目前中国电影市场中,类似亲情孝道题材等"回归伦理"的影片始终不是主流,不受主要观影人群关注,2012年张扬导演的《飞跃老人院》用相对成熟、创新的视听表达叙事方式讲述了一群"老小孩儿"飞跃束缚、追求梦想的故事,虽然获得较好的口碑,但是在进口大片和院线排片较少的双重夹击下票房惨淡。在此前与此后的很长一段时间中,都鲜有此类电影出现在中国电影市场中。在这样的背景下创作此类电影对导演有着极其高的要求,不仅仅要把故事讲述得吸引人,而且要在影片中将社会和家庭逼真还原,将人文关怀和反思传递给观众。

《父亲的旅程》讲述了退休警察老周丧偶后,独自一人生活,一心牵挂自己的三个孩子,始终盼望在过节的时候可以和他们团聚,在又一次的希望破灭后,自己出发开始了探望孩子的旅程。影片以传递关怀"空巢老人"等正面的号召和能量为主,并且有意通过情节的设置展现出诸多平常人生活中的问题,希望通过这些问题引起观众的共鸣和思考。影片在叙事和结构方面也有很大的突破和尝试,将一个平淡的故事讲述得朴实动人,在诸多方面都称得上是此类题材中的优良之作。当然影片也一定会存在些许美中不足的地方，笔者将有褒有贬评析。

一

对于此类题材的影片，不能依靠华丽的特效、宏大的场面，亦无法玩转复杂的"高智商"叙事结构，此类影片更适合依靠平凡的故事情节打动人心，进而获得成功。因此，故事和内容就成了电影的首位。初看《父亲的旅程》这一片名，会直观地猜测这是一部讲述父亲"心路历程"的回忆类电影或者是"身路历程"的公路片，然而影片却将两者融合起来，不仅加入了公路片的元素，并且将所谓的"公路"换成孩子们的家庭，这种替换很新颖，比单纯的公路电影更能直达创作者的目的，揭示出社会以及家庭中存在的问题，更偏向触及社会现实而不仅仅是原始公路电影的冒险猎奇。影片开始用10分钟的内容交代了父亲收拾行囊"出走"的原因，随后便开始了父亲的旅程。

父亲在火车上和一个刚刚出狱的小偷的相遇很吸引人，两人的身份设置很巧妙：退休的老刑警和刚出狱的小偷，这种不同身份的开场摩擦出许多有趣的情节，观众也希望看到两人之间发生更多的故事，而导演在此埋下一处伏笔，暂不交代，待故事后续发展时再将这条故事线拾起。在随后的影片中，父亲先后拜访了自己的大儿子、女儿，在两个家庭中表现了如下许多家庭普遍存在的问题：子女的教育两极分化——父母完全放任和父母过于严格要求，孩子在社会成长中遇到的诱惑和阻碍，男性在社会与家庭中的巨大压力，家庭中不负责任的女性角色，家庭矛盾，夫妻之间的情感危机，兄弟间的隔阂等。

可以看出编剧和导演很聪明地利用两个家庭反映出社会上大多数家庭都会存在的问题，并且有意将社会中家庭的不和谐因素予以暴露。通过此类电影，人们看见存在于现实生活中的现象，电影的启发将引导人们去解决生活中的问题。电影不是生活百科，不可能对于家庭和社会存在的问题表现和解决面面俱到，但是电影可以直达观众内心，通过内心相同的、共融的情感去解决人们生活中不同的问题。然而可能是因为这部电影展现了过多的社会家庭问题，因此每一个家庭问题的表现都显得有些缺乏故事的张力和击中观众内心的力量。

影片不仅仅展现了家庭问题，也展现了一些社会问题：人心冷漠，社会无业青年的安顿等。导演的意图是尽可能地反映社会现实，使影片具有一定的社会反思性。很钦佩导演和编剧能够在有限的时长中设置如此多的人物角色和故事情节来反映不同层面的问题，这些不同的人物都依靠老警察来贯穿，形成连贯的故事情节。老警察这一路走来不仅给自己的儿女带来改变和启发，更影响了跟自己毫无关系的社会青年，并与之成为朋友，强调了老警察所代表的父辈文化经验在子女和晚辈中的重要作用和潜移默化的影响力。略微美中不足的是：由于时长的限制，前期的情节铺叙不够，所以在故事的因果关系处理上显得有些不能使观众接受信服。笔者认为，此类影片可以就某一个问题的某一个小点展开深入的讲述和构思，这样才能使得故事的情节更为有力量，更加打动人心。借鉴韩国"回归传统"伦理电影成功的叙事经验：在讲述故事的过程中韩国伦理电影就某一个小层面更加注重前期情感的铺陈和叠加，当感情的积累达到一定程度的时候，设计情节点将所有的情感宣泄出来。在讲述故事抒发情感的时候通常采用这样的过程：前期情感铺叙——等待——小情节点——大情节点。

在情节和内容方面我们看见了导演的创作意图和做出的努力，通过电影反映社会现实、揭示问题是很多导演所缺乏的。影片中有许多故事情节很吸引观众，笔者认为"小混混"和老刑警的身份碰撞和故事情节可以集中展开，会产生很多引人入胜的内容，在叙事中减少部分现有的冗杂内容，围绕电影主题来编排故事情节，倘若适当减少所展现的社会问题，集中对其中一至两个进行深度挖掘和铺垫，会取得更加打动人心的效果。全面和深刻是不太容易兼顾的两个方面，导演在反映问题的全面性上下了很多功夫，取得了非常值得称赞的艺术效果。

影片的叙事结构主要考察叙事的性质、形式、功能，并试图以此归纳出叙事的能力。所谓结构，就是一种内在关系的组合，部分之间的相互依赖，是以他们对于全体的关系为特征的。[1]《父亲的旅程》紧扣主人公"父亲"的行动来叙述整个故事，附加了父亲和小偷罗杰的

---

[1] ［荷兰］米克·巴尔：《叙事学——叙事理论导论》，谭君强译，中国社会科学出版社2003年版，第223页。

故事线，还有父亲寻找老三的故事线，能够从影片中看出导演设置场景的前后呼应，电影开始是在医院里，父亲刚刚做了心脏支架手术，随后场景在墓园，交代了"老三"执行任务去世的消息。影片结尾处，父亲先是被抢救去了医院，之后在墓园结尾。通过这种编排能够看出导演有意展现时空的完整性，使影片能够前后呼应，但问题在于此处并没有内在关系的组合，因此影片的结构略显得松散。

影片在结构方面的优点是能够在多条故事线之间切换，并且最终多条故事线中的人物和情节融合在一起。靠罗杰和父亲的故事开场，吸引观众，随后切换到孩子的家庭中去展现问题，等到问题展现得差不多的时候又切换回与罗杰的故事中去，让观众能够在两种不同的故事感中跳跃，避免产生审美疲劳，最终两条线索中的人物在火车站融合在一起，而其中一直有一条父亲独自参与的寻找老三的线索。影片的发展脉络清晰自然，并且一气呵成，情节之间的联系很紧密，通常是通过前面的情节铺垫产生过渡，在导演——设的最后——解开悬念。父亲寻找老三的线索是一条人物内心的线索，老三在电影中并没有与父亲见面，父亲通过寻找老三道出了多年一直埋藏在心里的话，最终在医院的病床前将寻找完结，将心中的愧疚和思念释怀，进而在影片的结尾处表现得平淡洒脱。

二

诸如此类抒发情感，展现一定深刻主题的电影通常惯用舒缓的镜头来展现悠扬委婉的影像节奏，《父亲的旅程》的主人公是一位年过半百的老刑警，并且刚刚做完心脏手术，影像配合着人物在缓慢的同时展现了人物的刚强和正面的性格，所以镜头多用常规的景别来展现，多为固定镜头和缓慢的运动镜头。类似纪录片式的镜头语言，让观众冷静客观地看着一个老人不太寻常的旅程。少数展现老人"病发"时的镜头运用了主观的视角，引发观众的关注和心理情绪，结尾处利用摇臂远离主人公，似乎运用了美国电影中惯用的"上帝视角"展现灵魂离开人间，也许是表现老人的老伴和三儿子的离去。

通篇线索性似的用了许巍的《旅行》作为配乐，音乐当中有故事，就能打动观众，这是老三生前最爱的一首歌，父亲听歌的镜头在影片中多次出现，因此歌声响起的时候容易使观众联想到老三和父亲之间深厚的情感，倘若在儿子老三的墓前父亲自语，配合儿子生前最喜欢的音乐，则会产生更加感人的效果。

谈及演员的表演，笔者认为主人公老周的饰演者蔡鸿翔老师和罗杰的饰演者赵炳锐的对手戏是影片中最好看的部分，两位演员的表演自然，并且能够展现出所饰演角色的气质和特点。两个有着对立身份的人物最后成为了朋友，这种角色的碰撞自然会产生一种强大的力量来推动情节的发展，加之两人的表演也比较到位，能够使观众看见两代人虽然从前有两种不同的身份，但是抛开那些就是一个父亲跟一个与他儿子一样大的孩子的交流。蔡鸿翔老师作为老艺术家，所饰演的父亲角色无论是从外部形象还是内在的气质都是值得褒扬的，用严肃的表情和神态展现了一个老刑警刚正不阿却柔软善良的内心，也展现了一个父亲对于孩子深切的爱和愧疚。赵炳锐虽然相对蔡鸿翔老师是一个晚辈，但是能够展现刚出狱青年的茫然无奈，在他不羁的外在下将隐藏着正直、善良、渴望向上的一面展现得十分到位。由于是低成本电影，所以起用了部分非专业演员参与，这多少会影响到情感的表达和情节推动，使观众产生"跳戏"的感觉。

影片的基调是缓慢且富有诗意的，用淡淡的风格传递出淡淡的人生哲理，通篇采用这样的节奏实则对于导演的功力要求十分的深厚，这种慢节奏处理得不恰当则会使得影片拖沓、枯燥失去观看的欲望，而加入快节奏的成分又不符合影片的主体年老的父亲的旅程。导演毛小睿善于运用多条线索、多个人物、多种新鲜的元素将这样柔缓诗意的影片处理得生动感人。在此类电影的创作中就显得弥足珍贵。

三

《父亲的旅程》讲述的是一个老人的故事，是一个丧偶的老刑警自主寻找即将失去的或者是已经遗失的儿女亲情，因公殉职的三儿子是他已经失去的儿女亲情，而应允他在节日中出现却没有出现的大儿子和女儿两家代表了他即将失去的部分。初看影片的观众会觉得影片最主要表现的人文主题是关爱空巢老人，强调子女应该多关心独自生活的父母的感受。影片通过开场中描述父亲的希望和失望展现了父亲独自等待团聚的孤独感,引发了观众对于父亲这类老人的同情,引出了关爱"空巢老人"这一深思。

《父亲的旅程》

在中国社会,空巢老人的内心关怀的确是一个亟待关注的问题,现代人的生活方式和思想方式都发生了变化,越来越注重物质享受和现实问题的人们似乎已经忘记了团聚对于中国传统家庭的重大意义,中国社会中的家庭结构正在因为早期计划生育的影响产生变革,孕育有多个子女的老人和家庭正在逐渐减少,独生子女家庭即将成为主流家庭结构,这就导致了在接下来的20—40年中,会出现越来越多的空巢老人需要子女和社会的重视。养老问题也成为了中国未来社会发展中面临的重大问题。影片让人们去反思自己有没有因为工作、自己的家庭等原因就放弃了陪伴在老人身边,也通过对老警察的塑造反映了老年人的价值体现:他们更能用传统的价值观去解决我们年轻一代人生活中的问题,带给我们启示和力量。

对于未成年人和青少年的教育也是影片所要展现的一个方面,因此编剧和导演设定了"罗杰"这样一个角色,让老警察去融入他的生活和家庭,帮助他解决问题,老警察就是代表了社会和政府,其意义在于展现社会和政府并没有放弃这样的一群年轻人,而是通过对他们进行介入和教育引导，使得他们最终走向正途。影片若能够注重展开老警察和罗杰之间的故事，则会取得更加不错的艺术效果。

　　另一个方面则是父母对于孩子的教育问题，无论是已经当了爷爷的老周还是老周的两个孩子在教育自己的子女方面都存在着很多的问题：过度放纵、过度紧张、过度干预都是现在社会中存在的问题，欣慰的是这部影片可以通过不同的孩子与父母之间的相处以及老周对于小儿子的愧疚和个人的反思反映出不同的思考，或多或少引发观众的认同和共鸣，这就是电影存在的价值所在吧！

《我的姥姥我的妈》的轻类型探索

李 瑾

2013年是国产影视剧热闹非凡的一年，也是互联网影响生活最为激烈的一年。从年初的《北京遇上西雅图》掀起院线票房热点开始，影视界和学术界都在热议小妞电影。小妞电影的称谓源自英文"chick flick"，最早起源于美国好莱坞，在20世纪90年代取得巨大成功，成为一种风格明显的爱情电影子类型，如《西雅图夜未眠》、《电子情书》等。时至今日，好莱坞小妞电影仍然发挥着票房威力。

小妞电影作为一种消费文化，往往是以繁华都市为背景，以时尚为风格导向，剧情轻松浪漫，主人公为年轻女性，男性退居配角。影片一开始，一般是以女主人公先倒霉失落，然后通过自信自立而赢得男士心仪，最终赢得爱情的大团圆结局。

小妞电影在中国的最初出现也是呈现出消费电影的形态，并没有和社会现实生活产生共鸣，直到影片《北京遇上西雅图》的出现，导演薛晓路将社会话题放入了小妞电影的语境，使得这个爱情电影的子类型发生了化学反应，在社会上引起了广泛的关注，也呈现出国产电影现实主义题材的一种探索。

从潘镜丞导演的数字电影《我的姥姥我的妈》的片名来看，似乎是一部传统的家庭伦理剧，然而随着

评析广角

情节的推进，观众惊喜地发现，这里面不但是时尚的姥姥、时尚的妈和家长里短，而且因为影片的主人公是一位靓丽的时尚"小妞"，整个影片还透出轻松活泼的轻喜剧色彩和浓郁的互联网痕迹，也就是说，导演不仅巧妙地将"姥姥和妈"放到了小妞电影的类型框架之中，还佐以动漫、游戏、互联网等调料，烹制出了一部现实主义题材的市民电影。

导演潘镜丞是位多产的影视剧导演，题材涉猎极为广泛，不仅擅长对人物心理的刻画，而且偏爱对电影类型进行探索，近年来更是在青春时尚电视剧上有所拓展。《我的姥姥我的妈》可以说是一种轻类型模式的探索，这种轻类型的特征就是在一种主要类型之上，契合社会热点问题，杂糅多个复合类型交叉而成的一种实验类型。

影片以第一人称画外音开始，开门见山地讲述了时尚女孩武小悠面临被"恶魔"妈全面封杀的困境，为了夺回自由，武小悠向妈宣战，离家出走，躲进了男友何文豪的家里。然而，她随即发现"恶魔"妈早已老谋深算，相继使出断钱、断粮、逼迫出国等绝杀招数，母女关系立即变得水火不容。武小悠深知躲非但不能解决根本问题，弄不好还会把幸福的爱情葬送，无可奈何之下，她只有搬救星——姥姥出山。

影片到此，最重要的人物出场，姥姥一跃成为当仁不让的主人公。然而姥姥痴迷网聊的潜在危机，使得祖孙二人在情节上一脉相连，引起武小悠和"恶魔"妈的担忧，故事由此变成两条线叙事。随着情节推进，姥姥向"恶魔"妈道出武小悠的搬兵秘密，表面上为自己解围，实际上希望借此可以解开"恶魔"妈的心结。

影片由此上升到一个高度，将视点集中在祖孙三代女性的沟通桥梁姥姥身上。由于姥爷在出租车上不慎丢失手机和X光片，触发了姥姥的生存危机，原来姥姥的肺部检查出阴影，但因担心外孙女武小悠和她母亲之间的疙瘩没有解决，而迟迟不愿住院复查。姥姥的患病一下子将影片中的冲突激化起来，也将观众情绪急剧拉升，导演在此不失时机地引入老龄化等社会话题，使得影片在着力点上紧扣现实生活的热点。

该片通过一位"奇葩"姥姥的形象，将"积极老龄化"的理念艺术地透射和传播开来，给人留下了深刻的印象。所谓"积极老龄化"，是1999年世界老人年期间,由世界卫生组织正式倡导的老年人的生活方式。"积极"是指不断参与社会、经济、文化、精神和公民事务,并以最终形成一个"以人为本、不分年龄、代际和谐、人人共享"的社会形态为追求目标。《我的姥姥我的妈》中的姥姥就是一位"老有所学"、"老有所用"、"老有所乐"的"积极老龄化"的身体力行者,她拿着照相机奔波在大街小巷的豪迈姿态,学习网络新技能的勤奋修为,解决女儿家庭问题的卓越心志,以及领悟"人死观"的昂扬精神,证明了人老精神不衰老之可贵,正是那股健旺的精气神,使姥姥不仅是家庭的宝贝,也成为了社会需要的宝贝。

《我的姥姥我的妈》

姥姥,为大家树立了一个被家庭需要,重新成为家庭灵魂的成功表率。综观当代家庭生活题材的作品,老年人在家庭中的地位可谓产生了巨大的落差。当今中国是一个快速发展的变革社会,不像在相对稳定的社会形态中,人们的生活样式代代相传,因而更注重纲常礼制的传统传承,而老者正是由于担负着家族祖业传承的职责而获得后辈的尊重。日新月异的现代生活方式,高速提升的经济发展格局,以及全面的改革时代,不要说是老年人,就是中青年面对眼花缭乱、变幻莫测的日常生活图景,也常常会产生落伍、跟不上的感觉。现在年轻人面对的生存问题,很多不是父辈所经历的,也不是老一辈所能设想的,老年人的经验、过去奉行的规则,往往在今天受到年轻人的质疑,也确实缺乏实践检验的效力。因此,很多老年人在当代生活中,无论在自己还是在旁人眼中都变成了多余的人,甚至被家庭当作包袱受到被遗弃的痛苦。老年人再也不是家庭的主心骨,被家庭需要的满足感和价值感无从谈起。

姥姥在家庭中受欢迎的程度让人羡慕。影片没有从老人持家、创造家的温馨入手,而是更深一层地开掘到老人自身的精神建设层面上。姥姥是一个能够适应现代社会的生活方式和思想观念的老年人,与姥爷形成鲜明的对比。姥爷对于外孙女只会吃就想开饭馆的职业规划以及她男友的网游设计师职业感到非常不靠谱,认为吃吃喝喝、玩玩乐乐怎么能算工作呢?老话说"玩物丧志"嘛。与消费社会的市场逻辑深深的隔膜,让姥爷对于周边环境不懂不看,产生了焦虑、烦躁、紧张的情绪,一心就想赶紧退回到自家相对封闭的世界里,过那种日复一日简单但是熟悉的日子。这类老人是有代表性的。难怪法国人莫洛亚说:"老人的真正不幸,不是身体的衰败,生理的退化,而是固有的知识禁锢而造成心灵的冷漠。"

而和姥爷一样都是中学教师的姥姥,晚年生活却是一刻也不闲着。姥姥是一个"玩心"很重的人,况且她不是聊天、下棋、打牌、锻炼的那种老年人玩法,而是爱上网,交网友,喜欢摄影,热衷于发博客、晒照片,大胆尝试各种新鲜事物。如果从"人越老就得越稳重"的传统观念上看,姥姥可算得上是一个"老顽童"了。姥姥向姥爷要自由,自由二字是姥姥精神里的关键词。一般来说,人在年轻时代更理解自由的可贵,更追求自由,而随着谋求自身社会角色的定位和成就,就需要以付出自由为代价。一个典型的例子就是妈妈要求刚刚进入职场的小悠在一个稳定的岗位上先待上5年。姥姥不会不理解妈妈做法的合理性,作为一名中学校长,可以想见的是,姥姥在职业生涯中受到的约束和经历的放弃有多少,或许正因为此,姥姥退休以后,才如此尽情尽力地追求自由。

自由是人类表现生命的一种强烈张力。自由在老年阶段来说,是最可能也最值得追求的生活意义。老年人有充分的时间,从各种外在压力中解脱出来，可以以欣然之态去做毕生心爱之事。同时，老人的智慧和自律，又不会让自我放纵、我行我素、游手好闲混淆了自由的美好本质。自由地做喜欢的事，让每天的日子由自己主宰，不用算计、不用争斗，一切都成为了"玩"，在"玩"中个人的生命潜质获得了舒张和释放。这样"老有所乐"的姥姥能不达观吗？她的自由和小悠的自由不仅是心心相通的，而且是比后者更尽情尽性的更高层次的自由。小悠能不爱这个宝贝姥姥吗？姥姥或许已经不是这个家庭中主事的人了，但是她的精神世界主导了这个家庭的灵魂。

《我的姥姥我的妈》

老人也是社会之宝。老人能够让社会有了家的感觉和味道。在《我的姥姥我的妈》中，姥姥始终要见一个网友，这引起了家庭成员的争论，就是小悠也对此表示担忧。结果这个网友非但不是坏人，而且还是受到过姥姥精神和物质支持，认姥姥为干妈的京郊农场主。姥姥与网友故事的真实性在于抓住了老人上网的特点。与年轻人相比，老人对于虚拟世界和现实世界的界限不能划分得那么清楚，他们往往会把网络社交和参与社会联系在一起。数字生活不但赋予了老年人生活丰富的意义，老年人这一主体也能带给网络世界温度。在现实生活中，老年人卸掉了社会身份，对人不分高低贵贱，对事无论大小巨细，我们常常看到他们在社区街道里关心着角角落落的事情，温暖着无力沮丧的人们。一旦他们把这种温暖带入数字生活，这对于和谐社会是多么可贵啊。该片能够探讨老年人的数字生活，显示出创作者对于当代生活的敏锐度，它填补了创作领域中的一个空白点。

　　古人说："万物并作吾以观复，夫物芸芸，各复归其根。"人到了老年阶段，自然会产生"向死而生"、"以死观生"的观念，这是老年人才有的珍惜有限的精力，滋润生命每一段时间的精神动力。这部电影通过塑造了姥姥这一形象，把老年人精神的本真性带到了明处，让我们感受到，身边有这样一位悟透并且真切地热爱此在此生的老人真好。

　　潘镜丞导演在影片的类型模式上精心构造和摸索，同时将影片定位在都市时尚轻喜剧的风格上，使得《我的姥姥我的妈》在姥姥形象的塑造上，或许过于完美，或许烟火气还不够，或许还可以深入，但是，抓住老年人的精神世界，为我们开拓出了又一个好看的题材模式，值得肯定。

《共青城》：重建辉煌的拓荒之城

边 婧

电影《共青城》以原江西共青垦殖场"共青羽绒城"为原型，选取20世纪50年代鄱阳湖畔生态种养到羽绒工业发展进程中鲜为人知的感人故事，反映了两代共青人积极向上、艰苦奋斗的创业历程。影片展现了共青城在经济发展过程中的跌宕起伏，是一部回溯共和国羽绒工业发展史的电影，亦是一曲牵绊城市记忆的英雄赞歌。在《共青城》的光影流转中，我们见证了那些往昔的工业荣光，然而诚如斯名，昔日开疆辟域的城市青年渐已步入花甲，但这座工业城市并未被时代怒涛而吞噬，在共青城人惊醒的执念里，奇迹再临。

个体与理想化的城市印记

《共青城》主要讲述的是20世纪90年代，曾经辉煌一时的共青城羽绒服厂因种种原因陷入困境，数月没有发放工人工资。为了给师傅治病，厂里的一对师兄弟王大军和王晓磊共同策划，由王大军带着炸药闯进宴请香港客商龙老板的酒席，逼迫厂长发放工资。期间王晓磊因害怕承担责任，临阵退缩，王大军以一己之力承担后果，却被师傅赶出共青城。6年之后，已在深圳成为共青团模范的王大军，意外得知共青城羽绒服厂面临破产，他离开深圳回到故乡，与毛厂长等人一起为挽救工厂而努力。他们拿出了拯救工厂的方案，并将它打造成新的工业开发区，招商引资，使得共青城重现辉煌。

因为影片具有强烈的现实主义风格以及扎实的故事原型，所以创作者选择以纪录片素材的形式为电影开篇，可谓剑走偏锋。战斗与热血的盛宴在镜前从容铺陈，巧借田园诗意，消解了后现代工业叙事中的冷峻步调。鄱阳湖畔世代以打渔为生的共青人，从水中汲取生活的养分，也从水中获得生命的价值。

影片伊始，一场翘嘴鱼宴由于青年王大军的捣乱而结束，开启了全篇略带悲剧的故事卷轴。影片高潮，再一次扭转乾坤的鱼宴，当年那个闯祸的青年王大军，重新回到生命的发源地，带着愧疚极力弥补曾经的错误。在片中男主角王大军对鱼宴的破坏，可以看作是传统国人朝着媚俗化的私有主义展开的最后一次阶级狂欢，而倚临大湖的会谈，则喻指着新纪元的共青城人通过向旧有生产母体的诀别，实现了一次对于工厂体制与个体本身的双重救赎。影片在向观者展现共青城在资源配置的秩序重建过程中，毫不回避地揭示了中国在从牧歌社会转向工业社会的剧变中所产生的难以弥合的文化割裂，这也让故事的主题观照到个体价值的实现与社会发展的维度。主人公立场的转变，其实也正是影片作者试图阐释的当下中国在经济社会等领域的急速发展的同时，个体所面临的归属感紊乱与道德认知的失调。

笔者认为，影片对于宏观叙事的举重若轻，源自创作者对于中国三十多年来改革给人们带来的观念嬗变熟稔于心。在毛厂长的嘴里，共青羽绒服厂曾经何等辉煌，整个城市甚至都依靠着它的生产运作而发挥作用。与这座城市相关的所有人，即便是远走他乡，都无法改变已刻入骨髓的深深记忆，那不仅仅是对鄱阳湖上一条鱼、共青服装厂一只鸭的回忆，而是整个共青城人开垦六十多年生命的烙印。曾经的辉煌，最终会在历史车轮的辗压下消失殆尽。在影片中，个体对于传统的守旧坚持和对于新势力的勇敢革新十分鲜明。这不仅仅是共青城人所做的，放眼整个国家，体制的改革和发展的转型一直相互博弈着，却也因此而充满活力。

主体空间与细节呈现

《共青城》中,虽然导演有意将影片的背景模糊,但依然可以从演员的只言片语和整个城市的历史背景中找到对应,实际生活与想象力之间的空间成为了摄影机创作的空间,在镜头下的共青城人一次又一次在历史浪潮里,或随波逐流、或充满梦想,生活细节被淋漓尽致地展现。作为共青城人的第二代或者第三代,从他们的口中和行为中,听到、看到的已不仅是他者的故事,更是自己的故事。正如在叙事的过程中,整个城市、鄱阳湖、羽绒服厂等空间重复出现,更是将过去的记忆与现实勾连。

《共青城》

记忆的形态是放射状的,导演将主体事件放在共青城羽绒服厂的兴衰史上。这是因为,在镜头之中、故事之外,厂房是工人们的重要背景,他们或在这里工作,或在这里成长,这里是他们生活场景的体现,是所有亲情的舞台,是童年、是注解,外面的世界虽然精彩,但却异常冷漠,只有家才是永远不曾被撼动的根基。也只有把城市留住,把厂留下,才能把故事继续。空间的选取,表达了创作者对于忠诚和坚守的理解。忠诚是一种责任,一种品格,更是一种境界。

细节的重复给影片带来了震撼与力量。两次鱼宴、两度组织开垦与挖掘，从过去寻找对于未来世界的憧憬，这奠定了王大军作为英雄人物存在的动机。而英雄的觉醒来源于自我的救赎，王大军走出过去曾经犯错的心理阴影，在共青羽绒服厂濒临破产、共青城生死攸关之际，他敢拼敢闯，率领共青城人在10天内完成了几乎不可能完成的任务，从而挽救企业，他闯进会场夺过话筒发表慷慨激昂的演说，他走街串巷通过广播向人群呼喊，并最终取得了成功，堪称青春励志的偶像。影片《共青城》旗帜鲜明地传达了创业、奉献、坚守的正能量以及"中国梦"的理念。导演杨真表示，《共青城》里的人物就是当年那些来到鄱阳湖创业的青年志愿者的总体缩影。应该说，无论是创立当年羽绒服厂的毛厂长，还是后来救工厂于危难的王大军等人，都是创业的先锋楷模。而今我们所处的这个时代，正是"中国梦"激荡创业的时代，只要每个人愿意为自己的美好梦想踏实奋斗，伟大的"中国梦"必将真切可期！

《厨子程天喜》的艺术特色

赵大玮

　　《厨子程天喜》是一部轻喜剧风格的影片，片中主角程天喜由喜剧演员洪剑涛饰演，影片导演方军亮曾经两次获得电影频道百合奖，是一位高产高质、擅长喜剧的导演。观看这部影片是一次愉快的观影过程，影片凭借传统的叙事模式、娴熟的叙事技巧和出色的人物表演，轻松、完整地完成了主流价值观的传递。《厨子程天喜》可以被视为研究中国电影的一部典型样本。

　　程天喜是个憨态可掬的胖厨师，他平凡到不能再平凡，甚至女友的妈妈和哥哥都因为他是个厨师而瞧不起他。故事是从他夺得了市里的烹饪大赛冠军讲起的。程天喜拿到大赛冠军后兴奋不已，他想以此获得未来岳母和大舅哥的肯定，顺利地迎娶女友钟小苗。这时，一家高级私人会所的老板高薪聘请他去做厨师长，他摇身一变成了一个白领，岳母的态度也180度大转弯。只是，当得知老板要做的大王宴是吃老虎肉时，程天喜吓坏了，尤其是做缉私警察的大舅哥说，伤害国家保护动物会坐牢，程天喜马上去找老板辞职了。这时，老板才暴露他的阴谋，原来他聘请程天喜是因为看中他们程家祖辈传下来的一本菜谱，只有那里有老虎肉的做法。程天喜辞职不成，反被老板讹诈，把自家菜谱搭了进去。他不甘心，偷偷举报了这家会所，却不知野生动物保护协会和会所狼狈为奸。他只好向大舅哥钟大志讲出实情。钟大志正在调查一起跨国野生动物走私案，案子在程天喜的父亲老程头的帮助下，已经锁定了主要嫌疑人老猎人，程天喜提供的线索正好与之相吻合，钟大志建议程天喜做他们的卧底，将计就计，答应老板的邀请，在会所举行婚礼。婚礼进行到一半的时候，老板劫持了程天喜，带他到另一个地方去做大王宴。幸好老程头和钟大志他们及时赶到，抓住了坏人，程天喜也因此成了救虎英雄。

这部影片具备了电影频道出品的影片的以下几个典型特征。

一、本片努力宣扬了主流价值观念。合乎主流意识形态的要求，传播"正能量"，渗透主流、健康、励志的文化内涵。这一点在本片中得到了很好的体现。影片的主人公程天喜因为是个厨师，不被女友的妈妈和哥哥接受。他靠自己的努力取得了厨艺大赛的冠军，被私人会所高薪聘请。未来岳母因此改变了对他的看法。影片的开头看似一个小人物的励志故事，继而，我们发现这个小人物不为金钱所惑，不为恶势力所屈，成为了一个平民英雄。程天喜平凡的身份和朴实的外表很容易让观众产生认同感，他没有拯救世界、拯救人类的远大目标，他所表达的价值观，比如遵纪守法、保护野生动物、保护环境，等等，平实而易于接受，自然融于人心。影片中有多处是借剧中人之口表达思想，比如程天喜不怕危险决心继续充当警方卧底时，钟大志安慰他："人民警察不会拿群众的生命安全作赌注。"程天喜感叹："人民警察真伟大。"为了避免观众产生误解，影片甚至还借人物之口，规范观众对剧中人物的理解。比如，程天喜的父亲老程头是个寡言、严厉的形象，他将祖传菜谱束之高阁，自己不做厨师、另谋生路，甚至戒肉吃素，而且反对儿子做厨师，对程天喜偷学厨艺一直耿耿于怀。这是一个个性独特的人物形象，在明白了他行为背后的原因之后，也让人对他肃然起敬。原本戒杀吃素传达出的是对生命的尊重，是人间大爱，从中我们可以得到的读解已经超出了主流意识形态的范畴。于是，导演先后几次借人物之口来对此进行评价。程天喜说：你这个老顽固，你吃素就全世界都吃素啊。老姜说：每个人都有自己选择食材的权利；人家老虎是食肉动物，总不能喂它草，当羊养吧。究其原因，与其说是编导不认同老程头的做法，不如说这种做法所体现的价值观不属于大众的、主流的价值观。此处成为了本片极力维护主流价值观的一个极好的例证。

二、本片遵循着现实主义的创作法则。现实主义是中国电影的一个优秀传统，其特点是客观反映现实，塑造真实可信的人物形象，对社会历史现象进行深刻批判，充满人道主义的精神。由于都是小成本制作，受此所限，它可能无法展现宏大场面和炫目的特技，但是它从细节处体现了对普通人生活的观照，从另一个角度来满足观众的心理需求，因此也颇得观众的青睐。

本片与当下的社会现实联系紧密，有着强烈的时代感。近年来，随着国家反腐力度的加大，星级大酒店里的公款吃喝已经少了很多，以各种名义创办的高档私人会所，成为了相对隐蔽的腐败场所。影片中的"大王宴"便是发生在一家高级私人会所。会所老板赵光深谙官商勾结之道，专为他们提供这种机会，从中牟取暴利。最终，他的非法活动没有逃脱法律的制裁，对现实起到了批判与警示的作用。片中有一处令人会心一笑的细节：在影片开头出现了微信，对于这一刚刚在大众间广泛流行起来的通讯方式的使用，显示出了影片的时效性，可谓紧跟时代潮流，反映最新的民生状况。

如上所述，影片以生活中的普通人、小人物为主角，展现平凡人的生活，拉近与观众的距离。本片的主角程天喜如同一个邻家大哥，其貌不扬，亲切随和，是个天天围着锅台转的厨师。他的女友钟小苗也只是美容院里的小妹。这里没有高富帅和白富美的青春偶像，展现的是平常老百姓的普通生活，极易得到观众的共鸣。

三、叙事是本片的一大亮点，编剧和导演运用娴熟的叙事技巧编织了一个精巧的故事，将程天喜的婚事、钟大志的案子和老程头的往事都与惊魂大王宴这一主线交织到一起，使得故事情节起伏有致、充满悬念。仔细分析，传统的叙事模式仍是其主要的叙事方法。

1. 二元对立的叙事结构。传统叙事中的人物总是二元对立、善恶分明，既使得矛盾冲突激烈又可以强化主旨。本片中的人物基本也可以分成正面和反派两大阵营：程天喜、钟大志和老程头是代表正义的一方，赵光和老猎人叔侄则是反面人物。老程头和老猎人首先形成一

《厨子程天喜》

组鲜明的对比,他俩原本是一对好兄弟、好搭档,一个擅长打猎一个烹饪野味,在当地颇有名气。有一次,他们打猎时掉进了一个雪窝子,几天几夜出不来,在他俩快要绝望时,一条叫阿旺的狗救了他们,阿旺回村里叫来了人,他俩得救了。可是,阿旺后来不小心落入老猎人捕猎的圈套,老猎人无情地杀死了它。老程头因此和老猎人反目,从此不再做厨师,不沾血腥,戒杀吃素。老猎人却贪婪成性,做起了走私野生动物的违法勾当。几十年后,老程头成为了破获这起野生动物走私案的关键人物,老猎人正是那罪魁祸首。他们的下一代,程天喜和赵光是影片中的一组核心对立关系。赵光想得到程家的祖传菜谱,设计了圈套来利用程天喜,程天喜被骗后,和赵光暗中较量,一个唯利是图、狡诈多谋,一个憨厚正直、善良勇敢,这种昭然若揭的人物关系,可以让观众毫不费力地在观影中完成善恶判断,既实现了价值观念的清晰表达,又满足了观众轻松观影的心理期待。

2. 家庭叙事。家庭在中国传统文化中承担着无以替代的重要作用,家庭不仅诠释亲情,更连接社会、见证一个人的成长。影片中的几个主要人物由三个家庭的家庭成员组成:老程头和程天喜,钟大志、钟妈妈和钟小苗,赵光和老猎人。家庭内部和家庭之间都存在着需要解决的问题。程天喜为了和钟小苗结婚,需要证明自己以得到钟妈妈和钟大志的认可;老程头对程天喜做厨师耿耿于怀,父子间有着明显的隔阂;老猎人和老程头有着不同寻常的交情和过往,他授意侄子赵光利用程天喜做大王宴。赵光、钟大志和程天喜围绕大王宴暗中较量,老程头和老猎人也在背后起着关键作用。随着这起案件的告破,三个家庭间的斗争随之结束,家庭内部的矛盾也得以解决:程天喜和老程头的父子亲情得到了弥合;程天喜成为救虎英雄,和钟小苗组建了新的家庭;钟大志顺利破案,将匪首老猎人抓捕归案。将矛盾冲突和价值观念融入到家庭叙事中来体现,这一传统的叙事方式贴近生活、贴近观众,尤其适合人们在家中通过电视来观赏。

3. 大结局。在中国的传统观念中,故事应该有一个明确的结局,而且正义要得到伸张,邪恶要得到严惩,因此大圆满结局是传统叙事模式的很重要的一部分。它尊重人们的审美经验,满足人们的观影期待,可以为观众缝合一个圆满的梦,让观众的心理得到最终满足。本片几条故事线索互相交织,最后在结尾处坏人落网,小人物成为英雄,亲情爱情也都从中得以强化。这样的结局让观众在对主人公的认同中得到了自我实现和满足。

4. 悬念的设置。电视播出不同于在影院看电影,影院中的环境更有利于营造一种置身梦境的幻觉,观众也更容易投入到影片的故事中去。而通过电视观看电影,手握遥控器的观众随时可能中止观看,在这种情况下,如何讲好故事、吸引观众一直看下去就变得尤为重要。本片的叙事多处设置悬念,让这些悬而未决之谜调动起观众的好奇心,吸引他们一探究竟。在钟大志破案这条故事线索上,犯罪团伙头目"L"一直是个谜。警方抓捕了一个叫"李大牙"的走私犯,但他并不是"L",也无法提供更多的线索。私人会所老板赵光总是以珍稀野生动物为食材,其来路没有交代,让人心生疑惑。最初他是在手机上调出程天喜的照片,其背后显然还有一个幕后指使,这个人是谁也是让人百思不得其解。多处疑点让观众和编剧玩起了智力游戏,观众总是急于找到答案,想证明自己的猜测。随着故事的逐渐展开,程天喜和赵光围绕大王宴也一直是在斗智。先是赵光利用高薪诱使程天喜签约,然后骗他拿出祖传菜谱,程天喜不甘心被小人算计,打算暗中举报他们。谁知动物保护协会的人看似来会所检查，实则装样子走过场。聪明的程天喜赶忙找赵光承认是自己举报了他们，狡猾的赵光并没有因此而信任他，他邀请程天喜在会所举行婚礼，想以婚礼为掩护做成大王宴。钟大志要求程天喜将计就计，在会所办婚礼时安插警员将犯罪嫌疑人一网打尽。双方都要以程天喜的婚礼为契机，做最终的较量，三条故事线索至此也交会在一起，恰到好处的悬念设置使故事在影片结尾处达到高潮，吸引着观众一直看到矛盾的最终解决。影片的另一处重要的悬念在老程头身上。老程头作为御厨后代，为何封刀不再做厨师，为何要戒杀吃素，为何不同意儿子做厨师，他和老猎人有着什么渊源，老猎人怎么会知道程家有一本祖传菜谱……种种疑问在片中都得到了圆满的解答，悬念的设置与解决使得本片故事情节起伏有致、引人入胜。

　　作为一部特点鲜明的电影，明朗的轻喜剧风格也是本片的主要特点之一。剧中台词诙谐幽默，人物表演惟妙惟肖，为本片增色不少。从《厨子程天喜》一片，我们可以窥见其选材的思路和叙事的技巧，感受到主流价值观念在其中的重要性。在电影频道出品的电影创作模式日臻成熟的今天，创作者应不满足于已有的成绩，寻找新的突破，实现更高的艺术追求。

《少年闵子骞》之叙事分析

邵吟筠

在《论语·先进》中，收录了一句孔子对于弟子闵子骞称赞的感叹之语："孝哉闵子骞！人不间于其父母昆弟之言。"使闵子骞孝子的形象流传千古。孔夫子的此番感慨源于闵子骞的少年经历：

闵子骞，鲁人也。父取后妻，生二子。骞供养父母，孝敬无怠。后母嫉之，所生亲子，衣加棉絮，子骞与芦花絮衣。其父不知，冬月，遣子御车，骞不堪甚，骞手冻，数失辔靷，父乃责之，骞终不自理。父密察之，知骞有寒色，父以手扶之，见衣甚薄，毁而观之，始知非絮。后妻二子，纯衣以绵。父乃悲叹，遂遣其妻。子骞雨泪前白父言："母在子寒，母去三子单，愿大人思之。"父惭而止，后母改过，遂以三子均平，衣食如一，得成慈母。孝子闻于天下。[①]

广招门徒的孔子为其"单衣顺母"的孝行感动，招为门徒，闵子骞之后与颜回、冉伯牛、仲弓成为孔子门下任用德行（在弟子中可仕之人）的贤士。

电影《少年闵子骞》正是以这一故事为蓝本拍摄而成的人物传记。影片以少年闵子骞为叙事主体，讲

---

① 王重民、王庆菽、向达、周一良、启功、曾毅公编：《敦煌变文集·孝子传》，人民文学出版社1957年版，第904页。

述这一历史人物求学及感人的孝顺故事。该片的目的一目了然——使传统的孝文化得到更好的传播。就当前商业电影景观化叙事愈演愈烈，断点式、碎片化的表述及为了商业利润而不惜放弃好故事的主流银幕，《少年闵子骞》不失为一部制作严肃的作品。

叙事结构

叙事是存在于叙述文本中的一种讲故事的方式，"从最简单的意义上说，叙事就是在一段时间之中发生的故事。"① 它呈现的是置于时间和空间中的一连串相关的事件，表示一种选择和一种安排。它存在于文学作品中，同样存在于影像话语中。较为特殊的是，影片叙事是一种将时空性的材料组织进事件因果链条之中的方式，这一因果链条具有开端、高潮与结尾，表现出对于时间本质的判断，也证明它如何知道并因此讲述这些事情。② 不仅是不同形式的文化表达的基础，而且亦是我们经验模式的基础。是一种将素材组织进特殊模式以表现和解释经验的感性活动。

影片以闵子骞为主线展开叙事，分为幼年失母、少年遭后母嫌弃、真情感化后母三个阶段。影片开篇，鲁定公驱逐孔子及门客，将观众带入兵荒马乱的战国时期。闵子骞之父闵马夫为鲁国闵公君之八世孙，因三桓专权铲除异己而携妻带子流落宋国，不料身患重病的妻子不堪路途劳累，命丧途中。临终交一玉环于幼年闵子骞，并嘱咐其"懂事、听从父命、好好读书（拜师孔夫子）"之后便撒手人寰，留下马车外幼年闵子骞娇小可怜的身影。短短5分钟内在交代故事背景的同时为之后的叙事发展埋下了伏笔。这样的安排亦是符合了亚里士多德对于故事开端应按"可然或必然的原则"提供破题信息来创造人物和一个实在世界③的叙事要求。影片的第二阶段亦是正片阶段，延续了开篇结束部分的凄凉感，从朗朗读书声环绕的私塾开始，私塾内的

---

① [美]阿瑟·阿萨·伯格：《通俗文化、媒介和日常生活中的叙事》，姚媛译，南京大学出版社2006年版，第7页。
② Edward Branigan, *Narrative Comprehension and Film*, London: Routledge, 1992, p.3.
③ [古希腊]亚里士多德：《诗学》，商务印书馆1996年版，第75页。

孩童满座与窗外蜷缩着身子偷偷旁听的少年闵子骞形成了鲜明的反差。当镜头推至比这些孩童略显成熟的闵子骞的脸时，8年之后少年闵子骞的生活境遇不言而喻。随着剧情的不断推进，故事冲突逐步紧张化，在"鞭打芦花"之后"闵父休妻"时达到高潮对抗点，最终在闵子骞替母求情，感化后母时"结和解"①完成叙事，并为故事提供了一种结束感。这个结局虽未能达到亚里士多德的"不可避免而又出乎意料"的效果，但影片完整的叙事线索和叙事价值使整体结构凸显了经典叙事的一贯特色。

叙事手法

一部影片的完成除了完整的叙事结构之外，叙事技巧亦是其展现自身特点与个性的重要途径，尤其对于叙事走向相对封闭的历史人物传记影片。正如苏珊·朗格所说的，任何艺术作品的价值不取决于它表现的对象是什么，而取决于怎样表现。②在90分钟内将一个人的某段经历或一生完全呈现出来，依靠的正是影片制作者对于时空的整合与安排。

1. 运用字幕转换时空

运用字幕是历史人物传记影片叙事最常见的时空转换方式，一般会在时间跨越较大时使用，以字幕来标识之后影像呈现的时间与地点。在这部影片中，共出现两次时间字幕，分别于影片一、二和二、三阶段的转换时刻。一方面，作为时空转换的说明，另一方面，作为叙事结构的转折点。

2. 多重时空交汇

在影片中共有三重时空结构：现实时空、过去时空、虚拟时空。现实时空作为故事的叙事主线，其间按剧情设置需要穿插过去时空和虚拟时空。《少年闵子骞》以闵子骞少年时期的日常生活场景为现实空间，以线性顺序相互连贯，描述一个个生活事件。时间的进程比较

---

① ［古希腊］亚里士多德：《诗学》，商务印书馆1996年版，第131页。
② ［美］苏珊·朗格：《情感与形式》，转引自林洪桐《电影化叙事技巧与手段》，中国电影出版社2013年版，第50页。

《少年闵子骞》

缓慢，但情节点编织顺畅。在他生活的宋国相邑，房前屋后随处可见芦苇，闵父马夫流落宋国之后也以卖芦花为生（笔者虽不知在那个时期芦花买来有何用，试想可能以编芦草为生是否更加合理），在营造战国时期城邦景象的同时，为"鞭打芦花"这个高潮对抗点的到来做足了准备，使之合情合理、顺理成章。但有些情节光靠现实时空实难诠释，如何让少年闵子骞的善良、懂事在后母的百般刁难之后依旧合情理，是影片叙事进程中必须解决的难题。

相对于文学叙事，电影的叙事是一种既重视叙述人的功能也注重叙述接受者对故事建构不可或缺的重要作用的叙事体系，是一种比文学叙事更强调接受主体作用的叙事体系。观众首先要看到这只是一个孩子，他如何能平复自己的委屈与不满而坦然于不公？闵子骞生母生前遗言、教育场景的过去时空及闵子骞梦中生母让他"对待后母要像对待我一样孝顺"嘱咐场景的虚拟时空便对现实时空起了补充的作用。当闵子骞受到委屈时，影片总是用生母在世时说的话语来开导、宽慰他。虚拟与现实之间逻辑关系不是直接的，而是让观众自己去想象，它们之间的关系更多的是从角色情感出发，当过去时空中的情感与现实时空中的行为相互发生作用时，角色在现实时空的转变便显得合理了。

另外，影片还采用了闪回单个画面来加强叙事的张力，在闵子骞将一天寻得的柴草赠予因年老而被儿子儿媳嫌弃的二奶奶，孑然回家，此时闵父财物被盗，这两个事件重合时，为了延续故事的连贯性，突出叙事重点，影片只是采用了一个后母责备的闪回镜头交代了闵子骞受罚面壁的原因，实现了此时的两个事件并行。之后被后母冤枉偷了钱，遭父亲责骂时，闵子骞看见远处桌台上生母的遗物镜子，镜头快速闪回生母面容出现在他眼前，看得出神的他因此而遭到了后母的打骂。这一镜头的闪回，一方面表现了一个孩子委屈时想念生母的人之常情；一方面凸显了后母的刁钻跋扈；同时开启了下一摔镜事件。

美学意蕴

1. 因果关系的设计与安排

电影的最终目标是讲故事。换句话说，电影其实就是导演及演职人员通过他们自己的方式，告诉我们他们所看到的并解释，结果就是一个故事的诞生。是使事件按照时间顺序的重构，建立把这些事件联系起来的因果链条。通常一部电影最终留给我们的，总是一组事件序列，而不是摄影机镜头序列。这个序列是按照事件间一定的因果关系得以延续的。影片中我们所看到的与听到的所有偶然性事件的结构性呈现称之为情节，它是电影中事件呈现的顺序。事件、因果链条、情节，一步步将叙事推向终点。正如吉恩·盖里斯认为："对于以主角为驱动力的故事片，主要通过它如何漂亮地解决影片所产生出的各种难题，以实现剧情缝合的方式以及它通过富有创造性的美学机制对故事情节作出价值评判。"[①]

[①] Jane M. Gainea, "Introduction: The Family Melodrama of Classical Narrative Cinema", *Classical Hollywood Narrative: The paradigm Wars*, Jane M. Gaines edit, Durham, NC: Duke University Press, 1992, p.1.

在影片《少年闵子骞》中，故事的情节环环相扣，以闵子骞为核心的因果关系承前启后，实现了多处跳跃性情节的连贯及剧情的缝合。影片中，以闵子骞的"孝"为中心的两条叙事线索（感化后母与教化邻舍）交相呼应。邻居苟剩偷盗闵父钱财，引发后母对闵子骞动手打骂，被闵父阻止之后，后母又问询江湖术士，听信谣言，认为闵子骞"命犯狐仙，八字相克"，引发了后母对闵子骞更深层次的厌恶和嫌弃。与此同时，闵子骞因不忍二奶奶年老遭苟剩嫌弃，多次劝阻苟剩要善待老人无果，最终受到了苟剩夫妇挑唆、摔镜的报复。自此，两条叙事线交错前行，将故事逐渐推至高潮。在闵子骞竹简被烧、后母做芦花袄时达到高潮。最终在闵子骞"母在一子寒，母去三子单"的替母求情中感化后母，将叙事推至高潮对抗点，"结和解"①完成叙事，为故事提供了一种结束感。

影片遵循着这样一种因果律，通过对角色完成某个目标的行为描述呈现出来，推动了电影的情节发展。大卫·波德威尔说：心理学意义上的因果律通过精巧构思的编剧（well—made play）传统在包括诸如激烈的开场、对抗与反对抗、极端的命运反转以及骤然的结局等等，它们都在因果关系中得到解释。这样的电影进程就如同一个楼梯，"每一个镜头段落都表达了一定的东西，实现了某个目的，并在叙事中一步一步接近高潮"。行动引发反应，每一步所产生的结果都反过来成为下一步新的原因。②从观众的角度出发，影片的诸多元素之间建立起这样的因果联系，能保证观众对故事的清晰体验，让观众得以畅通无阻地理解情节中的事件以及它们在故事中的意义。

2. 抒情意境的营造

作为一部历史人物传记，《少年闵子骞》整体风格和影片传达出来的意韵体现了一种传统特色。正如本雅明在《机械复制时代的艺术作品》中所表达的：一件艺术作品的独特性与其产生的传统基本因素密不可分。每一件文化艺术作品的诞生、每一种叙事内容和叙事方式

---

① ［古希腊］亚里士多德：《诗学》，商务印书馆1996年版，第131页。
② Bordwell et al, *Francis Taylor Patterson*, *Cinema Craftsmanship*, New York: Harcourt, Brace, and Howe, 1920, p.17.

的选择都浸润着其所在的文化艺术传统的影响。在影片中运用了大量的背景音乐、古诗词和物件来营造一种抒情的意境。

　　影片多处使用背景音乐，以烘托场景、渲染气氛。开篇，三桓排除异己、孔夫子被迫离开鲁国、孔子门生通报闵马夫携妻儿逃跑，三个不同事件在同一悲壮背景音乐的贯穿中平稳过渡；转而采用紧迫的音乐，用以衬托闵马夫携妻儿逃离鲁国沿途的危险和紧张气氛，此刻通过音乐自身的紧张之弧强调了叙事中的紧张；在闵马夫妻子撒手人寰，幼儿闵子骞只身立于马车外哭泣的场景中，影片使用了悲凉的背景音乐，用以烘托幼儿闵子骞此刻的悲恸和凄凉。在影片的前5分钟中，三个音乐，五个情节，故事背景、人物、事件起因都得到了清晰交代。在第二阶段，闵子骞旁听被发现，被迫熟练背诵《硕鼠》之后，影像停留在莲儿闪着同情眼神的善良面庞时响起了单薄、清冷的背景音乐，一直延续到后母背地里做肉饼给两个亲生儿子吃的场景，并在少年子骞因将柴草赠予二奶奶空手回家受罚时相同音乐再次响起，这一音乐在缝合叙事的同时，亦是凸显了少年闵子骞的处境——孤独、凄凉。在后母听信谣言之后的镜前独处、两弟弟被马蜂蛰及后母梦见亲生儿子遇害的场景中，为配合场景气氛，背景音乐选用了悬疑乐旨的音乐，在烘托气氛的同时突出了后母日渐厌恶、嫌弃、怀疑闵子骞的扭曲心态。此刻，音乐用于对单个关键叙事事件进行强调、预期和"诠释"。[①] 而在少年子骞与莲儿在稻田中相见时，背景响起了主调清灵的音乐，如清风扑面而来，犹如四周随风摇曳的芦苇清新动人，音乐让叙事慢了下来。这一清新的气氛一直延续到闵父与少年子骞的田埂长聊之后。

　　影片中大部分的音乐属于运用传统音乐作为背景来支持、构造叙事，用以强调、评论故事情节中的气氛。另外，还有一些背景音乐是用于塑造、强调人物特征的。如，闵子骞带着两个弟弟玩打瓦游戏及赶跑苟世义的情节中，影片中使用了节奏跳跃、轻快的乐曲来衬托孩童嬉戏的场景，突出了少年闵子骞沉着、懂事之外开朗、俏皮的一面；又如，在苟剩到闵家，欲看闵母打骂子骞的"好戏"，恰遇家中没人，爱贪小便宜的苟剩假扮闵母的情节中运用了旋律诙谐、滑稽的

---

① ［挪威］彼得·拉森《电影音乐》，山东画报出版社2009年版，第205页。

《少年闵子骞》

乐曲来凸显苟剩丑陋的市井小民形象，等等。背景音乐特有的叙事、情感、辅助、评判功能在影片中都得到了很好的诠释。

与正统音乐不同，影片中的背景音乐是一种功能性的音乐，它在叙事的背景中起作用，它可以支持屏幕上的情节，可以匹配场景的气氛。其结构由存在于音乐本身之外的因素决定，进而去强化故事中的角色与主题，以增加对观众的情绪感染力。相对于正统音乐，影片背景音乐常常是由碎片、没有任何直接联系的音乐片段组成。它最重要的任务是作为对影片的一种"平行"的评论而起作用。它是处于音乐之外的一个更大整体的一部分发挥作用的。亦如齐格弗里德·克拉考尔在《电影理论》中写道的："音乐以它自己的语言复述它所伴随的画面的某种趋势或含义。"[1]

---

[1] [美]齐格弗里德·克拉考尔：《电影理论：物质现实的救赎》，[挪威]彼得·拉森：《电影音乐》，山东画报出版社2009年版，第31页。

影片还引用了《诗经》中的《硕鼠》、《关雎》两篇诗文，以全知叙事者的角度对故事进行了评判。前者，借魏国民歌表达了战国时期民众对于当政者的不满及对于理想国度的向往；后者则以整体描述"乐而不淫，哀而不伤"（论语·八佾）的男女之情体现了影片人物对于生活的积极、热爱之情。以传统民歌表达叙事者的价值评判，既立场鲜明又独具传统特色，借诗歌的意境营造了抒情而富有意蕴的意境。

3. 细节传达意象

影片中意象性最强的就是闵子骞生母生前留与幼年子骞作念想的玉环。影片先后三次出现这个玉环。第一次是生母临终时的遗留；第二次是少年闵子骞在弟弟被马蜂蜇后受到后母责备，夜深人静时取出，将其视为生母，与其对话；第三次在闵子骞欲随孔夫子游学临行与后母告别时，后母将祖传玉觿赠予闵子骞留作念想，而子骞取下随身的玉环作为回应之物赠予后母。玉环在整个故事的三个阶段分别出现，寓意各不相同。

在叙事第一阶段，生母的玉环作为遗留之物除了留给子骞一个念想之外，为故事的发展亦是留下了一个推动力与预见。玉作为中国传统的佩饰，其寓意尤为深刻。古人云："谦谦君子，温润如玉。"玉是君子的象征。影片开篇出现玉环，一来，影片的价值观与历史观得以呈现；二来，作为生母遗愿，为叙事进程埋下伏笔。另外，玉环之"环"与"还"字同音，寓意重归于好、认可之意，与影片的结尾形成呼应。在叙事第二阶段，玉环作为生母的象征，为《史记》中少年闵子骞过人的仁慈、懂事寻得了现代诠释。一个不经世事的少年，在遇到挫折、苦难之时，因为有生母遗物作为精神依托才使得年少的他有了宅心仁厚的表现。让这个《史记》历史人物的诸多不合现代孝行理念的行为显得真实了一些。在影片结尾部分，玉环作为少年闵子骞临行赠予后母的信物，将故事推至高潮结束点。在遵循叙事构建的同时将情绪也推到了制高点，通过两块玉的交换，"仁"字在影像呈现中得到了最终的诠释。

通过这些细节的设计与意境的营造，中国传统由善到美的美学追求通过影片得以体现。

结　语

　　人物传记影片是展现一个真实人物独特人生经历及人物与时代关系的影片。影片中战火纷飞、道德沦亡的时代背景对应的正是当下我们这个消费主导、"新意识形态"占据主流地位，传统的价值观遭遇空前危机的时代。少年闵子骞所表现出来的善良、仁义、勤奋等优秀品质正是我们这个时代的青少年缺乏但必须具备的德行。《少年闵子骞》在弘扬主旋律、净化观众心灵等实践中已是发挥了它作为一部历史人物传记影片的作用与功能。但身为主流电影同时意味着不再是自由的历史言说，人物的丰富性、多义性让位于独一的主流意识形态需求和历史叙事惯性。于是，原本可以对人物进行的内涵式美学挖掘自觉地转向外放式、表象性的命题塑造。这样，人物容易被过于圣化，而远离活生生、让人感觉亲切的"普通人"。因此，作为一部儿童影片的《少年闵子骞》是不够"儿童"的，在既定的历史细节中呈现出来的人物、情绪在大多数时候与影片主角作为一个儿童应有的表现有出入，因此而有距离感。正如伍尔芙指出的那样："试图概括人物是徒劳无益的，必须听从暗示，而不是分毫不差地听从说过的什么，也不是完全依赖做过的什么。"[①] 影片创作与欣赏是自我与影片中的他者的辩证对立过程。对影片中人物的体会是一种辩证生成的自然产物，只有把握住了影片人物与历史纪事之间的生长性，才能让观众在心领神会中真正感悟影片的历史价值和美学内涵。

[①] ［加］马里奥·J.瓦尔德斯：《诗意的诠释学》，史惠风译，中国人民大学出版社2011年版，第80页。

《幸福对对碰》：爱情轻喜剧的假定性书写

席可欣

《幸福对对碰》讲述了一对即将迈入婚姻殿堂的青年男女（叶东和夏丹），本来相约第二天一起去订婚庆公司，却临时被派出差一周，为了不让彼此失望，他们分别让自己的双胞胎弟妹（叶西和夏双）冒充自己前去赴约，从而展开一段阴差阳错的故事。一边，快要结婚的新人发现了彼此的谎言而哭笑不得，而另一边，冒充哥哥姐姐见面的弟弟和妹妹却形成一桩新的姻缘。

在如今市场化的时代，电影也难免无限地趋同于观众的口味，同时也体现出市场经济的自发性、盲目性和滞后性。综观近年来内地中、低成本的国产影片，爱情喜剧占了很大比例。轻松解压的爱情轻喜剧，深受中青年观众的青睐。观看这类影片，已渐渐成为人们茶余饭后、谈情说爱的常态。循着此类影片的足迹，我们似乎可以看出当下年轻观众的价值取向。在这些爱情喜剧中，无论是票房黑马还是颗粒无收者，在人物设定上大部分都强调了年轻人对梦想和现实间落差的迷茫，以及对自己能被社会和家人所认可的期待。《幸福对对碰》也是如此。乍一看，哥哥叶东是青年才俊,同龄的弟弟叶西却是不出名的"音乐家",靠着富家女安妮和哥哥的资助维持着自己乐队的开销;姐姐夏丹是精英,同龄的妹妹夏双却是贪恋酒吧、聚会的留学党。然而随着剧情发展,观众便会认同除了社会身份之外的人物个性,渐渐发现叶西的细腻、包容和进取,也看到夏双的积极、仗义和乐观。

爱情喜剧在人物设定上都具有相当的假定性因素。随着电影技术的发展和日趋复杂,已促使艺术家们更加直接接近真实的生活形态,并采取各种各样的假定性来概括和表现生活。《幸福对对碰》中,男双胞胎与女双胞胎的人物设定本身是一种巧合,但并不离奇,离奇的是两个要结婚的人竟然还不知道彼此家里还有个双胞胎兄妹,更不用提双胞胎哥哥、姐姐派自己的双胞胎弟弟、妹妹冒充自己去和结婚对象约会一周……整个故事的叙事前提建立在较强假定性之上。细究起来,影片起始时的人物动机并不充分甚至有些说不过去,自然对观众的感染力也显出些许薄弱,但接下来影片用心传递了假定性的特征,用一系列恰当的手段制造出逼真的效果,在假定性中营造主观的真实。

《幸福对对碰》

比如该片的造型设计方面，创作者可谓匠心独运。人物角色虽然是双胞胎，但演员却是同一位，为了更加明显地区分叶东与叶西、夏丹与夏双之间的差异，除了在台词、动作上加以区分，更重要的是在服装的选择方面做了非常精准的定位。服装之于角色的重要性可见于诸多影片，比如变身前后的"蜘蛛侠"等。在《幸福对对碰》这部影片中，到位的造型设计成功起到为影片"保驾护航"的作用，同时也加深了演员对角色的理解。

类型电影的假定性往往是从规定情境下的具体人物性格入手，编织一个完整、美妙动人的故事框架，从而使意念通过人物的行为、动作自然而然地流溢出来。影片伊始，夏丹问夏双如何处理工作和爱情之间的矛盾，夏双虽然醉得迷迷糊糊，但也果断地劝说姐姐应该无条件选择工作优先，可见爱情在夏双当时看来并不是那么重要。然而，这与影片结尾处夏双为了叶西选择放弃海外生活回到祖国形成鲜明对比，可见编导还是为人物性格转变埋下了伏笔，也为影片增加了戏剧性。

电影艺术假定性的特征，既能广泛概括所描写的现象或人物性格，又能深入窥视到某些现象或人物的"实质性细节"。《幸福对对碰》的格局和视角也不仅仅局限在"爱情"单一方面，而是加入了很多引人关注的社会问题，比如作为笑料出现的骚扰女下属的领导以及在现实生活中鱼龙混杂的婚庆行业的乱象。从中可以看出该片的制作团队有着一份强烈的社会责任感，作为现实主义的创作者，有必要、也有义务做到反映社会现实、抨击时弊。

类型片虽然有模式可效仿，但也可能因此泯灭很多亮点，想要做出合格的类型片更需要别具匠心。《幸福对对碰》中的很多细节值得肯定，比如全片的剪辑和对蒙太奇的运用。在影片中场，叶西在烧烤夜市上和兄弟们说安娜坏话时被发现，画面立刻给了几个铁板烧烤的特写镜头，表现出人物紧张和煎熬的内心状态。相比其他同样低成本的一些电影，本片的镜头处理并未仅仅局限于通顺叙事，而是在很多时候都有比较强的"电影意识"。

总体来说，《幸福对对碰》的优点和瑕疵一样明显，但这也正代表了如今电影类型化一拥而上造成的市场结果，我们期待更加成熟的作品和更加稳定的市场。

一个人的"宗师"

王 伟

随着成龙、李连杰一代辉煌时代的逝去,功夫片慢慢开始淡出大众视野,直到《卧虎藏龙》、《叶问》系列的出现开始卷土重来。2013年,王家卫的一部筹备了8年的《一代宗师》使功夫片再次备受瞩目。《宗师卜六》正是在这一股功夫片浪潮中应运而生,这部由周伟、李才共同执导、吴樾主演的影片一改往日功夫片的大屏幕制作,走向了亲民的电影路线。

影片以天津的摔跤大师卜恩富先生为原型,展开了一段他与汉奸张璧、与英租界的洋人、与日本侵略者之间的殊死搏斗从而成为"一代跤王"的故事。20世纪30年代,卜恩富(以下简称卜六[①])自北平拜"小鬼崔"崔秀峰为师学成归来后,在好友孙大毛开设的"三不管"跤场表演摔跤,却遭被日本人收买的张璧阻挠而未果。后为替家兄还巨额赌债而去洋人开设的地下拳场打拳赚钱,在合同期满后,打破了中国人不许赢洋人的规则而名声大振。其后,卜六为替好友孙大毛向张璧夺回跤场打伤了人,而致警察追捕,意外被京剧名角白瑞霜救助。为了替因拒绝为日本人川口唱堂会而死的白瑞霜报仇,卜六一人打死了包括

---

① 因其是小鬼崔的第六个弟子,故人送外号"卜六"。

川口在内的三十余日本人而被通缉。为了彻底战胜卜六，日本武士山本隆一决定免去卜六的通缉令，并与卜六进行一场一对一的公平约战。卜六冒死应战并战胜山本，成为一代跤王。2011年是卜恩富先生诞辰100周年，导演在2013年以本片向这位中国跤王致敬。

一

《宗师卜六》作为一部民国动作片，其核心主题是侵略与反侵略。其中，对于侵略，影片主要通过以下三个过程逐步展开。第一，日本黑龙会的主持人川口要通过日本武士道称霸天津，这是要从武力上侵略中国。第二，片中有个动作将当时外族侵略者的侵略本质表露无遗，那就是——扔钱。川口把"劳务费"给张壁的时候，是扔在了桌子上；洋人付给卜六赏金的时候，是扔在了地上。这就是川口所说"要摧毁支那人精神"，是要通过践踏被侵略者尊严，实现从精神上侵略中国。第三，日本柔道社社长山本要通过日本武士道的公平精神战胜卜六，进而完成从文化上侵略中国。抗战题材影片在表达侵略主题上，一般是从领土和人身自由上对被侵略者进行侵略，而本片旨在强调一种精神上和文化上的侵略，这是对以往抗日题材影片的"侵略"母题的进一步延伸。

那么，什么是真正的被侵略？川口用酷刑逼迫白老板为日本人唱堂会时说："我们对你们好的时候，你们没反应；当我们对你们强硬的时候，你们软弱了。你们就是奴隶！"这句话可以解释为：我们用温柔的态度侵略你们的时候，你们不服从；等我们失去耐心用武力来侵略的时候，你们就服从了，这是你们的奴性。在卜六经家兄介绍去洋人地盘"出苦力"的时候，我们看到了一个小角色——一个替洋人跟中国人打交道的中国人——虾米王王老板。他在前来求职的中国同胞面前耀武扬威，但却在洋人跟前"摇尾巴"。如果说卖国求荣的人是汉奸的话，那么他是从心底里把自己当成外国侵略者的一条走狗，是主动被侵略，就像是让-保罗·萨特在《存在与虚无》里强调的一种"自愿被奴役"，即"人在任何情况下都有否定的自由，意向的自由，都有选择自己的自由，并且人必须对自己选择的生活道路负责。

甘心沦为工具、物还是作为人存在,一切都由人自己选择"①。或者说,奴役/侵略只能限制其身体上的自由,而精神和灵魂上的自由被禁锢则是被侵略者自愿臣服的,而非强迫的。这赤裸裸地揭露了日本侵华的真正野心——从领土到文化、从肉体到精神、从被迫侵占到主动服从的全方位、有计划的侵略本质。

影片是如何表现反侵略的呢?白老板宁死不为日本人唱戏,用强烈的民族气节战胜了精神上的自我奴役。这具有一种李小龙式的反殖民主义情怀,是真真切切在抗日。而卜六呢?卜六找张壁要回"三不管",是为其算计自己掉入洋人圈套的私人恩怨,与张壁和日本人之间的卖国勾结关系不大;卜六去川口的虎口道场踢馆,是为救出救命恩人白瑞霜,跟日本人想要通过武士道侵略天津无关;卜六与山本决斗,是为免于流亡命运的置之死地而后生的下策,与中日之间的民族

《宗师卜六》

---

① 夏黎红:《萨特的"看"与〈最蓝的眼睛〉》,《商业文化》(学术版)2009年第9期,第159页。

矛盾无关。抗日题材电影的抗日缘由普遍是"国恨"、"家仇",或者二者兼有之。但在本片中,卜六的所谓"抗日"不为家仇,不为国恨,只为个人恩怨。"爱国"成了以复仇为目的的"伪爱国主义",而这种复仇被抗日这个大背景悄然隐藏起来了。

二

本片的一大看点是男性的"被看"。在卜六与洋人"打黑拳"的一整个段落里,从在台上打拳,到打倒了被抬下台,再到平日练功,甚至与未婚妻素云之间的第一段感情戏——素云去拳场用自己的玉手镯换取见卜六的机会——都是男主角处于一种"被看"的位置。

对于"被看",影史上最典型的例证是经典好莱坞电影中,女性形象是"被看"的,而"看"的发出者是男性。这是一种"女性主义和电影中对妇女的表现方式,从而凝视的方式被视为是以男性为中心的"[①]。但是,发源于香港的功夫片中"看"与"被看"的对象正好是与其相反。早期的功夫"明星"将"被看"的对象由女性转移为男性。而这种"被看",与经典好莱坞时期的男性靠外貌和外表来吸引女性完全不同,这是靠男性荷尔蒙的散发,通过肌肉来展示男性的力量、对抗、争斗,甚至牺牲。此外,这种"被看"对象的性别转化过程与经典好莱坞时期也相反。后者的"被看"是由女性到男性的延伸,而功夫片由于其自身的创作特质——主角必须会功夫,使其"被看"对象由男性逐步发展为女性,即从李小龙、洪金宝、成龙、李连杰、甄子丹等功夫男星,逐渐发展到惠英红、林青霞、杨紫琼、章子怡等功夫女星。

另外,功夫片中的这种"被看"还经历了一种很有意思的变化,那就是"被看"对象衣服数量的多少。李小龙时期的功夫明星讲求身体的力量性,需要男人裸上身展现自己的肌肉,以示自己拥有"打不死"的超人能力。到了成龙、李连杰时期,这种情况慢慢发生了转变,逐渐从裸上身发展成为穿着长袍(李连杰的《黄飞鸿》)和西装

---

① [美]帕特里克·富瑞:《凝视:观影者的受虐狂、认同与幻象》,黎萌译,载麦茨等著,吴琼主编《凝视的快感——电影文本的精神分析》,中国人民出版社2005年版,第64页。

（成龙的《双龙会》），打起了"文明"功夫，而这种转变直到现在还依然延续。《叶问》中甄子丹打斗时是穿着长袍；《一代宗师》中宫二找马三报仇的华彩段落，马三穿着东北大棉袄，而章子怡饰演的宫二更是穿起了带貂皮毛领的羊毛大衣。而这样做的目的正是尼尔勒所说的"那些由高度仪式化的男性打斗场景就被用来转移对男性身体的欲望凝视，而把观看的注意力转化到打斗所形成的可观看景观的段落上去"①。功夫片的"被看"对象从"身体"转移到了功夫本身，使功夫片的发展更加成熟，更类型化。

而《宗师卜六》则再次将男性的上衣"扒"下来，露出象征着雄性力量的肌肉以及被打伤的淤青和伤口。这似乎又回到了李小龙时代的功夫片，将这种"被看"的注意力再次从功夫本身转移到男性"身体"上来，再次回到了一种表面的、初级的、浅显的"坎普"式注视，② 这似乎象征了本片对早期功夫片的某种回归。

三

影片开篇是一个表现天津面貌的长镜头：镜头由一个在二楼晾衣服的女人展开，下降并摇到街上的一些杂耍表演，随后再次升起，俯拍整个"三不管"跤场。这种用长镜头来开篇的方式类似于《云水谣》展现的台湾和《不夜城》表现的日本。但本片的这个长镜头不够"长"，起幅和落幅的停留时长不足，既没有展示出当时天津的全貌，也失去了跤场是天津/全国的一个缩影的这种暗示。

本片所展现的时间是1933年，当时的中国正处于内忧外患的两难境地：对内，国共两党经历了第一次国共合作的失败，进入了白热化的紧张局面；对外，日本已侵入东北，正欲从华北入手实现全面侵华。中国面临着前所未有的对内阶级矛盾和对外民族矛盾的双

---

① ［荷兰］安内柯·斯梅利克：《同性恋理论与批评》，李二仕译，载杨远婴主编《电影理论读本》，世界图书出版公司2012年版，第540页。
② "坎普"式注释是对功夫电影的西方消费所固有的权力关系的极端描述，它指的是一种游戏化的、与主流审美情趣背道而驰的消费态度。摘自文章石嵩：《基于异质文化语境的想象性表述——评里昂·汉特〈功夫偶像——从李小龙到〈卧虎藏龙〉〉》，《文艺研究》2012年第9期，第126页。

重矛盾之中。而在影片中，我们对这样紧张的政治环境和如此恶劣的社会环境感受不大。可以说，在影片中，我们只看到了跤场，没有看到天津，不免使本片产生一种脱离历史背景而存在的"伪历史片"之嫌。

此外，影片对一些关键情节和关键问题交代得不清不楚。白老板死于日本人的酷刑下，那白老板以前的亲人和朋友呢？以前维护她的那些人呢？卜六违背了不能赢洋人的规则，英国人要以什么代价让卜六偿还？还是英国人与日本人之间有什么勾当？影片对关键情节、重要问题的刻意规避，间接把当时我国的民族矛盾简单化了。影片的结尾卜六赢了山本，随后是黑场配字幕，交代卜六的功绩、评价和其后摔跤事业的发展。那么，除了卜六以外的人物结局如何？"三不管"要回来了吗？孙大毛以后还摔跤吗？张壁作为汉奸是什么下场？这都说明，无论是在具体情节上，还是整体布局上，影片都有头无尾、有始无终。

另外，说到本片片名里的"宗师"二字，自然让我们联想到王家卫的影片《一代宗师》。影片的译名在 The Grandmasters 和 The Grandmaster 的摇摆中最终选择了后者，可见导演的良苦用心。片中的叶问、宫二、一线天、宫老爷子和其师兄丁连山在武学上都算得上是宗师，但影片却并没有纠结于到底谁是宗师，而是通过不同的习武者在武学道路上的不同选择，为观众展示了什么样的人才算得上是宗师，怎样做才能成为宗师。或者说，表现的是这个过程，不是结果；提出了一个问题，却不旨在回答这个问题。再看《宗师卜六》，卜六跟洋人、跟日本人、跟汉奸张壁之间的斗争，既不是为他人，也不是为国家和民族，而是为他自己。那么，他是宗师吗？练武是为了什么？跤场对于当时的中国意味着什么？在我看来，这个"宗师"是创作者眼里的宗师，不是观众心中的宗师。

四

本片在拍摄上，既用了电影的方式，也用了电视的方式。张壁到"三不管"砸场子的一场戏，是由一个钱钵子被一脚踢散，钱散了一地而展开的。随后，一个被摔倒的人，被张壁踩在脚下。这是典型的电影叙事手法。而在剧情的进展上，用了大量的中景 近景—特写反复切换，这是电视剧手法。

影片的开头，卜六和队友展示摔跤时，对二人功夫的架势用了很多急推、急拉镜头，这完全是为展示功夫而设计的镜头，很"电影化"，也很"类型化"。演员兼武指元华一语道破了功夫片的类型化制作关键所在，"演戏时不能只耍一种门派的招式，你要看镜头角度及你与影机的距离，才决定要什么招式最漂亮"。① 但是，影片的两个华彩段落——卜六去川口的虎口道场救白老板和卜六与山本之间进行生死搏斗两场戏——则不然。这两场没有按照各自功夫的动作特色来设置镜头和机位，而是将摄影机架好，用一种类似于体育赛事现场直播的方式拍摄了这个"打"与"被打"的过程。这不仅失去了功夫片"拳拳到肉"的感觉，也失去了诺尔·卡罗所说的功夫片"摆脱地心引力与超越血肉之躯的一种想象"。②

功夫片讲究"每个镜头都明明白白"，正如大卫·波德维尔所言，"这些影片吸引全球各地的观众，亦使大家明白电影可以怎样成为牵动肌肉神经的艺术"。③ 本片缺少作为功夫片应有的类型片特质，而这种非类型化的制作方式被功夫本身和功夫题材合法化了，使该片成为了一部以打斗戏份为主的剧情片，而非表现功夫的类型片。

本片自始至终都有一种好莱坞电影的"个人英雄主义"色彩。然而，好莱坞的"个人英雄主义"旨在表达的不是一个人的"个人英雄主义"，而是每个人的"个人英雄主义"，是一种由个体到群体，由特殊到一般的暗示和隐喻。但本片的斗士只有卜六一人，是一个人的"个人英雄主义"，《宗师卜六》成为了一个人的"宗师"。这是对主旋律影片中群体性表达的一种缺失，也就削弱了麦茨所说的那种"超电影性"（meta－cinematic）品质，即"当电影自我呈现时，它同时也

---

① Mike Leader："Yue Wah Cometh"，*Eastern Heroes* 2，No.4（1994），p.12.
② Kuleshov：*Kuleshov on Film*，Ron Levaco translate and edit，Berkeley：University of California Press，1974，p.67.
③ [美]大卫·波德维尔：《香港电影的秘密——娱乐的艺术》，何慧玲译，海南出版社2003年版，第245页。

《宗师卜六》

在进行以自身为对象、以自身为目的的自我指涉"[1]。假设，我们将这部电影中的人物身份、敌对双方的立场、展现的事件和历史背景，甚至影片类型统统换掉，发现该片依然成立。影片成为了一部脱离历史背景的历史片，个人复仇式的抗战片，着重表现"身体"而非功夫的类型片。这不仅是对早期功夫片的一种回归，还为类型片的非类型化制作赋予了合法化身份。

---

[1] [美] 帕特里克·富瑞：《凝视：观影者的受虐狂、认同与幻象》，黎萌译，载麦茨等著，吴琼主编《凝视的快感——电影文本的精神分析》，中国人民大学出版社2005年版，第74页。

《炫目鸡尾酒》评析

林锦燨

《炫目鸡尾酒》讲述的是想要改行做调酒师的原体操冠军余拉美（辣妹）和想要学习说相声的外国小伙儿立维奥在互相帮助、互为师傅的过程中渐生情愫，虽然二人也有误会，但最终还是有情人终成眷属的故事。

爱情片外壳

通观全片，可以看出创作者是为了表现辣妹和立维奥之间爱情的萌生、发展、转折、大团圆，符合一般爱情片类型创作规律。这也正好符合传统的剧情结构，即开端、发展、高潮、结局。一般来说，开端要完成主要人物的出场交代、展现人物的基本性格，男女主人公要相见、并产生爱情萌芽等，从而为之后剧情的发展做铺垫。本片伊始便向观众展现了男女主人公的各自"目标"，从而为他们日后相互拜师学艺、以及在互相帮助的过程中渐生情愫提供了前提：辣妹第一次在酒吧里看到蒙面的调酒师耍酒瓶的动作很帅，就像自己在完成体操动作一样，于是想要学习调酒，可等她再去酒吧的时候，蒙面调酒师"窦尔敦"（立维奥）已经辞职；立维奥想要学习中国的传统相声艺术，欲拜余德林为师，而余德林是辣妹的父亲。

恰巧，他们后来都在皮总的酒吧里工作，这为二人的爱情主线的发展提供了空间支持。二人的爱情关系都是在共同完成"任务/目标"的过程中建立的：第一个任务是清除爱面子的土大款步总对辣妹的骚扰，第二个任务是让狡猾且吃软怕硬的皮总答应辣妹当调酒师（达成辣妹的目标），第三个任务是让余德林收立维奥为徒（达成立维奥的目标）。两人各自的"目标"都得到圆满的解决，关系也从陌生发展为战友般情感，再发展为萌生情愫，并在辣妹幻想二人结婚咬苹果的场景以及立维奥为辣妹调"玫瑰之恋"鸡尾酒的半成品时得到印证。

二人爱情发展部分，本片设置了二人在帮助胖丫还债方式的不同来展现二人的第一次小冲突——价值观不同，更加深入地刻画人物的性格、处事原则，并达成小反转，即之后立维奥通过善意的谎言帮助胖丫推销虎牌啤酒，巧妙维护了胖丫的尊严，也得到了辣妹的认可，增进了彼此感情。之后又通过二人假意"斗酒"，立维奥教辣妹在吧台如何滑出酒杯等动作进一步增进感情。

正当观众以为两人在并肩战斗、合作的过程中缔结情意的时候，影片又运用了凯瑞斯·哈丁法则[①]，对二人爱情主线设置了转折。由于中西方文化差异、对待客人（女歌手）的方式不同，二人产生了冲突。身为浪漫风情的意大利人立维奥认为自己的客人遇到了点挫折、心情不高兴，和女歌手拥抱，安慰她一下很正常。而本着中国传统"男女授受不亲"原则的辣妹则无法忍受。并且在第二次看到他们"亲近"，而立维奥无视自己假意与尤多多搂抱后，辣妹提出要辞职。但她的初衷被奸商皮总利用，反而挤对了立维奥，变相迫其辞职，二人夹生的爱情因误会产生而被阻碍，二人分离，增加了剧情的跌宕起伏。

接下来是影片的结局部分。二人心系对方，所有人物似乎都在为（实际上是）同一个目标努力：辣妹用开酒吧的方式等待立维奥的出现；尤多多帮忙找酒吧；为了筹集开业资金，余德林瞒着家里拍卖祖画；立维奥暗中参加拍卖会欲帮助余德林的祖传画不落入他人手中；

---

① 凯瑞斯·哈丁说，"当一切看起来妙不可言时，恰恰不是这么回事"。摘自威廉·M·埃克斯：《你的剧本逊毙了》，周舟译，世界图书出版公司 2011 年版，第 73 页。

辣妹母亲最终竟得祖画。如此,人物又因为共同的目标全部聚拢在一起,最终得到了一个大团圆结局——辣妹的酒吧开张,立维奥乔装成圣诞老人送来自己珍藏的第一瓶酒表达爱意,并共同调制出正宗的世界上最好喝的"玫瑰之恋",两人正式相爱。

  影片虽然采取中规中矩的爱情片结构,暂且不论一些硬伤——如两人最终误会如何消除没有表述等,细节有些不足,貌似该有的结构都有涉及,但各情节点设置犹如蜻蜓点水,施展烘托不够,给观众的情感刺激不足,给人一种平淡、没有高潮只有结局的感觉。我们说,爱情片的叙事动力来自对爱情的追求以及对爱情产生形成的阻碍,阻碍越大则越能抓住观众眼球。而本片给人没有高潮只有结局的感觉,我认为最大的原因就在于缺乏"最后一分钟营救"或者缺乏如哈里·霍迪尼所说的,"吸引观众最简单的方法就是让他们知道在限定的时间限定的地点某人必须尝试某事,而如果失败,就会招致杀身之祸"的方法,① 以至于剧情张力不够。此外,爱情片需要多多表现男女主人公对彼此爱情的追求,又多以一方或双方不知道彼此相爱的套路存

《炫目鸡尾酒》

---

① 威廉·M·埃克斯:《你的剧本逊毙了》,周舟译,世界图书出版公司2011年版,第33页。

在，而本片表现两人对彼此的期待、渴望部分着墨太少，男女主人公内心挣扎活动贫乏、平面单一，只是在两人分离后用一种MV的方式来表现迷惘而非思念的情感。如此一来，观众对二人再次结合的期望必然不高，期待二人最终结合的情绪无法积攒、无法像弹簧似的被压缩，最终导致观众观看那二人在新酒吧里重逢的情绪无法上扬。

人物塑造与类型杂糅

人物的塑造尤其是主人公的塑造对于一部电影来说十分重要。其塑造可参见英雄模式。威廉·M·埃克斯说：1.你的英雄必须主动；2.你的英雄必须有一个清晰明确的问题；3.英雄的问题要引起观众的兴趣；4.英雄必须自己解决他/她的问题。① 因为一个消极的主人公、太鸡毛蒜皮的问题不会吸引观众，太繁多的问题容易分散注意力、削弱主题表达。

大家可能还对《美丽女孩》中那个为歌唱梦想努力奋斗并梦想成真且获得真爱的胖女孩记忆犹新吧？对《她很美》中那个热爱小提琴，为自己梦想越战越勇并且获得美好爱情的乡村女孩念念不忘吧？还有，《灰姑娘的玻璃手机》中那个如灰姑娘一般的身世，但经过努力获得浪漫爱情的女高中生，以及《劲歌飞扬》中为实现歌唱梦想付出艰辛努力并获得爱情的女孩，等等。这些主人公都是积极主动地去追求一个梦想，人物性格比较鲜明，从而更容易获得观众认同，因此也能吸引观众对其梦想的兴趣，最终给观众留下深刻的印象。

目前电影频道出品的电影，其面对的大部分受众可能都是四五十岁的中年人甚至老年人，而不是影院里十八九岁到三十岁的年轻观众。无知名明星的现代都市纯爱情片对他们的吸引力到底有多大？众所周之，爱情片中俊男美女多为吸引观众的重要因素，很多粉丝会为自己喜爱的明星主演的某部影片埋单或收看，但是囿于电影频道出品电影制作相对的低成本，可能无法邀请大明星或是青春偶像出演，在银幕/荧幕视觉上就先天不足，如此就需要在剧情上增加看点。而类

---

① 威廉·M·埃克斯：《你的剧本逊毙了》，周舟译，世界图书出版公司2011年版，第20—21页。

型杂糅不啻是避免大部分较低拍摄成本的电影频道出品电影邀请明星出演困难的良方，添加多种类型元素，如励志爱情片、爱情喜剧片、爱情魔幻片等可增强影片可看性。而上述令人印象深刻的主人公也多出自爱情励志片，与本片的素材倒是不谋而合。

　　本片男女主人公在影片伊始都各有明确目标，或学习相声或学习调酒，这就为励志片与爱情片的杂糅提供了契机，也为主人公的塑造提供了前提。这样一来，他们各自的目标（且实际上这两个目标是互为统一的）就不仅仅为爱情主角相遇提供契机，还可以成为他们共同为之奋斗努力形成革命情谊的助燃剂。他们达成目标的阻碍越大，情节点设计可能就越丰富、深入，对读者的吸引可能就越大。因此，本片若能充分运用好"励志"元素，设计为两人互帮互助，克服重重困难最终共同达成了目标，成为出色的相声演员或在调酒大赛上赢得了冠军，不仅能增加剧情跌宕起伏，还能为人物的塑造加分，避免人物扁平化、人物弧光缺少等问题。

　　人物形象可爱、饱满、性格鲜明与否是观众认同人物情感与否的前提、基础。其不仅与编剧的设计密切相关，还与演员对人物核心性格的理解、消化、设计表现紧密联系。

　　辣妹是一个大大咧咧、简单、仗义、不服输的女子。影片分别通过这位女汉子不畏是非之地——酒吧，跑去学习调酒，并只身到异性立维奥家里学习技艺；智斗步总的调戏；帮助胖丫打跑债主、捐钱替她还债；与立维奥"斗酒"第一次输了后想要赢回来；两次看到立维奥与歌手"亲近"时的反应；当得知皮总设套逼走立维奥时也愤然辞职等情节来塑造人物性格。女演员杨梓墨采用比较生活化的表演方式，给人一种邻家女孩的感觉，让观众觉得这些事情就发生在自己身边，但缺乏动作设计，比如从第一次酒吧看见戴着面具的"窦尔敦"（立维奥）表演的眼神到后来发现自己喜欢上立维奥的眼神都是一样的。难道辣妹对窦尔敦是一见钟情？而事实上，编剧应该是要表达辣妹第一次见到"窦尔敦"表演，联想到了自己完成体操动作，而喜欢上抡酒瓶的表演动作而非喜欢人。如果后来辣妹渐渐喜欢上立维奥，只是自己被蒙在鼓里的话，那么影片剧情是否需要明显交代一下？否则容易给人产生表达混乱的错觉。美国男演员闫龙飞则可能有点水土不服，与对手交流存在一定的表意"折扣"，似乎只是念完台词而已。倒是饰演欺软怕硬、狡猾奸商的皮总的任亚明基本将人物立住了。这可能与任亚明的外形老到，看上去像是黑白两道通吃的主儿有很大关系。

结　语

片名叫"炫目"鸡尾酒，而影像风格却平实毫无炫技之感，有些镜头角度囿于内景空间的窄仄，忽而客观镜头忽而主观镜头；影片本该是都市青春爱情励志片，但看上去又与类型片的规律不太一样。姑且只有影片中的爱情如立维奥所说的："你不觉得我们就像一杯鸡尾酒吗？孔子说过，和而不同，不就是我们吗？"能看出些许和而不同的影子来。

视听、表演、类型、剧情等是一个整体，它们各自分管、发挥的功能虽然不同，但都是为影片的最终完美呈现服务，因此需要各方面各尽其能，和谐发展。

评《没羽箭张清》的新式改编

李昕婕

《没羽箭张清》是电影频道节目中心出品的《水浒英雄谱》系列电影之一,故事取材自《水浒传》,正如《水浒传》的作者施耐庵受《史记》中传记式人物叙写方式的启发,《水浒英雄谱》系列电影亦是从单个英雄人物的角度进行改编,讲述一个个水浒中人投靠梁山的缘由经过。本片主人公张清本为东昌府猛将,曾用飞石技连伤梁山一十五将,后被吴用设计擒拿,归顺梁山,终成梁山排名第十六的好汉。张清的外号没羽箭,就是形容其神勇武艺——飞石——无羽之箭却稳准狠,百发百中。

影视与文学的关系向来密不可分,改编又是电影创作中极为重要的来源与方式。电影《没羽箭张清》在水浒文本的基础上进行了一定程度的想象与改编,讲述张清如何从东昌都监将军攻打梁山转为反抗朝廷,最终效命梁山的过程。影片剧情结构紧凑,情节设置巧妙,人物刻画丰满。本文将从改编的角度,谈其水浒戏改编策略与水浒英雄人物身上的侠义情之影像呈现。

主题重建:从投降归顺到"官逼官反"的意识觉醒

如果说水浒小说的主旨在于讲述一个个"官逼民

反"的故事，本片主题在于讲述一个"官逼官反"的故事。本片的改编策略极富新意，而其中主题与主旨的改编是其中最重要亦是最成功的方面。

有学者曾归纳水浒将领投靠梁山大约分为四种类型：第一种类型是"逼上梁山"，如林冲、武松，这里有一个"乱自上作"的前提，即朝廷混乱无道，官僚腐败，英雄被官方势力一步步逼迫，最终走向反抗，"既然是'乱自上作'，那这一些人就不得不摆脱社会的主流生活上山落草"[①]；第二种类型属于自己主动选择要上梁山，跟林冲他们截然不同，最主要和突出的人物就是晁盖、吴用和三阮（阮小二、阮小五、阮小七），因为他们犯了大罪（如劫取生辰纲，取得不义之财），不投奔梁山就活不下去，于是主动选择上山；第三种类型是江湖上的人士，为了生存或为了解救亲人而上梁山的，如石秀、顾大嫂；还有第四种类型，就是为形势所迫，不得不上梁山的人，这个类型主要是指原来是朝廷的将领，他们本来是去攻打梁山的，最后反而在梁山落草了。

熟悉水浒故事的人们都知道，《水浒传》中最有意思和看点的部分，恰恰是集结各路英雄好汉、奇才怪才的过程。《水浒传》书中所写的张清，善用飞石特技，在梁山攻打东昌府时，十五员梁山大将均沦为张清的手下败将，包括双枪将董平。而后被吴用用军粮之计，逼入水中，被梁山水军头领阮氏兄弟捉住，张清叹服宋江义气，终归降梁山。原本的故事属于上述四种归顺梁山的类型之四，猛将攻打梁山失败被俘而投靠梁山。这一类型的归顺显然有着诸多不得已，首先即是败者无可奈何地被动选择，同时亦有宋江、吴用设计阴谋的成分，且结尾通常是战败英雄不仅没有被杀，却被爱才的宋江高看、重用（宋为其亲自松绑，并略施恩情），为梁山好汉的义气折服，归顺梁山。

显然《没羽箭张清》的编剧在沿袭水浒故事大方向的基础上，借鉴了林冲等类型一中"被逼上山"的故事情节，在嵌套进张清归梁的故事中适度变换，令原本是一个战败归顺的简单故事，呈现为"官逼

---

① 傅光明：《插图本品读水浒传》，山东画报出版社2005年版，第90页。

官反"、主人公生命意识的觉醒 没羽箭的归顺，是终于看清朝廷腐败黑暗、百姓深受荼毒，被官府设计陷害，最后入伙梁山替天行道。

由此，我们看到本片的改编策略非常典型，它将一个攻打顺服的被动过程，改编为一个英雄看清朝廷黑暗后的主动选择，变被动为主动，变归降为反抗，在原有小说文本的基础上，增添了影片深度，更升华了影片主题。将梁山权术、计谋等贼寇行为弱化处理，强化其替天行道的英雄侠义之情。有了善得民心、拯救百姓于水火、理应得天下的心理基础，也使得张清的归顺变得理所应当，更利于观众接受。而在精神方面，本片又忠于原著，将水浒中宣扬的反抗压迫的精神表现得淋漓尽致。

叙事重组：情节、线索、人物关系——丰满情节，增添张力

电影是一种叙事为主的艺术，其叙事方法变化万端。传统叙事作品中一般结构占主体地位，最典型的是戏剧冲突的结构：开端—发展—高潮—结局。原著中，故事开始于战场，结束于战场，吴用以军粮诱张清下水后，使其无法施展飞石绝技而被俘，情节简单，长于战场武打、战术的描写，对人物心理及背景环境描述较少。改编后的《没羽箭张清》则更加注重叙事，精心安排人物关系与结构，遵循线性叙事结构，讲述张清如何被梁山策反的过程。主要改编在以下几个方面：

首先是故事情节的改编。如前所述，影片的故事情节借鉴原著的基础上，做了较大的改动。原著中潜入东昌妓院的细作是史进，却遭人举报被捕，接着顾大嫂混入城中准备里应外合，却引出误会，险些越狱失败；而本片中假扮入东昌的却是董平、时迁与阮小七，且直接混入张清的府邸，探听情报，最终身份败露，增添了惊险与刺激程度。原著用粮草设计，是梁山一伙的主意，为骗取张清打开城门，出城夺粮；而本片的粮草之计，却是杜撰了原著中没有的官府的阴谋，东昌官僚腐败，知府、主簿与张清的下属司马副将勾结，为了掩盖倒卖军粮的罪行而陷害张清，梁山此时成了正义和提点张清觉醒的化

身,张清为劫法场报仇救人,自愿打开城门,入伙梁山。

其次是多线叙事的改编。本片以全知视角,多条线索展开故事。相比原著中单线叙事,影片的叙事线索更多、更复杂,主线为张清守城,发现亲信却是奸细,举报时却被捕,最终发现真相,投靠梁山。副线一为官府与司马副将勾结,为扳倒张清,隐瞒腐败;一为董平混入张府意欲说服张清加入梁山,却发现了官府军粮已空的秘密;一为无赖假扮梁山贼寇劫粮,后死在自己人手中;一为张清救美后,红颜的通风报信,三次不成,最终为爱献身。影片的叙事线索层层交织,环环相扣,增添了戏剧张力,最终多条线索的交合也成为全剧的高潮所在,而张清最终被策反也就有了替天行道、拯救师兄、红颜报仇的三重心理动机。

最后是人物关系的改编。线索和情节的改编均来自人物的改编,本片中最大的改编就是将原著中简单、无交集的人物关系改为错综复杂、敌我变化的人物关系。双枪将董平原本是东昌邻府的将军,战败归顺梁山,和张清本没有关系,在梁山与东昌的第一场战争中即战

《没羽箭张清》

败。而在改编影片中他却成了张清的师兄,假扮入张府游说张清,同时双枪和飞石又成了相生相克的武艺,原本董平张清的比武,改为奸细身份败露后兄弟反目的单挑。而原著中没有的官僚勾结,成了影片较重要的内容,这就令原著中单纯梁山军与张清军的对峙,变为张清与官府的真正对峙,而梁山一伙反而成了拯救张清的帮手,从而将梁山策反张清的行为改为替天行道、为百姓解难的正义之举。同时司马副将为上位夺权而与张清有冲突,司马将军的小舅子的无赖首领和张清的过节,他欺负的林宛如被张清出手援救而成为张清的红颜知己,也成为张清信服官府勾结腐败的一个证据,等等。人物关系的嵌套和敌我关系变换的有意改编,成为本片的一大看点,也是构成本片重点情节的关键,虽有为戏剧性而刻意的成分,却不失为悬念设置和人物心理铺陈的良策。

人物形象重塑：江湖侠义情的对比展现

水浒的改编最早在元代戏剧戏曲中就开始出现,现当代又有多部影视剧的改编,而无论在小说、电视、电影中,其经典的人物形象向来万变不离其宗。"水浒戏的核心是侠义精神的宣示……水浒戏演绎的正是梁山侠士锄强扶弱、扶危济困的故事,为了匡扶正义、铲除邪恶,侠士们往往不顾个人安危,即使赴汤蹈火也在所不惜。"[①] 本片的人物形象在原有《水浒传》的基础上进行重塑,导演刘信义与编剧李海洋在人物塑造上更着重刻画水浒精神之侠义情。

一是江湖大侠的正义形象刻画。在人物塑造上,本片的关键在于其主人公张清的塑造,编剧在改编中格外突出了张清的奇侠与仁义,并着力刻画了张清的江湖情结。张清的武艺在第一场对战梁山大军的戏中即体现得淋漓尽致,他武艺高强,改编中为强调其武艺之奇,还特意刻画了张清追捕敌人时用飞石与夜光粉追踪逃跑轨迹,以突出其大侠奇艺。除了奇侠的武艺,改编过程中编剧导演也注重张清侠义精神的塑造:知府、主簿对他忌惮三分体现其忠于朝廷、刚正不阿;路

---

① 陈建平:《水浒戏与中国侠义文化》,文化艺术出版社2008年版,第174页。

边出手英雄救美体现其疾恶如仇；五次三番拒绝进攻，不愿做无谓的牺牲体现其爱兵如子；听说官府抢粮的愤慨及最终与朝廷决裂体现其爱民如亲；激将法一激便领命体现其自傲自尊。张清之所以能够最后投靠梁山，正是他性格中本就有勇有仁、行侠仗义的江湖义气，当他发现朝廷已经不是一个为民做主的朝廷时，他选择了梁山好汉的"替天行道"。本片中另一位侠士——董平的塑造也很成功，我们从他和两个随从面对问题的处理方式中，就能看出其坚决不用卑鄙手段的正义之感，同时与张清比武，愿赌服输绝不逃跑，这也是侠之大者的具体体现。本片对正面人物的塑造中，渗透着浓浓的江湖侠义之情。此外，本片中唯一的女性林宛如，她对张清有着爱慕之情，三番报信不得，被挟持侮辱后为了张清自愿寻死，虽然她不会武功，但其宁为玉碎、甘为民死的决心也显露着十分的女侠风范！

二是梁山侠士的省略处理。如果上述人物是江湖大侠的代表，那么片中另一类梁山侠士的改编则更省笔墨、更加简练，往往几句台词或几个镜头就足以描述其性格大概。时迁和阮小七扮作董平的随从来到张府，他们是不入流的侠士，经常使用一些不正大光明的手段取胜。比如刚来张府时阮小七就说"蒙汗药管饱"，想直接把张清绑上梁山；比如董平败给张清，时迁偷偷溜走了；比如最后解救张清、启发张清时，假扮衙役用蒙汗药把张清绑出大牢。他们台词幽默、性格冲动，调剂着影片气氛、增添了影片活力，只需寥寥几个镜头、几句台词，即可表现得淋漓尽致。而影片改编中还有一处精彩的人物塑造省略，即宋江的缺席，宋江本是最为重要的角色，影片自始至终没有出现宋江一人，只由吴用言语中提过几处，派董平进城见张清，也由吴用提出是"公明哥哥"的意思，而未出现宋江本人。这给影片省去不少冗余信息，同时本片的重点亦不在原著中张清叹服宋江义气而归梁，全片不见宋江却不显突兀，正是改编的巧妙之处。

三是反派人物的多重性格塑造。与江湖义气相对应的，是官府的反派人物塑造。知府性格懦弱，没有主见，听信主簿撺掇，只为自己考虑；而主簿阴险狡诈，设计陷害张清，多次与张清言语不和；司马副将表面对张清有所畏惮，实则想要扳倒张清自己上位；而司马副将的小舅子则是个泼皮无赖，当街调戏妇女，假扮梁山人在城中抢粮。

这四个反面人物的塑造性格各异，却均为自己利益联手陷害张清，他们的多重性格也构成了本片几个重要情节点的铺陈，将张清"逼上梁山"，电影改编中对反面人物的塑造使得矛盾设置更为合理，人物设置更为丰满，整个故事也更为精彩。

结　语

本片将水浒戏的波折进行有理有节的改编，并对水浒中的侠义情进行了深入挖掘，相比原著有着更多的精彩情节与鲜活人物，从中展现水浒"反抗压迫"的精神内涵与价值观。虽然视听方面中规中矩，个别插叙段落略显突兀，转场过渡更像电视作品的处理方式，但瑕不掩瑜，总体而言，《没羽箭张清》是一部古典名著改编电影的优秀实例。

《我们是冠军》：儿童电影的一抹亮色

董 然

2013年，一向高质多产的金舸导演继《天使看得见》表现盲童的纯洁心灵、《穿过忧伤的花季》描绘农村留守青少年的青春成长之后，再次将关注点投向少年儿童。这一次，他和丁宁合作，将儿童与体育相结合，拍摄出根据真实故事改编的农村儿童刻苦训练乒乓球、立志夺得冠军的儿童体育题材电影《我们是冠军》。

完整故事，一波三折

《我们是冠军》是2013年电影频道出品的电影，整部影片故事完整，由一条主线和三个波折事件构成。该片的大背景是20世纪70年代，乒乓球作为我国的"国球"影响了一代人的成长，在"乒乓外交"和"小球带动大球"的体育热潮下，全国上下进行体育锻炼的热情高涨，各地纷纷举办乒乓球比赛选拔体育人才，带动全民体育发展。

在这样的大背景下，结构全片的主线呼之欲出。河北黄村小学为参加省里的少年乒乓球比赛，临时组建乒乓球队，请来曾经是省体校乒乓球队陪练的王建国来做教练,目标是带领黄村小学打进河北省少年乒乓球决赛。美国著名编剧大师罗伯特·麦基在其著作《故事》中曾提到:"一个故事不过是一个巨大的主事件,叙述这个主事件则需要结构。结构是对人物生活故事中一系列事件的选择,这种选择将事件组合成一个具有战略意义的序列,以激发特定而具体的情感,并表达一种特定而具体的人生观。"[1] 具体到本片,带领黄村小学乒乓球队打进省里决赛成为本片叙事的主要任务,也成为结构全片的主线索、主事件。

有了主事件、主线索之后,需要选取具体的事件作为支撑和依据。于是导演在本片中设置三个波折事件,连续出三个难题并一一解决。分别为:组队过程、训练过程和比赛过程。这三个波折事件环环相扣,最终把故事引向高潮和结局,映照"我们是冠军"的主题。

第一个难题是如何组建乒乓球队——组队过程。组队过程经过了选拔队员、说服校长、家长和黄老师、置办器材、收获场地等小情节,黄村小学乒乓球队基本组建成型,由王建国教练带领程亮、杨阳等6名小将组成。此次波折事件中主要解决的问题是乒乓球器材、场地问题,主要的矛盾冲突集中在教练王建国和校长、程亮家长、学校黄老师之间,教练王建国说服校长全权支持自己不干涉训练、说服程亮家长让程亮加入乒乓球队伍、说服学校黄素梅老师打乒乓球不影响学习。王建国一心热爱乒乓事业,但无奈伤病让他告别了乒乓舞台,他希望发挥自己的特长能培养出新一代的乒乓球手,为了买球台,他甚至去工地拉砖挣钱。

第二个难题是如何训练队员、如何顺利进入省里决赛——训练过程。训练过程包括教练王建国有条不紊地进行训练、与恒邑小学的热身赛获胜、多次"我们是冠军"口号激励、预赛失利、乒乓球队解散、教练离开、程亮的成长、教练回归、重新出发获得进入省城决赛机会等小事件,可谓占据全片大部分叙事时间的重要段落。此次波折事件看似乒乓球队解散为情节点,实际上王建国培养队员团队精神,用另类方法激励程亮作为隐性情节也推动了叙事的发展。主要解决的

---

[1] [美]罗伯特·麦基:《故事——材质、结构、风格和银幕剧作的原理》,周铁东译,中国电影出版社2001年版,第39页。

问题是乒乓球队解散到回归、帮助程亮戒掉急躁、单打独斗情绪。主要的矛盾冲突集中在教练王建国和队员程亮、程亮和杨阳之间。王建国注重团队意识培养，也为了激励队员，几次喊出"我们是冠军"的响亮口号。

第三个难题是最后省里比赛的悬念——比赛过程。比赛过程指的是最后进入省城参加河北省少年乒乓球比赛，这是全片的高潮和结局，此次波折事件没有选择最后的决赛，而是选择决赛前与老对手省体校进行的半决赛。在石家庄举行的少年乒乓球赛上，黄村小学乒乓球队遭遇老对手，一场球技与意志的较量正式开始。在教练王建国的带领下，孩子们团结一心，顽强奋战，为观众奉献了一场精彩的比赛。比赛过程中程亮、杨阳分别受伤，关键时刻小胖作为奇兵出场，一举击败省体校，黄村小学成功进入决赛。虽然最终黄村小学乒乓球队没有得到冠军，但孩子们的拼搏精神，却给众人留下深刻印象。并且孩子们通过训练和比赛，树立了自己为国争光的奋斗目标，克服了自身的弱点，培养起了勇于克服困难的品格，他们带着"我们是冠军"的自信，迎接未来的新生活。

类型元素丰富多样

《我们是冠军》融合了多种类型元素，可为此片贴上诸如此类的标签：儿童、体育、年代、喜剧、励志，等等。单看这些字眼，可能会产生担忧：这么多类型标签加在一起不会使影片显得杂乱无章吗？金舸导演成功地避开了这样的担忧，把这些类型元素有机结合在一起，重点表现"儿童＋体育＋喜剧"，构成独特的艺术效果。

儿童电影一直就有"About children"和"For children"之争，到底什么是儿童电影，电影界存在着争议。好莱坞把儿童电影称作家庭电影，以迪士尼为代表的家庭电影兼顾儿童与成人，大多是商业化的动作喜剧片，有故事片和动画片两种形式。而中国的儿童电影几乎是走在为了儿童、教育儿童的道路上，从《鸡毛信》、《小兵张嘎》、《闪闪的红星》、《刘胡兰》到《背起爸爸上学》、《一个都不能少》基本上都是通过表现儿童英雄事迹而达到教育儿童的目的，娱乐性缺乏。《我们是冠军》既是关于儿童，也是为了儿童，不再把儿童英雄

评析广角

Overview of the Films Presented by China Movie Channel in 2013

《我们是冠军》

化，而是把儿童常人化，选取最普通的农村儿童，表现最普通的体育运动。片中的儿童朴实无华，没有丝毫矫揉造作，展现真实情感。他们打球会偷懒、会紧张、会有急躁情绪、会没有团队精神，但在教练的步步指引下不仅练好了乒乓球技术，也练就了拼搏精神和团队合作，更坚定了"我们是冠军"的信念。

体育电影在中国的发展一直比较缓慢，虽然不同历史阶段有不同代表作，但难有集体喷发式大量电影作品涌现。大家印象深刻的"十七年电影"的《女篮五号》、20世纪80年代的《沙鸥》、20世纪90年代的《女帅男兵》以及21世纪的《一个人的奥林匹克》代表了新中国体育电影不同的发展阶段，这些体育电影多从大视角出发，关注成人体育运动和国家重点体育项目，将体育比赛与民族精神紧密地联系在一起。《我们是冠军》讲述的是20世纪70年代农村少年儿童刻苦训练乒乓球技术，立志夺得冠军的故事。虽然是弘扬体育拼搏精神，但着眼点落在小处，关心群众体育运动，关注少年儿童体育发展，可谓填补了体育电影儿童题材的空白。

喜剧是很难把握的，如何使观众心情放松、博得一笑并非容易。

我们知道观众在忙碌的生活工作中可能无暇顾及诙谐幽默,而从心理需求上却有看到喜剧和大团圆故事的心理趋向,这就需要电影创作者把喜剧与观众的情感立场进行缝合,或通过人物塑造、或通过台词设计使电影风格轻松幽默,直接与观众的心理体验相连接。《我们是冠军》通过人物塑造达到喜剧效果,比如设计小胖这一儿童形象,首先从外形上就表现出憨态可掬,惹人喜爱;其次大家会产生疑问这样的身材特点怎么能适合乒乓球训练呢,反差越大越有戏剧效果,观众带着疑问跟随着小胖进入剧情发展,看着小胖自己偷偷训练也会会心一笑,希望他能加入队伍;再次导演最后安排小胖作为奇兵在比赛最后出场并成功战胜了对手,片末小胖获胜后的笑脸,使观众欣喜之余充满了对角色的认同,也映照了电影开头那句"乒乓球从来不缺少奇迹"。

值得注意的元素还有年代戏和真实故事改编,本片基本还原了70年代农村面貌,在人物造型、场景选择上也基本做到了符合当时当地情境。由于本片改编自真实故事,因此在片末做也补充了真实原型介绍,增加了影片的真实感。

特色亮点,口号力量

综观全片,最让人印象深刻的应该就是"我们是冠军"作为口号的多次出现,这五个字作为精神激励,时刻鼓舞着黄村小学的乒乓小将们。口号的力量,让孩子们产生身份认同,在不同阶段出现,也推动了叙事的发展。

"我们是冠军"在电影中,一共出现了7次,第一次是在刚刚组队,队员们对于自己缺乏信心,教练王建国一次次带领小队员们喊着"我们是冠军"的口号,点燃他们的信心,同时让他们心中有冠军梦,才会向着冠军奋勇努力;第二次是在预赛的路上,边走边喊出的口号时刻激励着队员们;第三次是预赛前作为鼓舞士气出现;第四次是预赛失利,队员们在小河边一个个垂头丧气,教练认真分析了战术后,希望通过"我们是冠军"的口号把孩子们失去的自信心重新找回来;因为预赛的恒邑小学打假球,使黄村小学重新打进省里决赛,第五次的口号是在出征省城之前,6名队员穿上统一的队服,各个自信满满,做好准备奔赴赛场,异口同声喊出充满自信的"我们是冠军",此时的黄村乒乓球队已经不是过去松散和缺乏自信的队伍，而是待战的正规军；第六次口号的出现在与省体校比赛的过程中，程亮、杨阳相继受伤，教练请求暂停，更改战术，鼓舞士气，在更衣室里，教练王建国讲起了自己的经历，希望孩子们不被伤病打败，应该正确面对突发情况，孩子们被激励，发自内心喊出"我们是冠军"的口号；最后一次口号是第一次口号的再现，首尾呼应，再次点题。

主流价值正向呈现

在现代社会中，电影本身是社会化大工业的产物，因此，面向人群大面积推广的文化产品电影应该符合社会主流道德价值观念，特别是对儿童有教育作用的儿童电影。这一点是与边缘、前卫的社会意识形态电影相矛盾的。社会有责任教育儿童，是这个社会业已验证过的思想道德规范。这种思想道德规范，对儿童来说具有安全性，但在文艺思潮中却是最保守的，所以，儿童电影的思想道德价值观应该是保守的、安全的。①

儿童电影应该弘扬社会主流价值观，发挥电影的社会功能，传递正能量，教育儿童从小树立正确的价值判断。《我们是冠军》做到了这一点，通过表现儿童乒乓球队的训练和比赛，传达的是一种战胜自我、勇于拼搏、不抛弃不放弃的体育精神，引领少年儿童不畏艰难，充满自信和阳光地面向新生活。

认同之后产生思考

《我们是冠军》作为电影频道出品的电影，具有低成本、小规模、短周期、精制作的特点，样式风格大众化、通俗化，体现社会主流价值观，易于广大观众所接受。该片表现儿童体育运动、展现拼搏向上的精神风貌，同时加入喜剧色彩，又使影片不致说教，而充满娱乐性。在认同本片之后，又产生出如下思考：

一个"全球同此凉热"的"地球村"时代，伴随着经济全球化到

---

① 方刚亮：《保护电影的未来——关于中国儿童电影的思考》，《电影艺术》2010年第2期，第49页。

来的是文化渐趋整合的新时代。自从 2001 年中国加入 WTO 以来，21 世纪前后出生的中国儿童从小长大的环境与之前出生的任何一代孩子都截然不同。他们自幼接触到的是动漫、网络视频、电子游戏等，而这些大多是外国的产品，比如好莱坞迪士尼动画片、日本动漫和 Cosplay，能被记起的中国制造恐怕也只是喜羊羊和灰太狼了。而另一方面孩子们的课业负担依然没有减轻，于是这一代儿童在日渐增多的学习任务下，看似被丰富繁杂的游戏动漫所迷惑，实则内心空虚无助。中国儿童需要儿童电影的给养，而目前好的中国儿童电影又屈指可数，在这样的大环境下，中国儿童电影因缺失而呼之欲出。中国儿童需要好的儿童电影丰富精神世界，中国导演也有责任为儿童拍出好的电影。

另一方面，中国的体育人才培养多年来一直是精英教育，从小选拔人才进行严格训练，在国际大赛及奥运会上屡获佳绩。但是却忽略了体育应该面向全社会，全民体育运动尚开发不足。在表现体育运动的电影中，也多为优秀运动员的传记电影和弘扬奥林匹克精神的主旋律电影。普通百姓，尤其是应该从娃娃抓起的青少年体育运动很少被电影涉及。"加强体育锻炼，增强人民体质"不应该仅仅成为运动会上的口号，而应该得到应有的重视，并真正落到实处。而电影作为文化产品，具有影像化的特点，表现普通儿童的全民体育题材应得到发挥。

侦探影片的类型化探索
——评《火线追凶2之致命线人》、《火线追凶2之乱世残局》

张晋辉　赫铁龙

《火线追凶》是由电影频道出品的系列数字电影,截至目前已经拍摄了两季,分别是《火线追凶》与《火线追凶2》。这两季各由10个90分钟左右的电影组成,以20世纪30年代的大上海为背景,讲述了一个由热血青年组成的探案小组,在乱世中惩恶扬善的故事。从影片类型上看,《火线追凶》系列影片均属于地道的侦探推理片,即以侦探为中心人物,以刑事案件的发生、侦破为故事线索的影片。

拍摄于2012年的《火线追凶2》延续了《火线追凶》第一季的风格和脉络,秉承了原有系列中侦探、推理的桥段,并穿插爱情、枪战、劫案、夺宝诸多元素,让原本就扑朔迷离的侦破故事越发显得摇曳多姿,变幻莫测。自上映以来,迅速吸引了大量的观众,曲折离奇的情节,悬念迭起的故事安排,以及剧中角色的出色演绎,都成了观众倾心的原因。

尽管近年我国电影的总产量已经达到了每年六百部以上,但其中以侦探、推理作为题材的影片却为数不多,广为人知的仅有《密室之不可靠岸》、《B+侦探》、《狄仁杰之通天帝国》以及《风声》等少数影片属于侦探、悬疑的范畴。较之于海外市场,侦探推理影片在我国规模性缺位的根本原因还在于本土文化氛围的不成熟。侦探推理题材的电影不仅要求编剧具有较强的逻辑推理能力，并且还需要大量的背景知识储备作为创作的基础材料，否则将难以使作品紧扣现实生活。因此职业的侦探推理题材电影编剧往往需要具备跨学科的教育及知识背景，并能够做到融会贯通，才可能创作出扣人心弦的优秀作品。欧美的大量侦探小说造就了福尔摩斯、波洛等家喻户晓的侦探人物形象，相比之下我国的侦探类影视文学作品已经不能满足当下观众对于此类文化消费品日益增长的需求。在这种情况下，《火线追凶》与《火线追凶2》可以算得上是华语电影对于侦探推理类影片的集中发力。这20部《火线追凶》无疑让我们看到了国产侦探推理类电影在产量上的突破。面对越来越多的年轻观众通过网络"追剧"的现状，我们更应该清醒地认识本土作品的优劣，发现自己的不足从而进一步提高创作水准。下面仅以《火线追凶2之致命线人》、《火线追凶2之乱世残局》两部影片为例，梳理归纳《火线追凶》第二季的艺术特色以及不足之处。

《火线追凶2之致命线人》

悬念迭起的剧作构成

作为侦探推理片,应当是在观众胃口上动手脚的一类影片,一方面要吊观众的胃口,另一方面还要倒观众的胃口。所谓吊胃口,就是此类影片常常描写刻画侦探运用智慧、胆略和侦察技巧,协助警察当局和司法机关侦破疑难案件,一般都具有离奇曲折的情节和紧张刺激的悬念。所谓倒胃口,则是通过情节的设置使观众能够强烈地感受到问题的严重性,必要时甚至可以通过道具、特技等方法制造适度的不适感,在这一点上无论是《七宗罪》还是英国的《神探夏洛克》都是很好的例子。《火线追凶2之致命线人》、《火线追凶2之乱世残局》两部影片均在开头部分,呈献给观众一场凶案现场的调查。对于经历过《神探狄仁杰》、《少年包青天》,甚至是《神探亨特》、《黑猫警长》这些剧集洗礼的电视观众来说,早已见惯剥茧抽丝、条分缕析的破案桥段。如何增强悬念,抓住观众,是影片大力刻画的着眼点。以《乱世残局》为例,散落的棋谱、咬舌自尽的死尸、一片狼藉的凶案现场,开场的画面内容颇有玄机。首先入画的象棋棋谱,起到了先声夺人的效果:作为中华文化的象征,中国象棋在民众坊间广有市场,无论贩夫走卒还是仕宦豪绅,每个人都可以在棋盘上实现自己出将入相、合纵连横的治国梦想。而充满智慧、变化无穷的象棋又被机智的中国人赋予了更紧张刺激的玩法:破残局。本片中开场的残局棋谱,就成为案件侦破的重要证物,更是寻找和开启宝藏的重要一环。不识棋谱就会如坠五里雾中,即使知道宝藏下落,也是无法触及,只能前功尽弃。悬念之妙就在于有悬有释,悬得巧妙,释得自然。包袱藏得太紧,观众难以理解,就会失去兴趣,久悬不释,观众胃口被吊久了,也会觉得疲倦厌烦。这时候使用象棋残局和棋谱,作为很有民族文化亲和力的道具,一定程度上加强了剧情翻转的合理性,以及维系悬念的生活化气息。同样,《致命线人》则是以上海徐家汇棚户区附近河内的一具女性白骨为破案动机,吊起了观众的胃口。

接下来,影片情节的发展堪称草蛇灰线、伏脉千里。《乱世残局》中的棋谱不但是证物,也是开启宝藏的钥匙,更是案件侦破的重要线索。因为棋谱,死者顾天明的兴趣爱好被引出,沿着下棋的线索,一步步接近死者的身世背景，为后来的案件侦查留下头绪。而巧妙之处更在于，顾天明由于精通残局，成为一个布衣达人，在棋友中享有声望，这样才为其人遇害给出生活逻辑。由此勾连拷打逼问，吞钥匙，咬舌自尽，都在开场部分给剧情埋下伏笔。剧作之妙妙在起伏，正所谓文似看山不喜平。明知答案结局，却不说破，从远处着一闲笔，远远地逶迤写来，正是吸引观众，让人欲罢不能的妙招。本来观众全神贯注于凶案侦破，却突然出现银行劫案，又引出二位探长争功、情侣婚恋等许多穿插。这些穿插波折的出现，目的在于更好地掩蔽残局奇案的真相，是夺宝对决的包裹层。这些玄机的设置，为后来的大对决起到了铺垫作用。

同样，《致命线人》中的白骨也并非闲笔，而是被人通过特殊方法伪造成一具死亡时间长达三年的陈尸。科学家对头骨进行了面部复原，其中一幅画像与不久前离奇失踪的上海沪江饭店女经理杜兰极其相似。杜兰的背后有黑帮头目顺爷支撑，其真实身份也扑朔迷离。不同于以往侦探题材影片的精妙之处在于，《火线追凶》系列影片既能

《火线追凶2之致命线人》

够遵守戏剧结构的起承转合,又能把各种案件有序勾连,在观众以为就此告破之际,推陈出新,变出不同花样。从案件性质上呈现为层层深化的艺术效果,在高潮部分设置正邪对决,起到了开释悬念,宣泄情绪,同时翻转出奇的审美效果。

总之,侦探片的核心艺术趣味,就是对高水平逻辑推理的展示和欣赏。在侦探片中,观众与作者进行一种智力对话,与编导一起进行一种思维游戏。这是科学时代的脑力训练,是高智商的游戏。它是脑力劳动,又是休息;既是对观众逻辑思维能力的挑战,又提供一种社会学意义上的心理安抚和智力锻炼。①

系列影片中演员的角色塑造

如果说剧本是一部电影的血肉的话,那么人物或角色则是这部电影的灵魂。综观世界电影史,无论获奖与否,但凡能够给观众留下了深刻印象的影片,在人物设定上必有其独到之处。具体说,就是这类电影中人物角色的构成是立体的、复杂的,而不是扁平的、单一的。一方面,如果剧本只是侧重于突出影片中人物的正面形象,着重表现人物勇于承担责任、敢于向黑暗势力说不的大无畏精神,往往会降低影视作品的趣味性与多样性,使人性的深层次挖掘受到很大的限制。另一方面演员对角色的演绎,也对人物的塑造起到十分重要的作用。

《火线追凶》系列影片通过讲述法租界巡捕房探长钟朗领衔的探案组搏命追凶的过程,虚构了旧上海警匪暗战的故事。剧作本身赋予角色很多面向,片中还有不少炫目的动作戏,追车、爆炸、枪战层出不穷。本片第一季由胡明凯、邓衍成执导,钟汉良、齐芳、释小龙等主演②。第二季由吕良伟、徐亮、李若斯、马灿灿联袂出演。对于习惯了钟汉良饰演的老虎探长的观众来说,吕良伟扮演钟朗难免会有不适之感。

笔者以为从男一号的选择来看,钟汉良饰演老虎探长,更多地突出了人物智勇双全、机智果断的性格特点。有网友认为"老虎探长是

---

① 郝建:《类型电影教程》,复旦大学出版社2011年版,第147页。
② http://baike.baidu.com/subview/1006073/7693933.htm?fr=aladdin。

硬汉没错，但此剧本身是一部悬疑动作片，探长是一个丰满的角色，他不仅英勇会打，而且思维缜密，谨慎机智，最主要的是他对动荡年代百姓安危的责任感，于是这个探长与传统的侦探又不同。在钟汉良的演绎下，我看到的是一个浑身火热，对罪犯恨之入骨，对无辜受害者愧疚，责任心极强的铁血丹心的真男人！每个眼神都能让人看到一个活生生的钟朗，他叫钟朗，他是那个年代上海法租界的探长，他的心痛他的愤怒他的冷静他的无畏！"① 这和观众的接受心理密切相关。钟汉良作为2012金鹰节观众最喜爱港澳台演员，第26届金鹰奖观众喜爱男演员提名，2011中歌榜最佳舞台演绎男歌手奖获得者，2010中歌榜最佳舞台演绎男歌手奖获得者和第3届乐视盛典年度最佳男演员奖得主，在年轻观众心目中拥有较高人气，号召力很强。

而吕良伟出道至今已经参演过一百多部电影及电视作品，因20世纪80年代出演《上海滩》中"丁力"一角而一炮走红。凭借如此这般的表演实力，让吕良伟来演绎"钟朗"这个侦探兼硬汉角色也实属合情合理。作为出演过《上海滩》、《万水千山总是情》的明星演员，吕良伟似乎更符合在电视陪伴下成长的70后、80后观赏人群的审美期待。从年龄角度衡量，吕良伟成名更早，他所扮演的丁力、庄天涯早已深入人心。观众对他的硬汉形象已成为一种难以抹去的期待视野。很大程度上，观众接受影视剧与明星加盟不无关系。从影视的传播效果而言，吕良伟饰演老虎探长，更加突出人物饱经沧桑、深切关爱民众疾苦的侠义情怀，也在一定程度上削弱了偶像剧的气息。

类型电影的视听语言

《火线追凶》作为电影频道推出的全新系列电影，一经推出就获得良好的收视和口碑，这和类型片的观念范式应用不无关系。

《火线追凶》系列影片采用了现代类型电影的视听语言。比如，《乱世残局》中银行劫案段落中，当钟朗深陷孤军奋战的局面时，依靠个人英勇机智，逐渐变被动为主动，并且击毙一个劫匪。这在雇佣军劫匪中引起一定程度的慌乱。劫匪头目派出高手追杀老虎探长，此

---

① http://tieba.baidu.com/p/2116763306.

时使用了直接电影中标志性的镜头语言：前推镜头。前推镜头是英国菲尔教授分析吕克·贝松为代表的法国"直接电影"流派惯常使用的镜头语言。这种顺着人物和画面前进方向的镜头移动（有时候根据剧情需要加上变焦）给观众一种身临其境的艺术效果，而更重要的是，这种镜头不仅仅是让观众和剧中人物合一，产生主观感受；片中银行劫匪搜寻钟朗，摄影机顺着劫匪手持枪械向前移动，与青年观众熟识的"反恐精英"游戏体验基本相同。这里并不是说本片在拍摄手法上刻意追求前推镜头，但是这种镜头使用方式一定程度上造成了游戏化的视觉效果，可谓是无意插柳柳成荫。当然，直接电影里常见的"迷宫"意象，在片中威斯汀银行也得到了一定程度的呈现，观众顺着劫匪枪支的角度，领略了旧上海租界银行错综复杂的迷宫格局。

与此相类似的还有银行劫案中，黄探长准备强行突破、调来长枪队的时候，劫匪先发制人，双方发生激烈枪战。当时劫匪派出神枪手，从屋顶、百叶窗中向楼下的警员攒射，警员纷纷中枪倒地，这和时下流行的 app 射击游戏异曲同工。同样在《致命线人》的枪战场面中，也有非常明显游戏化的摄影风格特质。

《火线追凶 2 之乱世残局》

《火线追凶2》系列影片中，在动作特效使用方面表现得较为"节制"，片中多次出现追逐、枪战、打斗、跌摔这些需要动效拟音的环节，声音制作只是使用普通的双声道，听起来子弹设计、肢体接触、脚步声不是那么层次丰富。同样在台词声音的处理上，可能是受到资金与拍摄进度的限制，通片采用非同期录音，也就是后期配音工艺完成的声音制作。对白的音量几乎没有任何变化，这导致了声音和画面在景别上的不统一。演员的口型几乎都对不上，甚至还有多字或丢字的现象。另外，配音演员在配音过程中没能较好地领悟角色的内涵，几乎是以相同的腔调进行配音，听觉上显得有些呆板。

在类型化探索同时，我们在《火线追凶2》系列影片中隐约可见许多好莱坞类型片的影子。类似的开片凶案现场，在《七宗罪》、《人骨拼图》中都似曾相识；甚至办案警员中插科打诨的段落也有对位演员。在动作段落，依稀可见《虎胆龙威》、《勇闯夺命岛》等雇佣军劫匪和联邦探员生死搏杀的影子。在高潮部分的对决中，《古墓丽影》、《印第安纳琼斯》和《马耳他之鹰》的桥段也随处可见。不置可否，我们也从中看到该系列影片与国外一流侦探推理类影片的差距，中西比照不是为了厚此薄彼，而是希望通过比较，显示出本片在制作上借鉴类型的成熟运作。我们应该对国产优秀侦探影片的未来充满希望，希望在相关部门与电影人的共同努力下，创作出真正本土化的类型电影。

中国西部片的再起
——析《弹无虚发之天国宝藏》

李建强 李 娟

电影《弹无虚发》系列影片，由《葬马》、《天国宝藏》、《风戈壁》、《决战黄金谷》、《死亡之海》五部构成，定位于西部游侠片，讲述一群民间游侠为了维护祖国统一、领土完整，齐心协力共御外侮的故事。五部影片于2013年陆续在CCTV－6播出，其中的《天国宝藏》播出后广受关注，成为这一系列影片在电影网点击率最高的一部。导演钟海在其导演阐述中曾讲道：《天国宝藏》是将美国西部片英雄的孤独与冷峻和中国传统武侠的浪漫豪气糅合在一起，产生别具一格的"狂沙十万里，笑看风云浅"的壮丽暴力美学。

游侠片相对于功夫片，更加讲究人物的新意创造，以及故事和人物关系的完整性，场景则大都发生于荒凉广袤之地。因此把它归于"西部片"的一支大概是比较合适的。面对国内电影市场西部片曾经兴盛，之后严重缺失的生态，《弹无虚发》系列影片的出现肯定是有积极意义的。

独特的语境构建

影片背景环境的构建主要从自然环境和社会环境两方面着手。自然环境的塑造主要体现影片的西部片元素，而社会环境的构建则凸显了影片的武侠片成分。在自然环境方面，不论是主要场景狮头山，还是仅被提及的锦云堡、屈突通，在历史上都是无法考证的地名。这是典型的西部片手法，背景元素信手拈来，蛮荒原始随处可见。这样的选择首先有利于拍摄场景选择的自由性，导演不用捆住自己的手脚，同时也能激发观众对于中国西部未知地域的自然景观和民俗奇观的好奇心理（反过来，影片《弹无虚发之葬马》在开端就将背景地落实到新疆的某个实地小镇，这样的处理大大减弱了熟知这一地区风貌的观众对于影片的期待值）。

《弹无虚发之葬马》

　　正因为狮头山的无法查考使其成为一个相对封闭的自然区域，被赋予一种与世隔绝的意味。万丈高楼平地起，一块空白的大地，可以画各式各样的图画，高山流水，平湖秋月，任意驰骋。纵然墨子的教义是中国几千年文化长河中的优秀成果，广为人知，但从民众听李先生讲课的感慨中看，狮头山的人是不了解墨子的。而三民主义作为当时的时新潮流、先进意识，不只狮头山，整个中国对于其内涵的精神都是不熟悉的。这样李谊欢作为启发民智的先哲迈入这片文化空白的土地时，不论他想为这里涂上什么样的色彩都相对容易入手。至于李先生为何选择了墨家文化和三民主义这两种颜料，则取决于影片所构

评析广角

建的社会环境和编导讲故事的需要。

影片将故事发生的社会背景定位于清朝覆灭、封建帝制被推翻,社会动荡、军阀纷争在中国各地重新燃起的特殊时期。首先,这一时期的中国正经历着翻天覆地的变化,在冲破封建压迫后不断探寻着崭新的救国道路,李先生所代表的正是这一新的方向——三民主义。而墨家文化的介入则为三民主义在广大民众心中立足提供了历史基石和文化支撑,"兼爱、非攻、尚贤"的理念不同于儒家的"亲亲有术,尊贤有等",与三民主义所追求的民生、民权、民本血肉相连、一脉相承。这样,影片中所宣扬的两种精神便融为一体,毫无任何生硬感地融会在这种特殊的社会语境中。

其次,正所谓乱世出英雄,在特殊的历史困难时期,民族精神常常可以得到更为有力的凸显。正是由于中国处于乱世,才会有影片中东洋人介入争夺宝物大战的可能,继而为爱国主义的注入提供了平台。在宝藏争夺中,覃将军不愿让日本人插手,断定日本人居心叵测、凶险莫知,甚至以牺牲生命誓死抵抗,其实反映的不是他一个人

《弹无虚发之天国宝藏》

的见识，而是整个民族的一种共识。他所保护的也不仅仅是清朝留给覃家的宝藏，更是中国人直立行走的底气，是宁折不弯的民族气节。纵然他在政见上持守旧态度，一心效忠满清，显示了历史的局限性，但在守护民粹、抵御外敌上却是义无反顾（在这里，人物的政治立场与人格品行、气节无关）。他是中国民众从古至今不愿屈从于他国，坚决捍卫民族利益的一个代表，也是特定时期中华民族精神的一种投射，是中国脊梁的一种展示。把人物放到这样的"典型环境"里去塑造，人物的看似矛盾的性格也就有了合理的归宿，人性的多面也就有了厚度和可信的依据。

柔化的英雄气场

综观好莱坞西部片中的人物，均以硬汉形象为主，20世纪二三十年代的西部片《关山飞渡》、《西马龙》等影片中的英雄人物都是被神化的：英勇的牛仔除暴安良，见义勇为，挽时局于既倒，拯百姓于危难，结果几乎总是群敌尽歼、英雄凯旋。20世纪60年代后西部片转型，开始注重人物的心理描写，呈现诸多落魄多样的牛仔，但正如《正午》中的主人公，西部牛仔依然以警察这一职业出现于银幕，经历一番激烈的枪战，最终击毙匪徒，人物内在的强硬展露无遗。而《弹无虚发之天国宝藏》中所塑造的英雄人物——李谊欢，是一个充满侠义柔情的人物，他个性中的"柔"与西部环境蕴藏的"硬"形成鲜明对比，给观众耳目一新的感觉。为了更好展现李谊欢这个被柔化的英雄人物，影片主要从外在设定、性格塑造、情节设计三个方面着手勾勒。

从人物的外在设定来看，不同于好莱坞西部片的重头戏——枪战。首先，《弹无虚发之天国宝藏》中明显弱化了枪炮的威力，而发挥了功夫的内蕴。在影片中冷天伦的狮头山守卫都是荷枪实弹的，但整部影片从头至尾没有使用过一枪一弹，即使最后一场民众起义冲进冷府也没有任何一个人开枪，枪炮在影片中只是成为一个摆设。而东洋人在影片中不论是摆擂挑战中国民众还是邀请李谊欢做客均借切磋武术的名义，这样武侠功夫便自然成为影片的核心元素。

中国功夫门派成千上万，民间常言南拳北腿，北方拳术大多气势雄劲、大开大合，而李谊欢所使用的点穴功夫完全不和西北武术的大气相称，是一种松弛疏朗、相对柔软、不见外狠、只见内里的中国功夫。次观李谊欢与柳生的决战擂台，李谊欢选择的兵器也不是中国传统的刀剑，而选择了更细微的银针，看似柔弱，实质超强，细致入微，出奇制胜，不了解中国的游侠精髓，实难以招架。

再看美国西部片中的英雄人物在职业上大多以强势的警匪两种为主，李谊欢作为一个游走民间的医生，与强悍的警匪相比没有任何相同之处，或者说其职业也是柔和的。一柔到底，精心编排。看得出，编导于此是有精心考虑的。

从人物内在性格而言，李谊欢是中国典型的充满侠义柔情的豪士，他们四海为家，惩恶扬善，劫富济贫，伸张正义。李先生的"武"再也不是单纯的招数、兵器相互格斗了，而是一种伦理，一种文化，一种精神，甚至是一种民族的象征，一种独特的集体潜意识人格崇拜，一种追求人格完美的中华民族的民族情结。这种柔情是中国从古至今传统道德上的标杆，它的力量早已超越兵器家伙的层面，而具有了超人的魅力。尤其当李谊欢的追求有了大革命时代的支撑，他的蕴含便有了更多的意义。

从人物的情节设计来看，李谊欢善待备受别人嫌弃的小癞子，为他治病，让他活成了一个真正的人；在集市为没有钱的穷困百姓免费看病；不惜生命帮助覃氏父子；为了拯救狮头山的人民而返回镇子接受柳生的生死擂台，等等，这些都是李先生所呈现的侠风柔骨。李先生介入护宝事件并没有采取生硬的方式，而是从行医入手，逐步取得覃氏父子的信任。即使覃将军发生危机，他所采取的方式依然是迂回曲折地以墨子这本书为信物，并以此启发覃峰认清真相。

而李先生对于日本人的态度至少从表面看也是相对温和的，他与日本人的几次会面没有剑拔弩张，均以说理论辩为主，兵来将挡，水来土掩，顺理成章，不显突兀。最后一场擂台赛，也是日本人扬言找不到他就要杀死小癞子直至众人时，他才被迫应战，如是，有理，有节，有涵养，有深度，英雄气场无所不在，又不张扬外泄。所谓以柔克刚，此之谓也。

多层面的完形对抗

影片的故事叙述相对完整，情节对抗性较强，铺陈展开的线索也都在最终做了明确的收尾，显出了编导的匠心。

从表层的对抗性分析，影片以争夺宝藏为中心，设置了对抗性的两方人物：第一方是覃将军和李谊欢，他们实质是同一类人，争夺宝藏并非为了满足私欲，纵然各自政见不同，覃将军是坚持对于大清的忠义，而李谊欢是希望将这笔财富用于支持三民主义，但他们的目的都是为天下谋幸福。第二方是冷天伦和东洋人，他们的目的则是包藏祸心，企图私吞宝藏，私天下为己有。尽管冷天伦打着复辟大清的旗号，并且以这一借口对覃将军进行了五次威逼利诱。起始尚能"晓之以理"、哥们儿义气，之后便面目狰狞、无所顾忌。五次交锋，循序渐进，由表及里，步步为营，一次紧似一次，一次比一次指向明晰，将其奸诈自私暴露无遗。而与之沆瀣一气的东洋人，与之相比有过之而无不及。两组人物，一堆宝藏，你争我夺，精彩纷呈，险象环生。

从深层的对抗性分析，在宝藏大战中，两方对阵的好像是覃将军和冷天伦，他们在影片中的出现都和宝藏有着密切关联，他们的对抗涉及忠义廉耻、民族民生，不可调和。但这一切毕竟还是表层的。作为隐性线索的李谊欢和东洋人，他们在影片中的出场都不是直指宝藏。东洋人初次出现是祭奠柳生家族被孤鹰杀死的清兵卫，带着复仇意味的出场，为其之后的蛮横无理、为所欲为埋下了伏笔。李谊欢以医生的身份现身狮头山，行医救人，积德行善。正如小癞子所说，李谊欢最初是狮头山的一个异类，他医术高明，功夫高强，学问高深，却没有人知道他的来历、他的目的。

东洋人以冷天伦为依托，李谊欢以覃氏父子为依托，他们才是背后的主宰者，他们的对抗，表层也是宝藏之争，深层则是中国人与日本人之间的民族纠葛，是中国人民维护民族尊严，坚决抵制日本人插手中国事务的决心。宝藏是个由头，后面实质牵扯的是坚守还是退让、爱国还是卖国的大义。这种表、深层对抗的多重交叉结合，推动了影片情节的不断发展，同时也扩张了影片的情节张力。

总之,《弹无虚发之天国宝藏》从故事叙述的完整性、人物塑造的鲜明性等总体方向而言是一部有追求的影片,独特的背景构建、柔化的英雄气场和多重对抗性情节设计等,为整部影片增色不少。

综观整部影片,由技术带来的满足人类浅层生理欲望的视觉奇观并不是影片的主攻方向,导演将注意力集中于为人类的深层心理欲望提供宣泄平台的叙事结构和技巧,这无疑是值得肯定的。因为作为类型片,最基本、最核心的游戏规则就是讲一个好看诱人的故事。正如柏拉图所说:快乐的感觉其实来源于痛苦的消解过程。观众的观赏快乐必须要经过一个过程才能体会到,因此电影的叙事结构设计一般要经历"间离—入戏"到"紧张—松弛"的过程,以悬念设置和冲突作为铺垫,在影片高潮处实现情绪的最后宣泄,让观众产生意料之外、情理之中的共鸣。

在这部影片中,整体的叙事结构是本末倒置的。在悬念部分,东洋人和李谊欢的内在冲突,冷天伦与覃将军的步步斗争都是着力很重的,但是入戏后进入到高潮部分,冷天伦杀害覃将军后嫁祸于李谊欢的一场戏就显得有些勉强。再到覃峰通过父亲的一封信便了然真相,进而答应将父亲用生命维护的宝藏交给李谊欢,这种人物的立场转变和态度的急速变化是难以令人信服的。

最后李谊欢和柳生的对战,李谊欢非常轻易地战胜了柳生,又使影片蕴含的气场撒泄掉许多,使人有美中不足之憾。如若能如此轻松地杀死万恶之源的柳生,那么何不早一点动手,这样覃将军的结局会不会不同?故事的含量能不能更为厚重?(因为冷天伦尚在,他的"好戏"刚刚开场)高潮部分的明显颓势,使得影片在关键时候抓不住观众的好奇心,紧张感随之消失,因此很难实现"快乐"的观影感受,影片的可看性也由此削弱了不少。

影片在柔性英雄李谊欢的塑造方面具有一定的创造性,主要人物覃将军、冷天伦的性格也比较鲜明。相比之下,在作为对抗性元素中占据重要地位的日本人的塑造方面却有所欠缺。片中充当主要角色的日本人有两个,一个是柳生先生,另一个是柳生先生的徒弟。对于柳生,影片对于这个重要人物的着墨极其稀少,甚至不如他的徒弟戏份多。他的凶狠毒辣好像是与生俱来的,他的全部人生目的好像就是攫取中国人的宝藏,既无"性格前史"的交代,又无现实必然的依据。这就有给任务贴标签的嫌疑。另外,他作为私吞宝藏的背后控制者,却被冷天伦玩弄于股掌之间,不论是杀死覃将军还是对阵李谊欢,做出最终决定的均是冷天伦,柳生不过充当了一个玩偶。这种情节的设计将日本人形象过于弱智化,是一种不太客观的角度。

而徒弟这条线,导演意图本来是想通过与阿平等人不断地正面冲突,进而以他飞扬跋扈、凶狠残暴的性格来暗指整个日本浪人的凶残以及日本人在中国犯下的滔天罪行,但以一个马仔来承载这么厚重的民族黑暗是过于单薄的。更何况影片的社会背景是在清末民初,那一时段,日本军国主义对于中国的狼子野心并未完全显露,日本人吞并我国国土的事实也尚未成形,影片中所呈现的这种国人对日本人刻骨的仇视在当时的社会背景下是不太合情理的,也给影片带上了一些概念化和现代化的色彩。

电影频道出品电影
纵览2013

附录

2013年电影频道出品电影片目(92部)

1. 弹无虚发之深藏不露
2. 额吉的承诺
3. 红财神
4. 穿越对流层
5. 弹无虚发之葬马
6. 火线追凶2之鹈鹕行动
7. 弹无虚发之天国宝藏
8. 火线追凶2之致命线人
9. 乌龙鸳鸯智多星
10. 赛车手
11. 金身将军王政柱
12. 西域铁骑
13. 火线追凶2之不白之冤
14. 火线追凶2之夺命书院
15. 火线追凶2之乱世残局
16. 迷情真相
17. 鸳鸯村的故事
18. 风中的诺言
19. 猎杀中山狼
20. 少年闵子骞
21. 古城会
22. 大刀关胜
23. 女将军李贞浴血浏阳河
24. 逆袭
25. 青瓷迷踪
26. 大明劫
27. 龙凤村儿女
28. 落经山
29. 混世魔王樊瑞
30. 小号手
31. 轰天雷凌振
32. 成成烽火之骑兵第一师
33. 清淤
34. 胡巧英告状
35. 幸福对对碰
36. 艾草仙姑
37. 马恒昌的名言
38. 老马和小鱼
39. 奶酪店
40. 神算子蒋敬
41. 伊宁不眠夜
42. 丐世英雄
43. 神偷特工
44. 玛丽的天使
45. 炮兵司令朱瑞
46. 宗师卜六
47. 秀水河子歼灭战
48. 审判
49. 盲区
50. 千洞岛抗倭记
51. 拆弹英雄
52. 爱情沙尘暴

53. 厨子程天喜
54. 父亲的旅程
55. 姚喆游击大青山
56. 丧门神鲍旭
57. 再见，瓦尔特
58. 蝶之恋
59. 卒迹
60. 怪友
61. 雪野金花
62. 好政委丁秋生
63. 神眼之金面具
64. 照片中的谋杀案
65. 一枝花与铁臂膊
66. 险道神郁保四
67. 说出你的梦想
68. 给我一双慧眼
69. 一九三六兰州兵变
70. 午夜幽灵车
71. 没羽箭张清
72. 战将周希汉
73. 共青城
74. 何二狗的名单
75. 孔二皮进城记
76. 无枪
77. 杨思禄冀东抗战
78. 笔尖沧桑
79. 我们是冠军
80. 水井边的初恋
81. 近距离击杀
82. 苟不理与戴安娜
83. 瓷魂
84. 爱就爱了
85. 炫目鸡尾酒
86. 甘南情歌
87. 铁枪金喉
88. 王宗槐战地情缘
89. 我的姥姥我的妈
90. 危局始末
91. 雷霆缉私
92. 我叫阿里木

电影频道出品电影 2013 年获奖作品概览

第 13 届电影频道电影百合奖
（一）一等奖

1.《国徽》

编剧：郎云

导演：邢树民

主演：刘鉴、一真、王鑫

故事梗概：本片是电影频道节目中心出品的第一部 3D 电影。讲述了解放初期的沈阳第一机器厂铸造车间在老师傅焦百顺、戚有富的带领下和新书记顾仲铭一起为新中国铸造国徽的故事。同时也刻画了朱总司令、周副主席事无巨细的领导形象，刻画了以梁思成、林徽因、张仃等艺术家为代表的诸多设计人员的形象。

2.《万箭穿心》

编剧：吴楠

导演：王竞

主演：颜丙燕、焦刚、陈刚、赵倩

故事梗概：20 世纪 90 年代的武汉，年近不惑之年的售货员李宝莉，住进了让她"万箭穿心"的新房。开始她并不在意，谁知发生的事情却如预言般接踵而至，先是丈夫有了外遇，伤心欲绝的李宝莉打电话报警说有人卖淫嫖娼。丈夫因此丢了名誉地位，当他得知真相，生性寡言的丈夫选择了跳河自杀。儿子因此对李宝莉心存怨恨。个性倔强的李宝莉放下所有怨恨与伤痛，为了维持生计，供儿子上学，毅然决然去市场做了"女扁担"。十年艰辛的扁担生活，没想到最终得到的却是儿子的埋怨和疏远，让她万箭穿心。

3.《穿过忧伤的花季》

编剧：郝国忱
导演：金舸
主演：何佳、马运霆、何阳、安杰

故事梗概：本片以贫瘠的山村和普通的乡镇中学为背景，讲述了一群花季少年留守乡村的故事。

主人公星儿的父母到城里打工，她和奶奶在家相依为命。星儿的自行车丢了，同学陈军每天骑车载她上学。星儿的奶奶突然生病，陈军和同学们一起将奶奶送到医院。星儿请同学吃饭，却无意中发现同学向华萍怀孕了，向华萍的妈妈不得不带向华萍离开村庄、进城打工。星儿奶奶去世了，星儿也不得不离开学校随父母进了城。

4.《天津闲人》

编剧：吴滨、金宇轩
导演：郑大圣
主演：管新成、张金元、杨淼、李洪臣

故事梗概：故事因海河边的一具无名浮尸而起，苏鸿达本为了骗报馆主笔严而信一顿饭而装作认识死者本人。孰料俞秋娘从苏鸿达处得知这个消息后，居然扮作死者的寡妇跑到河边认尸，也要从中分一杯羹。苏鸿达、严而信、俞秋娘三人纠缠到了这无名浮尸案上，不得不结成了闲人同盟一同行骗。

天津卫头号大闲人四六爷被三人利用。花钱为俞秋娘请律师、做状子。苏鸿达三人对自己能糊弄了四六爷而得意万分,但他们没想到,他们却被四六爷利用了。

四六爷和日本人勾结,利用浮尸案做幌子,前往满洲对前清王室公关。苏鸿达最后发现了真相,在金钱和尊严面前,他选择了尊严。而为了金钱出卖苏鸿达的严而信最终也死在四六爷手里。日本战败后,四六爷被以汉奸罪论处。

5.《成成烽火之绝杀》

编剧:郎云

导演:李厚才

主演:张铎、计春华

故事梗概:1942年,日寇对我大青山根据地发动大扫荡,刘振和的骑兵部队奉命阻击敌人,掩护大部队撤退。日军兵力占据优势,刘部伤亡很大,为保存实力,部队撤退,途中,刘部奇袭了敌炮兵阵地,击毙了日军大佐黑石,并获敌情报,得知敌调来特种部队,指挥官叫龟田。双方斗智斗勇,刘部终于脱离险境。

大反攻开始,刘部混入敌内部获得密码本破译电码,发出错误信息干扰敌人,和八路军大青山部队里应外合,一举粉碎了日军对我根据地的所谓"篦梳式清剿"策略。

(二) 二等奖

1.《有事找王江》

编剧:王思涵

导演:李彦廷

主演:李易祥、曲海峰、李彦、佟骏

故事梗概:本片根据真人真事改编。讲述了片警王江扎根基层,在边

远山区服务23年,一个人值守在松木河133平方公里的辖区16年。在平凡的岗位上,忠于使命、甘于寂寞、乐于奉献的先进事迹,讴歌了他牢记宗旨、一心为民的公仆情怀以及他扎根基层、爱岗敬业的优良作风和淡泊名利、无私豁达的思想品质,最后牺牲在工作岗位的英雄事迹。

2.《神勇投弹手》

编剧:海流、裕鎏

导演:高力强

主演:答有为、孙荣、池源

故事梗概:抗日战争时期,陈傻子为挣钱娶媳妇参加了八路军,被分配到三连二班。他不分左右,学不会打枪,并在撤退时掉队,只能安排陈傻子去了炊事班。在陈傻子去战场送饭时,敌我交火正激烈,陈傻子顺手捡起手榴弹,没拉弦扔向敌机枪阵地,射程远远超出正常人掷弹距离,大家目瞪口呆,又让他扔出一颗拉了弦的手榴弹,手榴弹在空中划出一条长长的弧线,且在敌机枪阵地空中爆炸,杀伤力巨大。从此,陈傻子又回到二班,在连长、班长及战友的帮助下,逐渐懂得了战斗常识并救助战友、英勇杀敌,成为了一个真正的革命战士。

3.《大碗茶》

编剧:马泉来

导演:潘镜丞

主演:张双利、石小满、谢联

故事梗概:20世纪80年代初,北京大批知青返城,就业难成为社会突出问题。大栅栏街道办事处供销组长李盛奇,组织知青开起茶社,克服重重困难,把一个小茶社办成了全国文明的"大碗茶"公司。

4.《孙子从美国来》

编剧：曲江涛

导演：曲江涛

主演：罗京民、丁佳明

故事梗概：独居山村的皮影艺人老杨头的儿子杨栋梁将自己的未婚妻一个来自美国的洋寡妇和她6岁的儿子布鲁克斯领回家，这让保守的老杨头颜面扫地。因工作的需要，布鲁克斯被独自留了下来，由老杨头照看，语言、年龄、生活习惯等各方面的差异让两人在磕磕绊绊中逐步理解包容，建立起了感情。在布鲁克斯的影响下，老杨头答应了乡文化站王副站长的要求，创办皮影工艺培训班……

5.《深呼吸》

编剧：孙家宇

导演：方军亮

主演：吴旗、岳红

故事梗概：穆春红是女子监狱心理治疗师，后带着女儿改嫁工人陈康。他们非常和睦。但陈康一直向她隐瞒了自己有个心理畸形儿子的事实，陈康逝后，穆春红将陈康的儿子陈博文的人生引入正轨。

（三）优秀儿童片

《骡子的10000米》

编剧：张中华

导演：周伟

主演：张智、贺晓雷、杨磊、贺丹丹

故事梗概：身材矮小的罗子航，

有毅力、能跑、永远不知道累，同学送外号骡子。骡子的残疾父亲迫于家庭困难将希望寄托在哥哥罗卫星身上。马菊兰老师想起多年前的自己，她不想埋没了骡子的天分。学校举办全县10000米越野赛，马菊兰让骡子去参赛，而体育老师却看中人高马大的哥哥罗卫星。父亲听说比赛得奖中考可以加分就让卫星去参加比赛，而让15岁的罗子航去打工。马菊兰老师又一次将骡子拉回学校。负重训练的骡子最终感动了体育老师，决定让骡子参赛。骡子终于赢得胜利，而马菊兰老师却晕倒了⋯⋯

（四）评委会特别奖

1.《延安电影团》

编剧：邱怀阳、艾晨

导演：安澜

主演：徐箭、谷洋、隋义纬、吕红旭

故事梗概：上海著名进步影人袁牧之、吴印咸、钱筱璋等在拍摄了《马路天使》等左翼电影后，在周恩来的安排下辗转来到延安，成为延安电影团的第一批团员，受到毛泽东等人的亲切接见。

电影团赶赴抗日战场，经历了生与死的考验、血与火的洗礼，记录下了包括国际友人白求恩等在内的八路军指战员们的珍贵资料和英勇事迹。

电影团的队伍不断壮大，作为电影团负责人的吴印咸在这一时期拍摄了许多毛泽东等领导人的珍贵照片，并切实感受到毛泽东等人特有的幽默与智慧，成为终生难忘的经历。

在毛泽东的提议下，电影团赴南泥湾拍摄了大生产运动，克服困难完成了电影《南泥湾》。毛泽东亲自为影片题写了"自己动手，丰衣足食"的著名题词。《南泥湾》在延安放映，盛况空前，成为新中国电影史上不可磨灭的丰碑。

2.《红星闪耀》

编剧：张强、柳桦
导演：宋业明
主演：安荣生、夏花、王文杰、王劲松、于东江

故事梗概：本片反映的是邓小平在中央苏区由于贯彻毛泽东的军事路线，遭到批判。在担任《红星报》主编期间，他继续坚持工作，宣传正确军事思想，鼓舞红军指战员士气的故事。

3.《三角地》

编剧：陈静慧
导演：陈坤厚
主演：谢东裕、杨诚诚、洪胜德（宏都拉斯）、孟庭丽

故事梗概：阿男今年专四了，对人生很彷徨。三年级转来一个可爱的 ABC 姑娘——丹妞，阿男以精湛的吉他演奏吸引了女孩的注意，两人开始约会。但是当丹妞知道阿男问题多多的家世时，便决然断了这段友谊。

阿男历经了失恋、被退学的打击，但他在由于父母遇难后振作精神搞创作的菲比姐事迹启发下，决心要改造这个家，终于陈爸陈妈不再喝酒、赌博。那个吵闹脏乱的三角地，有了目标和希望，阿男也不再想远离这块地方了。

（五）优秀编剧奖

1. 吴楠（《万箭穿心》）
（主创、梗概见前文）

2. 曲江涛（《孙子从美国来》）
（主创、梗概见前文）

（六）优秀导演奖

1. 邢树民（《国徽》）
（主创、梗概见前文）

2. 高力强（《神勇投弹手》）
（主创、梗概见前文）

（七）优秀男演员奖

1. 李易祥（《有事找王江》）
（主创、梗概见前文）

2. 张铎（《成成烽火之绝杀》）
（主创、梗概见前文）

（八）优秀女演员奖

1. 颜丙燕（《万箭穿心》）
（主创、梗概见前文）

2. 岳红（《深呼吸》）
（主创、梗概见前文）

第15届中国电影华表奖
（一）优秀故事影片奖

《万箭穿心》
（主创、梗概见前文）

（二）优秀女演员奖

颜丙燕（《万箭穿心》）
（主创、梗概见前文）

（三）优秀农村题材影片提名

《胡巧英告状》
编剧：刘洋
导演：宋国锋
主演：沈傲君、宋佳伦
故事梗概：东北石门岭村的寡妇胡巧英带着女儿靠夜市炸鸡维持生计，一天，周志勇把自己5岁的儿子大奎塞给胡巧英，请她帮助照顾。所谓寡妇门前是非多，胡巧英遭到婆婆及村里人的误解。

和周志勇的相识是几年前女儿小芹半夜突发阑尾炎，胡巧英带孩子去医院时不慎跌落深沟，被路过的周志勇救过。胡巧英带着大奎找周志勇，最终弄清是王大志陷害周志勇，涉嫌生产贩卖地沟油被通缉，为了给周志勇和自己正名，胡巧英不惜一切代价踏上了告状之旅。最终在村民、村主任、律师的帮助下，胡巧英掌握了王大志生产贩卖地沟油的证据，王大志终于被逮捕。

（四）优秀青年剧作提名

吴楠（《万箭穿心》）
（主创、梗概见前文）

第29届中国电影金鸡奖

（一）最佳戏曲片奖

《兰梅记》
编剧：孔文峣
导演：朱赵伟
主演：于兰、寇春华

故事梗概：长媳春兰贤孝，却遭婆母虐待，终于在次子娶亲之时被驱逐。安家尊长安二爷设计，让冬梅在花烛之夜打闹洞房，即以其人之道，还治其人之身，令安母吃尽苦头，幡然悔悟，将春兰接回，夫妻重聚，婆媳团圆。

（二）最佳中小成本故事片奖

《万箭穿心》
（主创、梗概见前文）

（三）最佳儿童片提名

《孙子从美国来》
（主创、梗概见前文）

（四）最佳导演奖提名

王竞（《万箭穿心》）
（主创、梗概见前文）

（五）最佳导演处女作提名

曲江涛（《孙子从美国来》）
（主创、梗概见前文）

第2届北京电影春燕奖

（一）最佳电视电影奖

《骆驼客》
编剧：高峰、陈锐
导演：高峰
主演：刘小宁、张玉龙、陈旭竹、安启虎

故事梗概：民国年间的新疆，戈师傅是有名的驼把式，他的徒弟们性格各异，二尕是他最小的徒弟。

驼队接到一批重要货物，戈师傅决定改变路线，顺便将女儿红儿送到未来的婆家，让原本不愿嫁人的女儿和二尕有了单独相处的机会，两颗懵懂的心交织在一起……随后二人在追赶驼队的途中发现情况，原来是哈密府快枪队在追杀驼队。为维护骆驼客们千百年来用诚信筑造的信念，驼队用弓箭与快枪队对决，双方都伤亡惨重，戈师傅也牺牲了。二尕和红儿勇敢地带领驼队凭智慧打败对方，终于把货送到了目的地。

（二）最佳美术奖

买买提依明·克里木（《骆驼客》）
（主创、梗概见前文）

第16届上海国际电影节中国新片电影频道传媒大奖

（一）最佳编剧奖

宫凯波、刘洋（《胡巧英告状》）
（主创、梗概见前文）

（二）最佳女演员奖

沈傲君（《胡巧英告状》）

（主创、梗概见前文）

（三）最佳新人男演员奖

韩鹏翼（《逆袭》）
编剧：许伊萌
导演：安战军
主演：张立昕、韩鹏翼、王凯、刘晓晔

故事梗概：左婴宁为了自己的梦想放弃国外工作，满腔热情地回国内发展，可事实并不像她想的那么顺利，但她始终没有放弃，一次小小的交通意外让左婴宁和影视公司的摄像杨大川相识，经过几次接触，左婴宁被杨大川的真诚打动，成了恋人……

左婴宁在一次采访歌星郝晓建时被经纪公司看中，并邀请她加盟旗下主持人。左婴宁万万没想到自己落入了经纪公司设计的陷阱。真相大白，左婴宁放弃了不正当途径和违背原则所带来的荣誉……

（四）最佳男配角奖

刘晓晔（《逆袭》）

（主创、梗概见前文）

（二）优秀女演员奖

颜丙燕（《万箭穿心》）
（主创、梗概见前文）

（三）优秀农村题材影片提名

《胡巧英告状》
　　编剧：刘洋
　　导演：宋国锋
　　主演：沈傲君、宋佳伦
　　故事梗概：东北石门岭村的寡妇胡巧英带着女儿靠夜市炸鸡维持生计，一天，周志勇把自己5岁的儿子大奎塞给胡巧英，请她帮助照顾。所

谓寡妇门前是非多，胡巧英遭到婆婆及村里人的误解。
　　和周志勇的相识是几年前女儿小芹半夜突发阑尾炎，胡巧英带孩子去医院时不慎跌落深沟，被路过的周志勇救过。胡巧英带着大奎找周志勇，最终弄清是王大志陷害周志勇，涉嫌生产贩卖地沟油被通缉，为了给周志勇和自己正名，胡巧英不惜一切代价踏上了告状之旅。最终在村民、村主任、律师的帮助下，胡巧英掌握了王大志生产贩卖地沟油的证据，王大志终于被逮捕。

（四）优秀青年剧作提名

吴楠（《万箭穿心》）
（主创、梗概见前文）

第29届中国电影金鸡奖

（一）最佳戏曲片奖

《兰梅记》
编剧：孔文峣
导演：朱赵伟
主演：于兰、寇春华

故事梗概：长媳春兰贤孝，却遭婆母虐待，终于在次子娶亲之时被驱逐。安家尊长安二爷设计，让冬梅在花烛之夜打闹洞房，即以其人之道，还治其人之身，令安母吃尽苦头，幡然悔悟，将春兰接回，夫妻重聚，婆媳团圆。

（二）最佳中小成本故事片奖

《万箭穿心》
（主创、梗概见前文）

（三）最佳儿童片提名

《孙子从美国来》
（主创、梗概见前文）

（四）最佳导演奖提名

王竞（《万箭穿心》）
（主创、梗概见前文）

（五）最佳导演处女作提名

曲江涛（《孙子从美国来》）
（主创、梗概见前文）

（六）最佳原创剧本提名

曲江涛（《孙子从美国来》）
（主创、梗概见前文）

（七）最佳改编剧本提名

吴楠（《万箭穿心》）
（主创、梗概见前文）

（八）最佳男主角提名

焦刚（《万箭穿心》）
（主创、梗概见前文）

（九）最佳女主角提名

颜丙燕（《万箭穿心》）
（主创、梗概见前文）

（十）最佳录音提名

王长锐（《万箭穿心》）
（主创、梗概见前文）

（十一）最佳音乐提名

杨思力（《万箭穿心》）
（主创、梗概见前文）

第3届北京国际电影节
（一）最佳影片提名

《万箭穿心》
（主创、梗概见前文）

（二）最佳女主角奖

颜丙燕（《万箭穿心》）
（主创、梗概见前文）

第20届北京大学生电影节
（一）评委会大奖

《万箭穿心》
（主创、梗概见前文）

（二）最佳低成本电影奖

《天津闲人》
（主创、梗概见前文）

（三）最佳女演员奖

颜丙燕（《万箭穿心》）
（主创、梗概见前文）

（四）最佳低成本电影导演奖

郑大圣（《天津闲人》）
（主创、梗概见前文）

（五）最佳低成本电影男演员奖

罗京民（《孙子从美国来》）
（主创、梗概见前文）

（六）最佳低成本电影女演员奖

岳红（《深呼吸》）
（主创、梗概见前文）

第2届北京电影春燕奖
（一）最佳电视电影奖

《骆驼客》
编剧：高峰、陈锐
导演：高峰
主演：刘小宁、张玉龙、陈旭竹、安启虎

故事梗概：民国年间的新疆，戈师傅是有名的驼把式，他的徒弟们性格各异，二尕是他最小的徒弟。

驼队接到一批重要货物，戈师傅决定改变路线，顺便将女儿红儿送到未来的婆家，让原本不愿嫁人的女儿和二尕有了单独相处的机会，两颗懵懂的心交织在一起……随后二人在追赶驼队的途中发现情况，原来是哈密府快枪队在追杀驼队。为维护骆驼客们千百年来用诚信筑造的信念，驼队用弓箭与快枪队对决，双方都伤亡惨重，戈师傅也牺牲了。二尕和红儿勇敢地带领驼队凭智慧打败对方，终于把货送到了目的地。

（二）最佳美术奖

买买提依明·克里木（《骆驼客》）
（主创、梗概见前文）

第16届上海国际电影节中国新片电影频道传媒大奖
（一）最佳编剧奖

宫凯波、刘洋（《胡巧英告状》）
（主创、梗概见前文）

（二）最佳女演员奖

沈傲君（《胡巧英告状》）
（主创、梗概见前文）

（三）最佳新人男演员奖

韩鹏翼（《逆袭》）
编剧：许伊萌
导演：安战军
主演：张立昕、韩鹏翼、王凯、刘晓晔

故事梗概：左婴宁为了自己的梦想放弃国外工作，满腔热情地回国内发展，可事实并不像她想的那么顺利，但她始终没有放弃，一次小小的交通意外让左婴宁和影视公司的摄像杨大川相识，经过几次接触，左婴宁被杨大川的真诚打动，成了恋人……

左婴宁在一次采访歌星郝晓建时被经纪公司看中，并邀请她加盟旗下主持人。左婴宁万万没想到自己落入了经纪公司设计的陷阱。真相大白，左婴宁放弃了不正当途径和违背原则所带来的荣誉……

（四）最佳男配角奖

刘晓晔（《逆袭》）
（主创、梗概见前文）

第12届四川电视节

（一）最佳电视短剧及电视电影提名

《信义兄弟》

编剧：邢原平
导演：方军亮
主演：赵毅、霍青、刘佳佳、吕晶
故事梗概：承包建筑商孙水林和弟弟孙东林二十年来在建筑业打拼，靠着一个"信"字逐渐事业有成。他为自己立了一个规矩：新年不欠旧年薪。二十年来，一定要在大年三十前把工钱发到工人手里。这一年天降大雪，为给老家黄陂的工人发工钱，孙水林在风雪交加的夜晚开车回家，不幸遭遇车祸，一家四口人全部遇难。弟弟孙东林为完成哥哥的遗愿，放弃料理丧事，东拼西凑，终于在年三十前为农民工按时发了工钱。

（二）最佳女演员提名

沈傲君（《胡巧英告状》）
（主创、梗概见前文）

（三）评委会特别奖提名

《胡巧英告状》
（主创、梗概见前文）

第9届北京青少年公益电影节

（一）青少年最喜爱的影片奖

《孙子从美国来》
（主创、梗概见前文）

（二）青少年最喜爱的男演员奖

罗京民（《孙子从美国来》）
（主创、梗概见前文）

（三）青少年最喜爱的银幕形象

丁佳明（《孙子从美国来》）
（主创、梗概见前文）

第17届北京放映暨"中国电影国际传播突出贡献"表彰会
突出贡献影片奖

《棋王和他的儿子》
　　编剧：王宗昌、石丁、朱可欣
　　导演：周伟
　　主演：孙松、王成阳

　　故事梗概：刘一手一生的爱好就是下围棋，人称棋王。下岗多年，别无技能的他整天沉迷围棋，妻子怕影响儿子，与他离婚，而小川却选择了父亲。一次偶然的机会，他发现了儿子下棋的天赋，使他喜出望外。在一次围棋大赛中，对手以权势压人，刘一手劝儿子输掉这盘棋，但小川为了"和母亲的约定"，最终赢得了胜利。这一切都被围棋大师陈九段看在眼里，最终收小川为关门弟子。

2013年中国电影家协会农村题材表彰会

（一）评委会特别荣誉奖

《老寨》
编剧：邢原平
导演：高峰
主演：李心敏、富恒、梁斌、李宗全

故事梗概：老寨村的村民们因为不满村支书通过村里煤矿为自己挣钱，想通过选举选出新的党委成员，正逢镇子上新的书记走马上任，关于村里的胶皮公章最后落在谁的手里，所有的人展开了角逐，最后开全民大会表决的结果，竟出人意料。

（二）优秀故事片奖

1.《信义兄弟》
（主创、梗概见前文）

2.《穿过忧伤的花季》
（主创、梗概见前文）

3.《太阳开花》
编剧：周昀、祁丛馨
导演：乔梁
主演：高子峰、郝汉、常玉红

故事梗概：电影讲述了"文革"时期，青年教师苏越明下放到金子沟后，波澜起伏的命运。故事以"现行反革命"苏越明和"音乐神童"小驹

儿追求音乐理想为主线，以苏越明和寡妇喜枝的爱情为副线，书写了一首特殊年代下，几分苦涩又几多温情的长诗。

（三）最佳编剧奖

邢原平（《老寨》）
（主创、梗概见前文）

（四）优秀编剧奖

周昀、祁丛馨（《太阳开花》）
（主创、梗概见前文）

第4届"中国影协杯"优秀电影剧本评选活动
优秀电影剧本奖

1. 郎云（《国徽》）
（主创、梗概见前文）

2. 吴楠（《万箭穿心》）
（主创、梗概见前文）

第22届上海影评人评委会
特别奖

《万箭穿心》
（主创、梗概见前文）

第9届中美电影节

（一）金天使奖

《大明劫》

编剧：谢晓东、周荣扬

导演：王竞

主演：冯远征、戴立忍、钱学格、余少群、冯波

故事梗概：明崇祯十五（1642）年，农民起义军头领李自成包围了开封城，多疑的崇祯帝将入冤狱三年的孙传庭释放。孙传庭对外面的世界一无所知，向崇祯夸口剿灭李自成，崇祯命其解开封之围，并杀掉拥兵自重的陕西总兵贺人龙。

此时正逢全国性的大灾荒，瘟疫流行，军中也不例外。苏州吴江县中医吴又可立志寻找瘟疫发病的原因和治疗的方法，遂溯流民逆向而动，寻找该病病源，他发现军中的瘟疫是一种经口鼻传染的疠气温病，而非张仲景的《伤寒论》所提伤寒，提出了疠气说。1642年吴又可写出传世之作《瘟疫论》。

《瘟疫论》奠定了传染病治疗与控制的中医理论基础，它作为《伤寒论》的补充，至今发挥着极其重要的不可代替的作用。《瘟疫论》中的经方"达源饮"在2003年非典期间起到了重要作用。

（二）华语电影单元入围影片

《宗师卜六》

编剧：朱可欣

导演：周伟、李才

主演：吴樾、信鹏、郭芯其、铁牛、刘勇、金扬

故事梗概：天津青年卜六瞒着家人到北京学习摔跤5年，拜在善

扑营高手小鬼崔门下，学成后回津，直奔三不管跤场。巧遇来踢馆的跤王张璧，张璧被日本人收卖，由于哥哥阻拦只和张璧打成平手。

卜六答应母亲不再进跤场。可哥哥被陷害欠下巨额赌债，为了还钱，卜六去洋人拳台打拳，打败了洋人拳王，事迹传遍整个天津卫。

卜六被警察追捕，无意撞进了当红旦角白瑞霜的化妆间，在白老板的帮助下躲过一劫。而白瑞霜却因拒绝了日本人川口唱堂会的要求被抓，死在川口手中。得知消息的卜六，杀死了川口。失了颜面的日本人决定从精神上彻底摧毁卜六，让卜六签下生死文书，挑战日本第一高手山本隆一。最后卜六打败山本，成为新一代跤王。

第2届国际艾美儿童电视节
儿童类电视电影、短系列剧类入围影片

《孙子从美国来》

（主创、梗概见前文）

日本SKIPCITY国际数字电影节
国际长片竞赛单元入围及受邀参加数字展映环节影片

《孙子从美国来》

（主创、梗概见前文）

第13届韩国光州国际电影节
人道视线单元入围影片

《万箭穿心》

（主创、梗概见前文）

第 26 届法国 FIPA 国际电视节
FIPATEL market 单元展映入围影片

1.《太阳开花》
（主创、梗概见前文）

2.《危城之恋》
编剧：吴滨、李洪臣
导演：郑大圣
主演：闵春晓、周帅、刘姝辰、
　　　孙思瀚、杨瑞

故事梗概：婉儿本是书香门第的闺阁小姐，家道中落后嫁到了侯家，未曾谋面的丈夫荣之却性格不羁。婉儿的噩梦也拉开了大幕。荣之的三弟萱之的文采和积极向上的性格渐渐打动了婉儿。萱之在报上发表了文章后，婉儿以知音之名回信。两人鸿雁飞书，萱之却一直蒙在鼓里。卢沟桥事变之后，萱之投笔从戎，临行前要同知音见上"离别"一面，婉儿也准备撕下面纱和盘托出，却不料噩耗传来……

电影频道出品电影 2013 年首播收视率

序号	节目名称	日期	开始时间	收视率（%）	收视份额(%)	收视人数（千人）
1	反角度美丽	2013.1.2	20:53	0.97	3.07	12309
2	桃花劫	2013.1.3	21:03	0.80	2.82	10225
3	草上飞	2013.1.4	12:13	0.67	4.94	8536
4	良辰吉日	2013.1.4	08:10	0.33	3.81	4224
5	傅继泽智斗泊头	2013.1.17	21:03	0.70	2.47	8936
6	万箭穿心	2013.1.17	19:00	0.99	2.55	12576
7	后院有宝	2013.1.24	19:00	0.93	2.46	11808
8	我为太极狂	2013.1.31	20:53	1.01	3.11	12881
9	边防站	2013.2.3	02:59	0.07	7.86	915
10	霹雳火秦明	2013.2.4	19:00	0.88	2.33	11300
11	狭路年三十儿	2013.2.7	19:00	1.28	3.36	16297
12	红财神	2013.2.21	19:00	1.32	3.52	16812
13	毕业证	2013.2.28	20:38	0.59	1.68	7499
14	玄奘袈裟	2013.2.28	19:00	1.09	3.05	13894
15	朱程浴血冀鲁豫	2013.3.7	20:51	0.97	3.15	12388
16	延安往事	2013.3.14	19:00	0.50	1.40	6445
17	火线追凶之血色刀锋	2013.3.18	03:14	0.05	7.42	641
18	旱地忽律朱贵	2013.3.21	20:52	1.07	3.56	13633
19	金大坚与萧让	2013.3.21	19:00	0.79	2.35	10138
20	穿过忧伤的花季	2013.3.23	07:20	0.37	4.33	4682

(续表)

序号	节目名称	日期	开始时间	收视率（%）	收视份额（%）	收视人数（千人）
21	火线追凶之惊魂宴	2013.3.25	03:27	0.03	5.46	397
22	火线追凶之无罪辩护	2013.3.28	04:16	0.03	3.89	444
23	天津闲人	2013.3.28	19:00	0.50	1.46	6329
24	石将军石勇	2013.3.29	20:43	1.72	5.23	21952
25	骇客	2013.4.2	20:46	1.00	3.13	12720
26	火线追凶2之爱本无罪	2013.4.4	20:50	0.89	2.74	11370
27	火线追凶2之鹈鹕行动	2013.4.4	19:00	1.09	3.07	13887
28	火线追凶2之同名为仇	2013.4.11	19:00	0.83	2.43	10618
29	火线追凶2之押解惊魂	2013.4.11	20:45	1.12	3.45	14298
30	火线追凶2之黑色玫瑰	2013.4.18	20:48	0.75	2.56	9645
31	火线追凶2之死亡杰作	2013.4.18	19:00	0.84	2.52	10687
32	娜娃与扎朵	2013.4.21	07:16	0.28	3.34	3601
33	温暖的倒春寒	2013.4.23	07:02	0.14	2.60	1732
34	火线追凶2之不白之冤	2013.4.25	19:00	0.65	2.20	8370
35	火线追凶2之致命线人	2013.4.25	20:49	0.79	2.72	10046
36	火线追凶2之夺命书院	2013.5.2	19:00	0.82	2.69	10416
37	火线追凶2之乱世残局	2013.5.2	20:46	1.01	3.23	12897
38	弹无虚发之深藏不露	2013.5.5	19:00	1.14	3.54	14557
39	猎杀中山狼	2013.5.5	21:00	1.19	4.28	15180
40	弹无虚发之天国宝藏	2013.5.6	19:00	1.10	3.53	14085
41	金身将军王政柱	2013.5.6	20:55	1.55	5.21	19855
42	弹无虚发之死亡之海	2013.5.7	19:00	1.43	4.51	18253
43	深呼吸	2013.5.7	20:57	0.61	2.25	7816
44	弹无虚发之对决黄金谷	2013.5.8	19:00	1.46	4.46	18636
45	三角地	2013.5.8	20:57	0.78	2.77	10018

(续表)

序号	节目名称	日期	开始时间	收视率（%）	收视份额（%）	收视人数（千人）
46	弹无虚发之葬马	2013.5.9	19:00	1.19	3.78	15169
47	喊山	2013.5.9	20:51	1.04	3.34	13228
48	赛车手	2013.5.15	19:00	0.82	2.77	10465
49	父子神探之卧雪图	2013.5.16	20:48	0.85	2.86	10908
50	父子神探之雨夜迷踪	2013.5.16	19:00	0.94	3.15	12031
51	血红的蝴蝶	2013.5.17	21:23	1.01	4.03	12952
52	穿越对流层	2013.5.23	20:49	0.44	1.44	5582
53	女将军李贞浴血浏阳河	2013.5.23	19:00	0.89	3.43	11404
54	火线追凶之血色刀锋	2013.5.27	01:58	0.02	2.68	263
55	袁天罡之夺命天敌	2013.5.30	19:00	0.88	3.20	11274
56	艾草仙姑	2013.6.12	20:56	1.29	4.39	16504
57	黑井往事	2013.6.17	08:11	0.30	5.47	3775
58	拿枪	2013.6.20	19:00	0.62	2.43	7907
59	酒吧迷案	2013.6.21	11:40	0.52	3.86	6589
60	鱼肠剑	2013.6.23	19:00	0.84	3.14	10703
61	胡巧英告状	2013.6.29	05:13	0.10	4.33	1244
62	马恒昌的名言	2013.6.30	19:00	0.59	2.29	7532
63	成成烽火之生存考验	2013.7.1	19:00	0.45	1.70	5779
64	成成烽火之较量	2013.7.2	19:00	0.79	3.04	10122
65	咱村的消防队	2013.7.2	08:07	0.20	2.77	2612
66	成成烽火之绝杀	2013.7.3	19:00	1.08	4.55	13751
67	成成烽火之浴血奋战	2013.7.4	19:00	0.95	3.74	12093
68	成成烽火之骑兵第一师	2013.7.5	19:00	1.00	4.11	12732
69	各得其所	2013.7.5	10:00	0.22	2.27	2805
70	乌龙鸳鸯智多星	2013.7.11	19:00	0.62	2.50	7927

(续表)

序号	节目名称	日期	开始时间	收视率(%)	收视份额(%)	收视人数(千人)
71	一乡之长	2013.7.15	12:32	0.22	1.54	2798
72	大刀关胜	2013.8.1	20:55	1.05	3.44	13383
73	秀水河子歼灭战	2013.8.1	19:00	0.91	3.47	11671
74	迷情真相	2013.8.8	19:00	0.65	2.45	8333
75	轰天雷凌振	2013.8.23	11:46	0.45	2.95	5702
76	奶酪店	2013.9.4	08:30	0.17	3.00	2157
77	刺夜	2013.9.5	19:00	1.33	3.97	17056
78	混世魔王樊瑞	2013.9.5	20:56	1.14	4.04	14529
79	宗师卜六	2013.9.12	20:48	1.02	3.41	13079
80	鸳鸯村的故事	2013.9.16	08:24	0.11	2.73	1408
81	少年闵子骞	2013.9.19	20:58	1.13	3.60	14452
82	丐世英雄	2013.9.26	19:00	1.37	3.96	17477
83	神偷特工	2013.9.30	20:31	1.01	3.06	12948
84	拆弹英雄	2013.10.1	20:48	0.94	3.13	12074
85	国徽	2013.10.1	19:00	0.63	1.92	8097
86	姚喆游击大青山	2013.10.2	19:05	1.03	3.08	13147
87	古城会	2013.10.4	19:05	0.98	2.83	12523
88	炮兵司令朱瑞	2013.10.17	20:43	0.79	2.70	10036
89	老马和小鱼	2013.10.27	08:07	0.23	2.90	2916
90	盲区	2013.10.28	08:26	0.16	3.46	1981
91	青瓷迷踪	2013.10.29	08:38	0.25	4.83	3178
92	神算子蒋敬	2013.11.1	20:52	1.34	4.50	17097
93	玛丽的天使	2013.11.2	01:06	0.06	3.69	734
94	丧门神鲍旭	2013.11.7	20:50	0.88	3.02	11251
95	逆袭	2013.11.14	19:00	0.69	1.84	8791

(续表)

序号	节目名称	日期	开始时间	收视率（%）	收视份额(%)	收视人数（千人）
96	菜园子张青	2013.11.15	12:32	0.41	4.72	5197
97	伊宁不眠夜	2013.11.16	08:05	0.18	2.39	2354
98	病尉迟孙立	2013.11.20	12:08	0.44	4.52	5576
99	一枝花与铁臂膊	2013.11.28	20:52	0.99	3.43	12608
100	幸福对对碰	2013.12.2	08:37	0.16	3.03	2009
101	蝶之恋	2013.12.3	07:56	0.18	3.59	2321
102	审判	2013.12.3	19:00	1.08	2.98	13861
103	险道神郁保四	2013.12.5	20:53	0.84	3.11	10689
104	再见，瓦尔特	2013.12.8	00:25	0.08	3.92	1068
105	一九三六兰州兵变	2013.12.12	19:00	1.22	3.36	15627
106	好政委丁秋生	2013.12.19	20:47	0.59	2.04	7567
107	雪野金花	2013.12.26	05:26	0.10	4.95	1309

编后附言

  《电视电影纵览》2003年编辑出版第一卷,每年一卷,至今已编辑出版了十二卷。它记录了电影频道自1999年出品的"电视电影"创作、生产、播出的情况,集理论研究、个案评论及各方面资料为一体。

  2012年国家广电总局从管理体制和管理机制上将电影频道出品的电视电影纳入中国电影故事片的管理体系中,成为全年生产的国产故事片中的一部分,中国内地的"电视电影"不再存在。

  故而每年一卷的《电视电影纵览》,自2012年更名为《电影频道出品电影纵览》。其编辑宗旨和内容不变。

图书在版编目（CIP）数据

电影频道出品电影纵览.2013/王人殷主编.—北京：文化艺术出版社，2014.4
ISBN 978–7–5039–5220–3

Ⅰ.①电… Ⅱ.①王… Ⅲ.①电影评论—中国—2013—文集
Ⅳ.J905.2–53

中国版本图书馆CIP数据核字（2014）第064913号

电影频道出品电影纵览2013

主　　编	王人殷
副主编	谭　政
责任编辑	潘　艳　徐建华
装帧设计	姚雪媛
出版发行	文化藝術出版社
地　　址	北京市东城区东四八条52号　（100700）
网　　址	www.whyscbs.com
电子信箱	whysbooks@263.net
电　　话	（010）84057666（总编室）　84057667（办公室） 　　　　　84057691—84057699（发行部）
传　　真	（010）84057660（总编室）　84057670（办公室） 　　　　　84057690（发行部）
经　　销	新华书店
印　　刷	国英印务有限公司
版　　次	2014年4月第1版 2014年4月第1次印刷
开　　本	720毫米×980毫米　1/16
印　　张	25.25
字　　数	300千字
书　　号	ISBN 978–7–5039–5220–3
定　　价	49.80元

版权所有，侵权必究。印装错误，随时调换。